PETER WÜHRMANN
Silberfieber

Buch

Als es an der Tür des Geografiestudenten Frank Schönbeck in Hamburg klingelt, öffnet dieser ahnungslos. Doch bevor er noch reagieren kann, stürmt ein bewaffneter Mann in seine Wohnung und überwältigt ihn. Der Eindringling verlangt die Herausgabe einer alten Landkarte von Neuschottland. Nachdem Frank ihn in seiner Panik davon überzeugen konnte, dass er das Schriftstück nicht besitzt, verschwindet der Unbekannte ebenso plötzlich, wie er gekommen war. Was mag an dieser alten Karte so wichtig sein? Gleich am nächsten Tag reist Frank nach London; dort lebt sein Freund Peter, dem er die Landkarte geliehen hat. Gemeinsam untersuchen sie das alte Pergament und entdecken eine zweite Papierschicht unter der Oberfläche. Auf der unteren Schicht ist dieselbe Karte abgebildet – allerdings mit rätselhaften Koordinaten versehen.

Von Professor McCully vom Geophysischen Institut in London erfahren Frank und Peter, dass das Dokument eine weitaus größere Bedeutung hat, als sie es sich vorstellen konnten. Nach den Recherchen von Professor McCully kann es sich nur um eine Schatzkarte handeln. Zu dritt begeben sie sich auf die Reise nach Wavy Island vor der Küste Neuschottlands, die auf der Karte abgebildet ist: Eine äußerst gefährliche Reise, denn ihr mysteriöser Gegner ist ihnen immer auf den Fersen – und ihm scheint jedes Mittel recht zu sein, um in den Besitz der kostbaren Karte zu kommen ...

Autor

Peter Wührmann, geboren 1962 in Kaufbeuren, studierte an der Universität Bremen Jura und Geografie. Nach seinem Studium bearbeitete er zwei Jahre lang in der Rechtsabteilung einer Bremer Reederei Containerschäden. Heute arbeitet er als Rechtsanwalt in Bremen. »Silberfieber« ist Peter Wührmanns erster Roman. Eine Fortsetzung ist bereits in Vorbereitung.

Peter Wührmann
Silberfieber

Roman

GOLDMANN

FSC
Mix
Produktgruppe aus vorbildlich
bewirtschafteten Wäldern und
anderen kontrollierten Herkünften
Zert.-Nr. SGS-COC-1940
www.fsc.org
© 1996 Forest Stewardship Council

Verlagsgruppe Random House FSC-DEU-0100
Das FSC-zertifizierte Papier *München Super* für Taschenbücher
aus dem Goldmann Verlag liefert Mochenwangen Papier.

1. Auflage
Originalausgabe Juli 2007
Copyright © 2007 by Wilhelm Goldmann Verlag,
München, in der Verlagsgruppe Random House GmbH
Umschlaggestaltung: Design Team München
Umschlagfoto: buchcover.com/doublepoint pictures/Visum
Redaktion: Susanne Bartel
BH · Herstellung: Str.
Satz: deutsch-türkischer fotosatz, Berlin
Druck und Bindung: GGP Media GmbH, Pößneck
Printed in Germany
ISBN: 978-3-442-46285-8

www.goldmann-verlag.de

für James W. Jappy

Prolog

Rosa Schaumkronen, meine Güte, ich brauche eine Brille.

Captain Frederic Ross ließ das Fernglas sinken und wischte sich mit der freien Hand den Regen aus dem Gesicht. Dann hielt er sich erneut das Glas vor die Augen.

Der rosafarbene Schaum hob und senkte sich spielerisch auf der heranrauschenden Brandung. Ein trübgrauer Novembermorgen an der kanadischen Atlantikküste. Sichelförmige rosa Halbmonde zwischen kaltem braunen Wasser und salziger Gischt, etwa einen halben Meter lang an der Schnittfläche, schätzte Captain Ross.

»Kannst du irgendwas Bestimmtes erkennen?«

Absichtlich fragte er so vage wie möglich und hoffte, dass Sergeant Bill Grimsby, der sein Untergebener und fast zwanzig Jahre jünger war, seine Hilflosigkeit nicht heraushören würde. Je länger Bill schwieg, desto sicherer wurde sich Fred, dass Bill ebenfalls rosa sah.

Bill zeigte keine Regung, nur sein Zeigefinger drehte emsig das Okular seines Feldstechers hin und her.

»Flamingos«, sagte er endlich, »rosa Flamingos, sie liegen flach auf dem Wasser, als ob sie tot sind.«

Der Seewind trieb ihnen den Regen in die Augen, als sie beide ihre Ferngläser an den Riemen baumeln ließen. Ihre Blicke kreuzten sich. Bill hob entschuldigend die Schultern, kaum zu bemerken unter dem dicken Polizei-Parka.

»Tut mir leid, Fred, auf die Entfernung sieht das aus wie ein Schwarm von rosa Vögeln.«

Frederic Ross zog die Augenbrauen zusammen. »Im November im Nordatlantik, bei Windstärke sieben und einer Wassertemperatur von höchstens zwölf Grad. Das dürfte eine biologische Sensation sein.« Er zog den Reißverschluss seines Anoraks bis unters Kinn nach oben.

»Komm, wir sehen uns deine Flamingos mal aus der Nähe an.« Er sprang vom Anleger herunter, und seine Gummistiefel landeten mit einem dumpfen Aufprall in einer Pfütze, die sich im Sand rund um einen Holzpfahl gebildet hatte, der den Steg abstützte.

»Na, ich sagte doch, dass sie mausetot aussehen«, verteidigte sich Bill und trat drei Schritte zur Seite, bevor er sprang, um nicht ebenfalls in der Pfütze zu landen. Bei seinem Gewicht hätte das aufspritzende Wasser die Uniformhose bis über die Gummistiefel durchnässt.

Zwanzig Minuten später musste Fred zugeben, dass Bill Recht hatte und auch wieder nicht. Jedenfalls hatte es nichts mit Biologie zu tun. Frederic Ross bückte sich und klopfte mit dem gekrümmten Zeigefinger gegen den dicken rosa Bauch des Plastikvogels. Ein tönernes, hohles Geräusch erklang.

Zierrat für den Garten, hergestellt für die Ewigkeit, in China oder Hongkong. Unterwegs in einem Zwanzig-Fuß-Container zu einem der Seehäfen an der nordamerikanischen Ostküste. Nur dass diese Ladung Gartendekoration ihr Ziel nie erreichen würde, da sie sich jetzt über den nassen Sandstrand der Küste Nova Scotias verteilte. Die rosa Plastikflamingos waren nicht das Einzige. Ein weißer Gartenstuhl wurde dreißig Meter von Frederic Ross entfernt vorsichtig von einer Welle abgeladen – ein Geschenk für Strandgutsammler. Ross fasste nach dem Flamingo zu seinen Füßen und wollte ihn gerade am Schnabel aufrichten, als Bill Grimsbys aufgeregtes Rufen durch den brausenden Wind zu ihm durchdrang. Er ließ den Plastikvogel fallen und blickte auf. Bill beugte sich über ein dunkelgrünes unförmiges Paket, von dem Fred nicht sagen konnte, was es darstellte. Er kannte kein Gartenzubehör, das eine solche Form hatte. Als er in Bills Richtung losmarschierte, hinterließen Freds Stiefel tiefe Abdrücke im nassen Sand, und kleine Seen bildeten sich in der Spur hinter ihm.

Es war ein menschlicher Körper. In der dunklen Brandung war er kaum zu erkennen gewesen. Die Kleidung hatte sich mit Wasser vollgesogen, das Gesicht war nach unten gewandt, und die Haare glichen den dunkelbraunen Fäden des Seegrases, die aus den grünen Gummistiefeln hervorquollen. Die abwandernde Strömung hatte die Leiche genauso behandelt wie den Gartenstuhl und die Flamingos. Sie hatte sie am Strand abgelegt und sie dann noch sieben, acht Mal wiederholt, bevor sie sie endgültig freigegeben und am Ufer zurückgelassen hatte.

Als Captain Frederic Ross neben ihm stand, packte Bill den Toten vorsichtig mit einem Handschuh an der Schulter und drehte ihn auf die Seite. Bills breiter Rücken versperrte ihm die Sicht, doch er konnte erkennen, dass Bill nicht zurückwich, als er in das tote Gesicht blickte. Das war gut. Dann konnte die Leiche nicht allzu lange im Wasser gelegen haben. Bill gehörte nicht zu den Hartgesottensten, und beim Anblick einer Wasserleiche mit aufgedunsenem Gesicht wäre er sicherlich zurückgeschreckt.

»Ein Mann, ziemlich jung, anscheinend ertrunken, war aber nicht sehr lange im Wasser«, sagte Bill. Frederic Ross ging in die Hocke. Das Gesicht war unscheinbar, bartlos und glatt, wie reingewaschen vom Seewasser. Selbst den Augen des Jungen schien der Atlantik seine graubraune Farbe aufgezwungen zu haben. Und es war ein fremdes Gesicht, niemand aus der Gegend, stellte Ross erleichtert fest. Das ersparte ihm unangenehme Besuche und bedrückende Stunden mit Bekannten. Sie untersuchten die Taschen seiner Kleidung nach Papieren oder Hinweisen auf seine Identität, fanden aber nichts. Jemand musste sie geleert haben. Niemand an der Küste trug eine Leinenhose mit vier großen aufgesetzten Außentaschen, wenn er nicht etwas darin aufzubewahren hatte. Nur oben links auf der dunkelblauen Daunenweste des Toten prangte ein Kreis mit dem Schriftzug: Ozeanographic Institute Quebec.

»Weißt du von irgendwelchen Forschungen hier in der Gegend?«, fragte Bill.

»Keine Ahnung, bei mir hat sich niemand gemeldet. Aus Quebec waren mal Leute da, aber das ist schon über ein Jahr her.«

Als sie die Leiche wieder auf den Bauch drehten, stutzte Ross. Er hob den Toten vorsichtig an den Schultern hoch.

»Bill, du musst genauer hinsehen, der Mann ist nicht ertrunken, er wurde erschlagen.«

Er hob den Oberkörper noch weiter an, und der Kopf knickte nach vorne, sodass ein Schwall Wasser aus den Haaren auf den Sandstrand tropfte. Am Hinterkopf war ein klaffender Riss sichtbar. Behutsam ließ Fred den Körper wieder zu Boden gleiten und richtete sich auf.

Er blickte zum Anleger hinüber, von wo aus sie die rosa Flamingos durch ihre Ferngläser gesichtet hatten. Er verfolgte den hölzernen Steg bis zum Ende und richtete seine Augen dann auf die lang gestreckte, gleichmäßig abfallende Sandkante dahinter. Die gesamte Landzunge von Cruden Bay war ein heller Schimmer, der sich nach und nach in einen kaum mehr sichtbaren, dünnen Strich zwischen Himmel und Meer verwandelte, je weiter er sich in Richtung Ozean davonmachte.

Frederic Ross kannte die Gegend von klein auf und wusste, dass sich in sechs Stunden die Uferkante sehr viel deutlicher vor dem Horizont abzeichnen würde. Nach dem Ablaufen des Wassers konnte man bei Ebbe auch von hier aus die Verbindung zu der kleinen Insel erkennen, die als isolierter, weit entfernter Steinhaufen den Ausblick auf den Atlantik versperrte. Wavy Island.

Captain Ross schüttelte missbilligend den Kopf. Nach dem nahezu unversehrten Zustand des Leichnams und der Richtung und Geschwindigkeit der Strömung zu urteilen, musste er von dort herübergetrieben worden sein.

Nein, von Wavy Island war noch nie etwas Gutes gekommen.

1

Das Klingeln an der Wohnungstür überraschte Frank. Katja konnte es nicht sein, mit ihr hatte er sich erst für später am Abend verabredet.

Er ließ die Arbeitspapiere für seine Diplomarbeit auf dem Fußboden liegen und öffnete arglos die Tür. Seine Hand lag noch auf der Klinke, als sich schon ein schwarzer Lederhandschuh um sein Handgelenk schloss. Bevor er reagieren konnte, wurde ihm der Arm auf den Rücken gedreht, und ihm entfuhr ein Schmerzensschrei, als sein Körper herumgewirbelt wurde. Sein Oberkörper knickte nach vorn, während ein kalter, harter Gegenstand gegen seine Stirn drückte.

»Keinen Ton«, zischte der Eindringling auf Englisch, während Frank hörte, wie die Tür hinter ihm ins Schloss fiel.

»Was kann ich für Sie tun?«, fragte Frank ebenfalls auf Englisch und drehte den Kopf so weit wie möglich zur Seite. Er wollte seinen Gegner sehen. Doch der Druck auf seinen Arm erhöhte sich nur.

»Erst mal die Klappe halten.«

Der Unbekannte, der sein Gesicht hinter einer schwarzen Motorrad-Stoffmaske verbarg, war mindestens genauso groß wie Frank, was bemerkenswert war. Immerhin spielte Frank im Basketball-Auswahlteam der Hamburger Universität.

Als der Druck auf seinen verrenkten Arm nicht nachließ, dachte er daran, sich zu wehren, ließ es dann aber sein. Er hatte Respekt vor dem unbekannten kalten Gegenstand, den ihm der Fremde gegen die Stirn presste.

»Da rüber«, kommandierte der Maskenmann und zerrte Frank durch den kleinen Flur in sein Arbeitszimmer. Er bewegte Franks verdrehten Arm nur leicht nach oben und dirigierte ihn damit in jede gewünschte Richtung. Frank gehorchte mit zusammengepressten Zähnen.

Er stolperte vorwärts und fiel fast über seinen Staubsauger und die auf dem Boden verstreuten Bücherstapel, bevor er sich plötzlich kniend auf dem Wohnzimmerboden vor dem Heizkörper wiederfand.

»So, jetzt können wir uns in Ruhe unterhalten«, sagte der Fremde. Mit einer Hand sicherte er weiterhin Franks Arm auf dem Rücken, doch Frank spürte, wie der Druck gegen seine Stirn nachließ.

Auch jetzt blieb ihm keine Zeit, an Gegenwehr zu denken, denn als der Eindringling ihn schließlich freigab, hatte er ihn, ohne dass Frank seine hockende Haltung auf dem Boden aufgeben konnte, mit Handschellen an den Heizkörper gekettet.

»Was soll das?«, beschwerte sich Frank lautstark, als er endlich genug Luft bekam, um seine Wut und Überraschung zu äußern. »Was habt ihr euch denn jetzt ausgedacht? Ihr bekommt euer Geld schon zurück!«

»Dein Geld interessiert mich nicht«, sagte der Unbekannte und machte es sich in Franks Ledersessel bequem. Er legte den kalten harten Gegenstand zur Seite, den Frank an seiner Stirn gespürt hatte. Frank erschrak nicht einmal mehr darüber, dass es tatsächlich eine Pistole war. Dank der Handschellen benötigte sein Peiniger die Waffe nicht mehr. Er legte sie auf die rechte Sessellehne, zog seine Lederhandschuhe aus und faltete sie sorgsam übereinander, um sie dann auf der linken Sessellehne abzulegen. Was Frank sah, gefiel ihm nicht. Die Geste machte den Eindruck, als richte der Eindringling sich auf einen längeren Aufenthalt in seiner Wohnung ein. Versuchsweise ließ er die Handschelle an der Rippe des Heizkörpers rauf- und runterlaufen. Für Frank klang es wie die Blechdosen an den Stoßstangen eines Hochzeitskonvois, doch den groß gewachsenen Mann, dessen Oberkörper den Ledersessel komplett ausfüllte, schien das nicht zu interessieren. Er wartete ab, bis Frank damit aufhörte. Dann stellte er sich vor.

»Mein Name ist Einstein«, sagte er, noch immer die Motorradmaske tragend, sodass Frank aus seinen Gesichtszügen nicht ablesen konnte, ob das ernst gemeint war.

»Sehr witzig«, entgegnete Frank trotzig. Wut und Überraschung wichen einer beträchtlichen Unsicherheit. Er konnte den Fremden weder als Schuldeneintreiber noch als Teil eines schlechten Halloweenscherzes einordnen.

Wenigstens wollte er seinem ungebetenen Besucher keine Schwäche zeigen. Er gab seine kniende Haltung auf, soweit die Handschellen das zuließen, setzte sich auf den Boden und versuchte, möglichst lässig zu wirken, als er sich gegen die harten Rippen des Heizkörpers lehnte und dem Mann, der sich Einstein genannt hatte, das Gesicht zuwandte.

»Ich glaube, Einstein war viel kleiner als du«, setzte er noch einen drauf, »kannst du dich ausweisen?«

»Oh, Verzeihung«, entschuldigte sich der Unbekannte übertrieben und rollte den Rand seiner Motorradmaske so weit nach oben, dass sie zwar immer noch sein Gesicht bedeckte, die Innenseite aber nun nach außen zeigte.

In leuchtend roten Kursivbuchstaben erschien darauf deutlich lesbar eine weltberühmte physikalische Formel: $e = mc^2$.

»Das glaube ich nicht, was soll diese miese Show?«, rief Frank und zerrte verärgert an den Handschellen. Auf die Art konnte er immerhin ausprobieren, wie viel Bewegungsspielraum ihm verblieben war und wie fest seine Heizung in der Wand verankert war.

»Das reicht jetzt«, herrschte ihn der Mann barsch an.

»Hör auf, an der Heizung zu reißen. Halt still und beantworte meine Fragen. Je schneller du mir sagst, was ich wissen will, desto schneller sind wir hier fertig, und ich kann dich losmachen. Dir wird es sowieso nicht gelingen, die Heizung aus der Wand zu reißen.«

»Was für Fragen?«

Frank lehnte sich wieder zurück und zog seine langen Beine an sich.

»Ich suche eine Landkarte, ziemlich alt, eine Karte von Neuschottland, von Kanada und dem nordwestlichen Teil des Atlantiks. Du bist Geografie-Student, du weißt, wovon ich rede. Du benutzt die Karte doch für deine Diplomarbeit. Sie gehört mir. Ich will sie zurückhaben«, erklärte Einstein.

Er beugte seinen breiten Oberkörper nach vorne und griff wieder nach der Pistole. Durch den Sehschlitz der Maske konnte Frank jetzt die dunkle Iris seiner Augen erkennen.

Die Pistole zielte auf sein linkes Knie.

»Geht es nicht wenigstens ein bisschen genauer?«, wollte Frank wissen. »Mit so einer schwammigen Beschreibung kann ich dir Hunderte von Karten ausdrucken lassen. Und in der Universität gibt es Tausende über den Atlantik«, fügte er hinzu.

»Ich rede nicht von irgendwelchen modernen Computerkarten. Es geht um eine alte Seekarte, etwa einen halben Meter breit und dreißig Zentimeter hoch. Du kennst sie, sie gehört zu der Sammlung, die du für deine Diplomarbeit benutzt. Stell dich also nicht dümmer an, als du bist, wo ist die Karte?«

Einstein bewegte seine Hand leicht nach rechts, sodass der Pistolenlauf jetzt auf Franks Bauchgegend zeigte. Instinktiv zog Frank seine Knie an seinen Körper.

»Für meine Arbeit habe ich jede Menge Karten zusammengesucht«, sagte er ausweichend, »ich schreibe über die klimatischen Auswirkungen, die beim Ausbleiben des Golfstroms für das Festland in Nordamerika und in Europa …«

»Verschone mich bloß mit deinem Wissenschaftsgequatsche. Ich will nur diese eine Karte, und wenn dir nicht ziemlich bald einfällt, wo sie ist, dann sorge ich dafür, dass deine Diplomarbeit ein anderer zu Ende schreiben muss.«

Einstein legte die Pistole wieder auf die Sessellehne und zog ein weiteres Paar Handschellen aus seiner Tasche. Er stand auf und ging auf Frank zu. Erneut packte er seinen Arm und riss ihn mit einem kräftigen Ruck nach oben. Frank schrie auf vor Schmerz und warf Kopf und Oberkörper nach vorne, sodass sein Gesicht jetzt knapp über dem Fußboden schwebte.

Wenn Einstein seinen Arm noch weiter im Schultergelenk nach oben drehte, würde er Franks Kopf unweigerlich immer weiter gegen den Boden pressen, bis die Halswirbel dem Druck nachgeben und brechen würden.

»Hör auf, ich sag dir ja, wo sie ist. Die Karte ist bei meinem Professor. Keine Ahnung, wo der sie aufbewahrt. Ich habe die Karte nicht.«

Frank spürte erleichtert, wie der Druck etwas nachließ.

»Bei deinem Professor? Bei Pfleiderer? Das kann nicht stimmen, seine Sekretärin hat mir gesagt, er hat sie dir gegeben, für deine Arbeit. Ich warne dich, versuch nicht, mich zu belügen. Noch einmal: Wo ist die Karte?«

Wieder presste Einstein Franks Gesicht mit voller Kraft auf den Fußboden. Panik überkam Frank.

»Ich habe die Karte nicht, ich habe sie ihm zurückgegeben. Wirklich. Ich konnte sie für meine Arbeit nicht brauchen, seine Sekretärin weiß das nicht, lass mich los!«, presste Frank verzweifelt hervor.

Unter dem Druck von Einsteins Griff hatte er Mühe, sich zu artikulieren. Er bekam es jetzt ernsthaft mit der Angst zu tun. Wenn er diesem durchgedrehten Spinner nicht klarmachen konnte, dass er die Karte nicht hatte, würde der ihn glatt umbringen.

Einstein lockerte den Griff und zog Franks Kopf an den langen, blonden Haaren nach oben. Eine kleine Ewigkeit blickte Frank aus kürzester Entfernung in die dunkelbraunen Augen, die ihn anstarrten, ohne dass sich die Augenlider auch nur ein einziges Mal schlossen.

»O. K.«, sagte Einstein endlich, »heute ist dein Glückstag. Wenn du lügst, komme ich wieder. Ich finde dich, das weißt du.«

Einstein nahm das zweite Paar Handschellen, griff nach Franks linkem Arm, legte die eine Schelle um sein Handgelenk und schloss ihn dann mit der anderen ebenfalls an die Heizung an.

»Ich lüge nicht, durchsuch doch meine Wohnung, du wirst hier nichts finden. Die Karte, die du suchst, ist bei Professor Pfleiderer«, sagte Frank.

Einstein blickte im Zimmer umher, sah die überall verstreuten Papiere, Zeitschriften und Bücher. Auf dem Fußboden, in den Regalen, auf Franks Schreibtisch, auf dem Fensterbrett, alles war mit Papierstapeln übersät.

»Ich glaube kaum, dass ich das tun werde. Wenn ich die

Karte bei Pfleiderer nicht finde, komme ich zurück. Wie versprochen. Und dann wirst du sie mir geben, denn sonst werde ich dir richtig wehtun.«

Einstein griff nach seinen Lederhandschuhen und richtete sich auf. Die Handschellen, mit denen er an die Heizung gekettet war, zwangen Frank, auf dem Fußboden kauernd, zu Einstein aufzusehen. In voller Körpergröße aufgerichtet stand Einstein über ihm und ließ ihm einige Sekunden lang Zeit, um seine Worte wirken zu lassen. Er war ein riesiger, schwarzer Koloss. Selbst wenn er Frank erlaubt hätte aufzustehen, hätte er ihn noch um einen halben Kopf überragt, er musste größer als zwei Meter sein. Abrupt wandte sich Einstein ab.

Als Frank sah, dass er gehen wollte, unternahm er einen letzten, verzweifelten Versuch.

»Wenn ich es doch sage, die Karte ist hier nicht, du kannst mich genauso gut losmachen, ich werd ganz bestimmt nicht hinter dir herlaufen«, rief er ihm nach.

Einstein, der bereits die Wohnungstür erreicht hatte, drehte sich um, kam wieder zurück und stellte sich vor Frank auf.

»Es ist besser, wenn du mich nicht so schnell vergisst«, sagte er und näherte sich seinem Gesicht. Frank kam es vor, als habe Einstein hinter seiner Maske ein spöttisches Krächzen von sich gegeben.

Dann wandte er sich ab, machte zwei Schritte zum anderen Ende des Heizkörpers hin und drehte den Thermostat bis zum Anschlag auf.

»He, bist du bescheuert? Hast du eine Ahnung, wie heiß das hier in der engen Wohnung wird?«, protestierte Frank.

Aber Einstein stand schon wieder in der Tür. Er drehte sich nicht mehr um, sondern hob nur noch die rechte Hand und schwenkte zum Abschied die Pistole, bevor er so schnell wieder verschwand, wie er gekommen war.

2

Michael Zylinski hockte in seinem Wohngemeinschaftszimmer im dritten Stockwerk eines Hauses in Hamburg-St.Pauli auf dem Fußboden vor seinem alten Compaq-Notebook. Er korrigierte den Text einer Hausarbeit in Meeresgeografie, die er in zwei Tagen abgeben sollte. Der Arbeit galt jedoch nur ein kleiner Teil seiner Aufmerksamkeit. Mit einem Ohr kontrollierte er die summenden Geräusche der achtzig Gigabyte Festplatte seines PC-Towers, auf der gerade die neueste Version des Computerspiels RollingTetris aus dem Internet heruntergeladen und abgelegt wurde, mit dem anderen Ohr verfolgte er die Spätausgabe der Tagesthemen, während er mit der Nase den aktuellen Zustand seiner Fertigpizza überprüfte, die er in der Küche in den Backofen geschoben hatte.

Zwischen dem leisen, kratzenden Geräusch der Festplatte und der monotonen Fernsehstimme erklang plötzlich die Erkennungsmelodie einer englischen Fernsehserie aus den sechziger Jahren.

Michael drückte sofort auf die Empfangstaste seines Handys.

»Hallo Michael, hier ist Katja, ist Frank bei dir?«, hörte er die Stimme der Frau sagen, die er schon seit Beginn seines Studiums an der Universität Hamburg verehrte. Selbstverständlich ohne es in den letzten drei Jahren jemandem verraten zu haben.

»Nein, aber warte einen Moment«, antwortete Michael und tastete mit einer Hand nach der Fernbedienung des Fernsehers. Dabei stieß er gegen den Bildschirm des Notebooks, das sofort zuklappte und die letzten beiden Seiten seiner Hausarbeit im Nirwana verschwinden ließ. Noch bevor er den Fernseher abstellen konnte, kollidierte sein rechter großer Zeh mit dem Tischbein seines Schreibtisches, wodurch die Festplatte augenblicklich zu surren aufhörte. Michael biss sich auf die Unterlippe und fluchte leise. »Mist!« Er hielt die Fernbedienung weiter in der einen und das Handy in der anderen Hand und hüpfte auf einem Bein in die Küche, um wenigstens dort das Schlimmste zu verhindern.

»Ist bei dir alles in Ordnung?«, hörte er Katja aus dem Hörer fragen.

»Ja, alles bestens«, sagte Michael, während er die Fernbedienung ins Spülbecken warf und den Schalter des Backofens ausdrehte.

Katja Albers war eine dieser strahlend schönen Frauen mit blonden Haaren und hellblauen Augen, von denen es in jedem Semester nur wenige gab. Michael fand, dass man nicht so genau einschätzen konnte, ob diese Traumfrauen tatsächlich so gut aussahen, oder ob sich in ihren strahlenden blauen Augen nur die grenzenlose Bewunderung widerspiegelte, die ihnen durch die versammelte männliche Zuhörerschaft in den ersten Vorlesungen zuteil wurde.

Katja Albers wurde schon bald in Begleitung eines Mitglieds der groß gewachsenen männlichen Sportfraktion gesehen, die zumeist ebenso blond war wie deren weibliche Eroberungen. Bei Katjas Eroberer handelte es sich im Übrigen um Michaels besten Freund, Frank Schönbeck.

Seinem Aussehen nach gehörte Michael Zylinski nicht zu

den auffallend attraktiven Studenten, ohne dass er das sonderlich bedauert hätte. Er zählte eher zu den vielen normalen und unauffälligen Studenten, schlank, aber weder durchtrainiert noch muskulös. Er trug eine Brille, die nicht sehr modisch war, aber auch keine extra dicken Brillengläser hatte. Er ließ sich keinen Bart stehen, ging aber auch nicht alle drei Wochen zum Friseur, um sich die lockigen, braunen Haare nachschneiden zu lassen. Seine Professoren konnten sich nicht unbedingt sofort an sein Gesicht in der dritten Sitzreihe des Hörsaals und den dazugehörigen Namen erinnern.

Die Unauffälligkeit hatte jedoch den unwiderlegbar großen Vorteil, fand Michael, dass man notfalls bei der nächsten Vorlesung immer behaupten konnte, man sei auch bei der letzten zugegen gewesen, selbst wenn das nicht unbedingt stimmen musste.

»Ich dachte, ihr wolltet heute Abend ins Kino?«, fragte Michael und rieb sich den immer noch schmerzenden großen Zeh.

»Ja, wollten wir. Wir wollten uns auch um halb acht treffen, aber jetzt rate mal, wer nicht da war? Dein großer Kumpel Frank Schönbeck.« Katja klang hörbar genervt.

»Ich habe bis halb neun blöd in der Gegend herumgestanden, und als er dann noch nicht da war, bin ich nach Hause gefahren. Ich habe ihn gerade zum sechsten Mal angerufen, aber er geht nicht ran. Weder zu Hause noch ans Handy.«

Halb neun, und jetzt war es Viertel nach elf, rechnete Michael schnell nach. Kein Wunder, dass Katja sauer war, wenn Frank sie versetzt und sich seit fast drei Stunden nicht gemeldet hatte.

»Er ist bestimmt zu Hause und arbeitet an seiner Diplomarbeit. Ich hol dich ab, und wir fahren hin«, schlug Michael vor.

»Wahrscheinlich hockt er über seinen Tiefseekarten und hat alles andere vergessen«, sagte Michael, bevor ihm klarwurde, dass das für Katja, die eine Stunde lang vergeblich auf Frank gewartet hatte, keine besonders aufmunternde Bemerkung gewesen sein konnte.

Aber Katja war nicht auf Streit aus. »Also gut, aber bring deinen Schlüssel für seine Wohnung mit, ich habe ihm meinen letzte Woche zurückgegeben«, sagte sie.

Bevor Michael etwas sagen konnte, hatte Katja schon aufgelegt. Die letzte Bemerkung bezog sich ganz offenbar auf eine Veränderung in der Beziehung von Katja und seinem besten Freund, die er nicht mitbekommen hatte.

Das verwunderte Michael allerdings nicht besonders. Schließlich waren Frank und Katja schon drei Monate lang ein Paar gewesen, bevor er es überhaupt gemerkt hatte. Er hatte zu dieser Zeit noch halbherzig überlegt, selbst den Versuch zu wagen, Katja anzusprechen. Als die beiden ihn dann aber vor etwa einem Jahr zusammen zu einer Party abgeholt hatten, war er doch froh darüber gewesen, dass sich die Dinge mal wieder von selbst geregelt hatten. Zumeist war es ihm nur recht, wenn alles seinen geregelten Lauf nahm und man ihm ersparte, daran mitzuwirken. So hatte er auch nichts gegen die Beziehung zwischen Katja und seinem Freund Frank einzuwenden gehabt. Er stellte nur im Verlauf der Zeit überrascht fest, dass Katja Albers nicht nur strahlend schön, sondern zudem noch überaus sympathisch war.

Daher war er auch heute Abend sofort bereit, alles stehen und liegen zu lassen, um Katja abzuholen und herauszufinden, warum Frank nicht zu ihrer Verabredung erschienen war.

Der Weg von Michaels zu Katjas Wohnung dauerte zu Fuß nur fünf Minuten. Sie wohnte in einer kleinen Seitenstraße, mitten in St. Pauli. Doch Michael benötigte fast eine Viertelstunde, um seinen Peugeot 205 aus der engen Parklücke zu rangieren, ihn durch die schlecht beleuchteten regennassen Straßen zu manövrieren und anschließend durch das komplizierte System der verzweigten Einbahnstraßen zu schlängeln.

Katja stand bereits vor ihrer Haustür und wartete, sodass Michael froh war, wenigstens nicht nach einem freien Parkplatz suchen zu müssen. Sie stieg ein, und als sie sich neben ihn auf den Beifahrersitz setzte, nahm sie die Wollmütze ab und band ihre blonden Haare zu einem Pferdeschwanz zusammen. Michael starrte sie von der Seite an und ließ den Motor laufen. Hinter ihnen hupte jemand ungeduldig.

»Was ist? Fahren wir?«, Katja blickte fragend zu ihm herüber. Michael trat entschlossen auf das Gaspedal und konzentrierte sich nur noch darauf, sich in den Verkehr der Hauptstraße einzuordnen.

»Ich kann mir überhaupt nicht vorstellen, wieso Frank unsere Verabredung vergessen hat. Es war schließlich sein Vorschlag, heute Abend auszugehen.«

Michael unternahm nur einige wenig erfolgreiche Versuche, Katja zu beruhigen, als sie durch den diesigen Novemberabend an der Außenalster entlang in Richtung Winterhude fuhren. Er machte sich keine besonderen Gedanken darüber, warum Frank die Verabredung verpasst hatte. Er war zwar nicht unzuverlässig, aber im Stress einer Diplomarbeit konnte man schließlich schon mal einen Termin verschwitzen. Eine Verabredung mit Katja war andererseits nicht irgendein Termin, und Michael war überzeugt, dass ihm das mit einer Frau wie Katja auf keinen Fall passiert wäre. Je länger er darüber nachdachte, desto eher kam Michael zu dem

Schluss, dass es für Franks Verhalten eine andere Erklärung geben musste.

»Siehst du, in seiner Wohnung brennt Licht. Frank ist zu Hause und beschäftigt sich brav mit seinen Klimaschwankungen«, sagte er zu Katja, als er den Peugeot einparkte. Frank Schönbeck lebte seit einem Jahr in einer 50-Quadratmeter-Wohnung in einer kleinen Nebenstraße unweit des Stadtparkes. Vorher hatte er mit Michael zusammen in der Studenten-WG in St. Pauli gewohnt. Michael war noch immer dort und hatte nicht verstanden, wieso Frank sich plötzlich nicht mehr wohlgefühlt hatte.

Katja sagte wieder nichts zu der erneuten unbedachten Äußerung von Michael, mit der er andeutete, dass Frank lieber allein vor dem Computer saß, als mit ihr einen schönen Abend zu verbringen. Sie stiegen aus, und Katja drückte lange und energisch auf den Klingelknopf. Nichts rührte sich.

»Versuch es noch einmal«, sagte Michael.

»Ach, Unsinn, entweder ist er ausgegangen und hat das Licht brennen lassen, oder er will nicht gestört werden. Du kannst jetzt entscheiden, ob wir umsonst durch halb Hamburg gefahren sind, oder ob du Franks Schlüssel benutzen willst. Hast du ihn überhaupt mitgebracht, oder liegt er noch vergraben in deinem ganzen Computerkram?«

»Nein, nein, den habe ich dabei«, sagte Michael eilig und schloss die Haustür auf. Er wollte Katja nicht verärgern, hatte er doch immerhin durch Franks Vergesslichkeit die seltene Gelegenheit erhalten, mit ihr eine nächtliche Spazierfahrt durch Hamburg zu machen.

Sie stiegen in den zweiten Stock hinauf, und als Frank auf erneutes Klingeln und Klopfen nicht öffnete, schloss Michael mit dem mitgebrachten Schlüssel die Wohnungstür auf.

Ein Schwall heißer und stickiger Luft strömte ihnen entgegen.

»Was ist denn hier los?«, fragte Michael, als er Franks Stimme aus dem Wohnzimmer rufen hörte.

»Endlich, kommt rein und macht mich los, ich krieg kaum noch Luft.«

Katja war schneller als Michael im Wohnzimmer und erblickte zuerst den gekrümmt vor der Heizung kauernden und mit offenem Mund nach Luft japsenden Frank.

»Mein Gott, was ist denn hier passiert?«

Mit zwei schnellen Schritten war sie bei ihrem Freund, kniete sich hin und strich ihm die verschwitzten Haare aus dem Gesicht. Erst dann bemerkte sie die Handschellen.

»Was ist denn das? Wo sind die Schlüssel? Wir müssen dich losmachen.«

Michael öffnete ein Fenster und riss es auf. Frische, kalte Herbstluft strömte in den völlig überhitzten Raum. Dann drehte Michael den Thermostat bis zum Anschlag zu.

»Ich hab keinen Schlüssel, den hat der Typ mitgenommen«, keuchte Frank, während er gierig die kalte Luft einsog.

»Welcher Typ? Was ist passiert?«, fragte Michael.

»Gleich, macht erst mal diese blöden Dinger los.«

Frank zerrte an den Handschellen. Nun bemerkte auch Katja die abgeschürfte Haut und die wundgescheuerten Striemen an Franks Handgelenken. Aus der Wand hinter der Heizung waren einzelne Brocken vom Mauerputz auf den Teppichboden herabgerieselt.

»Nicht weitermachen, Frank, du hast ja schon die halbe Heizung aus der Wand gerissen. Ich rufe die Feuerwehr, die müssen irgendetwas mitbringen, um dich von den Handschellen loszumachen.«

»Nein, nicht. Lass das, nicht die Feuerwehr«, sagte Frank abwehrend, »Micha, geh in den Keller, da ist irgendwo eine Flex, mit der kannst du die Handschellen vielleicht durchtrennen, das kriegen wir selber hin.«

Michael rannte sofort los, während Katja aus dem Badezimmer ein Handtuch holte und Frank das schweißnasse Gesicht abtrocknete. Mit einer Papierschere zerschnitt sie sein T-Shirt und rieb ihm den Oberkörper ab, der über und über mit Schweiß bedeckt war.

Endlich kam Michael aus dem Keller zurück und balancierte mit der rechten Hand triumphierend einen riesigen Winkelschleifer auf seiner Schulter.

»Na, dann wollen wir mal die Nachbarn wecken.«

Nur wenige Kilometer von Franks Wohnung entfernt lag der Mann, der sich Einstein nannte, im fünften Stock eines an der Binnenalster gelegenen Hotels der gehobenen Kategorie auf seinem Bett und ließ seine Beine über die vordere Bettkante baumeln. Er hielt die Fernbedienung in der rechten Hand und zappte sich auf der Suche nach einer Eishockey-Übertragung durch die unzähligen Programme des Satellitenfernsehens. Das Zimmertelefon klingelte, und Einstein nahm den Hörer ab.

»Ja, bitte?«, meldete er sich.

»Ein Gespräch für Sie aus Kanada«, kündigte der Mann von der Hotelrezeption höflich an.

»Danke.« Einstein wartete, bis er sicher war, dass der Rezeptionist aufgelegt hatte.

»Mr. Van?«, fragte er.

Eine leise Stimme meldete sich am anderen Ende der Leitung:

»Hast du die Karte?«

»Nein«, sagte Einstein, »der Student hat sie nicht, ich habe ihn heute besucht. Wenn er sie gehabt hätte, hätte er sie mir gegeben, soviel ist sicher.«

»Wer hat sie dann?«, fragte die Stimme.

»Unser alter Freund, Professor Dr. Anton Pfleiderer, so nennt er sich hier jedenfalls.«

»Ein guter alter deutscher Name«, sagte der Anrufer anerkennend.

»Österreichisch«, korrigierte Einstein, als sei der Unterschied wichtig. »Pfleiderer ist aber nicht in der Stadt, er wird erst morgen an der Universität Hamburg zu seinen Vorlesungen zurückerwartet. Ich werde dafür sorgen, dass er mir begegnet.«

Einstein lauschte Sekunden ins Leere. Endlich meldete sich der Mann aus Kanada wieder.

»Einstein?«

»Ja, Mr. Van?«

»Du weißt, wie viel diese Karte unseren Familien bedeutet. Nach der langen Zeit ist sie mit Geld nicht mehr zu bezahlen. Ich will damit nur sagen, mach nicht noch einmal einen Fehler.«

»Nein, Mr. Van«, versicherte Einstein. Doch der Anrufer hatte schon aufgelegt, ohne seine Antwort abzuwarten.

3

Frank lag langgestreckt auf seiner Couch mit dem Kopf in Katjas Schoß und betrachtete seine zerschundenen Handgelenke. Michael saß ihnen gegenüber in dem Ledersessel, in dem acht Stunden zuvor noch der Mann gesessen hatte, der sich Einstein nannte und der seine Pistole auf Frank gerichtet hatte.

Im Gegensatz zu Einstein versank Michael fast in dem riesigen Sessel. Er hatte die Reißverschlüsse an den Innenseiten seiner dicken Winterstiefel heruntergezogen, sodass das pelzbesetzte Innenfutter sichtbar war. Die nackten Knöchel seiner Füße waren zu sehen, die wie auf einem erlegten Großwild auf dem Winkelschleifer thronten.

Der Stahl der Handschellen hatte dem schweren Werkzeug nicht lange standgehalten. Noch bevor sich jemand über den nächtlichen Lärm beschweren konnte, hatte Michael Frank auch schon von den Fesseln befreit. Jetzt baumelten die Handschellen an den beiden unbeschädigten Ringen der Heizung.

»Die lässt du am besten da hängen, damit du morgen der Polizei wenigstens ein paar Spuren des Überfalls zeigen kannst«, sagte Katja.

»Ich bin mir nicht sicher, ob ich der Polizei überhaupt irgendetwas davon erzählen will«, antwortete Frank.

»O ja, jetzt bist du wieder obenauf, aber bis eben hattest du noch Angst, dass du die ganze Nacht an der Heizung hängen müsstest. Natürlich rufst du morgen die Polizei an, der Kerl hat dich schließlich mit einer Pistole bedroht«, sagte Katja.

»Aber ich wusste doch, dass du oder Michael irgendwann

kommen würdet. Das Telefon hat doch die ganze Zeit geklingelt«, protestierte Frank.

Katja schüttelte den Kopf und löste ihren blonden Pferdeschwanz, indem sie ihr Haargummi aus den Haaren zog. Noch immer war es viel zu heiß in der Wohnung. Auch wenn es schon Anfang November war und die Nächte kühler wurden, die Zimmertemperatur in unmittelbarer Nähe des mit voller Kraft laufenden Heizkörpers musste an die dreißig Grad erreicht haben.

»Du scheinst dich ja wieder sehr sicher zu fühlen, Frank Schönbeck. Ich habe immerhin heute Abend eine Stunde vor dem Kino auf dich gewartet, und ich kann dir sagen, ich habe lange überlegt, ob ich dich überhaupt anrufen soll.«

»Und was für eine Karte wollte dieser Kerl genau von dir?«, mischte sich Michael in den aufkommenden Beziehungsstreit ein.

Frank hatte den beiden die Geschichte des Überfalls ausführlich erzählt, doch bisher hatten sie hauptsächlich darüber gerätselt, was es mit der Einstein-Maskerade des unbekannten Eindringlings auf sich haben könnte.

»Er wollte eine alte Seekarte. Ich kenne die Karte tatsächlich. Darauf ist fast nichts zu sehen, nur der nordwestliche Teil des Atlantiks und ein Stück der Küste von Kanada. Ich glaube, ein Teil von Neufundland und ganz Neuschottland bis runter nach Boston sind auch drauf. Aber ich habe keine Ahnung, was er damit will. Er hat nur ständig behauptet, dass sie ihm gehört. Und gedroht wiederzukommen, wenn ich sie ihm nicht gebe.«

»Du weißt wirklich, welche Karte er gesucht hat?«, fragte Michael verwundert.

»Ja, natürlich, sie gehört Professor Pfleiderer. Er hat sie mir gegeben, als ich mit ihm mein Thema für die Diplomarbeit besprochen habe. Er hat mir alles gegeben, was er an Kartenmaterial in seinem Arbeitszimmer finden konnte. Es war so viel, dass ich hier einen ganzen Tag lang nur Seekarten sortiert habe. Ich kann mich gut an die Karte erinnern, die dieser Einstein haben wollte, weil sie mit Abstand die älteste war. Ich glaube, sie war sogar auf altem Pergamentpapier gedruckt. Aber ich habe sie zur Seite gelegt, weil sie für mein Thema nicht zu verwenden war. Der Maßstab stimmte nicht, und die Gegend ist viel zu weit nördlich, weil der Golfstrom, über den ich schreibe, viel weiter südlich in Richtung Europa abdriftet.«

Katja nickte und gähnte ausgiebig. Frank setzte sich auf, und sie legte ihren Kopf an seine Schulter. Es war jetzt fast halb zwei Uhr morgens, und Katja war von Frank über das Thema seiner Diplomarbeit in den letzten Wochen mehr als ausreichend informiert worden.

»Ich glaube, mir reicht es für heute. Ich bestehe darauf, dass du morgen die Geschichte der Polizei erzählst, aber jetzt schlafe ich am liebsten gleich hier ein«, sagte sie.

Frank umarmte sie. Michael bemerkte es und hörte abrupt auf, mit seinen Füßen den auf dem Boden liegenden Winkelschleifer hin und her zu schaukeln. Er stand auf und griff nach seinen Autoschlüsseln.

»He, du musst jetzt nicht gehen«, sagte Frank.

»Doch, doch, ich habe noch eine Pizza im Ofen«, sagte Michael. Dann schien ihm etwas einzufallen.

»Wo ist diese ominöse Karte denn jetzt?«, wollte er wissen.

»Na, ich habe sie Professor Pfleiderer zurückgegeben, was soll sie hier auch rumliegen?«, sagte Frank und betrachtete seine dösende Freundin. Dann blickte er auf und sah, dass

Michael zwar schon in der Tür stand, aber anscheinend abwartete, ob Frank noch etwas sagen würde.

»Ich schaue morgen bei dir vorbei«, fügte Frank hinzu, »wenn ich bei der Polizei gewesen bin.«

Dann sah er wieder Katja an. »Vielleicht.«

Es war ein trüber und grauer Freitagmorgen in Hamburg. Es regnete, als Einstein aus seinem Hotel auf die Straße trat. Er überlegte, ein Taxi herbeizurufen, doch weil es so früh am Morgen war, ging er schließlich die zwei Kilometer bis zur Universität zu Fuß. Mit einem Regenschirm von der Hotelrezeption marschierte er in Richtung Universität und dachte darüber nach, wie er möglichst unauffällig ein Treffen mit Herrn Professor Dr. Anton Pfleiderer arrangieren konnte. Um halb acht Uhr morgens war es für den Besuch einer Vorlesung noch zu früh. Er konnte auch schlecht einen Termin mit Pfleiderers Sekretärin vereinbaren und in ihrem Vorzimmer mit einer Motorradmaske über dem Kopf aufkreuzen, um sich beim Professor anmelden zu lassen. Wenn er andererseits seine Maske nicht trug, würde Pfleiderer ihn erkennen und wahrscheinlich sofort die Flucht ergreifen – nach allem, was in der Vergangenheit zwischen ihnen vorgefallen war.

Auf keinen Fall war zu erwarten, dass Pfleiderer ihm die Seekarte freiwillig überlassen würde. Es war nicht einmal auszuschließen, dass er um den Besitz der Karte verbissen kämpfen würde, aber darauf war Einstein vorbereitet.

Er dachte daran, was Mr. Van gesagt hatte, einen weiteren Fehler durfte er sich nicht erlauben …

Einstein tastete in seiner hellgrauen Aktentasche, die er zur Tarnung bei sich trug, nach seinem .38er-Colt und spürte das beruhigende kalte Metall der kantigen Waffe. An deren Einsatz am helllichten Tag war allerdings kaum zu denken. Wenn er während einer gut besuchten Vorlesung mitten im Seminarraum auf Pfleiderer schießen würde, wäre die Gefahr, in einer Panik festgehalten zu werden, viel zu groß.

Einstein brauchte dringend eine andere Möglichkeit, Professor Pfleiderer zu zwingen, ihm widerstandslos sein Eigentum zurückzugeben: die historische Seekarte der Clan-Familien von Neuschottland.

Er erreichte die Eingangstreppe, die zu den Hörsälen der Universität führte, und setzte sich auf die unterste Treppenstufe. Mit seinen vierzig Jahren hatte er sich ein so jugendliches und sportliches Aussehen bewahrt, dass er trotz seiner Körpergröße auch in der Universität nicht auffiel.

Lediglich die helle Aktentasche passte nicht zu der Erscheinung des zwei Meter großen Hünen mit den kurzgeschnittenen schwarzen Haaren und den dunklen Augen. Sie würde jedem, der darauf trainiert war, auf verdächtige Personen zu achten, sofort ungewöhnlich vorkommen.

Doch Einstein war sich sicher, dass er nichts zu befürchten hatte. Er vergewisserte sich noch einmal, dass ihn niemand beobachtete. Dann griff er nach einem der roten Ziegelsteine, mit denen der Fahrradweg vor der Universität neu gepflastert wurde, und ließ ihn unauffällig in seine Aktentasche gleiten.

Dann nahm er zwei Treppenstufen auf einmal, um seinem alten Bekannten, dem Professor für Geografie an der Universität Hamburg, Herrn Dr. Anton Pfleiderer, einen Überraschungsbesuch abzustatten.

4

Michael hatte nicht erwartet, Frank so schnell wiederzusehen. Und ganz bestimmt nicht um elf Uhr morgens, nur einen Tag, nachdem er zehn Stunden lang angekettet an einer voll aufgedrehten Heizung in seiner eigenen Wohnung festgesessen hatte.

Und schon gar nicht hatte Michael erwartet, dass Frank mit einem voll gepackten Rucksack auf dem Rücken vor seiner Tür stehen würde. Doch genau dieses Bild bot sich ihm, als er seine Wohnungstür öffnete.

»Was hast du denn vor? Willst du verreisen? Und wo ist Katja?«, fragte er.

»Bei mir zu Hause. Sie hat darauf bestanden, die Polizei zu holen, hast du ja mitbekommen. Aber dafür habe ich jetzt echt keine Zeit.«

Frank kam herein, setzte seinen Rucksack ab und betrachtete die Unordnung in Michaels Arbeitszimmer.

»Bei dir sieht es auch nicht viel anders aus als bei mir. Wo stecken deine Mitbewohner?«

»Die sind mal wieder auf großer Tour. Ich versorge die Katzen und kann so wenigstens in Ruhe arbeiten«, sagte Michael, schob seine Brille nach oben und rieb sich gähnend die Augen.

»Willst du was frühstücken?«, fragte er.

»Wenn du Kaffee hast?«

Michael nahm eine Tasse aus dem Küchenschrank und gab sie Frank, der sich aus der noch halb gefüllten Glaskanne der Kaffeemaschine einschenkte.

»Was heißt das? Wieso hast du keine Zeit für die Polizei?

Katja hat schon Recht, immerhin bist du bedroht worden und ...«

Bevor er weitersprechen konnte, wurde er vom Klingeln des Telefons unterbrochen.

»Ja, er ist hier«, sagte Michael und reichte Frank den Hörer. »Katja.«

Frank nahm zögernd den Hörer.

»Hallo?«

»Frank, wo steckst du? Die Polizei war gerade hier, und ich musste die ganze Geschichte erzählen, obwohl ich keine Ahnung habe, was genau da gestern abgelaufen ist. Du kannst dich doch nicht einfach so verdrücken!«

»Aber du wolltest doch unbedingt die Polizei rufen!«, protestierte Frank.

»Du kannst nicht einfach so tun, als wäre nichts passiert. Ich habe der Beamtin gesagt, dass du dich bei ihr melden wirst, und das tust du gefälligst auch! Was glaubst du, wie die geguckt hat, als ich ihr die beiden Handschellen an der Heizung gezeigt habe. Und als ich ihr dann noch erzählt habe, ein Mann mit einer Motorradmaske, der sich Einstein nannte, hätte dich gefesselt, hielt sie mich für völlig durchgeknallt. Was für ein Glück, dass es eine Frau war, einem männlichen Beamten hätte ich diese Geschichte bestimmt nicht erzählt.«

»Hast du ihr nichts von meinen Schulden erzählt und den Inkassoleuten, die hinter mit her sind?«, fragte Frank.

»Doch«, sagte Katja, »wir haben uns darauf geeinigt, dass wahrscheinlich jemand deinen 15 000-Euro-Kredit eintreiben will. So war die Geschichte wenigstens einigermaßen glaubhaft. Sie hat mir ihre Karte mit ihrer Telefonnummer gegeben, damit du ihr die Geschichte selbst erzählen kannst. Und das tust du am besten heute noch.«

»Das kann ich nicht, ich muss übers Wochenende verreisen.«

Frank hörte nur ein leises Zischen aus dem Hörer, und Michael sah ihn erstaunt an.

»Ich habe euch gestern nicht ganz die Wahrheit gesagt«, erklärte Frank, »die alte Seekarte, die dieser Einstein gesucht hat, ist nicht bei Professor Pfleiderer. Sie ist bei Peter in London«, sagte er.

Nach einer kurzen Pause hatte Katja die Sprache wiedergefunden.

»Warum ist die Karte in London, und warum hast du uns und diesem Einstein dann bloß erzählt, dass sie bei Pfleiderer wäre?«

»Na ja«, sagte Frank zögernd, »es stimmt schon, Pfleiderer hatte mir die Karte für meine Diplomarbeit gegeben. Aber als ich im Sommer zu Peter nach London gefahren bin, habe ich die Karte mitgenommen. Wir haben zusammen überlegt, ob ich sie für meine Arbeit gebrauchen kann. Weil sie aber nichts taugte, habe ich sie einfach bei Peter vergessen.«

»Aber warum hast du dann Einstein gesagt, du hättest sie Pfleiderer zurückgegeben?«, hörte er Katja fragen, und er sah an Michaels Gesichtsausdruck, dass auch er die gleiche Frage hatte stellen wollen.

»Die Karte gehört doch Professor Pfleiderer, und ich wollte nicht, dass er erfährt, dass ich sie einfach mit nach London geschleppt und dort vergessen habe. Ich kann mich gut an die Karte erinnern, sie ist sehr alt und vielleicht sogar sehr wertvoll. Deshalb werde ich jetzt gleich nach London fliegen und mir die Karte von Peter wiederholen. Dann kann ich sie Pfleiderer wiedergeben, und dieser Einstein kann sie von mir aus auf dem Mond suchen.«

Michael sah nicht so aus, als würde ihn dieser Plan überzeugen, doch Katja kam ihm wieder zuvor.

»Wie lange willst du bleiben?«, fragte sie.

»Bis Sonntag, abends bin ich wieder zurück. Ich schaue nur mal kurz bei Peter vorbei, und am Montag bringe ich dem Professor seine Karte zurück.«

»Und danach gehst du sofort zur Polizei und erklärst denen, dass du gestern überfallen worden bist. Sonst brauchst du dich gar nicht mehr bei mir zu melden«, sagte Katja.

»Ja, natürlich«, sagte Frank und wartete anschließend vergeblich auf ihre Wünsche für eine gute Reise. Dann legte er den Hörer auf.

»Was ist denn, wenn jetzt Einstein zu Professor Pfleiderer geht und genauso über ihn herfällt wie über dich, weil er ihm die Karte abnehmen will?«, fragte Michael. »Immerhin ist er nicht gerade zimperlich mit dir umgegangen.«

»Keine Sorge«, sagte Frank, »soweit ich weiß, ist Pfleiderer verreist und kommt erst nächste Woche zu seinen Vorlesungen zurück. Sonst hätte ich doch Einstein nicht so einfach zu ihm geschickt. Außerdem wird der gute Einstein schon die Lust verlieren, wenn er das ganze Wochenende umsonst nach der Karte sucht.«

»Soll ich dich eigentlich zum Flughafen fahren?«, fragte Michael.

»Nein, ich nehme den Zubringerbus vom Hauptbahnhof zum Flughafen in Lübeck und dann den Billigflieger nach Stansted. Habe ich alles schon gebucht. Aber du kannst mir dein GPS-Handy leihen, wenn du willst. Das kann ich unterwegs bestimmt gut gebrauchen.«

»Kein Problem«, sagte Michael und kramte auf seinem mit Papier übersäten Schreibtisch nach dem Handy. »Hier, damit du dich in London nicht verläufst«, sagte er spöttisch und reichte ihm ein mit gelbem Plastik überzogenes Gerät, das von einem normalen Mobiltelefon nicht zu unterscheiden war.

»Und wenn du wieder zurück bist, würde ich gerne mal einen Blick auf diese geheimnisvolle Karte werfen«, sagte er, während Frank das GPS-Handy einsteckte und sich seinen Rucksack überwarf.

»Aber klar doch, ich bin doch selbst neugierig geworden, weshalb Einstein so scharf darauf ist.«

Dann sah er seinen Freund nachdenklich an.

»Und falls Katja sich bei dir meldet, beruhige sie doch bitte ein bisschen, ja?«

Michael nickte noch, als er in der Wohnungstür stand und zusah, wie Frank die Treppenstufen hinablief.

»Hasta la vista«, sagte er leise.

5

Ein kalter Wind wehte Frank entgegen, als er an der Liverpool Street Station aus dem Flughafenbus ausstieg und die Rolltreppe zur U-Bahn hinunterfuhr. Bei seinem letzten Besuch in London im hochsommerlichen August hatte ihm die kochend heiße Luft, die aus den U-Bahn-Schächten heraufströmte, noch den Atem verschlagen. Hätte man damals auf den Straßen über den Einstiegen, die zu den Zügen hinabführten, riesige Dampfdruckventile angebracht, hätten die Pfeiftöne den Menschen das Trommelfell zerfetzt, dachte er.

Er erreichte den letzten Wagen eines Zuges der grünen District Line, die London in Ost-West-Richtung durchquerte, und stieg an der Station Earls Court aus, dem Stadtteil, in dem Peter wohnte.

Frank kannte ihn von einem Basketballturnier, zu dem die Hamburger Universitätsmannschaft vor fünf oder sechs Jahren nach London gereist war. Peter sah aus wie eine Miniaturausgabe von ihm selbst, obwohl er nicht ganz so groß war und nicht ganz so lange und auch nicht ganz so blonde Haare hatte. Dafür war er wendig, begeisterungsfähig und alles in allem praktischer veranlagt als Frank. Peter hatte, obwohl er mit achtundzwanzig genauso alt war wie Frank, sein Geophysikstudium bereits abgeschlossen. Sofort nach dem Studium war ihm eine Stelle als wissenschaftlicher Mitarbeiter an der University of London angeboten worden, die er ohne zu zögern angenommen hatte. Jetzt arbeitete er mit einem Eifer, um den Frank ihn beneidete.

Frank fürchtete sich vor der Zeit nach dem Studium, stand ihm damit doch der Wechsel in ein wenig abwechslungsreiches Berufsleben bevor. Während des Studiums hatte er immer genügend Zeit mit seiner Lieblingsbeschäftigung verbringen können, die darin bestand, sich in der Gegend herumzutreiben und möglichst viel von der Welt zu sehen.

Nicht zuletzt deshalb hatte er viel zu viel Zeit mit der Suche nach einem Thema für seine Diplomarbeit verschwendet. Irgendwann hatte Katja die Geduld verloren und ihn gedrängt, nach London zu fahren, um Peter Adams um Hilfe zu bitten. Sie hatte es nicht länger mit ansehen können, wie er jede Woche eine neue Idee entwickelte, die er dann ein paar Tage lang hegte und pflegte, nur um sie anschließend wieder zu verwerfen. Meistens mit der Begründung, das Thema sei viel zu langweilig und interessiere doch sowieso niemanden.

Heute Morgen hatte sich Peter über seinen Anruf gefreut,

ihm aber auch gleich gesagt, dass er für den heutigen Freitagabend schon verabredet war. Zwar hatte er nichts Genaueres gesagt, Frank konnte sich aber schon denken, was das für eine Verabredung war. Peter hatte schnell herausgefunden, dass sein neuer Status als wissenschaftlicher Mitarbeiter ihm eine gewisse Bewunderung bei Studentinnen der unteren Semester einbrachte. Er nutzte den Vorteil gern aus, um sich für den Abend zu verabreden.

Frank hatte nicht nachgefragt, mit wem Peter heute Abend ausging. Er wusste, dass er später von ihm sowieso alles darüber erfahren würde. Für den Augenblick genügte es zu wissen, dass der Haustürschlüssel zu Peters Wohnung an der üblichen von außen zugänglichen Stelle lag.

Peters Abwesenheit hatte zudem den Vorteil, dass Frank in Ruhe nach der Seekarte suchen und sich überlegen konnte, wie viel er Peter von dem gestrigen Überfall erzählen wollte. Am Telefon hatte er die alte Seekarte mit keinem Wort erwähnt.

Frank durchquerte die U-Bahn-Station Earls Court, wurde von einer sich schiebenden Menschenmenge erfasst und in Richtung Ausgang gedrückt. Alle wollten so schnell wie möglich nach Hause, um sich umzuziehen und sich dann in das Nachtleben des bevorstehenden Wochenendes zu stürzen. Manche sparten sich auch den lästigen Kurzbesuch zu Hause und nahmen die Abkürzung, gleich von der Arbeit in einen der Pubs an der nächsten Straßenecke.

Zwei Stunden hatte die Fahrt mit Bus und U-Bahn gedauert. Es war dunkel geworden, und Frank hatte noch einen Weg von zwanzig Minuten durch die engen Nebenstraßen vor sich. Er mochte die grauen, vom gelben Licht der Straßenlaternen beleuchteten viktorianischen Häuser mit ihren ausladenden, fast in den Bürgersteig hineingebauten, breiten Eingangstreppen. Doch heute achtete er nicht auf die Architektur, denn er konnte weder Einstein noch dessen schwarze Motorradmaske mit dem grell leuchtenden Aufdruck e = mc^2 vergessen.

Was mochte an dieser alten Seekarte bloß so wichtig sein, dass der maskierte Eindringling ihn mit einer Waffe bedrohte, um sie in seinen Besitz zu bringen? Und warum hatte der Typ sich den Namen Einstein zugelegt? Frank hatte während des Fluges versucht, sich an Einzelheiten der Karte zu erinnern. Aber außer einer Halbinsel und ein paar vorgelagerten Inseln und jeder Menge Wasser war ihm nichts mehr eingefallen.

Endlich erreichte Frank die Sackgasse Crescent Court, in der Peter wohnte. Die kleine Straße bestand nur aus neun baugleichen, viktorianischen Häusern. Im hintersten Haus, am Kopfende der kleinen Gasse, brannte kein Licht. Das konnte nur bedeuten, dass Peter schon zu seinem Date unterwegs war und er den ganzen Abend Zeit hatte, das Rätsel um Einstein und seine geheimnisvolle alte Seekarte zu lösen.

6

Gloria McGinnis war in Eile. Sie hatte sich um sieben Uhr mit dem netten Studenten im Black Pirates Inn in der Tottenham Court Road verabredet und war noch nicht einmal dazu gekommen, sich zum Ausgehen zurechtzumachen.

Jetzt stand sie vor dem Spiegel und zog sich mit dem Kajal ihre Augenbrauen nach. Sie versuchte, sich daran zu erinnern, was er ihr erzählt hatte, als sie sich in der Warteschlange der Cafeteria in der Universität heute Morgen unterhalten hatten. Wenn sie seine Ausführungen richtig verstanden hatte, als sie ihn aus nächster Nähe mit ihren grünen Augen ansah, war er eigentlich gar kein Student mehr, sondern irgendsowas wie ein Assistent des Professors. Nur für welches Fach, das wusste sie nun wirklich nicht mehr. War es Geografie? Oder Geologie? Na, war auch nicht so wichtig, sicher würde sie im Laufe des Abends noch sehr viel mehr über seine Universitätslaufbahn erfahren. Und sei es nur, um ihn von dem abzulenken, was sie wirklich an Peter Adams interessierte. Gerade als sie mit ihrem Lippenstift hantierte, klingelte auf dem Hotelschreibtisch ihr Handy. Nach dem dritten Durchlauf der Glockentöne von Big Ben, die sie eigens für ihren London-Aufenthalt einprogrammiert hatte, schaffte sie es, die Annahmetaste zu drücken. »Hallo?«

»Gloria?«, hörte sie eine leise Stimme, die sehr weit entfernt klang.

»Mr. Van?«, fragte sie.

»Gloria, es kommt auf dich an«, sagte Mr. Van ernst.

»Einstein ist in Hamburg in Aktion getreten, aber die Karte ist noch immer verschwunden. Anscheinend ist sie wirklich in London.«

»Ich bin dran, Mr. Van, heute Nacht weiß ich vielleicht schon mehr. Wo ist Einstein?«, fragte sie.

»Einstein ist geflohen. Er wird zu dir Kontakt aufnehmen, aber nicht über mich«, sagte Mr. Van.

Gloria wartete, ob noch weitere Instruktionen folgen würden, doch Mr. Van hatte bereits aufgelegt.

Frank kniete auf dem Fußboden in Peters Wohnzimmer. Er beugte sich über eine unüberschaubare Ansammlung von Landkarten, die zu Peters umfangreicher Sammlung gehörten und die er aus den umstehenden Regalen herausgezogen und um sich herum verteilt hatte. Wenn Frank es noch nicht vorher gewusst hatte, so war es ihm in den vergangenen drei Stunden klargeworden: Peter Adams hatte eindeutig ein Faible für Landkarten.

Peter hatte im Laufe seiner Studienjahre eine stattliche Anzahl von Karten in jeder erdenklichen Größe und in jedem Maßstab zusammengetragen. Egal, wie alt oder in welchem Zustand die Karte war, Peter hatte einen Platz für sie gefunden. Seine Sammlung der Straßenverzeichnisse Londons enthielt unter anderem Stadtpläne, die aus den Nachkriegsjahren des 20. Jahrhunderts stammten. Im Gegensatz zu Frank legte Peter allerdings großen Wert auf Ordnung, und so hatte er all seine Schätze fein säuberlich in beschrifteten Mappen, Rollen aus Hartpappe, in Stehsammlern und in durchsichtigen Plastikfolien verpackt und in die Wandregale einsortiert.

Ohne ihre Herkunft zu hinterfragen, hatte Peter anscheinend auch die alte Seekarte in seine Sammlung eingefügt. Frank musste lange suchen, bis er sie endlich fand: eingerollt und aufrecht stehend in einer Zimmerecke, zwischen einer Anzahl von Weltkarten, die verstaut in Pappe und Plastik schräg an der Wand lehnten. Seit geraumer Zeit saß er jetzt schon vor der ausgebreiteten Karte und verstand noch immer nicht, warum jemand wegen dieses unbedeutenden Stücks Pappe einen bewaffneten Überfall begangen hatte.

Franks Gedächtnis hatte ihn nicht im Stich gelassen.

Die Karte zeigte tatsächlich die Nordostküste der USA am linken unteren Rand beginnend beim Gulf of Maine. Darüber die östlichsten Provinzen Kanadas, dann die Halbinsel Nova Scotia, die nur durch eine schmale Landbrücke mit dem nordamerikanischen Kontinent verbunden war, und den südlichen Teil der Insel Neufundland. Ansonsten war der größte

Teil der Karte auf fast zwei Dritteln ihrer Fläche nur eine riesige blaue Wassermasse, der Atlantische Ozean. Er erstreckte sich über den gesamten rechten Kartenteil.

Frank sah sich ähnliche Karten aus Peters Sammlung an. Er verglich die Breiten- und Längengrade, die auf der alten Karte nur als schwache, unterbrochene Linien zu erkennen waren. Er schätzte, dass auf der alten Karte die Region zwischen dem vierzigsten und siebenundvierzigsten nördlichen Breitengrad und dem fünfzigsten und fünfundsiebzigsten westlichen Längengrad abgebildet war.

Die Karte umfasste ein so riesiges Gebiet, dass sie als Teil einer Weltkarte einzuordnen war, ihr Maßstab musste ungefähr 1 : 5 000 000 betragen.

All diese Betrachtungen und Analysen konnte Frank in aller Ruhe anstellen. Niemand störte ihn, Peter kehrte auch mit fortschreitendem Abend nicht nach Hause zurück. Leider nur war die Karte bei Weitem nicht so spektakulär, wie Frank sie sich ausgemalt hatte. Gemessen an Einsteins Entschlossenheit und seinen Drohungen schien das langweilige Papier vor ihm nicht allzu viel herzugeben. Er wusste zwar nicht genau, was er zu finden gehofft hatte, aber diese Karte hatte definitiv wenig Aufregendes an sich. Sie war nicht einmal aus Pergament, wie er sich zu erinnern geglaubt hatte. Sie bestand einfach nur aus außerordentlich dickem Packpapier. Er untersuchte ihre Beschaffenheit genauer und fand heraus, dass jemand mehrere Schichten dünnen Papiers übereinandergeklebt haben musste, um die Karte stabiler zu machen. Das konnte bedeuten, dass die Karte früher tatsächlich von Seeleuten oder Fischern benutzt worden war, die sie im Freien verwendeten, wo sie mit dünnem Papier, das bei jeder Bewegung einriss, nichts anfangen konnten. Auf den abgebildeten

Landmassen Neuschottlands und Neufundlands waren nur sehr vereinzelt Ortsnamen eingetragen. Nur die Inseln und die großen Ströme und Meerengen, die sich hier tief in den nordamerikanischen Kontinent einschnitten, trugen genaue Bezeichnungen. Frank las die Namen Cape Breton, Prince Edward Island, Isle de la Madeleine, die Insel, die zur französischsprachigen Provinz Quebec gehörte, Gulf of Saint Lawrence und Bay of Fundy, eine große Bucht, von der er wusste, dass es dort den höchsten Tidenhub der Welt gab und die stärksten Gezeitenströme mit den größten Wasserstandsdifferenzen zwischen Ebbe und Flut auftraten.

Eine große Inschrift befand sich auf dem blauen Ozean: The Grand Banks of Newfoundland. Das war alles.

Frank war enttäuscht. Dafür hatte er Katja in Hamburg sitzen gelassen und war genau genommen nur mal zum Spaß nach London geflogen. Seufzend stand er auf und schüttelte seine langen Beine aus, die schon wieder kurz vor dem Einschlafen gewesen waren. Genau wie gestern, als er in kauernder Haltung vor der Heizung gehockt hatte. Er sah auf die Uhr. Kurz vor halb zwölf. Wenn der Abend für Peter gut verlief, würde er vielleicht überhaupt nicht mehr nach Hause kommen, und er selbst hatte den ganzen Abend sinnlos auf Peters Wohnzimmerfußboden verschwendet.

Dann fiel ihm wieder Einsteins Warnung ein: Es ist besser, wenn du mich nicht vergisst.

Konnte sich Einstein geirrt haben, und er war hinter der falschen Karte her? Oder war er doch nur ein durchgedrehter Irrer mit einem seltsamen Spleen. Die Motorradmaske mit der aufgedruckten Formel ließ jedenfalls darauf schließen, $e = mc^2$, was für ein Quatsch. Andererseits, nach Einsteins Beschreibung war die gesuchte Karte genau die, die jetzt zu Franks Füßen lag. Jede Einzelheit stimmte. Und Einstein hatte ihn bestimmt nicht zum Spaß bedroht, irgendetwas Lebenswichtiges schien für ihn mit dieser Karte zusammenzuhängen.

Zum wiederholten Male betrachtete er das Papier und entfernte dann den Locher und die Bücher, die er wahllos auf die Kartenränder gestellt hatte, um die Karte am Einrollen zu hindern. Dann bemerkte er etwas. Es war ihm schon vorher aufgefallen, doch er hatte ihm keine Beachtung geschenkt.

Auf der Karte fehlte die Windrose. Das kleine Diagramm, das auch auf den ältesten Karten der Welt meistens in der unteren rechten Ecke abgebildet war und die Ausrichtung der Karte nach den vier Himmelsrichtungen zeigte, war nirgendwo zu entdecken. Das war ein leicht zu übersehendes, eigentlich völlig überflüssiges Detail.

Die meisten Karten waren nach Norden ausgerichtet, sodass auf der Windrose, die zumeist in Form eines vierzackigen Sterns gezeichnet war, der oberste Zacken immer in Richtung Norden zeigte.

Auf dieser Karte fehlte die Windrose.

An ihrer Stelle fand Frank an den Kartenrändern vier pfeilförmige Symbole. Die Pfeile waren dreidimensional gezeichnet und durch feinförmige Linien senkrecht und waagerecht unterteilt, sodass sie aussahen wie eine aus gebrannten Ziegeln errichtete Mauer. Trotz des Alters der Karte konnte Frank erkennen, dass die Pfeile ursprünglich in verschiedenen Farben aufgemalt worden waren. Der nach Westen zeigende Pfeil am linken Kartenrand war schwarz, der nach Osten zeigende Pfeil am rechten Kartenrand rot gewesen. Bei den anderen beiden Pfeilen war die Farbe im Laufe der Zeit stark ausgeblichen. Erst bei genauer Betrachtung sah Frank, dass der nach Süden weisende Pfeil weiß gewesen sein musste. Der

Pfeil, der zum oberen Kartenrand nach Norden zeigte, hatte anscheinend nie eine Farbe gehabt. Die Umrisslinien dieses nördlichen Pfeils und die Linien, die Frank als Mauerwerk deutete, waren an dieser Stelle nur aufgezeichnet.

Was die Karte so wertvoll machte, war aber auch aus den vier Pfeilen nicht zu erkennen. Einstein weiß, was die vier Pfeile bedeuten, dachte Frank, als er endlich hörte, wie im Türschloss der Eingangstür der Schlüssel herumgedreht wurde.

7

»Frank, mein Alter, ich freue mich, dich zu sehen«, begrüßte Peter ihn überschwänglich. Er zog seine Jacke aus und drückte Frank mit beiden Armen an sich.

»Was hockst du hier so trocken in meinem langweiligen Arbeitszimmer? Warte, ich hole uns was zu trinken, lass uns noch ein bisschen feiern.«

Man konnte sehen, dass er bester Laune war. Mit zwei Flaschen Bier in der Hand kehrte er aus der Küche zurück.

»Oh, ich kann dir sagen, ich hatte einen netten Abend, so ein tolles Mädchen!«

»Und da bist du jetzt schon zurück? Es ist doch erst halb eins«, sagte Frank.

»Na, also hör mal, ich wusste doch, dass du heute Abend kommst. Ich werd doch meinen alten Kumpel nicht ganz allein in meinem Haus übernachten lassen.« Peter tat entrüstet. »Außerdem«, er kniff ein Auge zu, »waren wir noch nicht soweit. Jetzt aber zu dir, was treibt dich nach London?« Er blickte auf die auf dem Boden verstreuten Landkarten.

»Suchst du was Bestimmtes?«

»Das kann man wohl sagen«, sagte Frank, und während beide ihr Bier tranken, erzählte Frank die Geschichte vom Überfall und von der Landkarte. Wieder wurde ihm unbehaglich, als er an Einsteins starre Augen unter der Motorradmaske dachte, und an die Gier, die er in ihnen gesehen hatte. Unwillkürlich vermied er es, in seiner Schilderung den wahnwitzigen Spitznamen seines Besuchers und die Formel $e = mc^2$ zu erwähnen.

»Er hat was? Dich mit Handschellen an die Heizung gekettet? Wo steckt der Kerl? Wir trommeln unsere Basketball-Teams zusammen, und dann lassen wir ihn mit dem Kopf nach unten von der Tower Bridge schaukeln, bis er Schimmel ansetzt.«

Frank musste lachen. Ein wenig löste sich die Spannung des langen Tages.

»Aber du glaubst schon, dass der Kerl es ernst meint, oder?«, fragte Peter, während er auf die auf dem Boden verteilten Landkarten blickte.

»So wie das hier aussieht, suchst du schon eine ganze Weile nach der Karte. Welche ist es? Ah, ich sehe schon, die, die du im Sommer hier vergessen hast. Ich habe sie in die Ecke zu den anderen gestellt. Aber an ihr ist nichts Besonderes dran, oder?« Peter stellte seine Bierflasche ab und beugte sich nun ebenfalls über die Atlantikkarte. Sie untersuchten gemeinsam die Details der Karte, und auch Peter entdeckte nichts Aufsehenerregendes. Selbst die vier Pfeile an den Kartenrändern, stimmte ihm Peter zu, waren zwar ungewöhnlich, aber reichten lange nicht aus, um für das alte Stück Pappe bei einer Sotheby-Versteigerung einen guten Preis zu erzielen.

»Aber warte mal, zu der Karte gehört doch noch etwas.« Peter wühlte zwischen den Papprollen in der Zimmerecke herum und zog einen länglichen Stofffetzen hervor.

»Hier, sieh dir das mal an, mit diesem Stück Stoff war die Karte zusammengebunden.« Peter ließ den Stofffetzen zwischen Daumen und Zeigefinger herabbaumeln.

»Na und, ein kariertes Stück Stoff, was soll's?«, sagte Frank gähnend.

»Kariertes Stück Stoff? Also hör mal, das ist ein Tartanmuster, und der Stoff ist echter Tweed. Das ist nicht irgendein Stück Stoff. Daraus werden die weltberühmten Schottenröcke hergestellt. Je nach Farbe und Anordnung der Muster lässt sich der Stoff einer bestimmten Clan-Familie zuordnen«, Peter zögerte, »aber viel mehr weiß ich darüber leider auch nicht. Also vor allem nicht, zu welchem Clan dieses Muster gehören könnte.«

»Na, was haben wir denn da, eine Landkarte von Neuschottland, eingewickelt in ein Stück Tweed aus Schottland. Wenn das mal kein Zufall ist«, sagte Frank spöttisch.

»Aber wir haben das ganze Wochenende Zeit, dein Seekarten-Rätsel zu lösen«, erwiderte Peter unternehmungslustig. »Bis auf morgen Nachmittag, da habe ich mich mit Marie zum Kaffee verabredet.«

»Mary?«, fragte Frank. »Die tolle Frau von heute Abend?«

»Ja, genau die, aber sie heißt nicht Mary, obwohl sie mit ihren grünen Augen, den Sommersprossen auf der Nase und den roten Locken aussieht wie eine waschechte Irin«, sagte Peter, und seinem entrückten Blick konnte man ansehen, dass er im Geiste die Zeit noch einmal um ein paar Stunden zurückgedreht hatte.

»Sie heißt Marie, aber ich glaube, sie ist verheiratet. Wir

haben Telefonnummern ausgetauscht und uns für morgen Nachmittag zum Spaziergang verabredet. Bloß ihren Nachnamen wollte sie mir nicht verraten. Deshalb glaube ich, dass sie verheiratet ist.« Peter trank den letzten Schluck aus seiner Flasche.

»Weißt du, was sie zu mir gesagt hat?«, fragte er. »Wenn ich unbedingt einen Nachnamen wissen muss, könnte ich sie ja Marie Curie nennen.«

Mit einem Schlag war Frank hellwach. Kerzengerade richtete er sich im Sessel auf.

»Was sagst du da? Sag das noch mal. Wie sollst du sie nennen?«

»He, Frank, was ist denn plötzlich mit dir los? Marie Curie hat sie gesagt, wir haben rumgealbert, und da sind wir darauf gekommen. Wenn sie schon nicht Mary heißt, sondern Marie, kann ich sie auch gleich Marie Curie nennen, wie diese Ärztin oder Physikerin oder was die noch mal war. Was hast du denn? Du siehst aus, als hättest du ein Gespenst gesehen.«

»Ja, das hab ich, glaub ich, auch.« Frank sank in den Sessel zurück und war tatsächlich blass geworden.

»Es ist nur, weil, na ja«, er wusste wirklich nicht, wie er das Peter verständlich machen sollte, »der Kerl, der mich überfallen hat, hat gesagt, ich solle ihn Einstein nennen, und er hatte eine Maske auf dem Kopf, auf deren Innenfutter $e = mc^2$ eingestickt war.

Frank hatte Peter noch nie so verblüfft gesehen. Eine Weile sah dieser ihn schweigend und verständnislos an, und als er bemerkte, wie Peters Mundwinkel zu zucken anfingen, musste er ihn stoppen.

»Halt, halt, halt, halt, bevor du jetzt loslachst oder bevor du irgendwas sagst, der Kerl hat mich an meine eigene Heizung gekettet, und ich mache keinen Spaß, und Katja war heute Morgen deshalb bei der Polizei.« Er hielt Peter seine beiden aufgerissenen Handgelenke direkt vor sein Gesicht. Das bewirkte zumindest, dass Peter nicht lauthals loslachte. Stattdessen nahm er Franks Unterarme und besah sich eine Weile seine Handgelenke.

»Und jetzt glaubst du, dass …, also dass Marie …, also, dass sie irgendetwas mit deinem Überfall in Hamburg zu tun hat, weil …, weil dieser Typ sich Einstein genannt hat?« Peter sprach sehr langsam, weil er auch nur langsam dahinterkam, was Frank überhaupt meinte.

»Du hast es endlich erfasst«, sagte Frank seufzend. Peter ließ Franks Arme sinken, doch der streckte sie ihm sofort wieder mit einer beschwörenden Geste entgegen.

»O. K., ich weiß, das geht jetzt ein bisschen weit, aber wenn das kein Zufall ist …, dann …«

»… ist auch hier in London jemand hinter dieser Karte her und weiß wahrscheinlich auch, dass sie bei mir ist«, beendete Peter den Satz.

»Hast du Marie erzählt, wo du wohnst?«, fragte Frank besorgt.

»Nicht genau, nur dass ich in einer sehr kleinen Seitenstraße der Kensington High Street wohne. Das ist viel zu ungenau, aber wer weiß, was überhaupt hinter der ganzen Geschichte steckt. Ich habe ihr erzählt, dass ich Besuch aus Deutschland erwarte. Wenn sie mit diesem Einstein unter einer Decke steckt, und nach dieser unglaublich originellen Namensgebung tut sie das anscheinend, können sich die beiden zusammenreimen, wer der Besuch ist. Aber lass uns bloß damit aufhören, wir machen uns ja noch völlig verrückt.«

Frank zog seinen Schlafsack aus dem Rucksack.

»Genau, morgen werden wir bestimmt eine vernünftige Erklärung finden.«

Doch der nächste Morgen sollte noch ganz andere Überraschungen für sie bereithalten.

8

Frank schätzte, dass es gegen acht Uhr morgens war, als das Klingeln seines Handys ihn weckte.

»Hi, ich bin es, Katja, wach auf, es ist was passiert.«

Frank war sofort hellwach. Nach dem Gespräch mit Peter von gestern Abend war er sofort bereit zu glauben, dass etwas passiert war. Doch was Katja ihm erzählte, traf ihn wie ein Faustschlag in den Magen.

»Professor Pfleiderer ist tot. Jemand hat ihn umgebracht. Die Polizei hat gerade angerufen. Er wurde mit einem Ziegelstein erschlagen. Sie haben ihn gestern Abend in seinem Arbeitszimmer in der Universität gefunden.«

Katja wartete, doch von Frank kam keine Reaktion. »Frank, hast du mich verstanden?«

»Ja, schon, wie kann das passieren, wer hat das getan?«

»Sie wissen es nicht, aber es ist doch klar, wer es getan hat. Der Kerl, der dich überfallen hat, dieser Einstein.«

Nur langsam wurde Frank klar, was Katja da gerade erzählte und in welcher Gefahr er selbst gewesen war. Vielleicht war er es sogar immer noch.

»Haben sie ihn geschnappt?«

»Nein, haben sie nicht. Er hat Professor Pfleiderer mit dem

Ziegelstein den Kopf eingeschlagen. Den Stein haben sie neben seiner Leiche gefunden. Er muss sofort tot gewesen sein.«

Frank zögerte. »Ich bin ja deiner Meinung, ich meine, nach dem Überfall auf mich ist es sehr wahrscheinlich, dass es Einstein war, aber kann es nicht auch jemand anders gewesen sein?«

Katja schwieg einen Moment.

»Das habe ich auch erst gedacht oder gehofft, aber dann hat mir die Polizistin, dieselbe übrigens, die mich bei dir in der Wohnung befragt hat, erzählt, dass man am Tatort noch etwas gefunden hat.«

Katja brauchte gar nichts zu sagen. Frank konnte sich schon denken, was es war, was man bei dem toten Professor gefunden hatte.

»Sie haben in Professor Pfleiderers Hand die Motorradmaske entdeckt, die mit der Formel $e = mc^2$, genauso wie du sie beschrieben hast.«

Als Katja das sagte, stockte sie leicht, und Frank hörte die Bestürzung in ihrer Stimme. Dann sprach sie weiter: »Die Polizistin heißt Keller, Frau Christine Keller, vom Hamburger Morddezernat, und sie sagt, dass sie dich dringend sprechen muss. Das kannst du dir ja bestimmt vorstellen, und wenn du mir jetzt sagen willst, dass du nicht so schnell zurückkommen kannst«, Katja ahnte anscheinend ziemlich genau, was er dachte und sagte, »dann sage ich dir, dass du das nicht musst, weil diese Frau Keller zu dir kommen wird.«

»Aber, aber, das ist doch nicht nötig, ich kann doch so schnell wie möglich zurückkommen, am Montag bin ich wirklich wieder da«, sagte Frank.

»Frank, das ist, glaube ich, in diesem Fall nicht schnell genug. Ich weiß zwar nicht, was die Polizei noch über den Mord weiß, aber ich kann mir nicht denken, dass sie schon viel herausgefunden hat. Und das bedeutet, dass du der Einzige bist, der den Beamten Hinweise auf den Mörder geben kann, wenn, ja, wenn sie nicht sowieso noch etwas ganz anderes denken.«

»Was meinst du damit?«, fragte Frank, aber er gab sich gleich selbst die Antwort.

»Du meinst, die glauben, dass ich was mit Professor Pfleiderers Tod zu tun habe?«

»Nein, nein, das hat niemand gesagt«, versuchte Katja ihn zu beruhigen, »aber bis jetzt bist du ihr einziger Hinweis, und ich finde, du solltest die Sache ernst nehmen. Sieh mal, diese Polizistin fliegt extra wegen dir heute nach London.«

»Weiß sie, wo sie mich findet?«

»Ich habe ihr Peters Adresse und deine Handy-Nummer gegeben.«

»O. K., dann ist ja alles klar. Ich muss Peter jetzt noch davon erzählen. Ruf mich bitte wieder an, wenn du etwas erfährst.«

Er verabschiedete sich von Katja und wandte sich Peter zu, der vom Telefonklingeln aufgewacht war und das Gespräch interessiert mitverfolgt hatte. »Professor Pfleiderer ist tot.«

»Puh.«

Peter stand auf und sah aus dem Fenster auf die Straße hinaus.

»Jetzt wird es ernst«, sagte er dann, griff nach Franks Jeans und warf sie ihm zu.

»Zieh dich an und zwar schnell.«

Peter stürmte aus dem Zimmer, kam aber sofort zurück. Er hatte seine Jacke angezogen und trug seinen Rucksack über der Schulter.

»Mach schneller, wir müssen hier weg.«

Frank wollte etwas sagen, kam aber nicht dazu, weil es an der Tür klingelte.

Frank sagte nichts. Er erinnerte sich daran, was geschehen war, als es vor zwei Tagen an seiner eigenen Tür geklingelt hatte, und zog sich an, so schnell er konnte.

»Wo lang?«, fragte er.

»Hinten raus«, sagte Peter, griff sich die Landkarte, die noch ausgebreitet auf dem Boden lag, steckte sie in eine Rolle und war auch schon aus dem Zimmer verschwunden. Frank folgte ihm. Peter riss die Hintertür auf, die in den kleinen Garten des Hauses führte. Er rannte durch den Garten auf die Mauer zu, die das Grundstück an der Rückseite begrenzte. Frank war nur wenige Schritte hinter ihm. Peter warf die Rolle mit der Karte über die Mauer, sprang mit ausgestreckten Armen an der Steinwand hoch, hielt sich am oberen Rand fest, machte einen Klimmzug, zog die Beine hinterher und schaute nach Frank, ob der ihm folgte. Doch er saß schon neben ihm auf der Mauer, und gleichzeitig sprangen sie auf der anderen Seite nach unten und stürmten über ein leeres Baugrundstück zur Straßenvorderseite, wo sie auf die Earls Court Road trafen, die am Samstagmorgen voller Leute war.

»Nach links«, rief Peter, und mit schnellen Schritten liefen sie die Straße herunter, immer zwischen den Passanten auf dem Fußweg, die mit ihrem Wochenend-Shopping beschäftigt waren, und dem Autoverkehr hin und her springend. Frank schaute nach hinten. Es schien ihm nicht so, als ob sie verfolgt würden. Als er sich wieder umdrehte, hatte er Peter aus den Augen verloren.

»Hier drüben!«

Peter stand in der Straßenmitte auf einer Fußgängerinsel

und winkte. Frank schaute schnell nach links, ob die Straße frei war, und lief dann zu ihm hinüber.

»Pass auf!«, hörte er Peter noch schreien, dann quietschten auch schon Bremsen, es roch nach heißen Bremsbelägen, und eine gelbe Kühlerhaube, die auf seiner rechten Seite wenige Zentimeter von seinem Turnschuh entfernt zum Stillstand gekommen war, erschien in seinem Blickfeld.

Der wütende Blick einer Taxifahrerin traf ihn. Er sah zwei Reihen weißer Handknöchel, die ein Lenkrad umklammerten. Was für schöne Hände!, dachte er noch, dann lief er ohne einen weiteren Blick zu der Verkehrsinsel hinüber. Hinter ihm hupte es noch zwei Mal sehr laut und extrem lange.

»Linksverkehr«, empfing ihn Peter grinsend, drehte sich gleich wieder um, und weiter ging es die Treppe zur U-Bahn-Station hinunter zum Bahnsteig. Als die Türen der U-Bahn sich schlossen, setzte sich der Waggon schaukelnd in Bewegung. Niemand war ihnen gefolgt.

»Was hast du vom Fenster aus gesehen?«, konnte Frank jetzt endlich fragen.

»Einen Kerl, über zwei Meter groß, der den Crescent Court herunterspazierte und auf uns zukam. Dabei hat er sich auffällig genau die Häuser angesehen.«

»Das muss Einstein gewesen sein. Konntest du sein Gesicht erkennen?«

»Nein, dafür war er zu weit weg, aber nach dem, was du erzählt hast, wollte ich ihn auch gar nicht näher kennen lernen.«

»Das war wohl die richtige Entscheidung«, sagte Frank.

Er erzählte Peter, dass man die Motorradmaske neben dem toten Professor Pfleiderer gefunden hatte und dass eine Kriminalkommissarin aus Hamburg unterwegs war, um ihn in London zu verhören.

Peter hatte Professor Pfleiderer nie kennen gelernt. Er betrachtete nachdenklich den jetzt schweigenden Frank, der an den toten Professor dachte. Er hatte vorgehabt, sein Geografiestudium bei ihm zu Ende zu bringen und unter seiner Betreuung sein Diplom zu machen.

»Was ist bloß an dieser Karte dran?«, fragte Peter leise, und wiegte die in seinen Handflächen liegende Papprolle hin und her.

»Genau das müssen wir jetzt dringend herausfinden. Wohin fahren wir?«, fragte Frank.

»Zur Universität, in meinem Arbeitszimmer sehen wir uns die Karte noch einmal genau an und gucken dann, ob wir im Internet was über sie finden können. Und wenn nicht, warten wir auf diese Polizistin und fragen die, vielleicht kann sie uns ja weiterhelfen. Ich wollte schon immer mal Bekanntschaft mit der deutschen Polizei machen.«

»Na, ich glaube, da bist du in diesem Raum aber der Einzige«, sagte Frank und sah sich in dem dahinratternden U-Bahn-Waggon der Circle Line um.

9

An Kings Cross, dem zentralen Umsteigepunkt der Londoner U-Bahn, wechselten Peter und Frank die Linie und fuhren mit der Piccadilly Line eine Station in Richtung Süden. Am Russell Square stiegen sie aus, durchquerten die Parkanlage des Platzes und erreichten den Campus der Londoner Universität, auf dem um zehn Uhr morgens an einem Samstag im November nicht besonders viel Betrieb war. Sie erreichten das Gebäude des Geophysikalischen Instituts, in dem Peter arbeitete, und fuhren mit dem Fahrstuhl in den fünften Stock, wo das wissenschaftliche Personal untergebracht war. Peter war hier als neuem wissenschaftlichen Mitarbeiter ein kleines Arbeitszimmer zur Verfügung gestellt worden.

Auf seinem Schreibtisch breiteten sie erneut die Karte aus, nur um nach eingehender Betrachtung wieder frustriert feststellen zu müssen, dass sie mit den darauf gezeichneten Informationen und Details nichts anfangen konnten.

»So wird das nichts«, sagte Peter, »wir müssen genau überlegen, welche Informationen wir haben, und sie dann mit denen auf der Karte vergleichen. Was ist mit den Namen? Wieso haben sich Einstein und Marie Curie ausgerechnet die Namen von berühmten Naturwissenschaftlern zugelegt? Was fällt dir zu den Namen ein?«

»Na, das, was man so weiß, Albert Einstein hat die Relativitätstheorie entwickelt, und Marie Curie hat die Radioaktivität entdeckt. Beide haben den Nobelpreis für Physik erhalten, ich glaube, Marie Curie auch noch den für Chemie. Und Albert Einstein hat sich für den Weltfrieden eingesetzt. Er hatte eine ziemlich abgefahrene Frisur und hat auf einem weltberühmten Foto, davon gibt es sogar ein Poster, dem Fotografen die Zunge rausgestreckt. Was weißt du über die beiden?«

»Im Grunde genau das Gleiche wie du. Weißt du, wann die beiden gelebt haben?«

»Beide ungefähr zur gleichen Zeit, Anfang des letzten Jahrhunderts. Ich glaube, das ist aber dann auch das Einzige, was sie verbindet. Ich habe nie gehört, dass sie zusammengearbeitet haben.«

»Könnte die Karte denn aus dieser Zeit stammen?«, fragte Peter.

»Keine Ahnung, dazu müssten wir feststellen, wie alt das Papier ist. Aber von solchen Sachen verstehe ich nichts.«

»Na gut, was haben wir noch?«, drängte Peter. »Was ist mit diesen Pfeilen da am Kartenrand? Gibt es einen Grund dafür, dass die Pfeile direkt auf die Karte gezeichnet und nicht als Windrose dargestellt worden sind? Wer hat so was gemacht?«

»Ich weiß es nicht«, sagte Frank ungeduldig und wollte sich schon abwenden. Aber dann fiel ihm etwas auf. Irgendetwas hatte mit dem zu tun, was Katja am Telefon gesagt hatte, irgendetwas war auf der Karte. Sein Blick fiel auf die vier Pfeile. Ihre Struktur war es. Die Pfeile waren so gezeichnet, dass sie eindeutig Teile einer aus Ziegelsteinen errichteten Mauer darstellten. Der Ziegelstein, mit dem Professor Pfleiderer erschlagen worden war. Das war es.

Als er Peter seine Gedanken erzählte, schüttelte der aber nur den Kopf.

»Das ist viel zu weit hergeholt. Genauso gut könnte man meinen, die schottischen Clans hätten etwas mit dem Geheimnis zu tun. Das Karomuster dieses Stofffetzens sieht schließlich auch ein bisschen aus wie eine Mauer. Jedenfalls wissen wir zu wenig, um im Internet nach mehr Informationen zu suchen. Was wir wissen, ist zu ungenau, um es in eine Suchmaschine einzugeben. Da würde nur unzusammenhängendes Zeugs herauskommen. Aber wir könnten jemanden fragen, der sich mit schottischen Clans und Tartanmustern auskennt, und ich weiß auch schon wen.«

Peter wollte gerade nach seinem Handy greifen, das auf dem Schreibtisch lag, als es klingelte. Beide sahen auf das Display, dort erschien ein Name: Marie Curie. Peter ließ es klingeln.

»Geh doch ran, was riskieren wir denn schon?«, meinte

Frank. »Sie wollte sich doch heute mit dir treffen. Kann sie denn wissen, dass wir die Karte haben?«

»Wenn sie mit Einstein in Verbindung steht, ganz bestimmt. Der wird nämlich herausbekommen haben, dass wir abgehauen sind.«

Als das Klingeln aufgehört hatte, sah Peter auf seine Armbanduhr.

»Und außerdem muss ich gar nicht mit ihr sprechen. Wir haben schließlich eine feste Verabredung. Um ein Uhr bei den Bürgern von Calais, und so langsam muss ich dann auch los. Als Gentleman ist man schließlich pünktlich, auch ohne ein Date nochmal zu bestätigen. Ich schätze mal, sie weiß das und wird zum Treffpunkt kommen.«

»Könnte aber gefährlich werden«, warf Frank ein, »Einstein hatte eine Waffe. Vielleicht hat sie ja auch eine, oder sie bringt ihren großen Freund gleich mit zum Treffpunkt?«

»Sie werden schon keine Waffe benutzen, nicht an diesem Ort, da ist doch viel zu viel los.«

»Wer oder was sind eigentlich die Bürger von Calais?«

Peter lächelte mitleidig. »Du hast wirklich keine Ahnung von Kunst, oder? Die Bürger von Calais sind eine berühmte Bronzeskulptur des Bildhauers Auguste Rodin. Eine Kopie davon steht im Park beim Parlamentsgebäude gegenüber der Westminster Abbey, direkt an der Themse. Da ist jeden Tag alles voll mit Touristen, und am Wochenende kommen auch noch die Londoner dazu, die an der Themse spazieren gehen. Das ist einer der Orte in London mit der höchsten Überwachungsfrequenz. Alles voller Kameras und Bobbies. Ich denke, ich gehe jetzt mal. Das Mindeste, was ich herausfinden kann, ist, dass sie bloß ein verdammt nettes Mädchen ist und kein grünäugiges Ungeheuer.«

»Gut, aber lass auf jeden Fall dein Handy an. Ich bleibe hier und gucke, ob ich nicht doch was über die Karte im Internet finden kann.«

»O. K., ach ja.« Peter wandte sich um, nahm sich einen Kugelschreiber und kritzelte etwas auf einen Zettel. »Das ist die Nummer und die Adresse von Dr. Kenneth McCully, einer der Physikprofessoren, für die ich arbeite. Und was noch viel wichtiger ist, er ist, wie du vielleicht am Namen erkannt hast, ein Schotte. Wenn es spät wird, rufe ich dich an, und wir müssen uns gleich bei ihm treffen. Du nimmst die Northern Line und fährst bis nach Hampstead. Dort hole ich dich ab.«

10

Als Peter gegangen war, setzte sich Frank vor den Computer und schaltete ihn an. Während der Rechner hochfuhr, überlegte Peter, welche Suchbegriffe er eingeben sollte. Peter hatte schon Recht. Wenn er Stichworte wie Neuschottland oder einen der dortigen Städtenamen in eine Suchmaschine eingab, würde er nur generelle Informationen über das Land oder den Ort erhalten, womit er nicht viel anfangen konnte. Und wenn er den Landesnamen in Verbindung mit Einstein und Marie Curie eingab, würde nur Unsinn oder gar nichts dabei herauskommen. Aber er konnte es ja trotzdem mal versuchen. Oder konnte er es nicht?

Frank blickte auf den Monitor. Bitte geben Sie Ihr Passwort ein, verlangte der Computer. Das hatte Peter natürlich vergessen, ihm zu sagen. Er besaß kein Kennwort, mit dem er in das Netz des Instituts gelangen konnte. Das hatte doch alles keinen Sinn.

Vielleicht sollten wir die Karte einfach hergeben, dachte Frank. Doch dann erinnerte er sich an Professor Pfleiderer und an seine freundliche und hilfsbereite Art. Der Professor hatte ihm immer wieder Mut gemacht, wenn er aufgeben wollte und allen Ernstes überlegte, kurz vor dem Abschluss sein ganzes Studium zu schmeißen, weil er kein vernünftiges Diplomarbeitsthema finden konnte. Pfleiderer hatte ihm immer wieder neue Themen vorgeschlagen und war sogar auch auf seine skeptischen Vorbehalte eingegangen, die er gegen jedes noch so interessante Thema vorzubringen hatte. Im Gegensatz zu Katja, die es auf den Punkt gebracht und ihm vorgeworfen hatte, er wolle nur das Ende des Studiums so lange wie möglich hinauszögern, hatte er es dem unermüdlichen Professor und seiner schier endlosen Geduld zu verdanken, dass er sich endlich doch zu einem Thema hatte durchringen können. Und jetzt war er tot.

Wenn Frank es sich genau überlegte, hatte er ihm sozusagen zum Dank für seine Freundlichkeit und Hilfsbereitschaft seinen Mörder auf den Hals gehetzt. Denn schließlich hatte er Einstein ja belogen, als er ihm sagte, dass er die Karte Pfleiderer zurückgegeben hätte. Hätte er die Wahrheit gesagt und Einstein gleich erzählt, dass sich die Karte in London befand, könnte der Professor vielleicht noch leben. Frank fühlte sich schuldig, und das reichte für seinen Entschluss: Einstein würde die Karte niemals in seine verdammten Hände bekommen.

Und vergessen würde er Einstein auch nicht. Das hieß aber nur, dass Frank sich so lange in das Kartenrätsel verbeißen musste, bis er herausgefunden hatte, was es damit auf sich hatte. Nein, Einstein würde keinen Profit aus der Karte schlagen. Irgendwie würde er es schaffen, dass Einstein wegen des Mordes an Professor Pfleiderer den Rest seines Lebens hinter Gittern verbringen musste.

Dabei könnte aber tatsächlich ein Gespräch mit der Polizei nicht schaden. Frank kontrollierte sein Handy. Diese Kriminalbeamtin hatte noch immer nicht angerufen.

Er ging zum Waschbecken und nahm den Wasserkocher, den Peter dort abgestellt hatte, um sich Wasser für einen Tee heiß zu machen. Plötzlich kam ihm ein Gedanke.

Er füllte das Wasser ein und stellte den Kocher an. Dann rollte er die Karte wieder auseinander. Er untersuchte ihre Ränder. Die Karte war tatsächlich durch mehrere übereinandergeklebte Papierschichten stabilisiert worden. Aber vielleicht waren die verschiedenen Papierschichten ja gar nicht dazu da, sie stabiler zu machen? Vielleicht war auf einer der unteren Schichten ein Hinweis versteckt, mit dem er dem Rätsel auf die Spur kommen konnte.

Frank nahm den Deckel vom Wasserkocher, hob die Karte mit beiden Händen vorsichtig an den Rändern an und hielt sie waagerecht über den offenen Kocher. Eine Wolke heißer Wasserdampf stieg auf und traf von unten auf die Karte. Schon bald wurde das Papier feucht und wellig. Frank passte genau auf, dass die Zeichnungen auf der oberen Schicht nicht verblassten und die Karte durch die aufsteigende Hitze nicht beschädigt wurde.

Schließlich stellte er den Kocher ab und legte die Karte auf den Tisch zurück. Er fasste die obere Papierschicht mit Daumen und Zeigefinger an einer Ecke und versuchte, sie von den unteren Schichten abzuziehen. Überraschend einfach löste sich die obere Papierschicht, und zum Vorschein kam eine weitere alte Zeichnung mit genau den gleichen Abbildungen wie auf der ersten Karte: dem nordamerikanischen Kontinent mit der Grenze zwischen USA und Kanada, dem Nordwestatlantik und Neuschottland. Selbst die vier Pfeile mit der Struktur einer Steinmauer fanden sich an der gleichen Stelle der zweiten Kartenschicht wieder.

Einen großen Unterschied gab es allerdings bei der zweiten Karte im Vergleich zur ersten. In der rechten unteren Ecke, mitten im blaugefärbten Wasser des Atlantiks, standen mehrere Zentimeter große Zahlen:

$$41° 46` N - 50° 14` W$$
$$1912$$

11

Einstein stützte sich direkt unterhalb des britischen Parlamentsgebäudes auf die verwitterte, graue Steinmauer, die seit Jahrhunderten das altehrwürdige Gebäude des Houses of Parliament von der Themse trennte.

Er sah von der Promenade auf den träge dahinfließenden Fluss hinunter, als sich ihm eine Frau von der Seite her langsam schlendernd näherte. Das Auffälligste an ihr war neben den leuchtend grünen Augen die prachtvolle rote Lockenmähne, die sie mit einer leichten Kopfbewegung schüttelte, nachdem sie die Kapuze ihrer Regenjacke zurückgeschlagen hatte.

»Hallo Daniel«, sagte sie zu dem groß gewachsenen Mann, der dem Nieselregen dadurch trotzte, dass er die dunkelbraunen Augen zusammenkniff und sich ab und zu mit dem Handrücken über das Gesicht wischte.

»Wie war es in Deutschland? Hast du unseren alten Freund McCory getroffen?«

Er sah sie mit einem traurigen Gesichtsausdruck an.

»Gloria«, begrüßte er die Frau. »Ja, ich habe ihn gesehen. Er ist alt geworden. Er hat sich nicht besonders gefreut, den Sohn eines alten Freundes wiederzusehen, und er wollte auch nicht reden. Ich habe sein ganzes Arbeitszimmer auf den Kopf gestellt, aber ich habe die verdammte Karte nicht gefunden. Ich …« Er brach ab.

Der Regen wurde stärker. Gloria McGinnis setzte ihre Kapuze wieder auf und schob behutsam mit beiden Händen ihre roten Locken zurück, wobei ihre Fingerspitzen an ihrem Hals entlangstrichen. Als sie fertig war, fragte sie leise:

»Hast du ihn getötet?«

Einstein senkte den Kopf. Dann suchte er mit seinem Blick ihre Augen. »Gloria, ich musste es tun. Malcolm McCory hat gegen uns gearbeitet. Er hat seine Herkunft verleugnet und in Hamburg unter einem anderen Namen gelebt. Er nannte sich Dr. Anton Pfleiderer, weiß der Teufel, was er sich dabei gedacht hat. Wahrscheinlich hat er sich den Namen bei seinen Aufenthalten in Österreich und in der Schweiz zugelegt. Dort muss er auch die Karte aufgetrieben haben. Aber verdammt, ich habe bei ihm alles auf den Kopf gestellt und die Karte nicht gefunden. Dieser deutsche Student muss gelogen haben, entweder er hat die Karte noch, oder sie ist hier bei seinem Freund, diesem Peter Adams. Den habe ich heute Morgen auch schon besucht, aber nichts gefunden. Hast du über den etwas herausbekommen?«

»Ich habe ihn gestern Abend getroffen. Du hast Recht, die

Karte muss hier sein. Er hat erzählt, er bekäme Besuch von seinem Freund Frank aus Deutschland, und zwar gestern Abend noch. Ich treffe Peter Adams übrigens gleich, drüben bei der Skulptur.«

Sie neigte den Kopf, sodass die Spitze ihrer Anorakkapuze in Richtung der Figurengruppe der Bürger von Calais zeigte, die trotz des nun heftigen Regens von einer Gruppe Touristen umstellt war.

»Verdammt, Gloria«, entfuhr es Einstein, »das ist doch viel zu riskant. Wenn er uns entdeckt!«

Einstein beugte sich tiefer über die Steinmauer und ließ seinen Blick langsam über das gegenüberliegende Ufer und die Lambeth Bridge schweifen, die etwa dreihundert Meter rechts von ihnen über den Fluss führte. Doch beides war zu weit entfernt, als dass jemand sie von dort aus hätte beobachten können.

»Das wird er nicht, mach dir keine Sorgen, Daniel. Peter ist nur ein harmloser, netter Kerl. Ich hoffe, er wird kommen, ich habe mir gestern Abend so viel Mühe mit ihm gegeben.« Aber sie konnte sich nicht zu einem Lächeln durchringen.

»War das mit Malcolm denn wirklich nötig, Daniel? Er war doch ein alter Mann und ein Freund meines und auch deines Vaters«, setzte sie hinzu. »Er war sein Leben lang einer von uns. Es gefällt mir ganz und gar nicht, was dieser Schatz aus uns allen gemacht hat.«

Einstein packte ihren Unterarm, sodass sie überrascht aufschrie.

»Gloria, jetzt reiß dich zusammen. Wir sind so kurz davor. Es ist das Erbe unserer Väter und Großväter, und wir haben die einmalige Chance, es zu Ende zu bringen. Malcolm musste sterben, er ist schwach geworden. Wenn er die Karte in der

Schweiz oder wo auch immer gefunden hat, dann wusste er, was draufsteht. Ich bin mir sicher, dass er die Koordinaten kannte.« Sein Gesicht verfinsterte sich.

»Ich bin mir sogar sehr sicher, dass er es wusste. Es war ihm anzusehen, er hat gelächelt, als er starb, und bestimmt nur aus Genugtuung darüber, dass er mir die Koordinaten nicht verraten hat.«

Er ließ Glorias Arm los und ballte wütend die Fäuste. Gloria rieb sich den schmerzenden Arm.

»Malcolm hätte alles verraten«, fuhr Einstein fort, »und dann wäre alles wieder von vorne losgegangen. Wieder wären Hunderte von Fremden gekommen. Sie wären in unser Land eingedrungen, und sie hätten wieder angefangen, in unserer Erde zu wühlen, um uns unser Eigentum wegzunehmen.«

Er brach ab und spuckte verächtlich aus. Als er sich beruhigt hatte, wandte er sich wieder Gloria zu.

»Es wird nicht mehr lange dauern, und dann ist alles vorbei. Wir werden reich sein und beide unseren Frieden finden. Außerdem haben wir Mr. Van, er zählt auf uns, das darfst du nicht vergessen.«

»Ja, Daniel«, antwortete Gloria, »wahrscheinlich hast du Recht, und ich hoffe ja auch, dass bald alles vorbei ist. Die Karte muss ganz in unserer Nähe sein.«

Zum ersten Mal sah er jetzt ein schwaches Lächeln in ihrem Gesicht.

»Ich muss los, um den Jungen zu treffen«, sagte sie. »Hoffentlich führt er mich zu der Karte. Geh jetzt, ich warte, bis du weg bist, und dann werde ich zur Skulptur hinübergehen.«

Einstein sah Gloria noch einmal kurz an und eilte dann mit schnellen Schritten davon, mit der rechten Hand wieder das Regenwasser aus dem Gesicht wischend.

In einer Entfernung von etwa vierhundert Metern stand Peter Adams auf der Lambeth Bridge in unmittelbarer Nähe des anderen Themseufers, nahm sein Fernglas von seinen Augen, steckte es in ein Lederetui und dann in seinen Rucksack zurück. Wissend lächelnd warf er der in der Entfernung winzig wirkenden Frauengestalt, die sich gerade vom Parlamentsgebäude wegbewegte, eine Kusshand zu.

»Zu schade um den schönen Nachmittag«, murmelte er noch, dann schlenderte er die Brücke hinunter in Richtung Lambeth Pier davon.

12

Frank saß in Peters Arbeitszimmer und zerbrach sich den Kopf über die Koordinaten, die er auf der zweiten Kartenschicht zum Vorschein gebracht hatte. Bei der Zahl in der unteren Zeile konnte es sich allerdings nur um die Jahreszahl 1912 handeln, dessen war er sich sicher. In der oberen Zahlenreihe war der Breitengrad mit einundvierzig Grad und sechsundvierzig Minuten Nord sowie der Längengrad mit fünfzig Grad und vierzehn Minuten West angegeben. Die exakte Stelle, die mit diesen Koordinaten angegeben war, konnte Frank auf der Karte ohne langes Suchen lokalisieren. Es handelte sich um einen Punkt, der von New York aus gesehen etwa sechshundert Kilometer östlich lag, mitten im Atlantik. Frank fuhr an dem dazugehörigen Längengrad mit dem Lineal entlang und traf auf eine Landmasse etwa zweihundert Kilometer südlich des Gebietes, die auf der Karte übersetzt Große Neufundlandbank hieß.

Die angegebenen Koordinaten gehörten jedoch zu einem Punkt weit draußen im Ozean, und das konnte eigentlich nur eines bedeuten: Wenn nicht jemand wahllos irgendwelche Zahlen auf die Karte geschrieben hatte, konnte an der angegebenen Stelle nur ein versunkenes Schiff auf dem Meeresgrund liegen.

Diese Vorstellung war phantastisch. Und vor Franks innerem Auge erschien spontan ein untergegangenes Piratenschiff mit einem Goldschatz. Bei dem Gedanken verzog er das Gesicht, weil ihm die Vorstellung allzu weit hergeholt vorkam. Andererseits, wenn Einstein wegen dieser Karte einen Mord begangen haben sollte, war keine noch so abwegige Überlegung phantastisch genug, um sie nicht in Erwägung zu ziehen.

Denn dass es die Koordinaten waren, hinter denen Einstein herjagte, stand für Frank jetzt außer Zweifel. Jemand hatte einfach das Original der Schatzkarte mit einer Art Deckblatt überklebt, sodass jeder, der den geschichtlichen Hintergrund der Karte kannte, die Karte selbst zwar identifizieren, aber im Grunde noch gar nichts damit anfangen konnte. Die Koordinaten waren einfach überklebt worden. Ganz schön schlau eigentlich.

Frank war sich unschlüssig, was er jetzt tun sollte. Zwar hatte er mit der Jahreszahl und den Gradangaben Anhaltspunkte gefunden, mit denen er weiterforschen konnte, doch der Zugang zum Internet war ihm immer noch versperrt, und eine andere Recherchemöglichkeit hatte er nicht. 1912? Was hatte es damit bloß auf sich? Das Jahr, in dem jemand einen Schatz versteckt hatte? Oder das Jahr, in dem die Karte gezeichnet worden war? Oder das Jahr, in dem das Piratenschiff gefunden worden war? Es gab einfach zu viele Möglichkeiten. Immerhin passte die Jahreszahl zu der Zeit, in der Einstein und Marie Curie gelebt hatten. Aber was sollten die beiden mit dem Nordwestatlantik oder mit Neuschottland zu tun haben? Hatten sie jemals mit dem Schiff den Atlantik in Richtung Amerika überquert? Einstein schon, dachte Frank. Wenn er sich richtig erinnerte, stammte der aus einer jüdischen Familie und war vor den Nazis in die USA geflohen. Das müsste aber viel später gewesen sein.

Frank sah auf die Uhr. Er wünschte, er könnte sich mit Peter besprechen, aber wie lange der heute Nachmittag in seiner Mission unterwegs sein würde, stand in den Sternen.

Der Einzige, der jetzt noch weiterhelfen konnte, war Michael.

Der war ein echter Experte, wenn es um Ortsangaben und Koordinaten, um Orientierung und das amerikanische Satellitennavigationssystem GPS ging. Sollte der doch mal ein bisschen recherchieren.

Frank nahm sein Handy und rief ihn an.

»Frank? Meine Güte, du hast vielleicht Nerven«, legte Michael sofort los, »wenn ich mir überlege, dass ich dich vorgestern von der Heizung losgeflext habe, und wir alle froh sein können, dass du noch lebst! Hast du die Karte endlich gefunden? Liefere die bloß bei der Polizei ab, und komm schnellstens nach Hause.«

Michael war richtig außer sich, so hatte Frank ihn noch nie erlebt. Frank überlegte kurz, ob es überhaupt richtig war, ihn jetzt einzuweihen, dann verwarf er den Gedanken. Seine Neugier und sein Wunsch, etwas für Professor Pfleiderer zu tun, waren stärker als etwaige Zweifel.

»Michael, viel schlimmer ist doch das mit Pfleiderer, mir geht es gut. Peter und ich haben die Karte gefunden und …«, er zögerte, »wie geht es Katja?«

»Sie ist hier bei mir«, kam die Antwort ebenso verhalten, »die Polizei war da und hat uns beide verhört, weil wir dich befreit haben«, fuhr er erklärend fort.

»Diese Kommissarin Frau Keller hat sich hier übrigens noch nicht gemeldet, richte das Katja bitte aus. Aber eigentlich rufe ich an, weil ich eine Aufgabe für euch habe. Ich sitze grad in Peters Arbeitszimmer, und er ist rausgegangen, was besorgen.«

Frank hatte keine Lust, Michael und Katja zu erzählen, dass Einstein und seine Komplizin ihnen schon auf den Fersen waren. Vor allem Katja würde sich nur wieder unnötig Sorgen um ihn machen, denn ändern konnte sie ja doch nichts.

»Wir haben diese komische Landkarte so lange angestarrt, bis wir Kopfschmerzen davon bekommen haben. Aber jetzt habe ich ein paar Hilfsmittel benutzt und etwas auf der Karte entdeckt, ein paar Zahlen und Buchstaben. Allerdings komme ich gerade nicht ins Internet, weil Peter mir das Passwort für den Institutsserver nicht gesagt hat.«

»Und warum rufst du ihn dann nicht an?«, fragte Michael sofort.

»Weil du mir sowieso viel besser helfen kannst, bei dem, worum es hier geht. Auf der Karte sind Koordinaten angegeben, einundvierzig Grad, sechsundvierzig Minuten Nord und fünfzig Grad, vierzehn Minuten West und dazu noch eine Jahreszahl«, er stockte kurz. »Also, dass es eine Jahreszahl ist, ist meine Schlussfolgerung, genau weiß ich es nicht, jedenfalls steht da die Zahl 1912. Kannst du darüber mal was rausfinden? Und mich wieder anrufen, wenn du was gefunden hast?«

»Wie waren noch mal die Zahlen?«, Michaels Neugier war geweckt. Frank wiederholte langsam die Daten, und Michael versprach zurückzurufen. Frank war sich sicher, dass Michael sich bald wieder melden würde. Mit etwas Spannenderem konnte man ihm kaum kommen. Er konnte sich Michael lebhaft vorstellen, wie er sofort anfing, mit Maus und Tastatur zu hantieren, und gleichzeitig seine Bücher durchsah.

Es dauerte nicht lange, bis Franks Handy erneut klingelte.

»Hallo, Herr Frank Schönbeck? Hier ist Christine Keller vom Morddezernat Hamburg. Ihre Freundin hat mir erzählt, dass Sie in London sind. Ich bin gerade in Heathrow gelandet. Wie Sie wahrscheinlich bereits gehört haben, ist Professor Anton Pfleiderer, den Sie ja gut kennen, gestern ermordet worden. Ich möchte mich dringend mit Ihnen unterhalten. Vor allem über den Überfall, den Ihre Freundin uns gestern gemeldet hat. Wo kann ich Sie treffen?«

»Ja, hier ist Frank Schönbeck«, sagte Frank erst mal nur.

Er hatte zwar mit dem Anruf gerechnet, aber jetzt kam er ihm doch ziemlich ungelegen. Endlich war er dem Geheimnis der Karte ein Stück näher gekommen, die Unterhaltung mit Frau Keller würde ihn bei den weiteren Forschungen nur aufhalten.

»Ja, ich würde mich wirklich gerne mit Ihnen unterhalten«, sagte er, »aber im Moment ist es gerade schlecht. Ich muss auf meinen Freund warten und kann hier nicht weg.«

Aber Frau Hauptkommissarin Keller machte ihm sofort klar, dass er mit der plumpen Tour, die er sich da ausgedacht hatte, bei ihr nicht weit kommen würde.

»Wo sind Sie denn? Ich mache mich vom Flughafen aus sofort auf den Weg zu Ihnen.« Frau Christine Keller klang so resolut, wie Frank es von einer Kriminalkommissarin erwartet hatte.

»Vielleicht ist es doch am besten, wir treffen uns bei meinem Bekannten zu Hause. Er wohnt Crescent Court zwölf in Earls Court. In einer Seitenstraße von der Kensington High Street.« Frank wartete die Zustimmung der Kommissarin ab, wiederholte die Adresse und legte dann auf.

Bei den großen Entfernungen in London würde Frau Keller eine ziemliche Weile bis zur Wohnung von Peter brauchen. Vielleicht war er bis dahin schon ein bisschen schlauer.

Er starrte auf das Telefon, dann sah er wieder auf die Uhr. Er konnte kaum glauben, dass es erst kurz vor zwei Uhr am Nachmittag war.

Er überlegte, wann wohl wieder mit Peter zu rechnen war. Doch es war aussichtslos, weil er ja noch immer nicht wusste, auf welcher Seite Marie Curie stand. Auf welcher Seite? Er dachte schon so, als sei er in einem schlechten Kriminalfilm gelandet. Aber vielleicht war er das ja auch. Am besten, ich schaue mal in der Baker Street bei Sherlock Holmes vorbei, dachte er und grinste schief in sich hinein.

Nein, zu Sherlock Holmes würde er nicht gehen, aber noch länger in Peters Arbeitszimmer zu sitzen, machte auch nicht viel Sinn. Frank beschloss, sich in den Straßen nach einem Internetcafé umzusehen. Immerhin bestand ja die Möglichkeit, dass er noch schneller als Michael in Hamburg etwas herausfinden würde.

Er steckte sein Handy ein, um für Michael und Peter erreichbar zu bleiben, versteckte die Landkarte notdürftig auf dem obersten Bücherregal, verschloss das Büro mit Peters Zweitschlüssel und verließ das Institutsgebäude.

13

Draußen auf dem Campus ging es immer noch nicht viel lebhafter zu als am Morgen. In vielen Fenstern waren schon jetzt am frühen Nachmittag des grauen Novembertages die Lampen eingeschaltet. Es wurde anscheinend trotz des Wochenendes eifrig gearbeitet.

Unschlüssig, welche Richtung er einschlagen sollte, blickte Frank zu dem imposanten Kuppeldach des Britischen Museums hinauf. Es bildete den Abschluss des gewaltigen viktorianischen Gebäudes, das Mitte des 19. Jahrhunderts zur Blütezeit des British Empire errichtet worden war. In dem weitläufigen Eingangsbereich mit dem im neoklassizistischen Stil gehaltenen griechischen Tempel und seinen hohen Säulen spiegelte sich noch immer der koloniale Geist der Unbesiegbarkeit des Rule Britannia wider.

Frank überlegte kurz, sein Glück in der British Library zu versuchen, entschied sich dann aber anders, weil er wusste, dass er dann den ganzen restlichen Nachmittag damit verbringen würde, sich in den unendlichen Weiten der riesigen Bibliothek zurechtzufinden, bevor er überhaupt mit der eigentlichen Suche nach neuen Hinweisen beginnen konnte.

Er eilte die Tottenham Court Road in Richtung Norden hinauf in der Hoffnung, in den kleinen Seitenstraßen des University College möglicherweise ein Internetcafé zu sehen, wo er sich ins Netz einloggen konnte.

Nach einer halben Stunde war er schon an zwei solcher Cafés vorbeigekommen, die allerdings wenig mehr als Ladenlokale waren, in denen sich ein Computer an den anderen reihte.

In beiden Cafés waren alle Tische besetzt, und als er die anderen mit Umhängetaschen und Rucksäcken am Eingang wartenden Studenten bemerkte, die ihn alle ausgesprochen freundlich anlächelten, dämmerte es ihm, dass es wohl mit seinem Vorhaben so schnell nichts werden würde.

Er setzte seinen Spaziergang in Richtung des Parks am Ende der Straße fort. Je näher Frank kam, desto weitläufiger wurde die halbkreisförmige Grünfläche, und er erkannte den Eingangsbereich des Regent Parks, des riesigen Londoner Freizeitareals. Plötzlich sah er vor einer noblen viktorianischen Villa einen der typisch englischen Schildertürme mit zahlreichen kleinen Hinweistafeln stehen. Sie waren zur Orientierung für die Touristen aufgestellt worden. Man konnte auf ihnen die Richtung, die Entfernung und die Gehminuten zu den umliegenden Attraktionen Londons ablesen.

Madame Tussaud's 10 min., las er, und darüber: Baker Street 15 min.

»Das muss wohl Vorsehung sein«, dachte er und wollte sich schon in Richtung Baker Street aufmachen, als sein Handy klingelte. Es war nicht Michael, sondern Peter, der sich zurückmeldete.

»He Frank, ich bin wieder in der Uni, wo treibst du dich rum?«

»Ich wollte mir einen Rat von einem unfehlbaren Experten holen«, antwortete Frank, »und bin unterwegs zur Baker Street Nr. 221 b.« Peter lachte laut auf.

»Das kannst du vergessen, der alte Sherlock Holmes kann uns auch nicht weiterhelfen. Ich habe nie gehört, dass er zur See gefahren ist.«

Frank erzählte Peter seinen eigentlichen Plan und von den Koordinaten und der Zahl 1912, die auf der zweiten Kartenschicht zum Vorschein gekommen waren.

»Die Karte liegt oben bei dir auf dem Bücherschrank, sieh sie dir am besten noch mal an. Ich habe Michael in Hamburg auch schon alles erzählt und ihn auf die Fährte gesetzt. Eigentlich müsste er sich schon längst gemeldet haben. Ich gehe jetzt mal zur nächsten U-Bahn-Station und fahre zurück.«

Aber Peter hielt ihn auf.

»Ich glaube, da wo du gerade bist, ist keine Station in der Nähe. Ich habe außerdem eine bessere Idee. Wenn du jetzt schon auf der Straße nach einer Erklärung für diese Koordinaten suchst, geh doch einfach rüber zu Madame Tussaud's, und nimm ein Taxi zurück zur Uni. Ein paar Studenten haben einen neuen Taxiservice gegründet, der nennt sich Quiz-Cabs. Er funktioniert wie das Wissensquiz Trivial Pursuit, die Taxis haben unterschiedliche Farben für ein bestimmtes Wissensgebiet, Blau für Erdkunde, Rot für Unterhaltung, Orange für Sport und so weiter. Du müsstest dir ein gelbes Taxi suchen, für Geschichtsfragen. Du gibst dem Taxifahrer einfach ein paar Stichworte, so als würdest du im Internet eine Suchmaschine benutzen, und er erzählt dir alles, was du wissen willst. Die Taxifahrer sollen alle Experten sein. Ist ein bisschen teurer als die normalen Taxis, aber der Spaß ist es den meisten wert, und vielleicht erfährst du ja wirklich was.«

»Was soll ich denn für Stichworte nehmen?«

»Na, ich glaube, die Koordinaten kannst du nicht nehmen, damit überforderst du die Leute. Aber nimm doch die Jahreszahl und irgendwas wie Atlantik und Schiff oder so, das reicht denen bestimmt.«

»Na gut, also bis gleich.«

Frank ging die restlichen zweihundert Meter an dem weltberühmten Wachsfigurenkabinett und an der davor wartenden Menschenschlange vorbei und hielt Ausschau nach einem der Quiz-Cabs.

14

Am Eingang zu Madame Tussaud's staute sich die tägliche Menge Touristen, die dort bis zu drei Stunden in der geraden Warteschlange ausharren mussten. Hätte man sie gefragt, wie sie das aushielten, hätte es wohl keiner erklären können. Tatsächlich entsprang die dafür notwendige Geduld einer unerklärlichen, aber bei jedem von ihnen vorhandenen unbewussten Furcht vor der unbekannten drakonischen Strafe, die einem blühte, wenn man gegen das heilige englische Gebot des disziplinierten Schlangestehens verstieß. Doch je näher sich die Menschen dem Eingang näherten, umso mehr verwandelte sich der Kopf der Schlange in einen unkontrollierten Ameisenhaufen, der sich im Rhythmus der sich dagegen anwerfenden Türsteher vor- und zurückbewegte.

Frank kämpfte sich auf dem Gehsteig an ein paar wild gestikulierenden Italienern vorbei, die gerade versuchten, drei in bunte Saris gekleideten indischen Frauen den Spitzenplatz vor der Eingangstür abzunehmen.

Durch das Menschenknäuel hindurch hatte er bald eines der hochrädrigen und dickbäuchigen Londoner Taxis entdeckt, das auf der Seitentür die Aufschrift Quiz-Cabs trug. Erst hatte er ja gedacht, Peter würde mit der Geschichte einen Witz machen, aber hier war der eindeutige Gegenbeweis. Ohne lange abzuwarten, bis das letzte Familienmitglied der mehrköpfigen Samstagsnachmittags-Ausflugsgruppe den

Rücksitz verlassen hatte, schob sich Frank auf der anderen Seite ins Taxi. Seine Eile trug ihm einen bösen Blick des Vaters ein, der gerade eben noch das letzte seiner Kinder aus dem Auto herauspflückte.

»Sind Sie frei?«, fragte er in unbeholfenem Englisch.

»Jetzt nicht mehr, du sitzt ja schon drin.«

Von seinem Platz auf der Rückbank aus sah er einen schmalen Streifen brauner Haut, der nach oben hin ziemlich rasch von kurzgeschnittenen schwarzen Haaren abgelöst wurde. Auf dem dazugehörigen Kopf thronte eine hellblaue Baseballmütze.

»So wird das nichts, Großer, wenn ich dir etwas erzählen soll, musst du entweder rüberrutschen oder dich auf den Beifahrersitz setzen«, hörte er wieder die Frauenstimme, die sehr jung klang. Er schätzte die Sprecherin auf Anfang zwanzig. Frank gehorchte und rutschte schnell auf den Platz hinter dem Beifahrersitz.

»So ist's besser, Mikrofone haben wir leider noch nicht.«

Jetzt konnte Frank noch drei ziemlich dicke Silberringe im rechten Ohr erkennen und das schmatzende Geräusch eines Kaugummis hören. Die Frau drehte ihm endlich das Gesicht zu, und Frank blickte in ein Paar wunderschöne dunkelbraune Augen, die leider von den darüber hängenden Haarsträhnen fast ganz verdeckt wurden.

»O je, der Selbstmörder von heute Morgen! Tja, man sieht sich im Leben eben immer zwei Mal. Du fühlst dich im Auto wohl sicherer als zu Fuß, was?«

Frank sah sie verdutzt an, doch sie lächelte ihn nur an und wartete. Dann sah er auf ihre zierlichen Hände, die auf dem breiten Holzlenkrad lagen, und erkannte sie wieder.

»Du hast mich vorhin fast über den Haufen gefahren«, sagte er dann, weil ihm nichts Besseres einfiel. Doch er bereute es sofort und hoffte, dass er nicht zu vorwurfsvoll geklungen hatte.

»Und du bist vom Kontinent und gerade erst angekommen.«

Sie musterte ihn schräg über die Schulter nach hinten blickend.

»Holland oder Deutschland schätze ich, ich finde, alle Touristen sollten ein Warnschild um den Hals tragen. Sie sind eine der größten Gefahren im Straßenverkehr. Sie sind nicht an den Linksverkehr gewöhnt und schauen beim Überqueren der Straße immer zuerst in die falsche Richtung. Das hast du heute Morgen auch getan. Ich habe aber nicht damit gerechnet, dass du mit so einem Tempo durchstarten würdest.«

»Stimmt schon, es war mein Fehler, ich war ... ich meine, ich hatte es wirklich eilig«, versuchte er zu erklären.

»Das sah eher aus wie auf der Flucht«, sagte sie. »Kann ich dich jetzt irgendwo hinbringen? Wenn du den Quiz-Cabs-Service in Anspruch nehmen willst, berechnen wir pauschal zehn Pfund extra. Du gibst mir mindestens drei Stichworte, und ich erzähle dir, was ich dazu weiß. Es gibt keine Garantie für die Richtigkeit, der Service ist die Information, keine Preisverhandlungen und kein Geld zurück, alles verstanden?«

Frank hatte verstanden, auch wenn er nur mit einem Ohr zugehört hatte, da er noch immer in den Anblick ihrer Hände vertieft war. Als er sie jetzt das mächtige Lenkrad drehen sah, fiel ihm wieder ein, weshalb er eigentlich in das Taxi gestiegen war.

»Ja klar, fahr Richtung Bloomsbury zur Universität, ich komme übrigens aus Hamburg. Aber das war noch nicht das Stichwort.«

Der Witz war ihm komplett misslungen. Doch als höfliche Engländerin sah seine Taxifahrerin glücklicherweise darüber hinweg.

»Und welches ist das Stichwort? Es ist sowieso besser, wenn es mehrere sind. Du bist bestimmt Student, du kennst das System: Je mehr Infos du mir gibst, desto besser und genauer sind die Auskünfte.«

»Ja, also ich dachte an ...«, Frank versuchte, sich verzweifelt daran zu erinnern, was er mit Peter vor ein paar Minuten besprochen hatte. Zum ersten Mal seit Tagen hatte er nicht mehr an die Landkarte gedacht.

Dann fiel ihm alles wieder ein. »Ich nehme Schiff, Atlantik und 1912.«

»Schiff, Atlantik und 1912, du meinst die Jahreszahl, ja?«, fragte seine Fahrerin, während sie das schwerfällige Taxi wendete, sodass sie auf der Marylebone Road in Richtung Bloomsbury hinunterfuhren.

»Stimmt, 1912, kannst du was damit anfangen?«

»Aber klar doch, geht sofort los.«

Wie eine Märchenerzählerin, die abwartete, bis all ihre Zuhörer ihr aufmerksam folgten, lenkte sie das Taxi zuerst in die linke Geradeausspur, verringerte dann die Geschwindigkeit und vergewisserte sich mit einem Blick in den Rückspiegel, dass Frank auch nicht aus dem Fenster sah und sich von den Sehenswürdigkeiten Londons ablenken ließ. Sie nahm den Kaugummi aus dem Mund, klebte ihn hinter die Sichtblende über der Windschutzscheibe und begann:

»Im Frühjahr des Jahres 1912 schifften sich 16 Spieler des Fußballvereins Club Atletico Boca Juniors in Buenos Aires auf dem Dampfer Hermosa ein, um eine Reise nach Europa zu unternehmen. In Europa sollten sie eine dreimonatige

Rundtour durch Spanien, Frankreich und Deutschland machen, während der sie gegen die besten Fußballklubs Europas spielen würden. Es war die erste Überseereise eines Fußballvereins überhaupt, und nach einer dreiwöchigen Atlantiküberfahrt, auf der sie wegen Platzmangel nur wenig trainieren konnten, erreichten sie endlich Spanien. Obwohl sie die anstrengende Reise noch in den Knochen hatten, und die meisten von ihnen zudem noch seekrank waren, traten sie trotzdem gleich am nächsten Tag gegen das Team von Atletico Bilbao an und gewannen 3 : 1. In der folgenden Zeit spielten sie gegen zwanzig europäische Mannschaften, darunter die heute so berühmten Clubs wie Real Madrid, FC Barcelona und das Team von FC Bayern München, gegen das sie ihre beste Vorstellung gaben und 7 : 0 gewannen. Da sie sich bei der finanziellen Planung stark verkalkuliert hatten, war das Reisebudget leider schnell erschöpft, sodass sie zuletzt darauf angewiesen waren, von ihren Gastgebern Hotel- und Essenseinladungen anzunehmen. Doch die unerwarteten Ausgaben bereiteten den gastgebenden Vereinen keinerlei Probleme, weil Tausende von Menschen in die Stadien Europas strömten, um die argentinischen Ballzauberer zu bewundern. Als sie nach der langen Rückreise mit dem Schiff wieder in den Hafen von Buenos Aires einliefen, wurden sie von einer riesigen Menschenmenge jubelnd begrüßt. Die Menschen daheim hatten all ihre Auftritte in Europa an den Radios mitverfolgt, und die sechzehn Spieler wurden von den begeisterten Leuten auf den Händen durch die ganze Stadt bis in den Stadtteil La Boca getragen. Nach dem einzigen Fan, der die Mannschaft auf ihrer Reise begleitet hatte, heißt noch heute die Fankurve im Stadion der Boca Juniors Der zwölfte Mann.«

Sie machte eine Pause.

»So, das war's, das war alles, was mir zu deinen Stichworten eingefallen ist, ich hoffe, dir hat die kleine Geschichte gefallen, und wir sind ja auch schon an deinem Ziel angelangt.«

Frank war verblüfft. Er hatte gebannt zugehört, musste sich aber eingestehen, dass ihn der Klang ihrer Stimme so fasziniert hatte, dass er der Erzählung selbst kaum gefolgt war. Abgesehen davon, hatte er ziemlich schnell gemerkt, dass er mit der Geschichte rein gar nichts anfangen konnte, da sie nichts mit dem Rätsel der Landkarte von Neuschottland zu tun hatte.

»Ja, danke, wirklich eine sehr interessante Geschichte, leider interessiere ich mich nicht so sehr für Fußball, ich spiele Basketball.«

»Das passt ja auch viel besser zu dir«, erwiderte sie liebenswürdig.

»Äh, was macht das?«, fragte er.

»Zehn Pfund für die Story und sieben für die Fahrt.«

Er gab ihr einen Zwanzig-Pfund-Schein.

»Und der Rest ist für den Schrecken, den ich dir heute Morgen eingejagt habe«, sagte er.

»Vielen Dank, endlich mal ein netter Grund für ein Trinkgeld.« Sie lächelte ihn an, als er ausstieg.

»Ich heiße Frank«, sagte er.

»Tracy«, sagte sie und lächelte dabei noch immer, »und wenn du wieder mal ein Taxi brauchst, meine Nummer ist 1 : 5.«

»Fünfzehn?«, fragte er.

»Nein, 1 : 5, sag die Nummern der Zentrale, und frag nach Tracy. Die wissen dann Bescheid.« Frank schlug die Wagentür zu, und das alte Londoner Taxi fuhr davon.

Er schulterte seinen Rucksack und stieg die Treppen zum fünften Stock des Gebäudes des Physikalischen Instituts hinauf.

»Boca Juniors, Buenos Aires«, murmelte er kopfschüttelnd. Wenn irgendwas garantiert nichts mit der alten Seekarte zu tun hatte, dann war es die Geschichte, die er soeben gehört hatte.

15

Frank betrat Peters Arbeitszimmer, und das Erste, was er erblickte, waren Peters lange Beine, die sich unruhig auf einem wackeligen Bürodrehstuhl hin- und herbewegten. Peter stand, den langen Oberkörper hoch aufgerichtet, mit seinen Zehenspitzen auf dem Drehstuhl, während er den Kopf zur obersten Reihe des Regals hinaufreckte und mit den Händen dort die Bücher abtastete, ohne irgendetwas sehen zu können.

»Ah, da bist du ja endlich. Ich suche schon eine geschlagene halbe Stunde lang die blöde Karte. Wo hast du sie versteckt?«

Frank merkte, wie er von seinem unterhaltsamen Taxiausflug abrupt wieder in die Wirklichkeit zurückkehrte. Sofort fuhr ihm der Schrecken in die Glieder. Was, wenn Einstein sie in der Zwischenzeit aufgespürt hatte und die Karte während seiner Abwesenheit an sich gebracht hatte? Dann war alles umsonst gewesen, und Professor Pfleiderer wäre umsonst gestorben. Ohne dass sie ihm nachträglich wenigstens noch die Anerkennung verschafft hätten, die er verdiente, nämlich dass sein Mörder niemals sein Ziel erreichen würde. Es war das Wenigste, was Frank für den freundlichen alten Mann noch tun konnte.

Wie hatte er nur so leichtsinnig sein können, die Karte zurückzulassen!

»Sie muss da oben sein!«

»Ich such schon die ganze Zeit, sag bloß, diese Gangster haben sie in der Zwischenzeit geklaut.« Peter stand jetzt nur noch auf einem Bein, und der alte Drehstuhl schwankte auf seinen drei Beinen bedenklich hin und her.

»Komm runter und lass mich nachsehen. Du brichst dir gleich das Genick.« Peter tastete mit seinem zweiten Bein nach der Sitzfläche des Stuhls, während Frank zu ihm hinüberging und den Stuhl festhielt.

Peter stieg vom Stuhl herunter, schüttelte seinen Kopf und verzog das Gesicht. Er hielt sein Arbeitszimmer ab einer bestimmten Höhe für entschieden zu staubig.

Frank rückte den Stuhl erst einen halben Meter zur Seite, dann kletterte er selbst hinauf. Er wusste genau, dass er die Karte hinter den Büchern in der obersten Regalreihe hatte verschwinden lassen. Als er mit den Fingerspitzen die Rundung der harten Papprolle ertastete, war seine Erleichterung riesig. Peter, der seinerseits jetzt den Drehstuhl festhielt, blickte fragend zu ihm hinauf.

Frank zauberte triumphierend die Karte hervor.

»Du bist einfach zu klein, das ist alles«, sagte er hämisch und sah von seinem erhöhten Platz auf dem Drehstuhl auf seinen über eins neunzig großen Freund herunter.

Statt zu antworten, drehte Peter die Stuhllehne mit den Händen kurz und kräftig zur Seite, sodass Frank das Gleichgewicht verlor und sich mit der einen Hand gerade noch am Bücherregal festhalten konnte, während er in der anderen Hand die Karte balancierte.

»He!«, protestierte er, aber Peter half ihm schon mit einem breiten Grinsen vom Stuhl herunter.

»Na, dann lass mal sehen«, sagte er. Frank zeigte ihm die

Koordinaten, die er am Nachmittag entdeckt hatte, und Peter schilderte ihm anschließend ausgiebig, wie er eine halbe Stunde im strömenden Regen mit seinem Fernglas vor den Augen auf der Lambeth Bridge verbracht hatte. Und wie sich die Frau, von der er gestern Abend noch so begeistert gewesen war, lange am Ufer der Themse mit einem riesigen Kerl unterhalten hatte. Es war derselbe Mann gewesen, den er am Morgen schon beobachtet hatte, als er sich seinem Haus im Crescent Court genähert hatte.

»Frank, du hattest tatsächlich Recht. Anders als in der Geschichte kennen sich Einstein und Marie Curie sehr gut, und so wie sie vorhin die Köpfe zusammengesteckt haben, auch schon sehr lange. Es sah aus, als hätten sich zwei alte Freunde getroffen, um sich was Wichtiges zu erzählen. Wenn ich nur gehört hätte, was sie gesagt haben! Dann wären wir jetzt schon ein ganzes Stück schlauer. Als sie sich verabschiedet hatten, konnte ich noch sehen, wie Marie zu unserem Treffpunkt lief, aber da musste ich sie nun leider doch versetzen. Was konnte sie mir denn noch geben!«, fragte Peter und verdrehte dramatisch die Augen. »Was sie von mir haben wollte, scheint auf jeden Fall sehr, sehr wertvoll zu sein.«

Er blickte wieder auf die vor ihnen liegende Karte.

»Wie war die Taxifahrt?«, fragte er dann. »Konntest du irgendwas Neues erfahren?«

»Nein, nicht wirklich«, antwortete Frank nachdenklich, »wenn ich es mir recht überlege, hat es eigentlich gar nichts gebracht. Die Fahrerin hat mir eine Geschichte über die Reise einer argentinischen Fußballmannschaft aus Buenos Aires erzählt, Boca Juniors hießen die, glaube ich. Jedenfalls sind die zu Anfang des Jahrhunderts, nein, sie hat sogar die genaue Jahreszahl genannt, es war tatsächlich 1912, mit dem Schiff nach Europa gefahren. Dort sind sie gegen europäische Mannschaften angetreten. Aber das passt nun wirklich nicht zu den Informationen, die wir haben.«

»Argentinische Fußballer?«, fragte Peter verwundert. »Hast du ihr denn auch die richtigen Stichworte gesagt?«

»Klar, es waren die, die wir am Telefon abgesprochen hatten: Schiff, Atlantik und 1912. Aber was ich dir gerade erzählt habe, war alles, was sie wusste. Das Ganze hat sich viel zu weit von Neuschottland entfernt, im Südatlantik und in Europa, abgespielt und passt geografisch so gar nicht zu unserem Problem.« Er machte eine kurze Pause.

»Ich meine, sie hat sich echt Mühe gegeben, und sie hat mir auch ihre Nummer gegeben, falls ich das Ganze noch mal ausprobieren will.«

»Und, willst du?«, fragte ihn Peter, der ihn genau beobachtet hatte. Er sah ihn mit einem leicht spöttischen Lächeln an.

Doch Frank hatte den dezent neugierigen Unterton in der Frage nicht bemerkt und fuhr fort: »Na, es war wirklich ganz amüsant, wie du schon gesagt hast. Das ist eine ziemlich gute Geschäftsidee, und wenn man eine vernünftige Frage hat oder ein paar bessere Stichworte als ich, dann kann man damit auch zu ein paar ganz nützlichen Ergebnissen kommen. Ich denke, Tracy hätte auch für alle anderen Stichworte eine schöne Geschichte parat gehabt.«

»Tracy?«

Der Spott in Peters Tonfall war jetzt unüberhörbar, aber Frank bemerkte noch immer nichts.

»Ja«, sagte Frank, »und weißt du was?«

»Was denn?«

»Es war das Taxi von heute Morgen. Das Taxi, das mich in der Earls Court Road beinahe angefahren hätte. Ich habe die

Fahrerin erst gar nicht wiedererkannt, aber sie hat mich gleich darauf angesprochen. Auch London mit seinen acht Millionen Einwohnern ist anscheinend nur ein Dorf.«

»Was sagst du, es war die Taxifahrerin von heute Morgen?«

Peter machte auf Frank jetzt einen unverständlich aufgeregten Eindruck.

»Und es war dasselbe Taxi, ja? Bist du ganz sicher? Du sagst, du bist in dasselbe Taxi gestiegen, das dich heute Morgen fast angefahren hat, und du sagst, es war eins von den Quiz-Cabs-Taxis, richtig?«

Peter setzte sich neben Frank und legte ihm freundschaftlich, aber mit einem immer breiter werdenden Grinsen den Arm um die Schulter.

»Ja, wenn ich es doch sage. Aber was hast du denn? Was ist daran so lustig? Es war doch dein Vorschlag, du hast doch gesagt, dass ich das ausprobieren soll, damit wir was über die blöde Jahreszahl erfahren. Was kann ich denn dafür, wenn dabei so ein Schwachsinn herauskommt.«

»Ja, ja«, sagte Peter und konnte offensichtlich kaum noch an sich halten, »es ist nur so, ich habe dir doch ausdrücklich gesagt, du sollst darauf achten, dass du in ein gelbes Taxi steigst. Beim Trivial Pursuit stehen die gelben Spielsteine für die Geschichtsfragen, und unser Problem ist ganz klar eines, das mit Geschichte zu tun hat. Du spielst wohl keine Brettspiele, was? Das Taxi, das dich heute Morgen fast angefahren hat, war aber eindeutig orange. Und weißt du, wofür beim Trivial Pursuit die orangefarbenen Steine stehen? Für Sportfragen. Die Boca Juniors! Haha, argentinische Fußballer auf Europatournee!«

Peter war aufgesprungen und lief lachend im Zimmer herum. »Das ist gut, du bist wirklich klasse. Wir müssen heute Abend in den Pub gehen, das muss ich jemandem erzählen, sonst platze ich, die Boca Juniors, haha.«

Peter konnte sich immer noch nicht einkriegen, als Frank nach seinem Handy Ausschau hielt, das angefangen hatte zu klingeln. Er drückte die Annahmetaste.

»Hier spricht Hauptkommissarin Keller, ich warte schon eine halbe Stunde vor dem Haus ihres Freundes. Wo sind Sie? Ich bin nicht zum Versteckspielen nach London gekommen. Bitte sehen Sie zu, dass Sie schnellstmöglich hier erscheinen!«

»Ja, natürlich«, antwortete Frank schnell, während er mit seiner freien Hand eifrig in Peters Richtung winkte, der noch immer aufgekratzt im Zimmer hin und her lief und sich einfach nicht beruhigen konnte. Für Franks Geschmack übertrieb er maßlos, und Frank befürchtete, dass Frau Keller, die er vorhin mehr oder weniger absichtlich in die Irre geschickt hatte, Peter im Hintergrund hören und auch noch denken würde, sie machten sich über sie lustig.

»Wir kommen sofort, ich musste noch auf meinen Bekannten warten, Peter Adams. Ich bin in seinem Arbeitszimmer in der Universität. Hatte ich Ihnen das nicht gesagt? Er hat den einzigen Haustürschlüssel, und ich konnte mich ja nicht ohne ihn auf den Weg machen. Wir laufen sofort zur U-Bahn und werden in einer Dreiviertelstunde bei Ihnen sein. Vielleicht warten Sie solange in einem Café in der Nähe? Ich rufe Sie sofort an, wenn wir da sind.«

Frau Hauptkommissarin Keller schien sich mit der Erklärung zufriedenzugeben.

»Also gut«, antwortete sie, »eine Dreiviertelstunde, um halb sechs. Wenn Sie dann nicht da sein sollten«, sie legte eine kurze Pause ein, »ich brauche Ihnen wohl kaum zu sagen, dass ich mich auch mit einem Rechtshilfeersuchen an Scotland

Yard wenden kann. Das bedeutet, dass ich Sie jederzeit hier in London auf der Wache vorführen lassen kann.«

»Das wird ganz bestimmt nicht notwendig sein. Wir machen uns sofort auf den Weg, wie gesagt, in einer Dreiviertelstunde sind wir da.«

Frank legte auf und wandte sich Peter zu, dem das Lachen beim Zuhören im Hals steckengeblieben war.

»Was ist los?«, fragte er.

»Wir müssen sofort zu dir nach Hause.« Frank klärte ihn über das Telefonat auf, das er schon am Nachmittag mit Frau Keller geführt hatte.

»Aber was ist mit dem Anruf von Micha? Was ist, wenn er in der Zwischenzeit mit uns sprechen will? Einstein und Marie sind hinter uns her, und die wollen garantiert die Koordinaten haben.«

»Ich weiß, aber das muss halt warten«, sagte Frank, »sie hat gesagt, sie kann mich bei Scotland Yard vorführen lassen!«

Das überzeugte Peter.

»Und die Karte, lassen wir die hier?«, fragte er.

»Ja, hier ist sie am sichersten, heute Nachmittag, als wir beide weg waren, ist nichts passiert, warum sollte sie jetzt hier jemand finden. Und außerdem ist es bei dir zu Hause viel zu unsicher. Immerhin hat uns Einstein heute Morgen fast erwischt.«

Peter schluckte, das hatte er anscheinend schon völlig vergessen. Das Lachen war ihm jedenfalls vergangen, als beide in den Fahrstuhl stiegen und sich in Richtung Earls Court auf den Weg machten.

16

Mit einem energischen Sprint erwischten Peter und Frank am Russell Square gerade noch die U-Bahn und hatten dadurch beim Umsteigen im Bahnhof Kings Cross noch Zeit für eine Portion Fish & Chips. Zur verabredeten Zeit trafen sie im Crescent Court ein. Es war dunkel geworden, als sie in die Straße einbogen. Sofort erblickten sie die kleine Frau, die vor Peters Haus auf und ab ging. Von Weitem wirkte sie nicht nur ein bisschen rundlich, sondern auch sehr ungeduldig. Sie trafen sich unter der letzten Laterne der Sackgasse, und Hauptkommissarin Christine Keller klappte ihren Regenschirm ein.

»Guten Abend«, sagte sie, »wer von Ihnen ist Frank Schönbeck?« Ihr Englisch war nahezu perfekt.

Sie blickte von einem zum anderen. Beide waren an die zwei Meter groß, hatten schulterlange, glatte, blonde Haare, trugen Jeans und braune Lederjacken und hatten je einen Rucksack geschultert. Als Frau Keller sie von der Kensington High Street in den Crescent Court hatte einbiegen sehen, hatten sie ausgesehen wie Zwillinge, die sich einen Spaß daraus machten, die gleiche Kleidung zu tragen, um ihre Mitmenschen zum Narren zu halten. Und beide sahen sie jetzt freundlich lächelnd und mit offenem Blick ausgesprochen arglos an. Aber darauf konnte man nie viel geben. Eine der ersten Lektionen, die sie in ihrem Beruf gelernt hatte, war, dass es Menschen gab, die die Kunst, sich zu verstellen, sehr gut beherrschten. Auch wenn es nicht sehr viele waren.

»Ich bin Frank Schönbeck.«

Frank streckte ihr die Hand entgegen. Sie schüttelte sie. »Christine Keller, Morddezernat Hamburg.«

Peter stellte sich vor und gab sich gar nicht erst Mühe, die wenigen deutschen Begrüßungsformeln, die er kannte, an der Kommissarin auszuprobieren. Frau Keller nahm die englische Konversation wieder auf, während Peter die Wohnungstür aufschließen wollte.

»Die Tür ist ja offen!«, rief er überrascht und wollte eintreten.

»Halt, bleiben Sie lieber stehen.« Christine Keller hielt ihn am Arm zurück und stieß mit der Hand einmal kräftig gegen die Tür. »Haben Sie die Tür abgeschlossen, als Sie das Haus verließen?«

»Ja, natürlich«, sagte Peter, verschwieg aber, auf welchem Weg sie das Haus verlassen hatten. Es gab noch andere Dinge, die weder er noch Frank ihr erzählen wollten: erstens, dass sie wussten, dass Einstein hier war, und zweitens, dass die mysteriöse Karte sich in ihren Händen befand.

Als die Tür aufschwang, stieß Peter einen lauten Fluch aus. Er hatte zwar befürchtet, dass sich Einstein womöglich Zutritt zu seiner Wohnung verschafft hatte, aber das Chaos, auf das er jetzt blickte, hatte er bei Weitem nicht erwartet.

Aus allen Regalen waren die Landkarten herausgerissen worden, die Stehsammler und Aktenordner lagen auf dem Boden, und genauso war es den großen Sammelmappen ergangen. Die Papprollen lagen geöffnet im Zimmer herum. Papiere, zu Haufen zusammengetragen und dann wieder verstreut, sammelten sich in den Zimmerecken, eines der Bücherregale war umgestürzt worden. Peter stieß ein paar Verwünschungen aus, die weder Christine Keller noch Frank verstanden.

»Das wird ewig dauern, bis ich das wieder einsortiert habe«, fügte er resigniert hinzu und zählte dann noch ein paar unschöne Dinge auf, die er demjenigen antun würde, der das Chaos in seiner Wohnung angerichtet hatte, würde er ihn jemals in die Hände bekommen.

Zusammen kontrollierten sie die Küche und das Schlafzimmer. Dort war zwar offenbar auch gesucht worden, aber es sah nicht halb so schlimm aus wie in dem völlig verwüsteten Wohnzimmer. Peter wollte gerade die ersten auf dem Boden liegenden Landkarten wieder aufsammeln, wurde aber von Frau Keller gestoppt.

»Halt, halt, das will ich mir später alles noch mal ganz genau ansehen. Gibt es hier einen Raum, wo wir uns in Ruhe unterhalten können und der nicht durchsucht worden ist?« Peter sah sie etwas verblüfft an.

»Höchstens auf dem Dachboden, da gibt es einen kleinen Raum. Dort stehen aber nur ein paar Klappstühle, und es wird auch ziemlich kalt sein.«

»Ganz hervorragend«, sagte Christine Keller, »genau das Richtige für einen Samstagnachmittag-Tee, auch wenn es dafür vielleicht schon etwas spät ist. Aber das macht ja nichts, ich hatte meine Tasse vorhin schon, als ich auf Sie gewartet habe. Also, wo geht's auf den Dachboden, Mr. Adams?«

Sie stiegen in den dritten Stock hinauf und erklommen zuletzt eine schmale Holztreppe, die zu einer Tür führte, die mit einem Vorhängeschloss gesichert war.

»Na, wenigstens wurde hier oben nicht alles durchwühlt«, sagte Peter, während er aufschloss.

»Ja, ein ideales Versteck für diese Landkarte, finden Sie nicht auch?«

Peter sah Frau Keller mit einem, wie er hoffte, betont ausdruckslosen Gesicht an. Diese Kommissarin schien ihr

Handwerk zu verstehen. Aber da auch Frank sich bei der Bemerkung nichts hatte anmerken lassen, hatten sie den ersten Test anscheinend bestanden.

»Ja, ein wirklich passender Ort. Wenn wir die Karte finden sollten, können wir sie ja hier verstecken«, sagte Peter, und hoffte, Zeit zu gewinnen, indem er sich ausgiebig mit dem Auseinanderzerren der ineinander verkeilten Klappstühle beschäftigte. Doch Frank griff das Kartenthema wieder auf.

»Wir haben die Karte nicht. Die Leute, die hier gesucht haben, konnten also gar nichts finden«, sagte Frank.

»So, so. Da hat mir Ihre Freundin aber etwas ganz anderes erzählt. Katja Albers, das ist sie doch, Ihre Freundin, oder?«

Peter rollte hinter Frau Kellers Rücken mit den Augen, und Frank fluchte still in sich hinein. Mist, dachte er, wenn man sich schon vornimmt, die Polizei zu belügen, sollte man sich dabei wenigstens richtig absprechen.

»Ja, stimmt, ich habe ihr erzählt, dass ich nach London fliege, um die Karte zu holen. Aber ich habe mich geirrt, die Karte ist tatsächlich nicht hier. Ich muss sie Professor Pfleiderer mit den anderen wiedergegeben haben. Wir haben gestern Abend alles durchsucht und nichts gefunden.«

»Da war hier noch nicht so ein Chaos«, fügte Peter brummend hinzu, beendete seinen Scheinkampf mit den Klappstühlen und bot Frau Keller einen der Stühle als Sitzgelegenheit an.

Die Hauptkommissarin setzte sich und strich sich mit den Händen über die Oberschenkel. Die schwarze Leinenhose war vom Regen noch unangenehm nass. Christine Keller war zweiunddreißig Jahre alt und arbeitete seit ihrer ersten Ausbildung bei der Polizei in Hamburg. Seit sechs Jahren war sie beim Morddezernat. Ihr leichtes Übergewicht, mit dem sie meistens im Winter zu kämpfen hatte, rührte von ihrem Heißhunger auf Süßigkeiten. Der wiederum trat aber nur dann ein, wenn sie zu viel Zeit mit Büroarbeit verbringen musste. Vor zwei Jahren hatte sie sich von ihrem Mann scheiden lassen, der eine Karriere als Ausbilder auf einer Münchner Verwaltungshochschule dem kernigen Polizeidienst und dem unsteten Eheleben mit einer Polizistin im Außendienst vorzog. Die Scheidung war ihm umso leichter gefallen, als er bei seiner Ehefrau ein ihm unverständliches Interesse an den dunklen Seiten der menschlichen Seele beobachtet hatte. Seit der Trennung ging Christine Keller voll und ganz in ihrer Arbeit auf. Auf den beruflichen Kurzausflug nach London hatte sie sich sogar gefreut. Amüsiert beobachtete sie, wie die beiden zauberhaften jungen Männer versuchten, ihre langen Beine in der beengten Dachkammer irgendwo auszustrecken, ohne sich dabei ins Gehege zu kommen. Falls sie noch einmal die Plätze wechselten, könnte sie ja einen weiteren Blick auf ihre flachen Hintern werfen.

Das Schweigen zwischen ihnen dauerte nun schon eine ganze Zeit lang an, doch Christine Keller machte das nichts aus. Den Anblick von Peter Adams, wie er mühsam versuchte, seine Hände in den Taschen seiner Lederjacke unterzubringen, um eine möglichst lässige Haltung einzunehmen, konnte sie sich auch noch länger gönnen. Als Peters Versuch misslang, baumelten seine Arme an der Stuhllehne herab, und seine Finger berührten fast den Fußboden. Sie entschloss sich, die Sache voranzubringen, damit sich die beiden nicht noch weitere unnütze Erklärungen ausdenken mussten, um diese geheimnisvolle Landkarte, hinter der offenbar plötzlich die halbe Welt her war, vor ihr versteckt zu halten.

»Also gut«, begann sie, »ich schlage vor, wir sprechen wie vernünftige Menschen miteinander, damit wir wenigstens heute Abend noch etwas vorankommen. Erstens, ich weiß, dass Sie die Karte haben.« Sie hob ungeduldig die Hand. »Nein, nein, unterbrechen Sie mich jetzt bitte nicht. Zweitens, ich weiß, dass der Mann, der dort unten nach der Karte gesucht hat, der Mann ist, der Sie, Herr Schönbeck, vorgestern überfallen, bedroht und mit Handschellen an Ihre Heizung gekettet hat. Ich weiß weiter, dass er sich Einstein nennt und mit großer Wahrscheinlichkeit der Mann ist, der gestern Mittag Herrn Professor Anton Pfleiderer in seinem Arbeitszimmer in der Hamburger Universität überfallen und mit einem roten Ziegelstein erschlagen hat. Anschließend hat er das Zimmer von Professor Pfleiderer nach der Karte durchsucht. Und das bedeutet drittens, dass Sie, Herr Schönbeck, nicht als Täter in Frage kommen. Und das schließe ich unter anderem aus der Verwüstung der Wohnung Ihres Freundes, denn genau das gleiche Chaos habe ich gestern im Arbeitszimmer von Professor Pfleiderer gesehen. Und so viel weiß ich aus Erfahrung, Räume, die so aussehen, wurden nicht von Ihnen selbst durchwühlt, um den Verdacht auf andere zu lenken.« Sie schien mit ihrer Rede fertig zu sein, fügte dann aber an Frank gewandt noch hinzu: »Und Letzteres gilt auch für die Abschürfungen an Ihren Handgelenken.«

Peter und Frank waren gelinde gesagt beeindruckt. Vielleicht sollten sie sich ja doch kooperativer zeigen?

»Wir mussten heute Morgen fliehen, weil dieser Mann, der sich Einstein nennt, hinter uns her war«, sagte Frank. Dann erzählte er ihr ausführlich die Geschichte des Überfalls in Hamburg und wie sie beide den heutigen Tag in Peters Arbeitszimmer im Institut verbracht hatten.

»Und was ist mit der Karte, wo ist sie?«, fragte Christine Keller.

Frank blickte Peter an. Der hob seine Arme vom Boden und machte eine abwehrende Geste, indem er Frank die Innenseiten seiner Hände entgegenhielt.

»Deine Entscheidung«, sagte er.

Frank zögerte und schien die Folgen seiner Antwort abzuwägen.

»Die Karte ist in Peters Arbeitszimmer, aber wir können nichts damit anfangen, niemand kann das.« Er erzählte Christine Keller in groben Zügen, was auf der Karte zu sehen war, erwähnte aber keine Einzelheiten und vor allem nicht die Koordinaten, die er auf der Karte entdeckt hatte.

»Ich will die Karte sehen«, sagte Frau Keller.

»Was? Heute Nacht noch?«, fragte Frank.

»Einstein ist nicht allein unterwegs«, sagte Peter schnell und lieferte Frau Keller eine Beschreibung der Frau, die sich den Namen Marie Curie zugelegt hatte. Dann schilderte er die Szene, die er am Nachmittag durch das Fernglas beobachtet hatte.

Frau Keller hatte sich, seit sie mit Franks Befragung zu dem Überfall in Hamburg begonnen hatte, alle Antworten in ihrem Notizbuch vermerkt. Bei Peters Beschreibung der beiden Personen, die sich am Themseufer unterhalten hatten, hielt sie kurz inne. Sie musste unwillkürlich an das Paar denken, das neben der Eingangstür des Cafés gesessen hatte, in dem sie auf Peter und Frank gewartet hatte. Sie beschloss, sich darüber zunächst nur eine Gedankennotiz zu machen.

»Gut, ich denke, das war es für heute«, sagte sie und klappte ihr Notizbuch zu. »Sie können mir morgen früh die Karte zeigen. Ich muss heute Abend noch Ihre Hinweise zu diesem

Einstein und seiner Freundin Marie Curie nach Hamburg weiterleiten. Morgen werden die Kollegen von Scotland Yard sich an Sie wenden, damit Ihre Wohnung untersucht werden kann. Das ist leider notwendig, da es möglicherweise Spuren gibt, die zu denen in Professor Pfleiderers Arbeitszimmer passen. Danach können Sie natürlich in Ihre Wohnung zurück, Mr. Adams. Können Sie beide bei Freunden übernachten?«

»Nein, wir werden wohl wieder zur Universität fahren«, sagte Peter widerstrebend. Er wusste sofort, was Frau Keller bis jetzt noch nicht gefragt hatte.

»Die Adresse Ihres Büros in der Universität?«

Peter seufzte: »Geophysikalisches Institut, Gordon Street 445, fünfter Stock. Die Räume sind nicht nummeriert, es ist das vierte Zimmer links auf dem Flur, wenn man aus dem Fahrstuhl steigt, mein Name steht dran.«

»Sehen Sie, war doch gar nicht so schwer«, sagte Hauptkommissarin Keller lächelnd und schrieb die Adresse in ihr Buch, bevor sie es endgültig schloss. »Zum Ausgleich gebe ich Ihnen sogar meine Adresse.«

Nur für einen kurzen Moment dachte Peter, sie würde jetzt mit ihnen flirten.

Frank notierte sich die Adresse eines Hotels in der Nähe der Paddington Station.

»Es dürfte das Beste sein, Sie beide finden sich mit der Karte im Laufe des morgigen Tages wieder hier ein. Ich kann Ihnen leider noch keine Uhrzeit nennen, weil ich noch mit den Kollegen von Scotland Yard sprechen muss.«

Zusammen verließen sie die enge Dachkammer und das Haus. Als sich Frank und Peter auf der Straße schon von ihr verabschiedet hatten, drehte sich Hauptkommissarin Keller noch einmal zu ihnen um. »Ach, eine Frage hätte ich da noch«, sagte sie. Frank seufzte und wunderte sich, ob wohl alle Kommissare auf der Welt immer noch eine letzte Frage hatten.

»Sagen Sie, Herr Schönbeck, hat Herr Professor Pfleiderer Ihnen gegenüber jemals den Namen Franz Felgendreher erwähnt?«

»Nein«, sagte Frank. Er war erleichtert, weil er bei dieser Frage gar nicht erst in die Verlegenheit kam, sich irgendetwas ausdenken zu müssen. »Den Namen habe ich noch nie gehört, wer soll das sein?«

»Das war nach Angaben seiner Sekretärin die Person, die Professor Pfleiderer in der Schweiz besucht hat. Von dieser Reise ist er erst am Freitagmorgen nach Hamburg zurückgekehrt.«

»Nein, den kenne ich wirklich nicht«, sagte er wahrheitsgemäß.

Dann war Frau Keller tatsächlich am Ende ihrer ersten Vernehmung in England angelangt und machte sich auf den Rückweg in ihr Hotel. Als sie außer Hörweite war, sagte Peter:

»Na, da haben wir ja eine grandiose Vorstellung abgeliefert, was? Sie hat uns total ausgequetscht. Alles, was wir nicht verraten wollten, steht jetzt bis ins letzte Detail in ihrem kleinen Notizbuch.«

Frank schien das nichts auszumachen. »Beschwer dich nicht. Du wolltest doch immer schon Bekanntschaft mit der deutschen Polizei machen.«

»Ich hab mich nur gefragt, warum sie wissen wollte, wo wir übernachten?«

»Blödmann«, sagte Frank, »los, zurück ins Institut. Bis

morgen haben wir noch einen kleinen Vorsprung. Wir müssen unbedingt Micha anrufen und hören, ob er was über die Koordinaten rausgefunden hat.«

17

Nachdem Frank und Peter zum dritten Mal an diesem Tag die U-Bahnhöfe High Street Kensington, Kings Cross und Russell Square passiert hatten, fühlten sie sich auf der Circle Line und dem kurzen Stück der Piccadilly Line schon fast zu Hause. Immer tiefer sog sie das Abenteuer ein, und mehr und mehr wurden sie von einem befreienden Gefühl der Wurzellosigkeit und Ungebundenheit ergriffen. Für Peter verstärkte sich das Gefühl dadurch, dass er seine Wohnung gerade in einem reichlich verwüsteten Zustand zurückgelassen hatte. Und Frank, nun, Frank war gerade einmal vor vierundzwanzig Stunden, die ihm jetzt schon wie eine ganze Woche vorkamen, in London gelandet, und er verschwendete keinen Gedanken an irgendein Zuhause.

Die Straßen rund um den Campus bis hinüber zur Tottenham Court Road belebten sich bereits mit den ersten Feierwütigen des frischen Samstagabends. Ihre Wege kreuzten sich mit denen der aus dem U-Bahnhof strömenden Rückkehrer vom nachmittäglichen Shopping-Ausflug. Frank und Peter betraten ein weiteres Mal an diesem Tag das Geophysikalische Institut, in dem sie, wenn ihre vorsichtige Einschätzung gegenüber Frau Hauptkommissarin Christine Keller richtig war, voraussichtlich auch die Nacht verbringen würden. Eilig überprüften sie, ob sich die Landkarte noch an ihrem alten Versteck befand. Als Frank sie ertastet hatte, rief er Michael in Hamburg an.

»Michael Zylinski.«

»Micha, was ist mit dir? Wir haben den ganzen Nachmittag über mit deinem Anruf gerechnet. Hast du was über die Koordinaten herausgefunden?«

»Ja, ja, habe ich, aber ich wollte ganz sichergehen und bin gerade noch dabei, einige Optionen zu überprüfen. Außerdem war ich noch mit Katja einkaufen«, antwortete Michael.

»Frank, du solltest sie unbedingt anrufen«, fuhr er fort, bevor Frank etwas sagen konnte, »sie macht sich wirklich große Sorgen um dich.«

»Wieso das denn? Mir geht's doch gut, ich bin mit Peter unterwegs, und wir versuchen, was über die Karte herauszufinden. Das weiß sie doch auch.« Frank hatte nicht damit gerechnet, dass Michael ihn auf Katja ansprechen würde. Er wartete voller Unruhe darauf, zu erfahren, was Michael über die Koordinaten herausgefunden hatte.

»Ja, schon«, beharrte Michael weiter, »es ist aber nicht nur das, ich glaube sie ist auch, na, wie sag ich es am besten, sie ist ein wenig verstimmt, dass du sie in Hamburg sitzengelassen hast und auf Abenteuertour gegangen bist.«

Frank wurde ärgerlich. Er hatte keine Lust, jetzt mit Problemen wegen Katja konfrontiert zu werden, gerade nicht von Michael, von dem er doch eigentlich gehofft hatte, er würde Katja beruhigen können.

»Schon gut, Frank, ich wollte es dir nur gesagt haben. Ich habe sie ja auch so gut wie möglich aufgemuntert. Also, jetzt mal zu eurem Koordinatenproblem, ich wiederhole die Zahlen noch mal, um sicherzugehen, dass kein Missverständnis vorliegt: einundvierzig Grad sechsundvierzig Minuten Nord und fünfzig Grad vierzehn Minuten West, und die Jahreszahl ist 1912, korrekt?«

Manchmal konnte Michael einen mit seiner wissenschaftlichen Genauigkeit in den Wahnsinn treiben.

»Ja, roger, ich bestätige die Angaben, alles korrekt«, sagte er und verdrehte die Augen.

»Tja, dann habe ich eine Überraschung für euch, Jungs«, sagte Michael jetzt in verändertem Tonfall. »Die Daten, die du mir da durchgegeben hast, sind wahrscheinlich die berühmtesten Koordinaten in der Geschichte der Seeschifffahrt. Sie bezeichnen die Stelle im nordwestlichen Atlantik, von der das Passagierschiff Titanic am 14. April 1912 seinen letzten Notruf gesendet hat, bevor es mit Meerwasser vollgelaufen und drei Stunden später mit Mann und Maus versunken ist.«

An beiden Enden der Telefonleitung herrschte Schweigen.

Michael hatte diesen Moment der Stille erwartet und kostete nun jede Sekunde aus. Dann hörte er am anderen Ende jemanden sprechen. Frank erzählte Peter die erstaunliche Neuigkeit.

»He, Frank, grüß Peter von mir, und komm dann mal nach Hause. Kümmere dich lieber um Katja als um solche komischen Kinderrätsel. Wer auch immer diese Koordinaten auf eure Karte gemalt hat, war entweder ein alter Schifffahrtsfan, oder er wollte jemanden gewaltig an der Nase herumführen.«

»Micha, bist du dir da wirklich sicher? Ich meine, kann es nicht noch was anderes gewesen sein?«

»Nein, da bin ich ganz sicher«, sagte Michael und fuhr betont geduldig fort, »ich habe dir doch gesagt, dass ich mich den ganzen Nachmittag damit beschäftigt habe. Im Internet bekommst du mit diesen Zahlen sofort Tausende von Quellenangaben über die Titanic, und ich habe meine Bücher durchgesehen. Die stammen zum Teil noch aus der Zeit vor dem Internet, und auch die stimmen überein. Die Koordinaten, die du mir genannt hast, beziehen sich tatsächlich auf den Ort, wo die Titanic im Meer versunken ist. Mehr gibt es dazu nicht zu sagen.«

»Ja, aber was kann das bedeuten?«

»Mensch, Frank«, selbst Michael konnte ungeduldig werden, wenn man ihn für dumm verkaufen wollte.

»Über die Titanic muss ich dir doch nun wirklich nichts erzählen. Spätestens bei der Jahreszahl 1912 hättest du es merken müssen, also hier noch mal die komplette Version:

Die Titanic wurde in Belfast gebaut, sie gehörte der Reederei White Star Line in Liverpool. Der Bau kostete weit über eine Million Pfund. Offiziell war sie als Postschiff eingetragen, aber ihr eigentlicher Zweck war die Passagierschifffahrt. Sie war für die damalige Zeit äußerst luxuriös ausgestattet mit einer Sporthalle, einem Swimmingpool und türkischen Bädern an Bord. Die Titanic war das größte jemals gebaute Passagier-Linienschiff und war im beginnenden 20. Jahrhundert das Symbol des technischen Fortschritts überhaupt. Und was das Wichtigste für den Titanic-Mythos ist: Sie galt als absolut unsinkbar. Am 10. April 1912 lief sie im Hafen von Southampton in Richtung New York zu ihrer Jungfernfahrt aus, kam dort jedoch nie an, weil sie in der Nacht zum 15. April 1912 ungefähr sechshundert Kilometer östlich von New York mit einem Eisberg kollidierte, der sich vom Packeis in der Nähe von Grönland auf den Weg gemacht hatte, um sich mit der unsinkbaren Titanic anzulegen. Die Titanic ging unter, und zwar genau an der Stelle, die du mir angegeben hast. That's it, Titanic: 0, Eisberg: 1, nächste Frage.«

Peter hatte am Lautsprecher des Telefons Michaels Schilderung mitgehört und konnte es sich jetzt nicht mehr verkneifen.

»Siehst du, wenn du heute Nachmittag nicht in das falsche Taxi gestiegen wärst, hätten wir das alles schon viel früher gewusst.«

»Welches falsche Taxi?«, hörten beide Michael am anderen Ende fragen.

»Schon gut, gar nichts«, wiegelte Frank ab. »Gibt es sonst noch etwas, Micha? War das die ganze Geschichte?«

Michael seufzte leicht genervt. »Gut, ich erzähl euch den Rest. Ich dachte, ihr kennt die Story? Tausende von Menschen, die sich im Bug oder in einem der abgeriegelten Schotts im Unterdeck des Schiffes aufhielten, hatten nicht die geringste Überlebenschance. Aber auch für die meisten, die sich in eines der Rettungsboote geflüchtet hatten oder ins Meer gesprungen waren, kam jede Hilfe zu spät. Entweder erfroren sie im kalten Wasser des Atlantiks, oder sie ertranken. Das Zeitalter des Gigantismus in der Passagierschifffahrt endete abrupt, und die Titanic wurde nach langer Suche 1985 auf dem Grund des Atlantiks durch den Meeresforscher Ballard wiedergefunden, aber natürlich nicht gehoben.«

Er machte eine Pause, fügte dann aber noch hinzu: »Aber das müsst ihr doch alles wissen, es gab doch vor ein paar Jahren den totalen Titanic-Hype und diesen Film mit diesem aalglatten Schauspieler, diesem Leo …, Leo … irgendwas.«

»Ja, schon gut, Micha, das wissen wir ja. Ich kann wirklich nichts dafür, dass ich keine interessantere Aufgabe für dich hatte, beruhige dich. Aber es kann gut sein, dass wir uns noch mal melden. Wir haben vorhin mit der Hamburger Kommissarin gesprochen, sie will morgen die Landkarte sehen, dann geben wir sie ihr zurück, und die Geschichte hat ein Ende.«

»Besser ist das«, entgegnete Michael knochentrocken. Dann sagte er aber umgänglicher: »Na, aber wenn ihr noch was habt, könnt ihr euch jederzeit melden. Ich bin zu Hause, präsentiert mir nächstes Mal aber bitte was Spannenderes. Und tschüss.«

Michael hatte aufgelegt.

»Das glaubst du doch wohl selber nicht«, sagte Peter.

»Was denn?«

»Na, dass du Frau Keller morgen die Karte geben willst. Und zwar, ohne dass wir herausgefunden haben, warum Einstein und Marie Curie alles daransetzen, sie in ihre Hände zu bekommen.«

Er blickte wieder auf die alte Seekarte. Was gab es darauf zu sehen, was ihnen bis jetzt noch nicht aufgefallen war? Die Koordinaten des Untergangs der Titanic prangten dick und fett in der rechten unteren Ecke. Professor Pfleiderer hatte für dieses Stück Papier sterben müssen. Die Lösung, die ihnen Michael präsentiert hatte, machte die Sache nur noch geheimnisvoller.

Etwas, das Michael gerade gesagt hatte, kam ihm wieder in den Sinn: Wer auch immer diese Koordinaten auf die Karte gemalt hat, war entweder ein alter Schifffahrtsfan, oder er wollte jemanden gewaltig an der Nase herumführen. Aber wer? Und warum wollte er jemanden an der Nase herumführen?

Als Frank endlich von der Karte aufsah, blickte er in Peters fragendes Gesicht.

»Was hältst du davon? Von dieser Titanic-Geschichte?«

Frank zuckte mit den Schultern. »Keine Ahnung, ich kann mir nichts zusammenreimen. Wenn dir auch nichts einfällt, ist die Suche zu Ende. Dann müssen wir morgen die clevere

Frau Hauptkommissarin den Rest erledigen lassen.« Peter schüttelte den Kopf.

»Das käme einer Niederlage gleich«, erklärte er dramatisch. »Ich finde, wir sollten die Fantasie der Polizei nicht überstrapazieren.« Er tippte mit dem Finger mehrmals auf die großen Koordinatenzahlen auf der Karte.

»Und das hier, das dürfte eine gewaltige Überforderung für sie darstellen.« Nach kurzer Überlegung sprach er weiter. »Wir sollten mit der Geschichte zu Professor McCully gehen, von dem ich dir vorhin schon erzählt habe. Er unterrichtet und forscht hier am Institut. Ich glaube, er weiß so ziemlich alles, was man über Geografie und Naturgeschichte wissen kann. Und es wäre sogar möglich, dass er Professor Pfleiderer gekannt hat. Immerhin sind – waren sie Kollegen auf demselben Gebiet und im selben Alter. Also schon ziemlich alt«, fügte er hinzu.

»Einverstanden, ich habe keine bessere Idee.«

Peter blickte auf die Uhr. »Schon halb zehn, hoffentlich ist das nicht schon längst zu spät für ihn.« Er suchte im Verzeichnis seines Handys McCullys Nummer und wählte.

»Kenneth McCully?«

»Guten Abend, Mr. McCully, Peter Adams hier, entschuldigen Sie die späte Störung. Ich habe ein etwas seltsames Anliegen, das ich Ihnen gerne schildern würde. Ich sitze hier mit einem Studienfreund aus Deutschland über einer alten Seekarte, und, nun ja, wie soll ich sagen, wir versuchen, eine Erklärung für eine Koordinatenangabe zu finden, die sich auf der Karte befindet. Und ich frage mich, ob Sie uns vielleicht helfen könnten.«

»Erst mal guten Abend, Mr. Adams. Es freut mich zu hören, dass Sie den Samstagabend offenbar mit etwas Sinnvollerem verbringen als mit dem Besuch eines Pubs. Ich helfe gerne, wenn es mir möglich ist. Wie lauten denn die Koordinaten?«

Peter hatte sich nicht darauf eingestellt, dass sie ihr Problem gleich am Telefon erörtern würden, reagierte aber sofort. »Nun, Professor McCully, die Sache ist die, wenn ich Ihnen die Koordinaten am Telefon schildere, führt das vielleicht nicht viel weiter oder in eine falsche Richtung, weil ein starker Zusammenhang mit der Karte selber besteht. Deshalb dachten wir, Sie könnten sich die Karte vielleicht einmal ansehen, wenn Sie heute Abend noch ein wenig Zeit dafür hätten?«

Nach einer kurzen Pause antwortete Professor McCully: »Nun, eigentlich spricht nichts dagegen. Ich verbringe den Abend ohnehin über meinen Büchern, kommen Sie also ruhig vorbei. In welchem Teil unserer schönen Stadt befinden Sie sich denn im Augenblick?«

Peter gab ihm ihren Standort durch und versprach, dass sie in spätestens einer Stunde bei ihm sein würden. Dann legte er auf. Als er anschließend seinen Rucksack schulterte, steckte er den karierten Stofffetzen ein und griff nach der Karte.

Frank hielt ihn auf.

»Einen Moment mal. Wenn wir die Karte jetzt mitnehmen, und Einstein lauert uns auf, was dann? Heute Morgen konnten wir ihn gerade so abhängen, aber jetzt hatte er den ganzen Tag Zeit herauszufinden, wo wir stecken.«

Peter dachte kurz nach und entschied dann:

»Hier können wir die Karte nicht lassen, der Professor muss sie auf jeden Fall sehen.« Dann setzte er seinen Rucksack wieder ab und ein Lächeln auf.

»Aber wir können unserem Freund Einstein das Leben ein

wenig schwerer machen. Ich habe da auch schon so eine Idee.«

18

Daniel McGuffin, der Mann, der sich Einstein nannte, stand auf dem Gelände der Universität neben einem vom Flutlicht hell erleuchteten Rugbyfeld und sah den am späten Samstagabend eifrig trainierenden Spielern zu. Jedenfalls tat er so, war doch das Rugbytraining der einzig in Frage kommende Anlass, auf dem dunklen und menschenleeren Universitätsgelände für längere Zeit auf einem Fleck herumzustehen, ohne aufzufallen. Um nicht direkt von dem gleißenden Licht der Scheinwerfer angestrahlt zu werden, hatte er sich unter einen Nadelbaum gestellt, direkt vor dem bis zu den Flutlichtmasten hinaufreichenden Fanggitter, das die hochfliegenden Bälle aufhalten sollte. Ohne auf die Spielzüge, Würfe und laut gebrüllten Anweisungen zu achten, konzentrierte er sich auf die hinter dem Spielfeld sichtbare Eingangstür des Geophysikalischen Instituts. Vor etwa einer Stunde waren die beiden großen blonden Studenten dort verschwunden.

Bis hierher war er ihnen gefolgt, nachdem er den ganzen Nachmittag über in der Kensington High Street auf und ab gegangen war, in der schwachen Hoffnung, Peter Adams würde nach Hause zurückkehren. Dass er tatsächlich auftauchte, hatte allem Anschein nach viel mit der kleinen Frau mit dem Regenschirm zu tun, die vor dem Haus auf die beiden gewartet hatte. Erst hatte Daniel bei ihrem Anblick auf eine Verabredung mit einer Bekannten getippt. Als die Frau sich dann aber nach längerer Zeit von den beiden verabschiedet hatte und in die Hauptstraße eingebogen war, hatte er sie wiedererkannt. Sie ging nur drei Schritte entfernt an ihm vorüber, als er sich gerade im Eingang eines Pubs die Schuhe zuband. Es war die gleiche Frau gewesen, die er schon am Nachmittag im Café gesehen hatte. Dort hatte er mit Gloria McGinnis gesessen, die von ihrer geplatzten Verabredung mit Peter Adams zurückgekehrt war, und Kriegsrat gehalten. An den dicken Gore-Tex-Stiefeln, die die Frau schon jetzt im November trug, hatte er sie als deutsche Touristin eingestuft, musste sich dann aber korrigieren, als sich ihre Blicke trafen. Sie fixierte ihn mit einer Mischung aus Neugier und professionellem Misstrauen und prägte sich während des kurzen Blickkontakts seine charakteristischen Merkmale ein. So konnte sie sein Erscheinungsbild später schneller abrufen. Sie war Polizistin und zwar schon seit längerer Zeit. Zu oft hatte Einstein mit denen zu tun gehabt, als dass er das nicht sofort an ihrer Art gemerkt hätte. Sie hatte ihn einfach den Bruchteil einer Sekunde zu lange angesehen. Weil es aber nur diese Hundertstelsekunde war, konnte er sicher sein, dass die Personenbeschreibung, die die Sekretärin von Malcolm McCory der Hamburger Polizei gegeben hatte, nicht allzu brauchbar gewesen sein konnte. McCorys Sekretärin hatte sich allem Anschein nach nur seine auffällige Körpergröße gemerkt.

Es hatte nicht lange gedauert, bis die beiden Studenten ebenfalls das Haus verlassen hatten. Ihnen bis zur Universität zu folgen war ein Leichtes gewesen. Sie bewegten sich so arglos durch die Straßen der Großstadt, als könne ihnen nichts und niemand auf der Welt etwas anhaben. Frank Schönbeck hatte ihn trotz seiner Warnung offenbar schon längst vergessen. Daniel McGuffin lächelte in sich hinein. Nun, gleich würde Frank ihn wiedersehen. Er war sich sicher, dass die Karte im Institut war. Logisch gedacht, konnte es keinen anderen Platz für sie geben. Seine Erleichterung über diese Erkenntnis war riesengroß gewesen, denn er konnte schon fast körperlich spüren, dass der nächste Anruf von Mr. Van kurz bevorstand. Sein letztes Gespräch hatte er am gestrigen Abend mit Gloria geführt, und seitdem war für Mr. Vans Verhältnisse eine sehr lange Zeit vergangen. Mr. Van erwartete schnelle Ergebnisse. Und er hatte die Macht, sie einzufordern.

Der Rugbyball klatschte scheppernd gegen das Metallgitter über ihm, als sich auf der gegenüberliegenden Seite die Tür des Instituts öffnete. Der etwas kleinere der beiden, Peter Adams, trat heraus und hielt seinem ihm nachfolgenden Freund die Tür auf.

Adams trug einen ziemlich langen Gegenstand, eine Art Rolle aus Pappe, unter dem Arm.

Daniel McGuffin durchfuhr ein Adrenalinstoß. Nach ein paar kurzen vorsichtigen Schritten verfiel er sofort in ein schnelles Tempo, als er sah, dass auch Peter Adams losrannte, offenbar in der Absicht, ganz schnell möglichst viel Raum zwischen sich und einen potenziellen Verfolger zu legen. Doch was war das? Frank Schönbeck trug ebenfalls eine Papprolle unter dem Arm. Und er spurtete mit der gleichen Affengeschwindigkeit wie sein Freund in die entgegengesetzte Richtung. Verdammt! Einstein blieb nur eine einzige Sekunde für eine Entscheidung, und er entschied sich für Frank Schönbeck.

Sie hatten verabredet, dass Frank in die Richtung rennen sollte, in die er auch heute Nachmittag aufgebrochen war, als er allein durch London spaziert war. Sollte Einstein sich für ihn entscheiden, hätte das den Vorteil, dass Frank den vor sich liegenden Weg kennen würde. Würde Einstein aber Peter folgen, konnte Peter den Vorteil seiner Ortskenntnis ausspielen. Einstein würde voraussichtlich nur den Weg zur U-Bahn-Station Russell Square kennen. Von diesem Weg wäre Peter dann sofort abgewichen, um Einstein in unbekanntes Terrain zu führen und dann dort abzuhängen.

Frank hatte recht schnell Sprintgeschwindigkeit erreicht, drosselte aber nach etwa hundert Metern auf ein Tempo herunter, das er auch über einen längeren Zeitraum halten konnte. Als er hinter den blockartig angelegten Universitätsgebäuden das Licht der ersten Straßenlaternen schimmern sah, gab er noch einmal Gas und erreichte die Gower Street hinter dem Collegegelände. Er wandte sich wie schon heute Nachmittag nach links und sprintete die Straße herunter, bis er vor sich in der Schwärze des Nachthimmels die noch dunklere Silhouette der Kuppel des Britischen Museums auftauchen sah. Er blickte über seine linke Schulter und erkannte den großgewachsenen Läufer, der ihm mit flatterndem Mantel in etwa hundert Meter Entfernung auf den Fersen war. Die Distanz beruhigte ihn ebenso wie der flatternde Mantel, der beim Laufen nicht unbedingt von Vorteil war. In Hamburg hatte Frank wegen der Motorradmaske Einsteins Gesicht nicht erkennen können, schätzte aber das Alter seines Verfolgers auf deutlich über dreißig Jahre. Frank hatte ausreichend Zeit für diese Gedanken, da er die Straße ein ganzes Stück geradeaus lief und sich ihm keine besonderen Hindernisse in den Weg stellten. Einige Passanten, die durch seine lauten Schritte aufgeschreckt wurden, traten schnell zur Seite.

Er blickte sich wieder um und sah, dass der Abstand etwa

gleich geblieben war. Das beruhigte ihn, denn er wusste, dass er im Ernstfall noch zulegen konnte. So konzentrierte er sich jetzt auf die vor ihm liegende entscheidende Aufgabe, seinen Verfolger abzuschütteln.

An der nächsten Straßenecke bog er scharf rechts ab und folgte weiter der Route vom Nachmittag. Unmittelbar links von ihm lag die British Library. Gleich würde er auf die belebte Tottenham Court Road stoßen, wo sich das Rennen gegen Einstein entscheiden konnte, denn wegen des dichten Verkehrs würde es für Frank unmöglich sein, dort noch mehr Vorsprung herauszulaufen. Dort lag das Ziel, das er sich bei seiner provisorischen Fluchtvorbereitung gesetzt hatte: Die U-Bahn-Station Goodge Street. Hier verkehrte die Northern Line, die ihn direkt zu seinem verabredeten Ziel führen würde, nach Hampstead, wo Professor McCully wohnte. Peter würde seinerseits von der Station Russell Square aus nach Hampstead fahren. Der Unterschied in beiden Reiserouten bestand nur darin, dass Peter sich mehr Zeit lassen konnte, weil er nicht verfolgt wurde.

Frank sah Einstein an der Ecke in die Tottenham Court Road einbiegen, erkannte, dass dieser zuerst in die falsche Richtung schaute, verpasste aber die günstige Gelegenheit, sich im nächsten Hauseingang zu verstecken. Der Bürgersteig war breit, zu breit, als dass Einstein ihn nicht sofort wiederentdeckt hätte. Er setzte Frank nach. Endlich tauchte der Eingang zur U-Bahn auf, und Frank stolperte rennend die Treppe hinunter, sorgfältig darauf achtend, nicht auf den feuchten Stufen auszurutschen.

Kein Zug war zu sehen. Er überlegte.

Lange stehen bleiben konnte er nicht, dafür war Einstein zu dicht hinter ihm. Endlich leuchteten auf der Zuganzeige die ersehnten gelben Buchstaben auf. In der oberen Reihe: Edgware 5 min. In der unteren Reihe: Edgware 15 min.

Edgware war die Endstation der Northern Line. Aber fünf Minuten waren in dieser Situation viel zu lange, die hatte er nicht. Er schätzte, dass er höchstens dreißig Sekunden hatte, bis Einstein hinter ihm auftauchen würde, aber es gab noch eine andere Möglichkeit.

Frank startete wieder durch, sprintete den Bahnsteig entlang und erreichte die Treppe an dessen Ende exakt in dem Moment, in dem Einstein am anderen Ende seinen Fuß auf den Bahnsteig setzte. Frank hechtete die Stufen hinauf. Oben angelangt, atmete er zwei Mal tief durch, um seinen Puls auszugleichen, der beim Treppenrennen in den roten Bereich geraten war.

Dann lief er weiter die Tottenham Court Road entlang.

Er wechselte auf die Fahrbahn, suchte sich einen Platz zwischen den Autos auf der linken Fahrspur und lief so schnell, wie er noch konnte. Fünf lange Minuten musste er dieses Tempo beibehalten, um Einstein abzuhängen. Doch dessen Geschwindigkeit hatte, anders als Frank erwartet hatte, nicht nachgelassen. Er musste jetzt den nächsten U-Bahnhof an der Warren Street ansteuern und noch dazu hoffen, dass er direkt die nächste U-Bahn erwischen würde. An sich kein unmögliches Unterfangen. Er wusste, dass er die tausend Meter in weniger als fünf Minuten laufen konnte. Und die nächste Station war gewiss nicht weiter als einen Kilometer entfernt. Wenn die Anzeige in der Goodge Street gestimmt hatte, könnte er es leicht schaffen. Schnell aber merkte Frank, dass ein Tausend-Meter-Lauf in vollem Tempo auf einer Londoner Hauptverkehrsstraße am Samstagabend nicht ganz ohne Tücken war.

Fußgänger, die zumeist noch im Pulk unterwegs waren, überquerten die Straße. Laute Stimmen, Rufe und Schreie begleiteten ihn. Zum Teil anfeuernd, zumeist aber im Alkohol begründet. Frank musste damit rechnen, dass ihm jemand unversehens vor die Füße torkelte. Genauso unberechenbar waren die Mobiltelefonierer, deren Bewegungsabläufe nie vorherzusehen waren. An der linken Straßenseite drängelten sich an- und abfahrende Taxis, die nicht mit einem abendlichen Jogger auf der Straße rechneten. Die berühmten roten Doppeldecker-Busse versperrten ihm die Sicht auf die nächste Straßenkreuzung. Und nicht zuletzt musste er auf die Passanten achten und abschätzen, ob diese sich an die Ampelphasen hielten oder nicht.

Sein einziger Trost war, dass Einstein dieselben Probleme hatte.

Als Frank über eine Kreuzung lief, sah er sich suchend um. In gut dreihundert Meter Entfernung konnte er seinen Verfolger ausmachen. Kein Grund also, nachzulassen. Franks Atem ging schwer, als er endlich die U-Bahn-Station Warren Street erreichte. Die Treppen herabstürzend, hörte er panisch die Tonbandstimme: Mind the gap, mind the gap …

Doch der Zug war noch da. Frank schob, ohne zu zögern, die leere Papprolle mit der rechten Hand in die Türlücke und zog seinen Körper hinterher. Mit der Schulter drückte er die Gummipolsterungen der Türen auseinander, während das Tonband weiterlief: Mind the gap. Dann schlossen sich die Türen, und der Zug fuhr ab. Kein Einstein war zu sehen. Wie das letzte Treffen mit Einstein endete auch dieses damit, dass Frank in Schweiß gebadet war. Nur, diesmal hatte er gewonnen.

19

Die Bahnstation Hampstead fügte sich nahtlos in die Reihe der eng aneinandergefügten und akribisch gepflegten Häuser Hampsteads ein. Die georgianische Architektur des Stadtteils war vollständig erhalten geblieben, und die wohlhabenden Bürger achteten darauf, dass sich keine modernen Stilelemente in den rötlichen Backstein und die fein gezeichneten weißen Fensterkreuze mogelten. Die Gebäude neu errichteter Filialen von Buch- und Supermarktketten hatten sich ausnahmslos den strengsten Auflagen des Denkmalschutzes unterworfen, andernfalls wären sie nicht geduldet worden. Selbst für die weltgrößte Fastfood-Kette gab es keine Ausnahme, sodass die geschwungenen Bögen des goldenen M hinter dem gleichmäßig gedämpften Licht der gusseisernen Straßenlaternen fast unsichtbar waren. Hampstead war ein Stadtteil, in den man zog, wenn man keine finanziellen Sorgen hatte und vor den Toren der Stadt wohnen wollte. Wenn man dann noch auf sie hintersehen wollte, zog man in die Nähe des weitläufigen, auf einem Hügel angelegten Parks Hampstead Heath.

Obwohl schon vor langer Zeit die unaufhaltsam wachsende Großstadt das ehemalige Dorf Hampstead in sich aufgesogen hatte, zogen die Empfänger höherer Einkommen weiterhin hierher und ließen sich in einem der kleinen heißbegehrten Häuschen in der Nähe des grünen Hügels nieder.

Kein Wunder, dass unter den zahlreichen akademischen Größen der Bewohner auch Kenneth McCully, Professor für Geophysik an der Londoner Universität zu finden war. Für Frank und Peter war er an diesem Abend der letzte Hoffnungsschimmer auf ihrer Jagd, das Rätsel der Neuschottlandkarte doch noch zu lösen.

Erleichtert und mit schwindender Verfolgungsangst ließ Frank den Fahrstuhl links liegen und eilte, mehrere Stufen auf einmal nehmend, die steile Treppe zum U-Bahn-Ausgang empor. Er trat hinaus und atmete tief die klare vormitternächtliche Londoner Novemberluft ein. Am Ende des Tages präsentierte sich die Stadt von ihrer schönsten Seite. Der Regen hatte aufgehört, und Frank fühlte sich beim Anblick des zu seinen Füßen liegenden Dorfes in eine längst vergangene Zeit des vorindustriellen London zurückversetzt.

Er ging die wenigen Meter bis zur Straßenecke und steckte die Papprolle, die er immer noch fest umklammert in der rechten Hand hielt, mit einer weit ausholenden Bewegung von oben in seinen Rucksack, ohne ihn abzusetzen. Auf das verabredete Zeichen hin trat Peter auf der anderen Straßenseite hinter einem längst geschlossenen Zeitungskiosk hervor.

Auch er war noch im Besitz seiner Papprolle, was für die beiden ungleich wichtiger war, da sich in Peters Rolle die Karte befand. Die erfolgreiche Flucht, die Frank Peter detailliert schilderte, während beide von der Hauptstraße Heath Street schnellstens in eine kleine Nebenstraße abbogen, hatte die Karte noch wichtiger werden lassen. Freiwillig würden sie die Karte nicht mehr hergeben, bevor sie nicht das in ihr verborgene Rätsel gelöst hatten. So viel war sicher.

Die Arglosigkeit ihrer Bewegungen, wie Einstein sie beobachtet hatte, war verschwunden. Peter hielt die Papprolle unter seinen vor der Brust verschränkten Armen umklammert, während sie in immer kleinere Gassen abbogen, die sich in Richtung Hampstead Heath hinaufschlängelten.

»McCully wohnt fast direkt am Park. Ziemlich noble Gegend«, erklärte Peter. »Hier wohnen fast nur Professoren und Leute, die sich so was leisten können. Ist alles ein bisschen altmodisch, aber einige Ecken sind wirklich schön.«

Frank hatte sich noch zwei Mal umgesehen, fühlte sich aber mit zunehmender Entfernung von der U-Bahn-Station Hampstead in der schwach beleuchteten Umgebung immer sicherer. Einstein hatte wahrscheinlich die nächste, zehn Minuten später nachfolgende U-Bahn genommen. Wäre er dann aus purem Zufall ausgerechnet an der Station Hampstead ausgestiegen, so war es trotzdem fast ausgeschlossen, dass er ihnen auf der verwinkelten Wegstrecke folgen würde.

Nur wenige Bewohner verließen zu dieser späten Stunde noch ihre Häuser, meistens, um mit ihrem Hund Gassi zu gehen.

An einer kleinen Kirche bogen Frank und Peter nach links ab. Am Ende der kurzen Gasse, die links am Friedhof der Kirche vorbeiführte, blies der Wind durch laublose Äste. Die Bäume des Stadtparks wurden an der Oberseite von dem orange abstrahlenden Schimmer, der sich über London ausbreitete, angeleuchtet. Die Mauer des Friedhofes endete an einem schmiedeeisernen Gitter, das das letzte allein stehende Haus in der Gasse von der rechts abbiegenden Straße abtrennte. Die Straße führte vom Haus weg und folgte der unregelmäßig verlaufenden Parkgrenze.

»Hier ist es«, sagte Peter.

»Ganz schön abgelegen«, stellte Frank fest.

Peter blickte die Gasse hinunter, die sie gekommen waren, und sah, das Frank Recht hatte. Bei den paar Besuchen, die er bisher dem Professor abgestattet hatte, war es ihm nicht aufgefallen, dass das Haus praktisch keine Nachbarn hatte. Es grenzte mit einer Seite direkt an den Friedhof und war, abgesehen von der zur Straße gewandten Frontseite, nur vom Park umgeben. Peter öffnete die Gittertür, und sie stiegen die Eingangstreppe hinauf. Zwei Fenster an der rechten, den Parkbäumen zugewandten Seite des Erdgeschosses waren erleuchtet. Über den Vorhängen, die nur den unteren Teil der Fenster bedeckten, konnte Frank die wie erwartet bis zur Decke reichenden Bücherregale erkennen.

Beim Anblick der Backsteinfassade des Gebäudes mit seinen weit ausladenden Erkern und tief eingeschnittenen Nischen, einsam vor den finsteren, kahlen Parkbäumen thronend, rechnete Frank fest damit, dass sie mit einem schweren Türklopfer aus altem Eisen gegen eine dicke Eichenholztür klopfen müssten. Ein schlurfenden Schrittes erscheinender Diener mit einem wachsüberzogenen Kandelaber in der Hand würde daraufhin öffnen und sich nach dem Anlass ihres Besuches erkundigen. Doch nichts dergleichen geschah. Es gab eine Türklingel mit einer modernen Sprechanlage, und der Professor öffnete selbst die Tür. Das Einzige, was Franks Erwartung etwa entsprach, war dessen leicht gebückte Körperhaltung, die bei dem um die eins achtzig großen Mann aber nicht weiter ins Gewicht fiel. Ansonsten machte dieser einen drahtigen und zähen Eindruck, als er mit raschen Bewegungen die drei Türen bis zu seinem Bibliothekszimmer, wie er es tatsächlich nannte, öffnete und wieder schloss. Prof. Dr. Kenneth McCully war nach Franks Schätzung etwas mehr als sechzig Jahre alt. Auf seinem Kopf waren einige wenige graue Haare in der Form eines kreisrunden Haarkranzes verblieben. Er trug eine Brille, die er offenbar nur zum Lesen brauchte, denn er setzte sie zur Begrüßung seiner späten Gäste sofort ab. Die ausgeprägten Krähenfüße ließen vermuten, dass ihm sein freundliches Lächeln, mit dem er Frank und Peter begrüßte, im Leben immer leicht gefallen war. Das einzig wenig Professorale an seiner Erscheinung war eine nicht zu übersehende, fünf Zentimeter lange Narbe, die sich von seiner linken Augenbraue bis zur Schläfe hinunterzog.

»Peter, es freut mich sehr, dass Sie die Umstände des weiten Weges noch auf sich genommen haben. Und umso schöner, dass Sie Ihren Freund mitgebracht haben. So können wir gleich drei kluge Köpfe auf unsere Denksportaufgabe ansetzen. Denn das ist es doch, was Sie so spät noch zu mir führt, nicht wahr? Sie müssen Frank sein.«

»Genau. Guten Abend, Professor McCully. Und vielen Dank, dass Sie uns so spät noch empfangen. Ich hoffe, dass es für Sie nicht zu spät geworden ist?«

»O nein, keinesfalls, und nennen Sie mich bitte Ken. So sparen Sie sich die Formalitäten, und ich spare mir die Anstrengung, einen deutschen Nachnamen fehlerlos aussprechen zu müssen. Bitte, nehmen Sie doch Platz, möchten Sie etwas trinken?«

20

Sie machten es sich in den hohen und angenehm nach altem Leder riechenden Sesseln bequem, und Professor McCully und Peter tauschten ein paar Neuigkeiten über das Universitätsleben aus. Peter und Frank füllten ihre Gläser wieder und wieder nach den anstrengenden abendlichen Tempoläufen mit nichtalkoholischen Getränken, während Professor McCully sich aus einer halb vollen Whiskyflasche eingoss.

Die Flasche wählte er mit Bedacht aus seiner Bar aus und betonte, dass es sich um das erste Glas des Abends handelte.

Er hob sein Glas: »Auf dass wir gemeinsam eine wissenschaftlich fundierte Erklärung für Ihr Rätsel finden, das Sie beide mir gleich präsentieren werden.« Frank und Peter hoben ihre mit Mineralwasser und Bitter Lemon gefüllten Gläser und prosteten ihm zu.

Dann begannen sie, ihm die Ereignisse der beiden letzten Tage zu schildern. Sie erzählten von dem Überfall auf Frank in Hamburg am Donnerstag und vom Mord an Professor Pfleiderer. Sie wollten Kenneth McCully nicht im Unklaren darüber lassen, dass es sich bei ihrem Problem nicht um eine rein wissenschaftliche Frage handelte. Sie erklärten ihm auch, dass irgendjemand anscheinend aus einem handfesten Grund die Seekarte an sich zu bringen versuchte und sich das Ganze mehr und mehr zu einer gefährlichen Verfolgungsjagd zu entwickeln begann.

»Sehen Sie, Ken, ich hatte selbstverständlich daran gedacht, Sie zu warnen. Wir wollen Sie nicht in irgendetwas hineinziehen, aber Sie sind wirklich unsere letzte Chance. Wenn Sie uns nicht helfen können, gehen wir morgen sofort zu der deutschen Kommissarin und übergeben die Karte den Behörden. Wir haben nur gedacht, dass ...«, Peter brach ab.

»... dass die Polizei zu dumm ist, Ihre Schatzkarte richtig zu interpretieren, und außerdem würden Sie gerne noch ein bisschen länger Räuber und Gendarm spielen, richtig?« Kenneth McCully sah sie verschmitzt grinsend an, worauf sich Peter und Frank etwas verlegen anblickten und dann ihre Gläser in den Händen drehten. Der Professor verfügte offensichtlich über eine ganz ausgezeichnete Menschenkenntnis, das hatte er mit seiner Bemerkung bewiesen.

»Ja, warum sollen wir Ihnen …«, Frank stockte, »… und uns etwas vormachen«, ergänzte er. »Es ist schon richtig, dass wir immer neugieriger werden, je länger das Ganze andauert. Aber das ist nicht alles. Ich habe den Mann, der sich Einstein nennt und uns so hartnäckig verfolgt, belogen, als ich ihm sagte, ich hätte die Karte an Professor Pfleiderer zurückgegeben. Das stimmte nicht. Die Karte war hier in London, und meine Lüge hatte zur Folge, dass sich Einstein die Karte von Professor Pfleiderer holen wollte. Damit habe ich ihm seinen Mörder sozusagen auf den Hals gehetzt. Einstein hat ihn umgebracht, davon ist auch die deutsche Polizei überzeugt, und wahrscheinlich tat er das aus reiner Enttäuschung, weil Pfleiderer die Karte nicht hatte. Irgendetwas steckt dahinter, irgendetwas, nach dem wir schon den ganzen Tag suchen, ist an dieser Karte dran. Was ist es bloß, das sie so wertvoll macht, dass jemand einen Mord begeht, um in ihren Besitz zu gelangen?«

Das Lächeln in Professor McCullys Augenwinkeln war mit einem Mal verschwunden. Er stellte sein Whiskyglas ab und beugte sich vor.

»Wussten Sie eigentlich, dass ich Professor Pfleiderer gekannt habe?«, fragte er.

»Nein, gewusst haben wir es nicht, aber wir haben es vermutet«, antwortete Peter.

»Flüchtig nur und rein beruflich, sonst wäre ich wahrscheinlich schon vor Ihrem Erscheinen über seinen Tod informiert worden. Ich habe ihn ein paarmal auf Kongressen und ich glaube auch einmal anlässlich einer Preisverleihung getroffen. Wir haben uns nur kurz unterhalten. Aber das ändert nichts an meiner Bestürzung über seinen Tod. Es ist für mich gänzlich unvorstellbar, dass ein hochgeschätzter Kollege ermordet worden sein soll, nur weil er im Besitz eines historischen Dokuments war. Wenn so etwas häufiger passiert, wäre das gesamte wissenschaftliche Kollegium in Gefahr. Ich versichere Ihnen beiden, dass ich Ihnen, so gut es geht, helfen werde. Die Polizei können wir morgen immer noch hinzuziehen, da haben Sie völlig Recht. Aber während das Auge des Gesetzes schläft, ist für unzählige Wissenschaftler die Nacht die Zeit ihrer produktivsten Tätigkeit. Also, nun lassen Sie mal sehen.«

McCully setzte seine Lesebrille wieder auf, während Frank die Karte auf dem Tisch ausrollte. Er machte den Professor auf verschiedene Details aufmerksam, vor allem auf die Pfeile, die an den Kartenrändern die Himmelsrichtungen anzeigten und die sie sich bisher überhaupt nicht hatten erklären können. Peter zog auch das karierte Stoffband hervor, mit dem die Karte zusammengebunden gewesen war.

»Das ist doch ein Schottenmuster oder Tartan, wie es im Original heißt, nicht wahr?« McCully untersuchte das Stück Stoff interessiert.

»Das ist ein Stück aus einem Wickeltuch, es könnte sogar von einem Kilt stammen«, bestätigte er Peters Vermutung. »Hm, mal sehen, das ist ein höchst ungewöhnliches Muster …, ja, jetzt erkenne ich es, es ist ein McCory-Tartan. Die McCorys sind ein ziemlich kleiner Clan von den Äußeren Hebriden, ein paar fast menschenleeren Inseln im äußersten Nordwesten Schottlands, da wo Europa ins Meer plumpst. Es ist dort so ungastlich, da fühlen sich nur noch die Schafe wohl. Der größte Teil der Einwohner ist nach und nach ausgewandert, ich glaube sogar nach Neuschottland in Kanada.«

»Aber damit hätten wir doch schon einen ersten Zusammenhang mit der Karte«, sagte Peter.

»Richtig, durchaus möglich, dass ein Mitglied des McCory-Clans für die Karte verantwortlich ist oder sie an sich genommen hat.«

»Waren die Clan-Mitglieder besonders wohlhabende Leute, die irgendwo einen Schatz vergraben haben könnten?«, fragte Frank.

»Nein, das würde mich doch sehr wundern. Wie gesagt, es ist nur ein sehr kleiner Clan, und das Land, das sie auf diesen abgelegenen Inseln besessen haben, ist so gut wie nichts wert. Außer natürlich für die Familie selbst als Teil ihrer eigenen Geschichte. Wenn wir Geldgier als Motiv für die Jagd nach der Karte in Betracht ziehen wollen, müssen wir, falls es tatsächlich eine Verbindung zu schottischen Clans geben sollte, uns unter den größeren und reicheren des schottischen Festlandes umsehen. Von denen haben es viele Familien zu wertvollen Gütern mit hochherrschaftlichen Schlössern und in der modernen Zeit auch zu umfangreichem Grundbesitz in Übersee gebracht.«

»Dann könnte die Landkarte möglicherweise für Landeigentümer, also für die Clans selbst, wertvoll sein?«, hakte Peter nach. McCully fuhr mit dem Finger über die Karte, schüttelte dann aber den Kopf.

»Nein, sehen Sie, dafür ist der Maßstab der Karte viel zu klein. Dies ist eine Seekarte, außerdem sind keine Grenzlinien eingezeichnet«, sagte er.

»Das kommt mir doch alles sehr unwahrscheinlich vor. Schließlich gibt es Gesetze und Landesgrenzen, die auch ehemals mächtige schottische Clan-Familien beachten müssen«, sagte Frank. McCully nahm sein Whiskyglas zur Hand und ließ die goldene Flüssigkeit darin kreisen, ohne etwas zu sagen. Dann blickte er Frank unvermittelt direkt an und sagte:

»Richtig. Aber was würden Sie machen, wenn die Traditionen und Regeln Ihres Clans älter wären als die Gesetze der Regierungen und Länder, in denen Ihr Clan jetzt lebt?«

Frank wusste keine Antwort. Er stand auf und ging zum Fenster der Bibliothek. Er sah in den nächtlichen Park hinaus, als könnten ihm die leise im Wind rauschenden uralten Bäume von Hampstead Heath die Lösung des Geheimnisses der Seekarte von Neuschottland zuflüstern.

»Aber wie gesagt«, sprach McCully weiter, »die McCorys sind nur ein sehr kleiner Clan, und wenn man es genau nimmt, muss dieses Stoffband gar nichts zu bedeuten haben. Es kann Zufall sein, dass es ausgerechnet zusammen mit der Karte aufgetaucht ist. Uns Schotten hat es immer schon in alle Winde zerstreut, unsere Nachfahren sind jetzt auf der ganzen Welt zu Hause. Wenn Sie in irgendeinem Hafen in Neuseeland laut ›Hey, Mac‹ rufen, dann können Sie sicher sein, dass sich die Hälfte der Leute umdrehen wird, weil sich alle angesprochen fühlen«, er brach abrupt ab. »Aber ich fange an, Anekdoten zu erzählen. Nehmen wir uns doch noch mal die Karte vor.«

Frank trat vom Fenster zurück und zeigte Professor McCully die Stellen an der Karte, wo er die verschiedenen Schichten voneinander gelöst hatte. »Wir haben die Karte natürlich noch einmal daraufhin untersucht, ob sich mit der Wasserdampfmethode vielleicht noch weitere Schichten Papier von der Karte ablösen lassen. Aber das funktioniert leider nicht, die restliche Papierschicht besteht eindeutig aus einem einzigen festen Stück.«

»Ja, manchmal ist es ganz erstaunlich, welche Nebenwirkungen unsere gute alte englische Sitte des Teekochens so hervorbringen kann«, sagte der Professor lächelnd. Er drehte und wendete die Karte prüfend zwischen seinen Fingern hin und her. Frank und Peter berichteten ihm über die Nachforschungen, die Michael in Hamburg angestellt hatte, und dass die Koordinaten auf der Karte sich seiner Meinung nach auf den Untergangsort der Titanic bezogen.

»Nun«, sagte McCully, »da kann ich Ihrem Freund, ohne groß weitere Recherchen anstellen zu müssen, nur Recht geben. Wenn man mit den angegebenen Koordinaten auf der Karte nachsieht, so kommt man zu einer Stelle, die sich am äußersten rechten Rand ziemlich weit oben befinden muss. Und das ist tatsächlich die Stelle, an der das frisch vom Stapel gelaufene Passagierschiff der White Star Line, die als unsinkbar geltende Titanic, auf ihrer Jungfernfahrt im April 1912 versunken ist. Für immer und ewig liegt sie in dreitausendachthundert Meter Tiefe auf dem Meeresgrund begraben.«

Frank und Peter blickten ihn enttäuscht an. Insgeheim hatten sie damit gerechnet, dass Professor McCully nicht lange brauchen würde, um eine alternative Erklärung aus dem Ärmel zu schütteln.

»Also sind die Koordinaten auf der Karte ein reiner Witz?«, fragte Frank. »Die Stelle, an der die Titanic versank, ist doch allgemein bekannt. Micha hat erzählt, dass sie 1985 wiederentdeckt worden ist. Seitdem gibt es doch kein großes Geheimnis mehr um sie. Was soll denn daran jetzt noch so wertvoll sein?« McCully wiegte seinen Kopf hin und her.

»Ja und nein. Die Information für sich genommen dürfte tatsächlich kaum von großem Wert sein, da sie wirklich jedem zugänglich ist. Es ist allerdings gut möglich, dass derjenige, der auf der Karte die Titanic-Koordinaten eingetragen hat, einen Hinweis geben wollte.«

»Was denn für einen Hinweis?«

»Sie müssen bedenken, dass die Titanic erst 1985 wiedergefunden wurde. Es hat zwar zuvor niemand mit moderner Technologie nach dem Schiff gesucht, doch in den Köpfen der Menschen ist sie nie in Vergessenheit geraten. Immerhin hat die Titanic über siebzig Jahre lang unentdeckt auf dem Meeresgrund gelegen. Und wir wissen nicht, aus welchem Jahr die Karte stammt. Wenn jemand innerhalb der ersten siebzig Jahre seit ihrem Untergang die Titanic geortet hat, dann kann die Angabe der Koordinaten zu dessen Zeit sehr wertvoll gewesen sein. Jemand, der sich jahrelang mit der Materie beschäftigt hat, wusste vielleicht, wie er allein mit der Information über die genaue Stelle, an der die Titanic auf dem Meeresboden liegt, eine Menge Geld machen konnte.

Wissen Sie, der Wert bestimmter Informationen kann sich im Laufe der Jahre gewaltig ändern. Und das war auch schon lange vor der Erfindung des Internets so. Was ich damit sagen will: Vielleicht weiß dieser Einstein gar nicht, was für Angaben die Karte enthält, und wäre über diese Koordinaten genauso enttäuscht wie Sie beide jetzt.«

Frank schüttelte den Kopf.

»Einstein macht mir nicht den Eindruck, als jage er hinter einer längst bekannten Information her. Er sucht etwas ganz Bestimmtes, und er will es finden, um jeden Preis.« Seufzend fügte er hinzu: »Ich glaube, Micha hatte Recht. Irgendjemand wollte jemand anderen da gewaltig an der Nase herumführen, als er diese Koordinaten auf die Karte geschrieben hat.«

Aber McCully war noch nicht am Ende seiner Überlegungen angelangt. »Es besteht auch noch die Möglichkeit, dass jemand einen Hinweis auf Wertsachen geben wollte, die immer noch im Wrack der Titanic verborgen sein könnten. Ich weiß, es klingt alles sehr nach einer Schatzjagd. Aber nennen wir die Dinge doch ruhig beim Namen. Ich glaube, ich habe neulich erst einen Artikel darüber gelesen, dass das Wrack seit seiner Entdeckung von Abenteurern und wohlhabenden Amateurschatzsuchern in zahlreichen Tauchgängen systematisch geplündert worden ist. Es gibt weder auf hoher See noch auf dem Meeresboden Gesetze, die so etwas verbieten könnten. Es gab sogar Bemühungen, Konventionen zum Schutz des Wracks zu beschließen. Immerhin ist die gesamte Titanic zum Grab für Hunderte von Menschen geworden. Wo habe ich denn noch den Artikel? Vielleicht finden wir ja noch weitere Hinweise.«

Kenneth McCully stand auf und ging zu einem der Bücherregale an der Wand gegenüber. Auch Frank erhob sich und stellte sich wieder ans Fenster, um in die schimmernde Nacht hinauszublicken. Der orangefarbene Nachthimmel reflektierte den Lichtschein der Millionenstadt, und der Wind schuf ein bizarres Schattenspiel, indem er die Äste der Parkbäume an unsichtbaren Fäden tanzen ließ.

»Gibt es da draußen was Besonderes zu sehen?«, fragte Peter.

»Nein, ich glaube nicht«, antwortete Frank zögernd, denn er war sich nicht ganz sicher, ob er vor ein paar Minuten nicht doch irgendetwas Undefinierbares gesehen hatte, das zwischen den Baumstämmen hin und her gelaufen war.

»Bestimmt nur der Hund von Baskerville«, sagte Peter und gähnte nur müde, anstatt ein Wolfsgeheul anzustimmen, was er normalerweise getan hätte. Professor McCully hatte wieder seine Lesebrille aufgesetzt und suchte mit vorgestrecktem Kinn die Buchreihen ab.

»Hier, hier habe ich es.« Er zog eine Zeitschrift aus dem Regal und blätterte suchend darin herum. Dann fasste er die gefundenen Stellen zusammen: »... war die Titanic als Postschiff eingetragen und transportierte Tausende von Wertgegenständen, zum Teil in stählernen Schiffstresoren, die mit Kombinationsschlössern versehen waren und sich immer noch in ungeöffnetem Zustand in dem Wrack befinden. Unmengen von Aktienpapieren, wertvoller Schmuck und Gold- und Silberdollars in den Bordtresoren gingen mit dem Untergang des Schiffes unwiederbringlich verloren. Jetzt werden sie von gecharterten Tauchbooten minutiös untersucht. Nun, vielleicht ist das ja der Grund für unsere kleine Schatzjagd.«

McCully griff nach einem weiteren Buch, während Frank nachdenklich vor dem Fenster auf und ab ging und plötzlich sagte: »Das Einzige, was mir noch einfällt, ist dieser komische Name, den die Kriminalkommissarin heute Nachmittag erwähnt hat, Franz Felgendreher.«

Das Buch, nach dem Kenneth McCully gerade gegriffen hatte, fiel polternd zu Boden.

Frank wandte sich mit fragender Miene um, und auch Peter sah den Professor vom Sessel aus aufmerksam an. Kenneth McCully drehte sich langsam zu ihnen um. Im flackernden Schein des Kaminfeuers konnten seine beiden Gäste sein Gesicht sehen. Er war bleich geworden.

»Darf ich Sie bitten, den Namen zu wiederholen, den Sie da eben genannt haben?«, fragte er, ohne jedoch seine Fassung wiedergefunden zu haben.

»Klar, Franz Felgendreher. Ich habe mich gleich über den komischen Namen gewundert, aber ich habe nicht viel damit anfangen können, weil ich ihn niemals zuvor gehört hatte«, sagte Frank fast entschuldigend.

Peter nickte zustimmend, ohne etwas zu sagen, und beobachtete, wie McCully das Buch vom Boden aufhob und es, ohne hineinzusehen, wieder an seinen Platz im Regal stellte.

»Ich glaube, es ist besser, Sie setzen sich wieder hin«, sagte McCully an Frank gewandt, der der Aufforderung schweigend nachkam und nochmal fragend zu Peter hinüberschaute. Der gab den Blick nur mit einem Schulterzucken zurück.

Professor McCully setzte sich in seinen sperrigen Ledersessel, goss sich ein zweites Glas Whisky ein, trank es in einem Zug bis zur Hälfte aus und sagte dann:

»Nun, meine Herren, ich nehme an, Sie haben in Ihrem jungen Leben noch nie etwas von Albert Einsteins heimlichem Gehilfen gehört.«

21

»Sie meinen …, Sie sprechen von dem Physiker, dem Albert Einstein, dem berühmten Naturwissenschaftler?«, fragte Frank erstaunt.

»Und der die Relativitätstheorie entwickelt hat?«, fügte Peter hinzu, der plötzlich wieder hellwach war.

»Ja«, bestätigte McCully, »ich spreche von dem Albert Einstein, dem Begründer der modernen Physik und der Allgemeinen und der Speziellen Relativitätstheorie. Ich meine nicht Ihren Verfolger, der nur seinen Namen verwendet«, sagte McCully und machte eine nachdenkliche Pause, bevor er weitersprach. »Aber das könnte die Erklärung dafür sein, dass er seinen Namen benutzt, er muss von ihm gehört haben. Es besteht also eine mögliche Verbindung zwischen der Karte und dem Decknamen des Mörders von Pfleiderer.«

Frank stellte die Frage zuerst: »Wer ist also Einsteins Gehilfe?«

»Nur ein sehr kleiner Kreis von Naturwissenschaftlern hat je von ihm gehört. Aber eigentlich müsste die korrekte Frage lauten: Wer war Einsteins Gehilfe? Denn wie Einstein selbst ist er schon seit langer Zeit tot. Albert Einstein starb im Jahr 1955, also vor über einem halben Jahrhundert. Aber die Zeit, von der wir hier sprechen, liegt noch länger zurück. Es ist der Beginn des 20. Jahrhunderts, die Zeit, als die Titanic versank, und dieselbe Zeit, in der Einstein seine Relativitätstheorie aufstellte. Im Jahr 1905 die Spezielle und ein paar Jahre später 1915 die noch viel bedeutendere Allgemeine Relativitätstheorie.

»Und was hat dieser Franz Felgendreher damit zu tun?«

»Bei dem Mann, dessen Namen Sie da eben genannt haben, kann es sich nur um den Sohn handeln, den Sohn von Georg Felgendreher, den Mann, den ich meine, wenn ich von Einsteins Gehilfen spreche.«

»Georg Felgendreher? Wer soll das sein, Ken? Was hat er mit der Landkarte zu schaffen? Und wie steht er mit Albert Einstein in Verbindung?«, Peter verstand gar nichts mehr.

Kenneth McCully hatte jetzt auch dank des dritten Whiskys seine Fassung wiedergefunden, und auch die Blässe verschwand langsam wieder aus seinem Gesicht.

»Ich werde Ihnen die ganze Geschichte von Anfang an erzählen. Wenn ich all das, was Sie mir heute Abend erzählt haben, in Verbindung bringe mit dem Namen Felgendreher, dann kann ich Ihnen jetzt schon eines mit Bestimmtheit sagen, meine Herren.« Er machte eine feierliche Pause: »Ich weiß zwar noch nicht, was sich genau hinter der Landkarte verbirgt, die Sie zu mir geführt hat, aber eines ist sicher. Das Dokument hat eine weitaus größere Bedeutung, als Sie es sich im Entferntesten vorstellen können. Das Geheimnis seiner

Herkunft liegt in längst vergangenen Zeiten verborgen. Ich nehme an, dass die Karte, so wie sie jetzt vor uns liegt, nur ein Fragment eines größeren, steinalten Dokuments ist, aber selbst dieses Fragment hier dürfte bereits eine Geschichte haben, die wenigstens 100 Jahre zurückreicht. Im Moment kann ich mir noch nicht erklären, auf welchen verschlungenen Wegen die Karte in die Hände des Kollegen Pfleiderer gelangt ist. Deshalb werde ich mich einstweilen darauf beschränken, Ihnen die Geschichte des seltsamen Gelehrten Georg Felgendreher zu erzählen.«

Zwei Augenpaare, die vor Erstaunen immer größer wurden, blickten den Professor an, wobei zumindest in dem Paar, das Frank gehörte, auch eine unübersehbare Portion Skepsis vorhanden war. Trotzdem hörte er McCully voller Spannung zu.

»Albert Einstein entwickelte den ersten Teil seiner Theorie, den man die Spezielle Relativitätstheorie nennt, in einem sehr kurzen Zeitraum von nur etwa sechs Monaten, während er gleichzeitig noch an sechs Tagen in der Woche im schweizerischen Patentamt in Bern als Sachbearbeiter angestellt war. Auch wenn seine Biografen darüber streiten, muss er doch eine gesunde Portion Ehrgeiz besessen haben. Sobald er eine erste schriftliche Fassung der Speziellen Relativitätstheorie ausgearbeitet hatte, sandte er sie sofort an einen wissenschaftlichen Verlag, damit sie veröffentlicht werden konnte. Erst nachdem er den Artikel abgeschickt hatte, fiel ihm auf, dass er etwas vergessen hatte, und es folgte ein kurzer Nachtrag. In diesem Nachtrag findet sich auf der dritten Seite die berühmte Formel $e = mc^2$.

Die Stelle im Patentamt in Bern hatte Einstein damals nur mit Hilfe eines Studienfreundes bekommen, weil seine Leistungen im Studium kaum besser als ausreichend waren. Die einzige Person in der ganzen Welt, die immer an Einsteins Genie geglaubt hatte, war seine Schwester gewesen. Dagegen wurde sein Griechischlehrer später für seine vor der versammelten Klasse geäußerte Meinung berühmt, dass es Albert Einstein im Leben nie zu etwas bringen werde.«

McCully entnahm dem bestätigenden Nicken seiner Gäste, dass sie diese Geschichte schon mal gehört hatten.

McCully fuhr fort: »Auch sein Vorgesetzter im Patentamt sah Einstein aufmerksam auf die Finger, sodass er gezwungen war, Ideen, die ihm während der Arbeitszeit einfielen, heimlich in den Pausen niederzuschreiben. Die Papiere mit den Notizen versteckte er dann in einer Schublade in einem der Büroschreibtische. Und nun kommt unser Freund ins Spiel. Einer von Einsteins Kollegen, Georg Felgendreher, hatte den unter den Kollegen geführten Unterhaltungen entnommen, dass sich Einstein noch mit anderen Dingen beschäftige als mit Patenten von Erfindungen aus dem Bereich der maschinentechnischen Neuerungen. Er stellte Einstein ein paar Fragen und konnte den Antworten entnehmen, dass dieser an einer recht interessanten Theorie arbeitete. Sei es, dass es reiner Neid war, sei es, dass sich Georg Felgendreher selbst nach wissenschaftlichem Ruhm sehnte, eines Tages verschaffte er sich Zugang zu Einsteins Notizen über die Relativitätstheorie. Sehr wahrscheinlich hat er einfach in Einsteins unverschlossene Schreibtischschublade gesehen und ihm einen Teil der Aufzeichnungen gestohlen. Ob Einstein das aufgefallen ist, weiß man nicht, jedenfalls ist nicht überliefert, dass er jemals etwas in dieser Richtung vermutet hätte.

Wahrscheinlich aber hat er es einfach nicht gemerkt. Er war viel zu sehr damit beschäftigt, seine neue Theorie in seinen Gedanken zu ordnen, und konnte sich gar nicht mehr daran erinnern, ob er etwas schon einmal aufgeschrieben hatte oder nicht. Wenn er einen Gedanken nicht in seinen versteckten Notizen fand, formulierte er ihn eben einfach noch einmal neu.

Georg Felgendreher jedoch studierte währenddessen Einsteins Notizen ausgiebig und war sofort von der Relativitätstheorie fasziniert. Man weiß nicht, ob ihm der volle Umfang ihrer Bedeutung bewusst geworden ist, doch da er selbst einige Semester Physik studiert hatte, muss ihm sofort klar gewesen sein, dass er bei den gestohlenen Papieren auf einige vollkommen neue Theorien gestoßen war.

»Was war daran eigentlich so neu?«, fragte Peter.

McCully kam jetzt richtig in Fahrt. »Das Revolutionäre an Einsteins Theorie war, dass in der Physik Energie und Materie vor Einsteins Zeit als zwei unterschiedliche, gänzlich voneinander unabhängige Dinge betrachtet worden waren. Einstein formulierte als Erster den Gedanken, dass eins ins andere umgewandelt werden konnte. Diese Idee war so neu, dass sie bei jedem studierten Naturwissenschaftler reges Interesse wecken musste.

Das wurde auch Georg Felgendreher schnell klar, und er hat wohl ernsthaft mit dem Gedanken gespielt, Einsteins Theorie unter seinem eigenen Namen ebenfalls wissenschaftlichen Zeitschriften anzubieten. Davon abgehalten hat ihn wahrscheinlich nur der nahe liegende Gedanke, dass Einstein sehr schnell merken würde, dass er bestohlen worden war, und, da es in ihrer Abteilung nicht allzu viele Mitarbeiter gab, der Verdacht sehr bald auf ihn fallen würde.«

»Er hätte sie tatsächlich als seine eigene Theorie ausgeben können«, wandte Frank ein, »das wäre schließlich nicht das erste Mal in der Geschichte gewesen, dass ein Wissenschaftler beim anderen geklaut hätte.«

»Das stimmt natürlich«, erwiderte McCully, »aber wenn die Autoren zwei Mitarbeiter derselben Abteilung eines Patentamts gewesen wären, wäre es bei einer zeitgleichen Veröffentlichung mit Sicherheit zum Streit gekommen. Einem solchen Diebstahlverdacht wollte sich Felgendreher nicht aussetzen. Er begann, Einsteins Relativitätstheorie mit seinem eigenen physikalischen Wissen sowie seinen eigenen Theorien anzureichern und auszubauen. Das ist auch der Grund, warum ihn heute niemand mehr kennt, denn seine eigenen Gedanken haben sich als reichlich wirr und strukturlos herausgestellt.«

McCully rieb sich nachdenklich mit seinem linken Mittelfinger über die Narbe über seinem Auge. Dann sagte er: »Um nicht zu sagen, Felgendreher war ein Phantast.«

Frank und Peter warteten geduldig, bis McCully sich daranmachte, die Einzelheiten von Felgendrehers Theorien zu erklären.

»Einstein hat sich immer gesträubt, wenn man ihn bat, die Relativitätstheorie zu erklären. Er selbst wusste am besten, dass das nicht einfach in drei Sätzen ging. Das wird vor allem dann deutlich, wenn sich Physiker bemühen, Einsteins Theorie einem Normalsterblichen zu erklären. Da geht es um Raumschiffe, die annähernd, aber doch nicht ganz mit Lichtgeschwindigkeit fliegen, es geht um die physikalische Masse von Menschen, die sich in aneinander vorbeifahrenden Zügen begegnen und sich gegenseitig nur als verzerrte Gestalten wahrnehmen können, oder um Leute mit Taschenlampen, die dem Ende des Lichtstrahls hinterherjagen.«

Trotz der späten Stunde bemühte sich Frank angestrengt, McCullys Ausführungen zu folgen.

»Ja, aber genau das besagt doch die Relativitätstheorie. Irgendetwas mit der Relativität von Geschwindigkeit und von Energie und Masse, die sich auf der Erde verteilt.«

Peter versuchte ebenfalls, sich daran zu erinnern, was die Relativitätstheorie eigentlich aussagte: »Und die, insgesamt gesehen, dann doch nicht verloren geht«, ergänzte er.

McCully sah die beiden mit einem augenzwinkernden Lächeln an.

»Da gehören Sie doch beide zu unserem hoffnungsvollen wissenschaftlichen Nachwuchs, aber was Einsteins spezielle Relativitätstheorie aussagt, oder was eigentlich $e = mc^2$ bedeutet, können Sie mir auch nicht erklären, was?«, sagte er schmunzelnd.

Frank und Peter schwiegen, aber sie sahen nicht so aus, als ob ihr Schweigen von einem schlechten Gewissen kam, weil sie am Ende eines anstrengenden Tages die Relativitätstheorie nicht mehr erklären konnten.

McCully fuhr fort: »$e = mc^2$ bedeutet Energie gleich Masse mal Lichtgeschwindigkeit zum Quadrat und sagt aus, dass Materie so umgewandelt werden kann, dass die darin enthaltene Energie frei wird. Objekte können Energien entwickeln, die sie der eigenen Masse entnehmen. Kurioserweise schlussfolgerte Einstein die Gleichartigkeit von Energie und Materie unter anderem aus der jedem Kind einleuchtenden Beobachtung, dass man Lichtstrahlen nicht einfangen kann.«

Kenneth McCully konnte erkennen, dass die Konzentration seiner Zuhörer langsam dem Ende zuging.

»Es ist aber doch sehr schwer«, fuhr er fort, »diese simple naturwissenschaftliche Aussage anhand praktischer Beispiele zu erklären, weshalb es all diese komischen Lichtfang- und Eisenbahnbeispiele gibt.«

»Aber dieser Georg Felgendreher hat sich wohl eingebildet, die Theorie erklären zu können, oder?«, fragte Peter.

»Genauso war es«, sagte McCully. »Aber zunächst trennte der Erfolg die Wege Einsteins und seines Berner Kollegen.

Einstein gelang die Veröffentlichung der berühmten Formel als Teil der Speziellen Relativitätstheorie. Ihre Bedeutung für die Naturwissenschaften und die physikalische Forschung wurde nach anfänglicher Zurückhaltung nach und nach erkannt. Einstein wurde zunehmend als wissenschaftliche Größe akzeptiert und wurde schließlich sogar Professor und Leiter des Kaiser-Wilhelm-Instituts in Berlin. Dort gelang ihm mit der Allgemeinen Relativitätstheorie 1915 eine, wie sich später zeigen sollte, noch viel bedeutendere Theorie, und 1921 erreichte er den vorläufigen Gipfel seines Weltruhmes, als er den Nobelpreis für Physik erhielt. Seine Zeit als kleiner Sachbearbeiter beim Berner Patentamt war somit nur noch Erinnerung.

Beim Berner Patentamt arbeitete aber noch immer der strebsame Georg Felgendreher, der davon überzeugt war, mit seinen Abwandlungen und Weiterentwicklungen von Einsteins Theorien eines schönen Tages selbst zu Weltruhm zu gelangen.

Vielleicht hat er sich auch geärgert, dass er damals die Theorie nicht einfach unter seinem Namen hatte publizieren lassen. Denn als er Einsteins Artikel über die Spezielle Relativitätstheorie las, fiel ihm wie allen anderen Kollegen und Wissenschaftlern auf, dass Einstein seine Arbeit nicht mit einer einzigen Fußnote versehen hatte. Das galt damals wie heute als eine Ungeheuerlichkeit in der Welt der Wissenschaft, und es wäre somit für Felgendreher ein Leichtes gewesen, die Notizen Einsteins als seine eigenen Gedanken auszugeben.

Felgendreher war Einstein aber gar nicht so unähnlich. Ihm war viel daran gelegen, seine Theorien zu veröffentlichen; am finanziellen Erfolg war er, nach allem was ich über ihn gelesen habe, weniger interessiert.

Er verwendete, wie gesagt, Einsteins Notizen und verwob sie mit seinen eigenen Theorien. Im Sog der internationalen Beachtung, die Einstein zuteil wurde, passierte dann das Unfassbare. Es gelang Georg Felgendreher tatsächlich, in den Jahren zwischen 1905 und 1910 zwei Abhandlungen zu veröffentlichen. Allerdings fanden sie wenig Beachtung.« McCully strich sich zum zweiten Mal über die Narbe an seinem Auge.

»Dann war er also bloß ein Trittbrettfahrer?«, fragte Peter.

»Ja, etwas in der Art«, sagte McCully, »und er wäre wahrscheinlich völlig in Vergessenheit geraten, wenn sich nicht eine seiner Abhandlungen intensiv mit der Titanic beschäftigt hätte.«

»Wie bitte?«, fragte Frank erstaunt.

»Ja, so ist es. Und was das Erstaunliche daran ist, er hat sie geschrieben, bevor die Titanic im Atlantik versunken ist.«

»Wollen Sie uns erzählen, er war Hellseher?« Frank blickte beinahe prüfend auf das Glas Whisky in der Hand von McCully.

»Nein, nein, verstehen Sie mich nicht falsch.« McCully lachte, da er Franks Blick auf sein Whiskyglas bemerkt hatte.

»Felgendreher war kein Weltuntergangsprophet, im Gegenteil. Ich habe selbst die beiden Arbeiten von ihm im Staatsarchiv von Bern aufgetrieben und nachgelesen. Die eine ist aus dem Jahr 1908 und trägt den Titel ›Aphorismen zur praktischen Anwendung der speziellen Relativitätstheorie‹, und die andere Arbeit heißt ›Ein Traktat über den Zeitsprung – die

Reduzierung der Geschwindigkeit bei Atlantiküberquerungen mit Schiffen‹ und ist aus dem Jahr 1911. Dem Jahr, in dem der Bau der Titanic in Belfast nahezu vollendet war.«

22

Draußen schien der Wind nachgelassen zu haben. Die kahlen Äste der Parkbäume von Hampstead Heath bewegten sich kaum noch in der Nacht, und im Bibliothekszimmer des Professors war nur noch das leise Knistern des Kaminfeuers zu hören. Frank saß seit einer Weile ebenso schweigend in seinem Sessel wie Peter und Professor McCully, der, wie um seine Gedanken zu sortieren, eine Pause in seiner Schilderung eingelegt hatte.

Frank dachte wieder an Einstein, ihren Verfolger, der den Namen des berühmten Physikers als Decknamen benutzte, dessen Lebensgeschichte sie soeben gehört hatten. Hatte er von dem seltsamen Georg Felgendreher erfahren? Und kannte er den möglichen Zusammenhang mit der alten Seekarte, der er hinterherjagte? Frank fühlte sich unwohl bei dem Gedanken an ihren Verfolger und wünschte fast, sie hätten die Nacht in dem sicheren Gebäude des Instituts verbracht, anstatt sich hier in dem von allen Seiten einsehbaren Haus von Professor McCully zu verstecken. Hatte Einstein es geschafft, ihre Spur bis hierher zu verfolgen?

Frank wollte gerade aufstehen, um noch einmal einen Blick aus dem Fenster in die Dunkelheit zu werfen, als McCully mit seiner Schilderung fortfuhr: »Die beiden Abhandlungen von Georg Felgendreher genügen eigentlich kaum seriösen wissenschaftlichen Ansprüchen. Aber im Licht der damaligen Zeit besehen, waren seine Gedanken, die weit in die Zukunft reichten, wahrscheinlich gar nicht so abwegig, wie sie uns heute erscheinen.«

»Ich verstehe aber immer noch nicht, wie er gerade auf die Titanic gekommen ist«, sagte Peter.

»Das ist auch nur zu verstehen, wenn man seine Erklärungsversuche zur Relativitätstheorie mit der Fortschrittsgläubigkeit des beginnenden 20. Jahrhunderts in Verbindung bringt. Felgendreher hat, übrigens wie eine ganze Anzahl seiner Zeitgenossen nach dem Erscheinen der Relativitätstheorie, darüber nachgedacht, wie stark sich der Begriff der Zeit relativieren lässt. Die Zeit erschien den technikgläubigen Menschen damals plötzlich in neuem Licht. Zuerst hatten die Eisenbahnen die Reisezeit unglaublich schrumpfen lassen, dann stand schon das Automobil vor der Tür, um die Geschwindigkeit in immer weitere Dimensionen zu treiben. Der Inbegriff aller Fortschrittsgläubigkeit waren die ständig größer werdenden Passagierschiffe, die Ozeanriesen, die allem Anschein nach eine perfekte Einheit von Geschwindigkeit und Größe waren. Als die Titanic in der Unglücksnacht des 15. April 1912 mit dem Eisberg kollidierte war sie ja nicht zufällig gerade dabei, den Rekord der schnellsten Atlantiküberquerung von England nach New York zu brechen.

Felgendrehers Glaube an den technischen Fortschritt war unerschütterlich. Er hat sich vor allem mit den Ozeanriesen und der Titanic beschäftigt, weil sich hier die, wie er Einstein verstanden hatte, größtmögliche Masse in größtmöglicher Annäherung an die Lichtgeschwindigkeit vorwärtsbewegte. Die Energien, die dabei frei wurden, schienen für ihn grenzenlos zu sein.«

»Aber das ist doch alles totaler Quatsch«, rief Frank. »Was für ein kompletter Schwachsinn«, stimmte Peter ihm zu und nickte bekräftigend mit dem Kopf.

Die Krähenfüße in McCullys Augenwinkeln traten wieder deutlich hervor, als er zu lachen anfing. »O je«, sagte er dann. »Was für ein Glück, dass mich keiner meiner Kollegen jetzt hören kann. Ich würde wahrscheinlich mit Steinen beworfen und mit Schimpf und Schande von der Universität gejagt werden.«

Peter und Frank sahen ihn zweifelnd an, hatte der Professor sie in den vergangenen zwei Stunden zum Narren gehalten?

»Damals, vor hundert Jahren«, fuhr er fort, »war das, was ich Ihnen gerade erzählt habe, nicht so abwegig, wie es heute vielleicht klingt. Und was ich gesagt habe, meine ich durchaus ernst. Georg Felgendreher hat seine Theorien genauso verbreitet, wie ich es geschildert habe. Aber ihm ist ja auch nicht umsonst nur wenig Beachtung geschenkt worden, und als sich seine Theorien später als der Unsinn herausgestellt haben, die sie tatsächlich auch waren, wollte niemand mehr etwas von ihm wissen. Irgendwann verliert sich seine nebulöse Spur in der Geschichte. Aber ich habe noch von ihm gehört, dass er in seiner Heimatstadt Bern verarmt gestorben ist«, McCully schien am Ende seiner Erzählung angelangt zu sein, doch dann fügte er hinzu, »und dass er einen Sohn hatte.«

»Und der scheint jetzt wieder aufgetaucht zu sein«, schlussfolgerte Peter.

McCully nickte zustimmend. »Genau, und aus der Mitteilung der deutschen Kommissarin können wir schließen, dass Pfleiderer den Sohn von Georg Felgendreher in der Schweiz besucht hat, bevor er selber in Hamburg ermordet worden ist.«

»Aber was hat Pfleiderer von Franz Felgendreher gewollt?«, fragte Frank.

»Ich denke, genau das müssen wir herausfinden, um dem Geheimnis der Karte auf die Spur zu kommen«, sagte Peter.

Professor McCully nickte wieder und blickte dann schweigend von Frank zu Peter.

»Nun, um es vorsichtig auszudrücken«, sagte er dann und formulierte seine Gedanken, »nachdem feststeht, dass es sich um die Koordinaten des Ortes der untergegangenen Titanic handelt und Georg Felgendreher die einzig mögliche Verbindung zwischen Einstein und Titanic darstellt, ist Pfleiderer in die Schweiz gereist, um dessen Sohn über die Koordinaten zu befragen, oder …«

»… oder Pfleiderer hatte die Karte von Georg Felgendreher bekommen und wollte seinen Sohn über die Koordinaten auf der Karte ausfragen«, ergänzte Frank.

»Das sind doch alles nur wilde Spekulationen«, mischte sich Peter jetzt ungeduldig ein. »Wer sagt uns denn, dass Pfleiderer wegen der Karte in die Schweiz gereist ist, vielleicht kannte er diese Felgendrehers ja persönlich und wollte den Sohn nur besuchen.«

Zu seiner Überraschung widersprach ihm Frank heftig:

»Und dann taucht auf einmal ein Mann auf, der sich Einstein nennt, nach dem berühmten Physiker, mit dem der Vater jahrelang zusammengearbeitet hat, und bringt Pfleiderer um? Wegen einer Karte, auf der die Koordinaten des Untergangs der Titanic eingetragen sind, mit der sich Georg Felgendreher ebenfalls jahrelang beschäftigt hat? Das kann nun wirklich kein Zufall sein, da muss einfach ein Zusammenhang bestehen.«

Frank war selbst ein wenig über seinen wortreichen Ausbruch überrascht, aber McCully stimmte ihm zu. »Ich hätte es nicht treffender formulieren können, nur glaube ich, dass es heute zu spät ist, um diesem Zusammenhang noch auf die Spur zu kommen.«

»Vielleicht noch nicht«, widersprach jetzt Peter, »wir sollten Michael noch einmal anrufen. Er hat sich doch vorhin darüber beschwert, dass wir ihm zu leichte Aufgaben stellen. Jetzt soll er zeigen, was er wirklich kann. Er soll alles über Franz Felgendreher herausfinden, vor allem brauchen wir eine Kontaktadresse oder eine Telefonnummer.«

Er sah zu Frank herüber. »Oder nicht?«, fragte er. »Schließlich sitzt uns die Polizei im Nacken.«

Beim Blick auf die Uhr hatte Frank zuerst protestieren wollen, aber dann überzeugte ihn Peters letzte Bemerkung. Noch waren sie bei ihrer Suche praktisch kein Stück weitergekommen, und morgen würde Frau Hauptkommissarin Christine Keller von ihnen definitiv die Übergabe der Karte fordern.

»O. K., mal sehen, was Michael um zwei Uhr morgens noch so zu bieten hat.«

23

Frank wollte gerade auflegen, als Michael nach dem neunten Klingeln den Hörer abnahm.

»Hast du schon geschlafen?«, fragte Frank.

»Nein, ich habe gerade die Goldfische gefüttert.« Michaels Tonfall war nicht zu entnehmen, ob er Witze machte. Frank versuchte, sich zu erinnern, ob einer von Michaels Mitbewohnern Goldfische hatte. Da ihm das äußerst unwahrscheinlich erschien, beschloss er, die Bemerkung einfach zu ignorieren.

»Michael, wir haben eine neue Aufgabe für dich, und diesmal dürfte sie wesentlich schwieriger zu lösen sein.«

»Lass hören.« Michael war ungewöhnlich kurz angebunden, sodass Frank vermutete, dass er tatsächlich schon geschlafen hatte.

»Wir haben einen Namen herausbekommen. Er lautet Franz Felgendreher. Die Kommissarin aus Hamburg hat uns verraten, dass Professor Pfleiderer diesen Felgendreher vor seinem Tod in der Schweiz besucht hat. Die Auskunft hat sie wohl von seiner Sekretärin bekommen, aber mehr wissen wir auch nicht. Kannst du darüber mal nachforschen? Franz Felgendreher muss Pfleiderer etwas über die Karte erzählt haben. Vielleicht hatte Pfleiderer die Karte sogar von ihm.«

»Franz Felgendreher in der Schweiz? Nee, den Namen habe ich wirklich noch nie gehört«, sagte Michael, »aber ich werde mich dahinterklemmen. Mal sehen, ob ich etwas herausfinden kann, aber ich sage euch gleich, ihr Superdetektive, heute, beziehungsweise heute Nacht wird das nichts mehr werden. Wo steckt ihr eigentlich?«

Frank nannte ihm Adresse und Telefonnummer von Professor Kenneth McCully, und Michael versprach, am nächsten Morgen so schnell wie möglich zurückzurufen.

Nachdem Frank aufgelegt hatte, herrschte eine Weile unschlüssiges Schweigen. Peter und Frank dachten, dass sie den Professor noch gar nicht gefragt hatten, ob er ihnen wohl in seinem Haus eine Übernachtungsmöglichkeit anbieten könnte. Doch so flink und unkompliziert, wie sie ihn den ganzen Abend über erlebt hatten, kam von ihm noch das Angebot, bevor sie fragen mussten.

»Ich nehme an, dass Sie sich zu dieser späten Stunde nicht noch einmal in die Nacht hinausbegeben und sich mit Einstein messen wollen, oder liege ich da falsch? Im oberen Stockwerk gibt es ein Gästezimmer, das ich Ihnen anbieten kann. Ich schlage vor, wir verschieben alles Weitere auf morgen, vielleicht gibt es dann ja auch schon Neuigkeiten von Ihrem Freund aus Hamburg.«

Sie dankten McCully. Als Peter sich anschickte, dem Professor in den ersten Stock zu folgen, verharrte Frank in seinem Sessel.

»Ich bleibe lieber hier unten und mache mir hier mein Bett zurecht, wenn Sie nichts dagegen haben, Ken. Am Feuer ist es gemütlicher, und ich habe das Gefühl, ich kann hier besser auf die Karte aufpassen.«

»Wie Sie möchten Frank, schlafen Sie gut, und lassen Sie niemanden an die Karte heran, sonst sind wir es, die morgen hinter ihr herjagen müssen.«

Peter und McCully stiegen die Treppe hinauf, und einige Minuten lang hörte Frank noch die Geräusche der Nachtvorbereitungen. Als er sicher sein konnte, dass beide eingeschlafen waren, öffnete er die Tür zum Flur und vergewisserte sich, dass die Eingangstür abgeschlossen war. Er machte einen Kontrollrundgang durch die Zimmer im Erdgeschoss, obwohl er weder die Räume kannte noch wusste, ob Professor McCully es gutheißen würde, dass er die Zimmer einfach betrat. Er stieß auf nichts Beunruhigendes, aber das ungute Gefühl, das ihn schon beschlichen hatte, als er das Haus von Kenneth McCully von Weitem erblickt hatte, ließ ihn nicht los. Er ging zurück ins Bibliothekszimmer und warf einen letzten suchenden Blick aus dem Fenster, aber auch draußen war alles ruhig. Dann rollte er den alten Schlafsack, den der

Professor ihm noch gegeben hatte, direkt vor dem erlöschenden Kaminfeuer aus. Noch einmal horchte er auf die Geräusche des alten Londoner Hauses. Nichts von allem, was er einordnen konnte, das schwache Knacken der Äste im Wind, das an- und abschwellende Knattern eines Automotors oder die zischenden Kohlen im Kamin, hatte etwas Seltsames an sich.

Trotzdem ließ ihn die eigenartige Atmosphäre des hoch über der Stadt gelegenen Professorenhauses lange nicht einschlafen. Umstellt von den uralten Bäumen des Landschaftsparks und den verwitterten Grabsteinen des Kirchenfriedhofs wirkte das Haus wie ein Fremdkörper, dessen feindliche Umgebung seit Jahrhunderten geduldig darauf wartete, dass es endlich wieder verschwand.

Als Frank schließlich doch noch einschlief, war es ein unruhiger Schlaf, der ihn empfing.

Er träumte, er wurde unter Wasser auf dem Schiffsdeck der versunkenen Titanic von Einstein verfolgt, der seine Motorradmaske trug. Dann rannte er plötzlich riesenhaften Wegweisern in Form von Pfeilen hinterher und war von hoch aufragenden Ziegelmauern umgeben, die mit rasender Geschwindigkeit in den Himmel wuchsen und ihm zur gleichen Zeit auf beklemmende Weise immer näher kamen.

Schweißgebadet wachte er auf, weil er dachte, ein klirrendes Geräusch gehört zu haben. Dann versank er wieder in den gleichen unruhigen Schlaf und machte seine Augen erst wieder auf, als die beginnende Dämmerung über Hampstead Heath ihn weckte.

Er hatte das Gefühl, überhaupt nicht geschlafen zu haben.

24

Etwa zur gleichen Zeit, als Frank und Peter im Haus von Professor Kenneth McCully in London erwachten, stand ein Mann am Fenster seines Apartments im obersten Stockwerk eines Wolkenkratzers im Stadtzentrum von Montreal und wartete auf einen Telefonanruf.

In den letzten Stunden war er die verschiedensten Wege und Möglichkeiten zur Lösung eines Problems, das ihn seit Tagen belastete, von Anfang bis Ende immer wieder durchgegangen. Es raubte ihm tagsüber die Konzentration und ließ ihn nachts nicht schlafen. Jetzt rauchte er eine Zigarette nach der anderen und starrte auf die Lichter der mitternächtlichen Großstadt hinunter. Er sah den schlecht beleuchteten Frachtschiffen hinterher, die den St.-Lorenz-Strom hinaufzogen. Er folgte dem dunklen Band des sich verbreiternden Flusses, bis sein Blick in der fernen Finsternis am Horizont hängenblieb. Irgendwo dort hinten würden die Schiffe den Golf von St. Lorenz durchqueren und danach den Atlantischen Ozean ansteuern.

Und irgendwo dort hinten lag auch sein Problem.

Der Mann ging zu seinem Schreibtisch zurück. Schon seit ein paar Jahren arbeitete er am liebsten zu Hause und traf von hier aus die wichtigen Entscheidungen, mit denen er sein Firmenimperium plante und der Konkurrenz das Leben schwer machte. Seine siebenundsechzig Jahre sah man nur seinem Gesicht an, es war fast quadratisch, mit vielen Vertiefungen, Falten und Wülsten um Mund, Nase und Augen. Seine Haare hatte er in der dunkelblonden Farbe seiner Jugend nachfärben lassen, und noch immer versuchte er, sie über die leicht vom Kopf abstehenden Ohren wachsen zu lassen.

Der Körper des etwa eins neunzig großen Mannes war in der letzten Zeit immer massiger und schwerer geworden, da er kaum noch das Haus verließ. Die einzigen Anzeichen, denen zu entnehmen war, dass er seine häusliche Tätigkeit noch als Job verstand, waren die Krawatte und der dunkle Anzug, die er den ganzen Tag über trug. Seine Anzugjacke hing jetzt über der Lehne des Schreibtischstuhls, in den der Mann sich fallen ließ, um seine Zigarette auszudrücken, denn das Telefon hatte endlich geklingelt.

»Mr. Van?« Gloria McGinnis rief aus London an.

»Ja, Gloria, bin am Apparat. Wie stehen die Dinge?«, fragte Mr. Van.

»Wir sind weiter hinter der Karte her, Mr. Van. Ich war gestern mit Peter Adams verabredet, aber er hat Besuch von diesem deutschen Studenten bekommen, und die beiden müssen Verdacht geschöpft haben. Aber wir wissen jetzt definitiv, dass sie die Karte haben. Daniel war kurz davor, sie ihnen abzunehmen. Aber in der Öffentlichkeit ist es schwer, an sie heranzukommen, ohne Aufsehen zu erregen. Daniel ist im Moment diesem Frank Schönbeck auf den Fersen und …«

»Weiß er, wo die Karte jetzt ist?«, fragte Mr. Van ungeduldig, obwohl er Glorias Bericht bis zum Ende hatte abwarten wollen.

»Daniel weiß, dass Frank Schönbeck die Karte hat. Der ist mit Peter Adams nach Hampstead gefahren. Ich hab keine Ahnung über den genauen Aufenthaltsort, aber ich bin sicher, dass Daniel inzwischen mehr herausgefunden hat. Wir hatten seit einigen Stunden keinen Kontakt mehr. Hier ist es jetzt sieben Uhr morgens«, sagte Gloria. Sie klang nervös, fand Mr. Van.

»Gloria, wir können nicht länger warten. Wir brauchen die

Karte unbedingt, sonst können wir nicht handeln. Meine Macht ist auch nicht grenzenlos. Es gibt Dinge, die sich selbst mit viel Geld nur sehr schwer regeln lassen. Die amerikanischen und kanadischen Behörden werden sich strikt an ihre Vorschriften halten. Wir haben keine Zeit mehr.« Er machte eine Pause und sagte dann:

»Ich werde euch eine Spezialeinheit schicken.«

»Aber Mr. Van, das wird nicht nötig sein, wir ...«

»Gloria, bitte, es sind nur drei, vier Mann, und sie arbeiten schnell und lautlos. Es ist nicht einmal sicher, dass jemand sterben muss«, versuchte Mr. Van, sie zu beruhigen.

»Bitte, Mr. Van, Sie haben doch selbst gesagt, dass wir kein Aufsehen erregen sollen. Jede Person, die außer uns eingeweiht wird, ist eine Person zu viel, das waren Ihre Worte. Auch wenn es nur drei oder vier Mann sind, die Sie losschicken, werden diese Leute danach zu viel wissen. Bitte, wir brauchen nicht mehr lange. Diese Studenten sind müde, und sie werden bald die Lust an ihrem Versteckspiel verlieren.«

Mr. Van antwortete nicht sofort. Natürlich hatte Gloria Recht. Dass die Karte in fremden Händen war, war schon gefährlich genug. Wenn sie in Hände gelangte, die zwar in seinem Auftrag handelten, die aber auch ihre Bedeutung erkennen konnten, war das nicht minder gefährlich.

»Achtundvierzig Stunden«, entschied Mr. Van. »Von jetzt an gerechnet achtundvierzig Stunden. Das heißt, Daniel hat noch zwei volle Tage. Wenn ich bis übermorgen früh sieben Uhr europäischer Zeit von ihm keine Erfolgsmeldung habe, werde ich ein Team losschicken.«

»Danke, Mr. Van, das wird reichen. Ich rechne fest damit, dass wir heute Abend die Karte haben werden. Ich werde mich dann sofort melden.«

»Nein, Gloria«, sagte Mr. Van, »du kannst Daniel nicht mehr helfen. Er wird das allein erledigen. Du sagst, er ist an den Studenten dran, und dich haben sie schon erkannt. Ich weiß also nicht, wie du ihm noch eine große Hilfe sein kannst. Ich brauche dich hier. Du musst mir dabei helfen, im Notfall ein Team auszuwählen und die Leute zu instruieren. Zwei Köpfe können besser beurteilen, welche Informationen wir preisgeben können und welche nicht. Du musst zurückkommen, und zwar heute noch.«

Gloria schien perplex, doch ihre Antwort ließ nicht lange auf sich warten. »Gut, Mr. Van, ich komme zurück. Ich werde noch warten, bis ich Daniel erreicht habe, dann sage ich ihm, dass er alleine weiterarbeiten muss. Ich nehme den nächsten Flug nach Montreal.«

»Dann bis bald, Gloria.«

»Bis bald.«

25

Auch Peter und Kenneth McCully schienen nicht viel besser geschlafen zu haben als Frank. Mit Tee und Toast vertrieben sie sich die ersten Stunden am Sonntagmorgen. Professor McCully zeigte sich weiterhin höchst angetan über seine jungen Gäste. Obwohl es ein sehr später Samstagabend geworden war, präsentierte er sich doch freundlich und aufgeräumt. Und er war froh, in die morgendliche Konversation die liebgewonnene Lektüre der Wochenendausgabe der *Times* einbeziehen zu können. Zu dritt teilten sie sich die Zeitung, die zusammen mit den fein säuberlich in dünne Plastikfolie eingeschweißten Beilagen den Umfang des Telefonbuches von Hamburg hatte.

Nur zögernd kehrten sie zu den Mutmaßungen und Spekulationen über die geheimnisvolle Landkarte vom Abend zuvor zurück und überlegten, wie sie wohl mit Albert Einsteins seltsamem Gehilfen Georg Felgendreher zusammenhängen könnten.

Gegen elf Uhr klingelte endlich das Telefon, und Michael zeigte sich wesentlich wacher und zuvorkommender als noch in der Nacht. Er kam gleich zur Sache:

»Ich habe die Adresse von Franz Felgendreher.«

Frank war ehrlich überrascht, denn er hatte mit einer negativen Auskunft gerechnet oder zumindest dem nachvollziehbaren Ergebnis, dass Michael noch telefonische Erkundigungen einziehen müsse, und dies am Wochenende schlecht möglich war. Aber niemals hätte er damit gerechnet, dass Michael ihnen sofort die Adresse präsentieren würde.

»Das gibt es nicht, wie hast du das denn angestellt?«

»Ganz einfach, ich bin zu dir gefahren und habe mir deinen Winkelschleifer ausgeliehen, mit dem wir schon so positive Erfahrungen gemacht haben. Dann bin ich in die Uni gefahren, zu Professor Pfleiderers Arbeitszimmer gegangen, habe das Siegel der Hamburger Kripo durchgeflext und, siehe da, auf dem Schreibtisch lag die Adresse«, sagte Michael.

»Micha? Das hast du nicht getan, oder? Du spinnst doch!«, sagte Frank. Anders als gestern Nacht bei der Fütterung der Goldfische war er sich jetzt sicher, dass Michael ihn veralberte.

»Ja, schon gut, war nur Spaß, ich bin doch nicht verrückt und vergreife mich an Pfleiderers Arbeitszimmer«, sagte er lachend. Dann setzte er hinzu, »nein, Katja war joggen«, als würde das alles erklären.

»Wie, was soll das heißen?«

»Ich sagte, Katja war joggen, warte, ich gebe sie dir.«

Auf ein Gespräch mit Katja war Frank allerdings jetzt gar nicht vorbereitet. Wieso war sie überhaupt schon wieder bei Michael, oder war sie immer noch bei ihm?

»Hallo, Frank, wie geht es dir?«, meldete sich Katja eine Spur zu freundlich und zu förmlich, sodass Frank wusste, dass sie immer noch sauer auf ihn war. »Guten Morgen, Katja, mir geht's bestens. Wir sind seit gestern Abend bei Professor McCully. Der hilft uns heute ein wenig bei der Suche. Wie geht es dir?«

»Na, prima, wie soll's mir schon gehen? Es ist Wochenende, und ihr habt ja auch immer ein paar tolle Rätselaufgaben für uns. Was sollte denn diese komische Geschichte mit der Titanic?«

Für uns, hatte sie gesagt. Frank hatte das Gefühl, dass Katja sich nur mit Michael zusammentat und ihm bei den Recherchen half, um sich dafür zu revanchieren, dass er sie in Hamburg zurückgelassen hatte. Oder steckte mehr dahinter? Aber das konnte er in diesem Telefonat sowieso nicht klären.

»Was es mit der Titanic auf sich hat, wissen wir noch nicht so genau«, beantwortete Frank also ihre Frage. »Das ist eine ziemlich dubiose Geschichte, aber wir hoffen, dass wir über diesen Franz Felgendreher vielleicht weiterkommen. Wir versuchen herauszufinden, warum Einstein hinter der Karte her ist und wieso er wegen ihr Professor Pfleiderer ermordet hat. Die Kriminalkommissarin, die du uns angekündigt hast, hat uns den Namen genannt, Franz Felgendreher. Pfleiderer war wohl in der Schweiz und hat ihn dort besucht. Wir müssen jetzt unbedingt rausfinden, warum, dann kommen wir vielleicht auch weiter.«

Er hörte einen leisen Seufzer. »Frank, ich verstehe dich wirklich nicht. Warum musst du unbedingt Detektiv spielen? Und was wollt ihr denn mit dieser Adresse? Lasst das doch die Polizei erledigen. Wenn ihr die Karte Frau Keller gegeben habt, könnt ihr doch sowieso nicht mehr viel machen, was wollt ihr diesen Felgendreher denn noch fragen?«

»Katja«, Frank musste sie stoppen, »Katja, es ist so, wir haben die Karte noch, wir haben sie nicht der Polizei gegeben.«

»Was? Aber Frank, das ist doch total bescheuert. Warum habt ihr die Karte nicht der Polizei gegeben? Was ist, wenn dieser Typ, dieser Einstein, noch immer hinter der Karte her ist? Er hat Professor Pfleiderer umgebracht, und er wird nicht einen Augenblick zögern, euch auch umzubringen! Ich glaube das nicht!«

Frank versuchte, Katja zu beruhigen. »Wir haben nur noch ein wenig weitergeforscht, Katja. Keine Panik. Wir sehen Frau Keller doch heute noch. Sie will sich mit uns treffen, damit wir ihr die Karte geben können. Es ist alles nur halb so aufregend, wie du es dir vorstellst. Wir sitzen hier gemütlich beim Frühstück und trinken englischen Tee, mehr nicht. Aber was hat Michael damit gemeint, als er sagte, du warst joggen?«

Aber Katja klang nicht so, als hätte sie die Schilderung des Frühstücks sonderlich beruhigt. »Frank, du bist unverbesserlich, wenn du dir erst einmal etwas in den Kopf gesetzt hast, bist du ja wohl kaum noch aufzuhalten. Mich tröstet nur, dass das Wochenende morgen vorbei ist, dann wirst du vielleicht wieder ein bisschen normaler.« Sie machte eine Pause, dann sagte sie: »Michael hat mir erzählt, worum es geht. Dann meinte er noch, dass er am Wochenende nur schlecht etwas herausfinden kann, weil er telefonisch niemanden erreicht. Zum Glück ist mir eingefallen, dass ich die Sekretärin von

Professor Pfleiderer kenne. Ich habe mich ein paar Mal mit ihr unterhalten, und wir waren auch mal in der Mensa zusammen essen. Von einer Unterhaltung wusste ich auch, dass sie am Sonntagmorgen immer ihre Joggingrunde um die Alster dreht. Und dann bin ich heute Morgen eben zufällig auch joggen gegangen. Nachdem ich ein wenig ziellos herumgelaufen bin, habe ich sie dann tatsächlich getroffen. Wir sind zusammen gelaufen, und dabei habe ich dann fallen lassen, dass du für deine Diplomarbeit ein paar Arbeiten von außerhalb, zum Beispiel aus der Schweiz, einsehen musst. Dann habe ich weiter ein bisschen herumgesponnen und ihr erzählt, dass du am dringendsten in die Schweiz zu einem Franz Felgendreher fahren musst, um eine ganz wichtige wissenschaftliche Arbeit einzusehen. Du hättest mir erzählt, dass Pfleiderer gerade von einem Besuch bei Felgendreher zurückgekehrt sei. Aber jetzt, wo Professor Pfleiderer ermordet worden ist, traust du dich natürlich nicht, sie danach zu fragen. Auf der anderen Seite musst du aber dringend deine Arbeit fertigschreiben. Und dann habe ich sie einfach gefragt, ob sie mir nicht die Adresse geben kann. Und tatsächlich hat sie sich die Mühe gemacht. Ich bin mit zu ihr nach Hause gefahren, wir haben etwas verschwitzt noch einen Kaffee getrunken, dann hat sie in ihrem Notizbuch nachgesehen, und ich habe mir schließlich die Adresse aufgeschrieben.«

»War ganz einfach«, fügte sie nicht ohne Stolz hinzu.

»Katja, du bist echt ein Schatz, du bekommst einen ganz dicken Kuss von mir … und von Peter auch«, sagte Frank, als er Peters Winken sah.

»Tja, schön, dass du dich so darüber freust, und ich habe es tatsächlich gern getan, aber ich bin mir trotzdem sicher, dass es euch nicht nützen wird. Macht euch noch einen schönen

Tag in London, und dann gebt das Ganze bitte schnellstens auf«, sagte Katja.

»Aber wir sind doch schon kurz vor dem Ende«, sagte Frank, »wir glauben, dass wir alles herausfinden können, wenn wir die Möglichkeit haben, Felgendreher selbst zu befragen.«

»Das glaube ich kaum«, sagte Katja.

»Aber wieso denn nicht? Sag uns doch einfach die Adresse, die sie dir gegeben hat, und den Rest machen wir.«

»Ach, Frank, das ist ja gerade das Problem. Sie hat mir zwar die Adresse gegeben, aber ich fürchte, dass ihr mit ihr nicht viel anfangen könnt.«

»Aber wo soll denn da ein Problem sein?«

»Na, du musst es ja wissen. Hast du etwas zu schreiben? Ich diktier sie dir.« Frank nahm sich einen Kugelschreiber und hörte, wie Katja die Adresse vorlas:

Franz Felgendreher
Johanniter-Spital Bern
Abteilung für Psychiatrie
Hürtlistr. 12
CH-7014 Bern

26

Frank bemerkte die beiden Augenpaare, die ihm über die Schulter sahen. Als er aufblickte, sah er Peter und Kenneth McCully genauso bestürzt wie er selbst.

Peter zuckte mit den Schultern und murmelte etwas wie: »Das war 's dann wohl.«

Aber Frank wollte es genau wissen.

»Katja, hast du Pfleiderers Sekretärin gefragt, was die Adresse zu bedeuten hat? Heißt das, dass Franz Felgendreher als Patient dort im Krankenhaus ist, ich meine, in der Psychiatrie?«

»Ja, genau das heißt es«, sagte Katja in leicht genervtem Tonfall, als sie merkte, dass Frank noch immer nicht ans Aufgeben dachte.

»Sie hat mir auch einen Ansprechpartner genannt, den Direktor der Anstalt.« Sie verbesserte sich: »Nein, Anstalt sagt man wohl nicht mehr, aber der Mann heißt Dr. Friedrich Dufner, und wenn man mit Felgendreher telefonieren oder ihn besuchen möchte, muss man mit dem Direktor einen Termin vereinbaren. Eigentlich gibt es ganz normale Besuchszeiten. Aber Felgendreher sitzt in der geschlossenen Abteilung, und auch Professor Pfleiderer musste erst mit dem Direktor sprechen, bevor er Felgendreher sehen konnte. Mehr habe ich nicht für dich, ach ja, die Telefonnummer von diesem Dr. Dufner natürlich noch.«

Sie nannte Frank die Nummer.

»Du machst mir wirklich nicht den Eindruck, als würdest du aufgeben und zurückkommen wollen«, sagte Katja. »Frank, aber ich meine es ernst, sehr ernst. Wenn ihr die Karte nicht Frau Keller übergebt, werdet ihr selbst in größte Schwierigkeiten geraten.«

Frank wollte antworten, wurde aber durch eine plötzliche Unruhe um ihn herum abgelenkt. Peter blätterte emsig in seinem Notizbuch, während Professor McCully ein Telefonbuch von London aufgeschlagen hatte.

»Frank, was ist? Kannst du mir bitte sagen, was du jetzt vorhast?«, hörte er Katjas genervte Stimme am Telefon.

»Ich denke, wir werden heute versuchen, mit diesem Felgendreher zu telefonieren. Vielleicht ist er ja ansprechbar, und wir können was erfahren. Katja, du bist wirklich großartig. Wie du das herausbekommen hast, ist phänomenal. Grüß Micha noch einmal von uns. Vielleicht haben wir ja bald wieder was für ihn. Und sobald ich weiß, wann ich zurückkomme, melde ich mich sofort bei dir.«

Katja verabschiedete sich freundlich von ihm. Er kannte sie aber gut genug, um zu erkennen, dass ihr Ton immer unverbindlicher geworden war. Sie rechnete nicht mehr damit, dass er sein Vorhaben einfach aufgeben und die weitere Suche der Polizei überlassen würde. Und sie hatte damit Recht.

Die Geschäftigkeit um ihn herum hatte zugenommen. Peter schrieb etwas aus einem Notizbuch ab und hatte sein Handy bereitgelegt. Professor McCully hatte das Zimmer verlassen, während er mit Katja telefoniert hatte, und er hörte, wie er im Nebenraum telefonierte.

Frank las noch einmal die Adresse in seinem Notizbuch: Franz Felgendreher, Johanniter-Spital Bern, Psychiatrische Abteilung.

War das das Ende ihrer Jagd? Sollte alles daran scheitern, dass die einzige Person, die höchstwahrscheinlich das Geheimnis der Schatzkarte kannte, zu krank war, um ihnen Auskunft geben zu können? Konnte Felgendreher ihnen überhaupt bei der Suche helfen? Frank war hin- und hergerissen zwischen seinen Schuldgefühlen wegen Pfleiderers Tod, einer ständig zunehmenden abenteuerlichen Spannung und Katjas mahnender Stimme der Vernunft, die ihm riet, die Verfolgungsjagd der letzten Tage möglichst schnell zu beenden. Doch nach allem, was um ihn herum gerade geschah, schienen seine Grübeleien ohnehin überflüssig zu sein.

»Was machst du da?«, fragte er Peter.

»Ich sehe meinen Terminkalender durch, für morgen gibt es keine Probleme, bloß für Dienstag müsste ich eine Vertretung organisieren, aber das lässt sich regeln. Ich muss nur zwei Telefonate führen«, antwortete Peter und wollte gerade zum Handy greifen, als Professor McCully aus dem Nebenraum zurückkehrte.

»Mit wem haben Sie telefoniert, Ken?«, fragte ihn Frank.

»Mit British Airways. Ich habe drei Plätze für die Nachmittagsmaschine nach Basel gebucht. Nur mit den Anschlussflügen hat es eine Weile gedauert. Man kann zwar auch mit dem Zug von Basel nach Bern fahren, aber British Airways hat dann doch noch eine Flugverbindung gefunden. Wir nehmen einen Inlandsflug mit der Crossair. So können wir heute Abend schon in Bern sein. Wir suchen uns eine nette Schweizer Pension und machen dann einen gemütlichen Abendspaziergang durch die Altstadt. Dann können wir morgen früh schon im Johanniter-Spital sein, um mit Felgendreher zu reden.« Kenneth McCully war seine Zufriedenheit darüber anzusehen, dass seine kurzfristige Reiseorganisation so gut funktioniert hatte.

»Aber ich wollte doch morgen eigentlich nach Hamburg zurückfliegen«, wandte Frank wenig überzeugend ein. Keiner der beiden schien ihn zu hören. Dann dachte er an seine Diplomarbeit, und er realisierte, dass neben der menschlichen Tragik, die mit dem Tod von Professor Pfleiderer verbunden war, er zudem seinen Prüfer verloren hatte. Im Augenblick gab es niemanden, der seine Arbeit überhaupt lesen würde. Wie unwichtig, schoss es ihm aber gleich darauf durch den Kopf. Das war doch alles nebensächlich und konnte nicht ausschlaggebend für seine weiteren Pläne sein.

»Wie stellt ihr euch das vor?«, fragte er wesentlich lauter als eben zuvor. »Solche Flüge kosten Geld, womit soll ich so ein Abenteuer bezahlen?« Ihm war sein 15 000-Euro-Kredit eingefallen, den er aufgenommen hatte, um alte Mietschulden bezahlen zu können. Doch die Entscheidung war längst gefallen. Die Jagd würde weitergehen.

Weder die merkwürdigen Gestalten, die ihnen auf den Fersen waren – nur der Teufel wusste, wer sich hinter den Decknamen Einstein und Marie Curie wirklich verbarg –, noch Frau Hauptkommissarin Keller würden sie daran hindern können, das geheimnisvolle Kartenrätsel zu lösen. Mit seinen Schulden konnte er sich nach seiner Rückkehr immer noch beschäftigen. Und Kenneth McCully kam ihm schon zu Hilfe.

»Machen Sie sich keine Gedanken über die Finanzierung unserer Reise. Selbstverständlich werde ich für die Kosten aufkommen. Erstens weiß ich, mit welch begrenzten Mitteln Studenten wie Sie heutzutage auskommen müssen, und zweitens scheue ich keine Ausgaben, um bei der Aufklärung des Mordes an meinem Kollegen zu helfen.«

McCully sah ihn so ernst und entschlossen an, wie Frank es dem freundlichen Mann nicht zugetraut hatte. Seine leicht gebückte Körperhaltung, die er gestern Abend bei ihrem Eintreten in sein Haus gezeigt hatte, war anscheinend wirklich nur auf die eintönige wissenschaftliche Routine zurückzuführen, mit der er sich tagein, tagaus beschäftigte. Bei den Worten, die Professor Kenneth McCully jetzt folgen ließ, straffte sich der gesamte Oberkörper des Professors merklich und vermittelte eine bemerkenswerte Durchsetzungsfähigkeit, die aus längst vergangenen Zeiten in seinen Körper zurückzukehren schien.

»Und das gilt nicht nur für die Reise in die Schweiz, sondern auch für alle weiteren Ausgaben, die noch auf uns zukommen werden. Wir werden das Rätsel der Karte lösen, verlassen Sie sich darauf. Und wir werden bis zum Ende zusammenarbeiten.«

Das klang fast wie ein Schwur. Verstohlen sah Frank an seiner Seite herunter, ob da vielleicht ein Schwert hing, das er ziehen und gegen die Decke des Bibliothekszimmers strecken konnte. Doch bevor er etwas dazu sagen konnte, meldete sich Peter zu Wort, der inzwischen ebenfalls seine Telefonate beendet hatte.

»Bravo, das ist genau die richtige Einstellung, was sagst du jetzt, Frank? Habe ich dir zu viel versprochen? Wenn uns jemand helfen kann, dann Professor McCully.« Peter lief mit einem Eifer durch das Zimmer, als wolle er gleich zu Fuß zum Flughafen durchstarten.

»Ich habe alles durchgecheckt und bis Dienstag meine Seminare umorganisiert. Damit haben wir achtundvierzig Stunden Zeit, also, worauf warten wir? Auf zum Flughafen!« McCullys kurzzeitige Ernsthaftigkeit war schon wieder verflogen, dafür war er von dem Projekt, das ihm überraschend über Nacht ins Haus geschneit war, viel zu begeistert. Angetrieben von unaufhaltsamer Unternehmungslust, die sie alle drei infiziert hatte, wollte McCully ins Obergeschoss eilen, um zu packen, als sie einmal mehr von Franks Mobiltelefon aufgehalten wurden. Stirnrunzelnd las Frank im Display den Namen, den er erst gestern Abend in das Telefonbuch des Handys eingegeben hatte: »Chr. Keller«.

»Frau Keller. Was soll ich ihr bloß sagen?«, fragte Frank. Peter reagierte sofort.

»Lass mich rangehen. Mir kann sie nicht drohen.«

»Peter Adams? Hallo?« Peter war die Freundlichkeit in Person.

»Guten Morgen, Mr. Adams, hier ist Christine Keller. Ich hoffe, Sie hatten eine angenehme Nacht?« Hauptkommissarin Keller hatte offenbar schon nach einem einzigen Tag in London die erste Lektion in britischer Höflichkeit gelernt.

»Ich möchte mich gerne mit Ihnen beiden wegen der Übergabe der Landkarte verabreden. Heute Nachmittag kommen einige Kollegen von Scotland Yard zur Spurensicherung in Ihre Wohnung. Wenn Sie sich dann einfinden könnten, bekommen Sie anschließend den Schlüssel zurück und können gleich mit dem Aufräumen beginnen. Die Karte bringen Sie am besten mit.«

»Das wird leider nicht gehen, Frau Keller, da einer der Professoren, den ich bisweilen unterstütze, heute Nachmittag eine Forschungsreise antritt. Ich werde ihn begleiten, und er hat zudem Frank Schönbeck darum gebeten mitzukommen. Nach unserer Rückkehr ...«

Christine Keller wusste genau, was gespielt wurde.

»Lieber Mr. Adams, es kommt überhaupt nicht in Frage, dass Sie verreisen, ohne dass Sie mir die Karte übergeben haben. Die Karte ist ein wichtiges Beweisstück in einem Mordfall! Sie werden sich heute Nachmittag hier einfinden, und ich glaube, ich muss Ihnen das nicht noch einmal von den Kollegen vom Yard erklären lassen, oder doch?«

Peter holte tief Luft, bevor er antwortete.

»Liebe Frau Keller, Sie werden die Karte so schnell wie möglich bekommen, das verspreche ich Ihnen. Dann können wir sie uns gemeinsam bei einer Tasse Tee ansehen, aber ich bitte Sie jetzt vielmals um Entschuldigung dafür, dass ich unser Gespräch leider beenden muss.«

Peter legte auf, ohne die Proteste der Polizistin abzuwarten. Zu dritt ignorierten sie anschließend das sofort wieder einsetzende energische Klingeln von Franks Handy.

»Ich war doch höflich, oder?«, fragte Peter grinsend.

»Ich habe nicht gehört, dass Sie etwas Strafbares gesagt hätten«, stimmte Professor Kenneth McCully lächelnd zu.

27

Peter und Kenneth McCully verließen das Zimmer, um die Sachen, die sie für die Übernachtung mitgenommen hatten, zusammenzupacken. Während die beiden in den anderen Räumen mit ihren Reisevorbereitungen beschäftigt waren, blieb Frank im Bibliothekszimmer und bestellte ein Taxi. Für einen Moment dachte er daran, beim Quiz-Cabs-Service anzurufen und zu fragen, ob Tracy sie zum Flughafen fahren könnte. Bei dem Gedanken an seine gestrige Taxifahrt beschlich ihn noch immer ein sonderbar angenehmes Gefühl, das er nicht nur auf die amüsante Geschichte zurückführte, die ihm Tracy über die argentinischen Fußballspieler erzählt hatte. Aber wer wusste schon, in welcher Ecke von London Tracy zu dieser Zeit herumkurvte? Und vielleicht hatte sie ja sonntags auch frei.

Ein überraschter Schrei unterbrach ihn in seinen Gedanken.

»Was zum Teufel ist denn hier passiert?«

Professor McCully hatte aus einem der benachbarten Räume im Erdgeschoss gerufen. Frank und Peter fanden ihn gleichzeitig in dem Raum neben der Eingangstür. Er stand vollkommen regungslos da und wandte ihnen den Rücken zu. Mit der einen Hand umklammerte er die Türklinke. Als er merkte, dass beide hinter ihm standen, deutete er mit der anderen Hand in den Raum hinein.

»Ich bin nur hier reingegangen, um ein paar Kleidungsstücke zu holen, und dann finde ich ... das hier.«

Den Raum nutzte Professor McCully anscheinend als eine Art Wäschezimmer, denn mit Ausnahme von zwei großen Kleiderschränken und einer kleineren Kommode, auf der fein säuberlich gefaltet Hemden und Pullover aufgeschichtet lagen, war das Zimmer leer. Ein empfindlich kalter Luftstrom, der von draußen hereinwehte, war deutlich zu spüren. Doch McCully hatte nicht aus Versehen ein Fenster offen gelassen. Die Luft kam von einem Loch im unteren rechten Viertel einer der quadratisch abgeteilten Fensterscheiben. Die Glasscherben waren über den Teppichboden verstreut, und mitten zwischen den Splittern lag ein faustgroßer, mit weißer Farbe überstrichener Stein. Von dem Stein waren einzelne Farbpartikel abgeplatzt, die auf dem dunkelgrünen Teppich aussahen wie Puderzucker auf einem Billardtisch.

Alle drei bückten sich gleichzeitig nach dem Stein, doch Frank und Peter ließen McCully den Vortritt.

»Das ist ein Stein aus der Friedhofsmauer, von dort, wo meine Hofeinfahrt anfängt. Sie wurde weiß gestrichen, damit die Mauer beim Rangieren besser sichtbar ist und man nicht dagegen fährt«, erläuterte McCully sachlich, so als wolle er damit gleichzeitig erklären, weshalb jemand die Scheibe seines Wäschezimmers damit eingeworfen hatte. Vorsichtig, um sich an den herumliegenden Scherben nicht zu schneiden, hob McCully den Stein auf. Festgehalten von einem Gummiband steckte auf der Unterseite ein kleines Stück Papier.

McCully zog das Gummiband ab, legte den Stein auf die Fensterbank und faltete den Zettel auseinander. Frank und Peter hatten sich um ihn herum postiert und erkannten das ursprüngliche Deckblatt der Landkarte, welches Frank mit Hilfe des Wasserkochers abgelöst hatte. Der entscheidende Unterschied zu ihrem Kartenblatt war allerdings, dass hier nach wie vor die von Einstein so heiß begehrten Koordinaten fehlten.

»Einstein war also im Institut und hat das alte Deckblatt gefunden, das wir für ihn dagelassen haben«, stellte Frank fest.

»Ja, aber er ist nicht darauf hereingefallen, er weiß, dass das nicht die Karte ist, nach der er sucht, er will die Koordinaten«, bestätigte Peter.

»Und er will uns warnen.« Frank deutete mit dem Zeigefinger auf die Kreise, die mit einem dicken schwarzen Stift um die beiden Pfeile, die nach Osten und nach Süden zeigten, gezogen worden waren.

Professor McCully runzelte die Stirn.

»Das Ganze wird tatsächlich immer geheimnisvoller. Ganz sicher hat dieser Anschlag mit dem Rätsel um die Karte zu tun. Ich fasse zusammen: Wir haben jetzt das McCory-Muster des Stoffbandes, die unerklärliche Koordinatenangabe des Titanic-Untergangs auf der Karte, einen geheimnisvollen Psychiatrie-Patienten in der Schweiz und jetzt auch noch eine nächtliche Unglücksbotschaft. Aus der Art ihrer Überbringung dürfen wir wohl auch durchaus darauf schließen, dass es sich hier um eine Drohung handelt. Was meinen Sie, meine Herren?«

»Das Klirren von heute Nacht«, dachte Frank laut, »ich habe heute Nacht ein Klirren gehört, aber ich war zu müde, um aufzustehen und nachzusehen, zudem war ich mir nicht ganz sicher. Das muss er gewesen sein. Der Stein, der durch die Scheibe geschleudert wurde.«

Peter schüttelte den Kopf.

»Ich habe nichts gehört.«

McCully schüttelte bestätigend den Kopf.

»Nein, ich auch nicht, die Zimmer oben sind zu abgelegen. Selbst wenn wir wach gewesen wären, hätten wir es nicht unbedingt gehört.«

Frank nahm den Stein, den McCully auf das Fensterbrett gelegt hatte, in seine rechte Hand. Er wog ihn und ließ ihn dann in die linke Hand gleiten. Weiße Farbreste blieben an seinen Handflächen hängen.

»Diese Pfeile auf der Karte«, sagte er dann, »die sind kein Zufall gewesen. Einstein hat den nach Osten zeigenden roten Pfeil am rechten Kartenrand und den nach Süden zeigenden weißen Pfeil am unteren Kartenrand mit einem Stift eingekreist, um uns zu warnen. Der weiße Pfeil bezieht sich auf uns.«

Frank überlegte laut weiter. »Ihr müsst bedenken, Einstein hat Professor Pfleiderer umgebracht. Er hat ihn mit einem roten Ziegelstein erschlagen. Und jetzt dieser weiße Stein. Auf der Karte ist der Pfeil, der am rechten Kartenrand eingezeichnet ist, als rotes Mauerwerk dargestellt. Der Pfeil, der nach Süden zeigt, sieht aus wie eine weiße Steinmauer. Schauen wir uns noch mal die Karte an«, forderte er sie auf.

Eigentlich war die Aufforderung überflüssig. Wie die Karte aussah, hätten sie alle mittlerweile aus dem Gedächtnis beschreiben können, so oft hatten sie sie sich schon angesehen. Um Franks Überlegungen zu bestätigen, gingen sie trotzdem zurück in die Bibliothek und rollten die Karte wieder aus. Es stimmte: Das Deckblatt der Karte, das Einstein um den Stein gewickelt hatte, und ihre Karte zeigten dieselbe Gestaltung und Farbgebung der Pfeile.

»Ich glaube auch, dass du Recht hast«, sagte Peter. »Gestern hätte ich das noch für zu weit hergeholt gehalten, aber schließlich hätte derjenige, der den Stein durch das Fenster geworfen hat, ohne Weiteres auch einen der vielen anderen unbemalten Steine von der Friedhofsmauer nehmen können. Ich denke, es war Absicht, dass er den weißen Stein genommen hat.«

»Das bedeutet aber auch, dass Einstein weiß, was es mit den Pfeilen auf sich hat. Er kann sie deuten. Er kennt die Erklärung. Das Einzige, was ihm fehlt, sind die Koordinaten«, sagte Professor McCully.

Peter schüttelte den Kopf.

»Ich weiß nicht, wem dieser Anschlag gegolten hat. Hätte Einstein nicht genauso gut ins Haus eindringen können, um sich die Karte zu holen?«

»Keine Ahnung«, mischte Frank sich ein, »aber viel spricht dafür, dass er allein unterwegs ist. Vielleicht hat Marie Curie anderweitige Verpflichtungen. Aber wir sollten nicht zu viel spekulieren. Ein Anschlag auf Ken ist jedenfalls unwahrscheinlich, schließlich haben wir ihm die Karte erst gestern Abend gezeigt. Ganz sicher wollte Einstein uns nur beweisen, dass wir noch immer mit ihm rechnen müssen und er noch längst nicht aufgegeben hat«, sagte Frank, und nach kurzem Nachdenken fügte er hinzu: »Oder dass einer von uns als Nächster dran ist.«

Auch Peter starrte noch immer auf die steinernen Pfeilsymbole und die Kreise, die Einstein eingezeichnet hatte. Dann sagte er: »Man kann eventuell sogar noch etwas sehen. Einstein arbeitet sich gegen den Uhrzeigersinn vor. Wenn das alles Absicht ist, wird der nächste Stein schwarz sein.«

Schweigend betrachteten sie den am linken Kartenrand in Form von schwarzem Mauerwerk eingezeichneten Pfeil, der nach Westen zeigte.

28

Für weitere Nachforschungen blieb ihnen jedoch keine Zeit. Die Sonntagsruhe von Hampstead Heath wurde durch das Hupen des herbeigerufenen Taxis unterbrochen.

»Das Taxi ist da. Wir müssen aufbrechen«, sagte Ken McCully. Peter ging aus dem Haus, um dem Fahrer zu sagen, dass er sich noch ein paar Minuten würde gedulden müssen.

Dann trugen sie ihre notdürftig gepackten Rucksäcke und McCullys Reisetasche zum Eingang. Frank versuchte noch, aus einem herumstehenden Wäschekorb einen behelfsmäßigen Schutz für die eingeschlagene Fensterscheibe zu basteln, während der Professor schon wieder in seinem Bibliothekszimmer verschwunden war. Mit vier Büchern in der Hand kam er wieder heraus und bemerkte Franks unbeholfene Bemühungen im Wäschezimmer.

»Lassen Sie das sein, Frank. Ich werde von unterwegs meinen Gärtner anrufen. Der sieht regelmäßig im Haus nach dem Rechten, wenn ich verreist bin. Er wird sich auch um das zerbrochene Glas kümmern.«

Dann packte er die vier Lexika und Geschichtsbücher über das frühe 20. Jahrhundert, wie Frank durch einen neugierigen Blick auf die Buchtitel feststellte, in seine Reisetasche, und sie verließen McCullys Haus.

Wieder saß Frank in einem der klassischen Londoner Taxis.

Diesmal stimmte sogar die Farbe, denn es war einfach nur klassisch schwarz. Peter sah ihn von der Seite an, und man konnte seinem Grinsen ansehen, dass auch er an Franks gestrige Taxifahrt und Tracys wundersame Erzählung denken musste.

»Warum hast du denn nicht deine nette Taxifahrerin von gestern angerufen?«, fragte er neckend. »Wir hätten ihr doch mal die Namen Einstein und Marie Curie als Stichworte geben können, bestimmt hätten wir dann erfahren, ob die beiden mal miteinander Fußball gespielt haben.«

Peter konnte nicht an sich halten und dachte sich immer neue stichelnde Bemerkungen und möglichst unsinnige Stichworte aus. In Professor McCully, dem er die ganze Geschichte nochmal erzählen konnte, fand Peter auch den dankbaren Zuhörer, den er sich schon am Abend zuvor für seine Späße gewünscht hatte. Einen Großteil der einstündigen Taxifahrt verbrachte Peter also mit einer ausgiebigen Schilderung der Atlantiküberquerung der Boca Juniors im Jahre 1912, wobei er mit großem Vergnügen zwischendurch bei Frank immer wieder nach Einzelheiten nachbohrte. Auf Peters Drängen hin erinnerte sich Frank dann nach und nach an jedes Detail der Geschichte, und Professor McCully zeigte sich höchst amüsiert. Er würzte ihre Unterhaltung mit zahlreichen Bemerkungen darüber, dass die Welt heutzutage so kompliziert geworden sei, dass man sogar aufpassen müsse, in welches Taxi man einsteige, und mit einer Vermutung über die Folgen von Farbenblindheit für die Geschäftsaussichten der Firma Quiz-Cabs-Service. Frank, auf dessen Kosten ein Großteil der Bemerkungen seiner Mitfahrer ging, ertrug den Spott mit Fassung. Da der Londoner Stadtverkehr am frühen Sonntagnachmittag so gering war wie vermutlich zu keiner anderen Zeit in der Woche, erreichten sie das Terminal 1 am Flughafen Heathrow mehr als rechtzeitig. Wegen des bevorstehenden Kurztrips, den sie alle drei mit einer gewissen Berechtigung als wissenschaftliche Forschungsreise verkaufen zu können meinten, waren sie in aufgekratzter Stimmung.

Während der Taxifahrt hatte Hauptkommissarin Christine Keller mehrmals versucht, Frank auf dem Handy zu erreichen. Doch der ließ es nicht mehr zu einem Gespräch kommen, hatten sie doch jetzt eine Linie eingeschlagen, von der sie nicht mehr abweichen konnten. Zudem gab es noch einige andere Gründe, sich nicht auf weitere Diskussionen mit Christine Keller einzulassen. Einmal hatte Peter ihr bereits heute Morgen mitgeteilt, dass sie sich überhaupt nicht weigerten, ihr die Karte zu geben. Sie seien eben nur leider im Moment verhindert. Dieses Argument allein war zwar nicht besonders überzeugend, wog aber im Zusammenhang mit dem Unvermögen der Polizeibeamten – denn das unterstellten sie ihnen weiterhin –, das Mysterium der alten Seekarte zu lösen, umso schwerer. Frau Keller hatte sich bei der gestrigen Befragung zwar als äußerst clever erwiesen, trotzdem bezweifelten sie sehr, dass die Hamburger Kommissarin oder ihre Kollegen in der Lage sein würden, die historischen Hintergründe herauszuarbeiten, die sich hinter den Motiven Einsteins für den Mord an Pfleiderer verbergen mussten.

Es waren nicht besonders viele Mitreisende, die am Sonntagnachmittag für den Flug nach Basel eincheckten, sodass sie bald in Richtung Gate liefen, um die Passkontrolle zu passieren und auf den Flug zu warten. Frank und Peter trugen die langen Pappröhren bei sich; in einer von ihnen befand sich die alte Seekarte. Da der Trick mit den beiden gleichen Röhren gut funktioniert hatte, hatten sie beschlossen, das Spielchen als reine Vorsichtsmaßnahme noch ein bisschen länger zu betreiben. Dann und wann tauschten sie die Röhren untereinander, doch immer trug je einer eine in der Hand, sodass sie sofort reagieren konnten, sollte Einstein, die Polizei oder irgendein anderer Verfolger unvermutet auftauchen.

Professor McCully hatte eines seiner Bücher aus seiner Tasche herausgenommen. Ohne sonderlich auf seine Begleiter zu achten, beschäftigte er sich mit der Geschichte der Titanic und ihrer Wiederentdeckung. Mit dem aufgeschlagenen Buch in der einen und seinem aufgeschlagenen Reisepass in der anderen Hand spazierte er lesend durch die Passkontrolle, während Frank und Peter zurückblieben. Sie hatten sich angesichts der Wartezeit, noch immer mehr als eine Dreiviertelstunde, entschlossen, in einem der Restaurants in der Abfertigungshalle noch einen Kaffee zu trinken. Sie unterhielten sich gerade angeregt darüber, welche Auskünfte ihnen der geheimnisvolle Franz Felgendreher in Bern wohl geben könnte, als mehrere Dinge gleichzeitig passierten.

Vor der Halle, am etwa vierzig Meter entfernten Taxistand, fuhr plötzlich ein orangefarbenes Taxi mit der auf der Fahrertür aufgedruckten Aufschrift Quiz-Cabs und den Ziffern 1 : 5 vor. Das Taxi hielt an, dann stieg der Fahrgast aus, eine Frau, die schon von Weitem äußerst attraktiv wirkte. Mit einer geschmeidigen Kopfbewegung hatte sie gerade ihre rotfarbene Haarlockenpracht ausgeschüttelt, dann hob sie ihren Reisekoffer vom Rücksitz des Taxis und schlug die Tür zu.

Als Frank und Peter an einem der vielen Hallenausgänge vorbeischlenderten, hatte Frank das haltende Taxi bereits bemerkt und hielt gespannt Ausschau, ob es sich bei der Fahrerin um Tracy handelte. Erst als das Taxi wieder anfuhr, erblickte er die kurz geschnittenen schwarzen Haare unter ihrer schief sitzenden hellblauen Baseballkappe.

»Tracy, warte!«, rief er laut und machte Anstalten, auf den Taxistand zu- und, wer konnte das wissen, hinter dem abfahrenden Taxi herzulaufen. Nun sah auch Peter auf und erfasste mit einem Blick die Situation.

Die rothaarig gelockte, attraktive Frau, die gerade ihren Trolley auf die Rollen gesetzt hatte und sich nun auf sie zubewegte, war die Frau, die ihn am vorigen Freitagabend im Black Pirates Inn scherzend darum gebeten hatte, sie Marie Curie zu nennen.

Mit einem Sprung war Peter neben Frank, ergriff seinen Arm und riss ihn zu sich heran.

»Halt, nicht!«, raunte er seinem Freund zu.

Der fuhr völlig überrascht herum und wollte sich losreißen.

»Was soll das? Lass mich los, das ist Tracy!«

Peter krallte ihm verzweifelt die Finger in den Oberarm und bemerkte, dass Gloria McGinnis gespannt zu ihnen herüberblickte. Die beiden über eins neunzig großen jungen Männer mit den langen, blonden Haaren, von denen einer den anderen am Arm gepackt hielt, während der andere versuchte, sich loszureißen, waren ja kaum zu übersehen.

Für Gloria McGinnis war der Anblick der beiden jedoch ein spontaner und gänzlich unerwarteter Glücksfall, hatte sie doch sofort die zwei Hartpapprollen in den Händen der beiden erkannt, die nur eines enthalten konnten: die sehnlichst benötigte Karte Neuschottlands. Sofort beschleunigte sie ihren Schritt, und der Trolley hinter ihr geriet in erste Schwierigkeiten.

»Bleib hier, Frank, das ist die Frau von Einstein, Marie Curie!«, schrie Peter, wobei ihm in diesem Augenblick nicht bewusst war, was er da gerade durch die Gegend brüllte. Andernfalls wäre er sicher froh gewesen, dass sich gerade niemand in Hörweite befand, denn selbst die an seltsame Gestalten gewöhnten Engländer hätten sich doch schwer über seine Worte gewundert.

War bis jetzt Franks Wahrnehmung in einer Art Tunnelblick auf das sich weiter und weiter entfernende Taxi gerichtet gewesen, registrierte er nun blitzartig die auf sie zulaufende Frau mit wehendem roten Haar. Sie wurde nur von dem Trolley, den sie hinter sich herzog und der nicht für solche Geschwindigkeiten geeignet war, aufgehalten. Schlagartig vergaß Frank Tracy, und er bewegte sich endlich Richtung Flughafenhalle.

»Halt, bleibt doch stehen!«, hörte er Marie Curie rufen. Und dann: »Wir können euch einen Haufen Geld für die Karte zahlen!«

Doch davon wollten die beiden nichts hören, in Riesensätzen liefen sie durch die Abflughalle. Sie steuerten auf das Gate zu, über dem die Anzeige Basel und die dazugehörige Abflugzeit schon angegeben waren. Da bereits alle Passagiere durch die Passkontrolle gegangen waren, präsentierten sie, ohne in einer Schlange warten zu müssen, dem wartenden Beamten ihre Pässe und die Tickets, die sie im Laufen aus ihren Rucksäcken gefingert hatten, und passierten ohne Schwierigkeiten die Kontrolle.

Nicht weit hinter ihnen rannte Gloria McGinnis, die sich jetzt allgemeiner Aufmerksamkeit sicher sein konnte, durch die Halle und schrie, mit ein paar Blättern Papier wedelnd, hinter ihnen her: »Warten Sie, Mr. Adams, Sie haben etwas vergessen, so warten Sie doch!«

Doch Frank und Peter waren mal wieder entwischt, und

Gloria fand sich Auge in Auge mit dem freundlich lächelnden Zollbeamten vor der Passkontrolle wieder. Sie wusste genau, dass das Lächeln umso breiter werden würde, je ausgiebiger und dringlicher sie ihm ihr Anliegen schildern würde, sie unbedingt und nur ganz kurz ohne Flugticket durch die Passkontrolle zu lassen.

Die Zwecklosigkeit dieses Versuches vorausahnend, wandte sie sich einfach wortlos um. Die Wartenden in der Halle, die erkannten, dass nichts Spektakuläres mehr passieren würde, verloren daraufhin das Interesse und wandten sich ab. Einzig die männlichen Beobachter, die ihr blendendes Aussehen registriert hatten und denen kaum etwas Besseres geboten werden konnte, schauten ihr noch bewundernd hinterher. Sie bekamen mit, wie Gloria McGinnis den Schalter der British Airways ansteuerte.

»Entschuldigung, könnten Sie mir sagen, wohin diese beiden jungen Männer gereist sind? Ich habe einen von ihnen, Peter Adams, heute erst auf einem Seminar kennen gelernt. Dann sind wir zusammen mit dem Taxi hergefahren, und er hat diese Unterlagen im Taxi liegengelassen. Ich glaube, sie sind ziemlich wichtig.« Sie deutete auf die Papiere, mit denen sie gerade Frank und Peter hinterhergewunken hatte: Internetausdrucke mit der Wettervorhersage für Ostkanada. »Ich weiß leider nicht genau, woher die beiden kommen. Ich glaube, sie sind Schweizer, aber ich weiß natürlich nicht aus welcher Stadt.«

Wie der Zollbeamte war auch die Dame von British Airways freundlich. Doch im Unterschied zu ihrem Kollegen hatte sie nichts dagegen einzuwenden, nachdem sie Peter Adams Flugdaten im Computer geprüft hatte, Gloria McGinnis die gewünschte Auskunft zu geben.

»Sie sind nach Basel gereist und fliegen dann mit der Crossair weiter nach Bern«, sagte sie bereitwillig.

»Ich danke Ihnen vielmals, das ist sehr freundlich von Ihnen.«

Und ohne einen Augenblick zu zögern, fügte sie hinzu: »Wo kann ich denn bitte für heute noch einen Flug nach Bern buchen?«

Jetzt war es ein ehrliches, fast schon verschwörerisches Lächeln, das sie von der Frau erhielt.

»Gleich dort drüben, am Ticketschalter«, sagte sie und deutete auf eine Schalterreihe auf der anderen Seite der Abflughalle. Gloria bedankte sich und durchquerte die Halle zum Schalter.

»Ich hätte gern ein Ticket für den nächsten Flug nach Basel und anschließend weiter nach Bern.«

»Es gibt für heute nur noch einen Flug nach Basel, auf den kann ich Sie aber gerne buchen. Einen Anschlussflug nach Bern können Sie heute leider nicht mehr erreichen. Dorthin könnten Sie erst morgen weiterreisen, oder Sie nehmen die Bahn. Bern ist nicht allzu weit von Basel entfernt«, erhielt sie umfassend Auskunft.

»Gut«, sagte Gloria, »dann buche ich zunächst nur den Flug nach Basel. Das Ticket soll allerdings auf meinen Mann ausgestellt werden. Daniel McGuffin. Er ist kanadischer Staatsbürger. Meinen Sie, Sie könnten das Ticket hier für ihn am Schalter hinterlegen?«

»Natürlich, kein Problem.«

Lächelnd ging Gloria McGinnis ihren Trolley einsammeln, der ihr aber bereits von einem übereifrigen, höflichen Gentleman entgegengezogen wurde. Nachdem sie dessen schüchterne Einladung zu einer Tasse Tee mit einem bestimmten, dafür aber umso unendlicheren Dank abgelehnt hatte, verließ sie wieder das Flughafengebäude. Sie holte ihr Handy hervor und informierte Einstein über die neueste Entwicklung in Sachen der Karte. Alles in allem war sie mit dem Ablauf des Nachmittags nicht unzufrieden. Einstein musste sich schon auf dem Weg zum Flughafen befinden, und sie hatten die Spur der Karte nicht verloren. Zudem hielt sie es für unmöglich, dass die beiden Männer ihr Angebot, viel Geld für die Karte zu zahlen, nicht bald in Erwägung ziehen würden. Das hatten bis jetzt alle getan, die der Zauber der alten Seekarte und die Aussicht auf schnellen Reichtum in ihren Bann geschlagen hatten, und sie rechnete auch in diesem Fall fest mit einer ähnlichen Reaktion.

Gloria McGinnis zog fester an ihrem jetzt bedenklich rumpelnden Trolley und wartete an der Haltestelle für den Flughafenbus zum Terminal 4, von wo aus sie noch am selben Abend ihren Heimflug nach Montreal antreten würde.

29

Hauptkommissarin Christine Keller war stinksauer. Nicht so sehr auf die zwei smarten blonden Studenten, von denen sie ausgetrickst worden war, sondern hauptsächlich auf sich selbst. Wie hatte sie sich nur darauf verlassen können, dass die beiden ihr Versprechen halten würden und ihr die Landkarte, das allem Anschein nach entscheidende Motiv für den Mord an Professor Pfleiderer, übergeben würden?

Wütend warf sie die wenigen Kleidungsstücke, die sie für den Kurzaufenthalt in London auf die Schnelle zusammengesucht hatte, zurück in ihren Reisekoffer, der aufgeklappt auf dem Hotelbett lag.

Wenn sie doch gestern Abend nur darauf bestanden hätte, Frank Schönbeck und Peter Adams ins Institut an der Universität zu begleiten, um sich die Karte gleich geben zu lassen. Was für ein ärgerlicher, blöder Fehler, der den gesamten Ablauf der Ermittlungen in Frage stellte! Da war sie zum ersten Mal damit beauftragt worden, der bedeutendsten Spur in einer Mordermittlung selbstständig, auf sich allein gestellt und dazu noch im Ausland nachzugehen, und dann das.

Schuld daran war eigentlich nur dieser Frank Schönbeck, das hatte sie schon an dessen nachdenklicher Zurückhaltung bei ihrer gestrigen Befragung gemerkt. Er hatte nur zögernd und mit Bedacht auf ihre Fragen geantwortet. Zwar war er nicht unkooperativ gewesen, aber sie hätte an seinem Grübeln bei jeder Frage, die sie ihm gestellt hatte, sehen müssen, dass er irgendwas ausbrütete. Möglicherweise lag es auch daran, dass er sich die Schuld am Tod des Professors gab. Ziemlich weit hergeholt, dieser Gedanke. Sie hätte ihm erklären können, dass Menschen, die bereit waren, aus Habgier einen Mord zu begehen, bestimmt keine Rücksicht auf die Schuldgefühle eines unbedeutenden Geografiestudenten nahmen. Das Motiv für diesen Mord stand für sie von vornherein fest: Geldgier. Die Karte war in der Vorstellung des Mörders der Schlüssel zum Reichtum. Aber die unbekannte Landkarte hatte der Mörder nicht bekommen. Auf irgendeine geheimnisumwobene Weise musste die Karte dem Mörder den Weg zu sehr viel Geld ebnen. Einen anderen Grund konnte es nicht geben, und sie hatte sich die Gelegenheit, schneller als der Mörder an die Karte zu kommen, durch die Lappen gehen lassen, weil sie die beiden Männer gestern hatte laufen lassen.

Mit auflodernden Ärger knallte sie Zahnpastatube, Zahnbürste und Waschlappen auf die oberste Kleidungsschicht im Koffer und ließ den Deckel hinuntersausen. Dann setzte sie sich auf das Bett und versuchte, sich zu beruhigen. Sie bemühte sich, Ordnung in ihre Gedanken zu bringen.

Nach dem Telefonat mit Peter Adams hatte sie noch mehrmals angerufen und vergeblich darauf gehofft, dass einer der beiden ans Telefon gehen würde. Dann war sie mit einem Kollegen von Scotland Yard zum Institutsgebäude auf dem Universitätsgelände gefahren und hatte das Arbeitszimmer von Peter Adams aufgesucht. Sie hatte nicht damit gerechnet, dort jemanden anzutreffen, aber es war die einzige Spur, die sie in London noch hatte. Im ganzen Gebäude war ihnen kein Mensch begegnet. Die Tür zu Adams Zimmer war nicht einmal abgeschlossen gewesen, und auf dem Schreibtisch hatte der englische Brief gelegen, den sie sich jetzt noch einmal durchlas:

Liebe Frau Keller,
nachdem wir gestern gemeinsam mein Haus so verwüstet vorgefunden haben, habe ich lieber gleich die Tür zu diesem Raum unverschlossen gelassen, um zu vermeiden, dass erneut Schaden angerichtet wird. Keinesfalls möchte ich damit andeuten, dass etwa Sie oder die hochverehrten Kollegen von Scotland Yard in die Versuchung kommen könnten, auch nur annähernd ein solches Chaos in meinen Arbeitsmaterialien anzurichten, wie wir es bei mir zu Hause vorgefunden haben. Nur so viel: Die Karte ist nicht hier. Wir haben sie mitgenommen, und gerne würde ich sie Ihnen sofort persönlich übergeben, allerdings müssen wir noch einige dringende wissenschaftliche Überprüfungen an ihr vornehmen. Einstweilen bitte ich Sie, falls Sie mein

Arbeitszimmer dennoch untersuchen lassen, den Raum so zurückzulassen, wie Sie ihn vorfinden. Auf ein baldiges Wiedersehen freut sich

   Ihr ergebenster Peter Adams

Charmant war er ja, dieser Peter Adams. Sie hatte gestern auch gar nicht ausgeschlossen, dass sie ihn dazu hätte überreden können, ihr die Karte zu geben. Aber nun war es dafür zu spät. Sie steckte den Brief ein und überlegte, welche Möglichkeiten ihr blieben.

In London würde sie unter diesen Umständen nichts mehr erreichen. Sie konnte zurück nach Hamburg fahren, zugeben, dass sie es mehr oder weniger verbockt hatte, und dann dabei helfen, ein Täterprofil zu erstellen: Deckname Einstein, an die zwei Meter groß, dunkle Augen, ließ am Tatort eine Motorradmaske zurück, auf der die physikalische Formel $e = mc^2$ aufgedruckt war. Sie schüttelte den Kopf. Das hatten die Kollegen erstens alles schon überprüft, und zweitens war Schreibtischarbeit gar nicht gut für ihre schlanke Linie.

Ihr blieb nur eine einzige Möglichkeit: Sie musste den Weg des Toten zurückverfolgen und dahin gehen, wo vielleicht der Schlüssel zu dem ganzen Durcheinander zu finden war. In die Schweiz. Sie musste Franz Felgendreher befragen, den Mann, den Professor Pfleiderer vor seinem Tod besucht hatte und der ihr möglicherweise auch Aufschluss über die seltsame Karte geben konnte.

Vielleicht würde sie dort ja auch die Karte selbst und ihre Detektiv spielenden Besitzer wiedertreffen. Schließlich hatte sie genau registriert, mit welchem nur mühsam verborgenen Interesse Frank Schönbeck reagiert hatte, als sie gestern den Namen Franz Felgendreher erwähnt hatte. Seine Reaktion war einwandfrei gewesen, und sie glaubte nicht, dass er gelogen hatte, als er sagte, er höre den Namen zum ersten Mal. Doch allem Anschein nach hatte sie damit seinem unsinnigen persönlichen Rachefeldzug und seinem kindischen Jagdeifer nur ungewolltes Futter geliefert.

Zwar konnte sie sich nicht erklären, wie zwei Studenten mit beschränkten Mitteln auf Mörderjagd gehen wollten, aber das war jetzt auch zweitrangig. Sie musste ihre Aufgabe erfüllen und den Mörder von Professor Dr. Anton Pfleiderer fassen.

Sie prüfte mit einem abschließenden Blick, ob sie auch alles eingepackt hatte, sah sich in ihrem Hotelzimmer um und griff dann zum Telefonhörer, um noch für heute Abend einen Flug in die Schweiz zu buchen. Nach mehreren Versuchen suchte man ihr eine passende Verbindung heraus, mit der sie am gleichen Abend zumindest noch bis Zürich kommen würde.

30

Der Flug von London-Heathrow zum Basel-EuroAirport dauerte nur eineinhalb Stunden. Dort bestiegen Frank, Peter und McCully eine schmale Inlandsmaschine mit nur vier Sitzreihen, die sie in einer weiteren halben Flugstunde in die schweizerische Bundeshauptstadt Bern brachte. Es war längst dunkel, als sie pünktlich um halb sieben auf dem winzigen Flughafen Bern-Belp aufsetzten, der offenbar nur für die wenigen Inlandsflüge innerhalb der Schweiz genutzt wurde. Frank hatte in Basel während des kurzen Zwischenstopps in Hamburg angerufen und Katja tatsächlich erreicht. Sie hatte sich über die neueste Entwicklung von Franks Eskapaden, wie sie das Ganze nannte, nicht einmal sonderlich überrascht gezeigt. Sie mahnte ihn nur erneut zur Vorsicht, als sie von der rüden Behandlung erfuhr, die Frank und Peter Frau Keller hatten zuteil werden lassen. Franks lückenhaftem Bericht war nicht direkt zu entnehmen gewesen, dass sie die Herausgabe der Karte der Polizeibeamtin schlichtweg verweigert hatten, doch Katja dachte sich ihren Teil. Nach dem Eindruck, den sie sich von Frau Keller gemacht hatte, konnte sie sich nicht vorstellen, dass die sich das einfach bieten lassen würde. Als Frank sich bemühte, die Sache herunterzuspielen, wollte Katja schon gar nicht mehr hinhören, versprach ihm aber, und das galt auch für Peter, wie sie sagte, dass sie und Michael weiterhin alles tun würden, um sie beide zu unterstützen. Gegen Ende des Gesprächs meinte Frank, aus ihren Sätzen sogar ein wenig Besorgnis herauszuhören, allerdings war er sich da nicht ganz sicher.

Kenneth McCully war, jedenfalls soweit es den ersten Flug betraf, so gut wie nicht ansprechbar gewesen. Er hatte sich in seine Geschichtsbücher vertieft. Allem Anschein nach war er tatsächlich auf ein paar viel versprechende Hinweise gestoßen, denn er murmelte zeitweise aufgeregt vor sich hin. Nicht einmal, als Frank und Peter ihm von der Begegnung mit Marie Curie erzählt hatten, hatte er von seinen Büchern aufgeblickt. Zeile um Zeile hatte er in seiner großen, aber trotzdem unleserlichen Handschrift in sein Notizbuch geschrieben. Lediglich als Frank vom Angebot von Gloria McGinnis erzählte, für die Karte einen Haufen Geld bezahlen zu wollen, blickte er kurz auf, und Frank merkte, dass er zumindest diese eine Nachricht als wichtige Randnotiz in seinem Gedächtnis gespeichert hatte.

Frank und Peter dagegen sprachen ausgiebig über die heikle Situation in Heathrow. Die Überlegung, die Karte für viel Geld aus der Hand zu geben, fand aber bei ihnen nicht die reizvolle Beachtung, die sich Gloria McGinnis erhofft hatte.

»Das hat sie doch nur gerufen, um uns zum Anhalten zu bringen«, war Franks zurückhaltende Interpretation des Angebots von Marie Curie, wie sie beide ihre rothaarige Verfolgerin aus Unkenntnis ihres richtigen Namens noch immer nannten. Zudem hatten sie sich mittlerweile so an die originellen Decknamen Einstein und Marie Curie gewöhnt, dass sie die Namen wahrscheinlich auch dann weiterhin verwendet hätten, wenn sie die wahre Identität ihrer Verfolger gekannt hätten.

»Sie hätte uns wenigstens eine konkrete Summe nennen können«, sagte Peter und brachte den rein praktischen Aspekt der Episode zur Sprache.

»Ja, und was dann? Wärst du stehen geblieben, wenn sie quer durch die Empfangshalle gebrüllt hätte: Halten Sie an, ich zahle eine Million Euro für die Karte? Ich bestimmt nicht«, entgegnete Frank.

»Wenn du übrigens nicht wie ein Verrückter quer über die Straße der Taxifahrerin hinterhergeschrien hättest, wüsste sie jetzt nicht einmal, wo wir sind«, warf Peter ihm vor. Frank wollte protestieren, schwieg dann aber, weil sie sich genau darüber in den vergangenen zwei Stunden bereits mehrmals gestritten hatten. Es war eben nicht zu ändern: Sie würden auch weiterhin nicht die Einzigen sein, die der Lösung des Rätsels ihrer Landkarte auf der Spur waren.

Nach der Landung in Bern brachte sie ein kontinentaleuropäisches Taxi ohne Sonderservice in kürzester Zeit in die Altstadt. Der Taxifahrer, dessen singendes Schwyzerdütsch

Frank nur mit viel Mühe verstehen konnte, lieferte sie bei einer Pension ab, die genauso gemütlich war, wie ein Engländer wie McCully sie sich vorgestellt hatte. Der Professor hatte in der Zwischenzeit seine Bücher zugeklappt und betrachtete nun mit touristischem Kennerblick die auf breiter Grundfläche angelegten Bürgerhäuser der Altstadt, die sogar zum UNESCO-Weltkulturerbe zählte, wie McCully zu berichten wusste. Das Doppelzimmer von Frank und Peter sowie McCullys Einzelzimmer lagen im ersten Stock der Pension *Sonne* in der Rathausgasse mit Blick zur Straße. Denn von einer verträumten Rathausgasse konnte keine Rede sein. Die Straße zwischen den Bürgerhäusern mit ihren markanten Laubendächern und den seitlichen Fensterläden war so breit, dass sie ohne Weiteres mehrspurig hätte befahren werden können. Vermutlich aber war das nicht mit den denkmalschützerischen Auflagen der UNESCO zu vereinbaren gewesen, deshalb hatten die Berner lieber großzügig mehr als genügend Parkbuchten für den Autoverkehr geschaffen, die rechtwinklig vor den Häusern angelegt waren.

Auch der Name der Pension war irreführend, denn das Wetter in der Schweiz unterschied sich in nichts von dem in London. Nieselregen, vielleicht war es sogar noch eine Spur kälter. Das verlockte selbst den unternehmungslustigen Professor nicht mehr zu seinem angekündigten Abendspaziergang. Zu dritt beendeten sie den Tag mit einem Abendessen in der Pension. Dann ließen sie sich im Zimmer des Professors nieder und besprachen den am nächsten Morgen geplanten Besuch bei Franz Felgendreher. Schon allein wegen der Sprachbarriere würde es Franks Aufgabe sein, den Kontakt zu Felgendreher über den Leiter der Psychiatrischen Abteilung des Johanniter-Spitals, Herrn Dr. Friedrich Dufner, herzustellen und ihn von ihrem Besuchswunsch zu unterrichten. Schließlich wusste keiner von ihnen, wie krank Franz Felgendreher wirklich war. Sie vertrauten im Grunde darauf, dass Professor Pfleiderer ja offenbar in der letzten Woche noch mit ihm gesprochen hatte. Also konnte es so schlimm nicht sein.

Dann riefen sie Michael an und berichteten ihm ihre Pläne. Zwar konnten sie ihm keine neue Aufgabe stellen, aber sie baten ihn darum, sich für den kommenden Tag bereitzuhalten. Je nachdem, was sie von Felgendreher erfahren würden, konnte es sehr gut sein, dass sie auf seine Hilfe angewiesen wären. Einstweilen hatten sie nur eine Art Symbolrätsel für ihn: vier Himmelsrichtungen, vier Farben: rot, schwarz, weiß und beige oder sogar farblos, das war nicht so genau zu sagen, und vier Pfeile in Form eines Mauerwerks auf einer alten Seekarte.

Zu ihrer Überraschung bekamen sie von Michael keine Proteste zu hören. Anders als erwartet, empfand er das neue Rätsel nicht als Zumutung. Es sei sogar wesentlich spannender als die Feststellung der Titanic-Koordinaten, meinte er. Anscheinend hatte Michael richtig Feuer gefangen und versprach, am nächsten Mittag nach ihrer Rückkehr aus dem Johanniter-Spital zur Stelle zu sein. Grund für seinen neu entfachten Eifer war anscheinend ihre Weiterreise nach Bern. Franks Eskapaden, wie Katja die Fortsetzung der Reise bezeichnet hatte, waren Michael mittlerweile hinlänglich bekannt und würden am Ende doch nur dazu führen, dass Frank reumütig, ohne verwertbare Ergebnisse und mit leeren Taschen wieder vor Katjas Tür stand. Aber als er nun erfuhr, dass Frank zusammen mit Peter Adams unterwegs war und sich auch noch in Gesellschaft eines Londoner Professors für

Geophysik befand, zeigte er sich zum ersten Mal beeindruckt. Wenn ein echter Wissenschaftler die Suche nach der Schatzkarte so interessant fand, dass er aus eigener Tasche eine Forschungsreise finanzierte, musste an Franks Abenteuer diesmal wirklich etwas dran sein. Das warf auch auf Franks Überfall und ihre Rettungsaktion vom letzten Donnerstagabend ein ganz anderes Licht. Begeistert schloss Michael sich nun dem Abenteurerteam an, das ihn als stationären Recherche-Assistenten auserkoren hatte. Morgen würden sie vielleicht endlich erfahren, was die alte Seekarte, die Frank nun schon drei Tage lang wie einen Schatz hütete, mit der fast viertausend Meter tief auf dem Meeresboden liegenden Titanic zu tun hatte.

31

Der Beginn des Tages gestaltete sich einfacher, als sie es sich vorgestellt hatten. Passend zum morgendlichen Sonnenschein, der sie geweckt hatte, telefonierte Frank zuerst mit einer freundlichen Angestellten, die ihn ohne großes Nachfragen oder Warteschlangen-Musik zu Direktor Dr. Dufner durchstellte.

»Franz Felgendreher wollen Sie besuchen? Ja, der ist schon lange hier, ein freundlicher Patient. Aber Sie sind jetzt schon der Zweite innerhalb einer Woche, der von außerhalb kommt ... Sie sind auch aus Hamburg? Na ja, bei einer so weiten Anreise können Sie selbstverständlich so bald wie möglich mit ihm sprechen. Aber melden Sie sich doch bitte vorher bei mir an, damit ich mehr über den Anlass erfahren kann. Und vorbereiten muss ich Sie natürlich auch noch auf den guten Franz. Nein, ganz so einfach dürfte es nicht werden … Aber kommen Sie doch gleich vorbei, damit wir das persönlich besprechen können … Nein, es ist nicht weit von der Altstadt, natürlich können Sie zu Fuß gehen. Machen Sie einen schönen Morgenspaziergang, ich erwarte Sie, bis gleich.«

Der Vorschlag entsprach genau dem, wonach Professor McCully der Sinn stand. Ein Morgenspaziergang durch die Berner Altstadt. Sie machten einen kleinen Abstecher zum berühmten Berner Münster und schauten beim Rathaus vorbei. Im Vorbeigehen besahen sie sich die wichtigsten touristischen Attraktionen und gelangten an der Spitze der Halbinsel, auf der die Altstadt lag, zur Untertorbrücke, eine der beiden Brücken, die über die Aare führten. Der Fluss wand sich unterhalb der Brücken in einem engen Halbkreis um die Altstadt herum und schien sie wie ein mittelalterlicher Festungsgraben zu beschützen. Am anderen Ufer des Flusses bogen die drei nach links ab und gelangten bald zum Krankenhausgelände des Johanniter-Spitals. Den Hinweisschildern auf dem Gelände entnahmen sie, dass die Psychiatrische Abteilung in einem der vielen einzeln stehenden Gebäude untergebracht war. Gleich hundert Meter rechts, am Ende der frisch geteerten Straße, erblickten sie den Eingang, der an einem überdimensionalen Steinbogen leicht zu erkennen war. Das Portal war das einzig aus dem Rahmen fallende architektonische Element des ansonsten unauffälligen Hauses. Zweistöckig, weder eingezäunt noch mit vergitterten Fenstern versehen, stand es inmitten eines parkähnlichen Bereichs, umsäumt von einzelnen Bäumen und zahlreichen Sitzbänken, an denen es als Krankenhausgebäude dann doch wieder zu erkennen war.

Nachdem sie das Portal durchschritten hatten, führte sie eine Krankenschwester aus dem Empfangsbereich zum Leiter der Psychiatrischen Abteilung, Herrn Dr. Friedrich Dufner, der nicht weit davon entfernt, zwei oder drei Zimmer den Gang hinauf, sein Büro hatte. Wie schon das Telefongespräch gestaltete sich auch die Begrüßung überraschenderweise wenig förmlich, hatte Frank doch, vorurteilsbehaftet, den Schweizern eine beträchtliche Portion Umständlichkeit zugeschrieben. Dass sie zu dritt kommen würden, hatte er dem Direktor bereits angekündigt, und als alle in seinem Büro Platz genommen hatten, wiederholte er seinen Wunsch, Franz Felgendreher zu einer alten Seekarte befragen zu dürfen.

»Sehen Sie, es handelt sich um diese Karte hier«, erklärte er Dr. Dufner und entrollte die Karte. Dr. Dufner warf nur einen kurzen Blick darauf, mehr aus Höflichkeit als aus Interesse, wie es Frank schien, sodass er die Karte schnell wieder in der Papröhre verstaute und dann an Peter zurückreichte.

»Mein Freund hier«, er deutete auf Peter, »und ich arbeiten beide an einer ähnlichen Diplomarbeit, bei der es um Meeresströmungen im Nordatlantik geht, nur dass Peter in London studiert und ich in Hamburg. Professor Kenneth McCully …«, McCully nickte Herrn Dr. Dufner freundlich zu, »… betreut die Abschlussarbeit von Peter und ist noch wegen einiger anderer geophysikalischer Forschungen in der Schweiz unterwegs. Er hat die Gelegenheit genutzt, uns zu begleiten. Die Karte steht im Mittelpunkt unserer Arbeiten, auch wenn sie für Außenstehende vielleicht nicht danach aussieht. Mein Hamburger Professor, Professor Pfleiderer, war ja schon letzte Woche bei Franz Felgendreher. Er sagte, dass

Herr Felgendreher der ursprüngliche Besitzer der Karte sei, und riet mir, mit ihm zu sprechen.«

Den Mord an Professor Pfleiderer erwähnte Frank lieber nicht, in der Hoffnung, dass Dr. Dufner davon noch nichts gehört hatte. Gespannt wartete er jetzt auf dessen Antwort.

»Es freut mich sehr, Sie im Johanniter-Spital begrüßen zu dürfen, meine Herren, seien Sie alle drei herzlich willkommen. Als Sie heute Morgen angerufen haben, hatte ich zunächst große Bedenken, dass eine so große Anzahl von Besuchern Franz vielleicht überfordern könnte, aber ich glaube nun, ich kann Sie alle drei zu ihm lassen. Er ist mittlerweile auch schon über siebzig und hat in seinem Leben schon alles gesehen. Und die ärgsten Ängste hat er ja sowieso längst hinter sich.« Als er die fragenden Blicke seiner Besucher sah, fügte er hinzu. »Ja, dann muss ich Ihnen wohl ein paar vorbereitende Worte sagen. Zunächst einmal wünsche ich Ihnen einen erfolgreichen Verlauf Ihrer Forschungen und Ihrer Diplomarbeiten.« Er zögerte einen kurzen Moment, weil ihm etwas einzufallen schien. »Nein, ich glaube, extra eine schriftliche Genehmigung für eine Befragung einzuholen, muss ich von Ihnen nicht verlangen, das wäre wohl nur der Fall, wenn Sie Franz zu medizinischen Forschungszwecken besuchen wollen würden. Ha, welch ein Gedanke!« Er lachte kurz auf.

»Nein, dafür ist Franz gänzlich ungeeignet. Aber um zum Wesentlichen zu kommen. Ich darf Ihnen selbstverständlich nichts über seine Krankheit erzählen, denn es gibt ja auch in der Schweiz eine ärztliche Schweigepflicht«; als er sah, dass Frank ihn unterbrechen wollte, winkte er mit einem kurzen Lächeln ab und sprach weiter, »aber wenn jemand solche Symptome hat wie Franz Felgendreher, ich sage ausdrücklich wenn, nicht dass er sie hat, wenn Sie verstehen, was ich meine, dann sprechen wir in der Psychiatrie von einer endogenen Psychose in Form eines schizophrenen Krankheitsbildes. Wahrscheinlich wissen Sie im Groben, was das ist, aber ich möchte es noch ein wenig erläutern. Schließlich müssen Sie ja vorbereitet sein. Eine klassische Schizophrenie äußert sich in den verschiedensten Formen von Phobien, in zwanghaften Handlungen oder wie bei unserem guten Franz ...«

Bei diesen Worten schien es Frank, als hätte er ihm verschwörerisch zugezwinkert. Er hatte allen Ernstes ›bei unserem guten Franz‹ gesagt. Aber Dr. Dufner kam jetzt erst richtig in Fahrt. »... bei unserem guten Franz äußert sich die Schizophrenie vor allem in zwanghaften Ideen und Wahnvorstellungen. Anders als bei vielen anderen Patienten, die unter der gleichen Krankheit leiden, wird er nicht aggressiv. Franz ist mehr der ruhige, der ängstlich verstimmte Typ, ansonsten sieht man bei ihm alle Spielarten, tiefgreifende Beeinträchtigungen beim Denken, Wahnvorstellungen und so weiter, um es auf den Punkt zu bringen: Er redet wirres Zeug, und manchmal hört er Stimmen. Der Matto hat ihn, sagte man hier früher, aber der herrscht schon lange nicht mehr. Wie alle seine Mitpatienten ist auch Franz sehr ruhig, hier herrschen jetzt Neuroleptika und Psychopharmaka, nicht der Matto. Aber nicht, dass Sie mich falsch verstehen. Selbstverständlich arbeiten wir hier mit einer umfassenden, auf die Wiederherstellung der Gesundheit gerichteten, begleitenden Therapie, nachmittags Spaziergang im Park, zahlreiches gut ausgebildetes Pflegepersonal, eine vierundzwanzigstündige Rundumversorgung, na, Sie wissen schon.«

Die letzten Sätze hatte Dr. Dufner gesprochen, als hätte er

sie auswendig gelernt oder aus der Krankenhausbroschüre abgelesen, dachte Frank.

»Ich glaube, das reicht als kleine Einführung. Oder haben Sie noch Fragen? Sonst werde ich Sie jetzt einfach zu ihm bringen.« Er stand auf und nahm einen Schlüsselbund aus seiner Schreibtischschublade.

Doch Frank hielt ihn auf: »Er hört Stimmen? Was für Stimmen?«

Dr. Dufner hatte nicht mit einer Frage gerechnet, so sehr war er mit seinem routinierten Vortrag beschäftigt gewesen, und schien jetzt aus dem Konzept gebracht.

»Stimmen? Ja, natürlich, Franz hört Stimmen«, er zögerte einen Moment, als versuche er, sich an mehr Details zu erinnern.

»Richtig, ja, Franz hört seinen Vater sprechen. Ich hatte es schon vergessen, ist schon fast selbstverständlich für uns. Sein Vater war übrigens auch hier. Er war sogar mal für kurze Zeit eine lokale Berühmtheit, der Georg Felgendreher, hat mit dem berühmten Albert Einstein zusammengearbeitet, haben Sie von ihm gehört? Ich meine von Georg Felgendreher, nicht Einstein«, er lachte kurz über seinen eigenen ungewollten Witz.

»Nein, bestimmt nicht, das ist ja auch alles schon so lange her.«

Er stand wieder auf, öffnete die Tür und machte eine weit ausholende Bewegung mit seiner Hand. »Bitte gehen Sie vor, ich muss nur noch hinter uns abschließen.«

Auf dem Gang warteten sie, bis Dr. Dufner seine Bürotür hinter sich abgeschlossen hatte, dann trat er zu ihnen, und sie gingen zusammen den langen Flur hinunter. An der letzten Tür auf der linken Seite hielt Dufner an, suchte nach dem passenden Schlüssel und steckte ihn in das Schloss der alten klobigen Holztür.

»Franz, du hast Besuch! Ist von weit her angereist. Ich bringe dir drei Herren aus Deutschland und aus England«, rief er in den Raum hinein, während er die Tür öffnete.

Frank, Peter und Kenneth McCully traten nacheinander in das Krankenzimmer ein. An einem schmalen Tisch am Fenster saß auf einem der drei Stühle ein kleiner Mann, bekleidet mit einer Jogginghose und einem rot-weiß karierten Hemd. Er blickte kurz zu ihnen auf, als sie eintraten.

»Ich lasse dich mit deinem Besuch allein, Franz, benimm dich anständig«, sagte Dufner laut, und zu Frank gewandt fügte er verschwörerisch flüsternd hinzu: »Ich lasse die Tür offen. Wenn Sie gehen, sagen Sie bitte vorne der Schwester Bescheid. Sie wird dann die Tür wieder verschließen. Und ich wünsche Ihnen allen noch einen angenehmen Aufenthalt in der Schweiz.«

Sie verabschiedeten sich von Dr. Dufner und gingen dann vorsichtig und respektvoll auf den alten Mann zu, der sie zwar zur Kenntnis genommen zu haben schien, dem aber ansonsten keine weitere Reaktion anzumerken war. Franz Felgendreher sah nicht älter und nicht jünger aus als siebzig, genau das Alter, das Dr. Dufner genannt hatte. Er hatte dünnes, graues Haar, das gleichmäßig verteilt auf seinem hageren Kopf wuchs, aber schon über den Kragenrand reichte. Sein schmales Gesicht wurde in Richtung Kinn immer spitzer. Seine Augen waren kaum zu erkennen, da er den Blick wieder auf das vor ihm liegende Kreuzworträtsel gerichtet hatte. Mit der linken Hand hielt er das Rätselheft auf dem Tisch fest, und mit der rechten schrieb er langsam und sorgfältig große Druckbuchstaben in die Kästchen. Sie beobachteten Franz

Felgendreher schweigend, und Frank erkannte, dass der alte Mann nicht nur langsam, sondern auch sehr bedacht schrieb. Er setzte den Kugelschreiber erst zu einem neuen Wort an, wenn er es mit den Lippen schon leise für sich formuliert und auf diese Art zwei oder drei Mal ausprobiert hatte. Währenddessen hüstelte er mehrmals. Der kurze, rote Wollschal, den er um den Hals trug, schien darauf hinzudeuten, dass er sich im beginnenden Herbst die erste Erkältung zugezogen hatte.

Frank hatte ausreichend Zeit für seine Beobachtungen, denn eine gewisse Verlegenheit hatte sich ihrer gegenüber dem fremden alten Mann bemächtigt, die sich bei Peter darin äußerte, dass er sich nun in angemessenem Abstand auf die Bettkante setzte. Kenneth McCully wagte sich mit dem ihm gebührenden geringeren Abstand des beinahe Gleichaltrigen weiter an Franz Felgendreher heran und nahm auf dem Stuhl ihm gegenüber Platz. Er lächelte ihm freundlich zu, während Frank, der im Gegensatz zu seinen Begleitern keinen Platz fand, der ihm der Situation angemessen erschien, einfach stehen blieb und mit lauter, langsamer Stimme fragte: »Sind Sie erkältet, Herr Felgendreher?«

»Ein wenig, ja«, sagte Franz Felgendreher, ohne aufzublicken.

Frank war froh über die direkte Antwort. Peter stieß ihn an.

»Er ist doch nicht schwerhörig.«

»Ich bin Frank Schönbeck aus Hamburg, Herr Felgendreher«, fuhr Frank etwas leiser fort, »das sind meine Freunde, Peter Adams und Professor Kenneth McCully aus London. Wir wollen uns mit Ihnen unterhalten, dürfen wir das, ist es Ihnen recht, Herr Felgendreher?«

»Hamburg.«

»Ja, aus Hamburg, wie der Besucher von letzter Woche,

Herr Professor Pfleiderer. Der war auch bei Ihnen, können Sie sich erinnern, Herr Felgendreher?«

»Pfleiderer.«

»Ja, Herr Professor Pfleiderer, er ist … ein guter Bekannter von mir, erinnern Sie sich an ihn?«

Schweigen.

Mit einem ersten Anflug von Hilflosigkeit blickte Frank erst Peter und dann Kenneth McCully an.

Der Professor kam ihm zu Hilfe.

»Herr Felgendreher, wir wollen Ihnen ein paar Fragen stellen. Wir sind von weit her angereist, weil wir hoffen, dass Sie uns vielleicht helfen können. Wir wollen Ihnen etwas zeigen. Wollen Sie es sich einmal anschauen?«, fragte er in deutlichem Englisch.

Schweigen. Bedachtsame Lippenbewegungen. Ein erster Buchstabe in einem Kästchen.

»So wird das nichts.« Peter war wie immer direkt und unverblümt. Er griff nach seinem Rucksack, den er neben sich auf Felgendrehers Bett gestellt hatte, und zog die Papphöhre hervor. Dann öffnete er die Rolle und zog die Karte heraus. Er rollte sie auseinander und hielt sie ausgebreitet vor sich, sodass Franz Felgendreher sie betrachten konnte.

»Hier, Herr Felgendreher, das ist die Karte. Kennen Sie sie, können Sie uns etwas dazu …«

Peter kam nicht dazu, den Satz zu Ende zu sprechen, denn das Geräusch des wild hin und her ruckenden Stuhls, auf dem Franz Felgendreher saß, übertönte seine Worte.

Felgendreher starrte mit weit aufgerissenen Augen auf die Karte und klammerte sich mit beiden Händen am Rand der schmalen Tischplatte fest. Nervös scharrte er mit seinen Füßen auf dem Boden hin und her, sodass der Stuhl befremdlich knarrte. Alle vorherige Bedächtigkeit und Langsamkeit waren wie weggeblasen. Die Worte kamen jetzt abgehackt aus seinem Mund, waren aber trotzdem deutlich zu verstehen:

»Zwei große Männer, nicht ein großer Mann, zwei Männer, es sind zwei, zwei fragen mich, nicht einer, zwei wollen die Karte, nicht einer, zwei.«

Felgendreher redete ohne Pause. Frank, Peter und McCully sahen sich entgeistert an. Keiner hatte mit dieser Situation gerechnet. Frank erinnerte sich, dass Dr. Dufner etwas von einer Vorbereitung auf so eine Reaktion gefaselt hatte. Aber was sie tun sollten, wenn sich Felgendreher so verhielt, wie er es gerade tat, hatte er vergessen, oder hatte Dr. Dufner etwa überhaupt nichts darüber gesagt?

»Beruhigen Sie sich doch, Herr Felgendreher, regen Sie sich nicht auf, wir wollen Sie nicht beunruhigen. Peter, pack endlich die Karte weg!«

Peter hatte Felgendreher die ganze Zeit über völlig perplex angesehen und nicht bemerkt, dass er ihm immer noch die Karte in etwa einem Meter Entfernung direkt vor die Nase hielt. Auf Franks Aufforderung hin rollte er das Papier schnell wieder ein und steckte es in die Rolle zurück.

Doch Felgendreher ließ sich davon nicht beruhigen. »Es sind zwei Männer gekommen, zwei große Männer, nicht ein Mann. Vater hat gesagt, es kommt ein Mann, nicht zwei! Die Karte! Ein Mann kommt sie holen, hat er gesagt, nicht zwei.«

»Herr Felgendreher! Was hat Ihr Vater gesagt, wieso kommt ein Mann, um die Karte zu holen?«

»Ein Mann kommt, ein Riese, nicht zwei, die Zeichen, die Zeichen auf der Karte, ein Mann kennt sie, nicht zwei!«

»Der Mann? Er kennt die Zeichen? Herr Felgendreher, was bedeuten die Zeichen?«

»Die Zeichen, die Pfeile, das Zeichen, Gott kommt, Gott, er kommt, die Zeichen, ein Mann kommt mich holen, die Karte, nicht zwei Männer. Ogottogottogott. Die Zeichen sind da!«

Noch immer hielt sich Felgendreher krampfhaft an der Tischplatte fest, nur seine Fußbewegungen waren nicht mehr ganz so ruckartig. Er sprach noch immer unverändert schnell: »Ein Mann kommt sie holen, nicht zwei«, wiederholte er unaufhörlich.

Frank versuchte es noch einmal in ruhigem Tonfall. »Wir holen die Karte doch nicht, wir haben sie gebracht. Hier ist sie, wir haben sie mitgebracht, nicht geholt.« Das schien zu Felgendreher durchzudringen.

»Zwei Männer haben die Karte mitgebracht, nicht geholt«, wiederholte er. »Ein großer Mann holt sie. Zwei große Männer bringen sie.«

»Ja, richtig, wir haben die Karte doch schon, sie gehört uns. Wir wollen nur etwas darüber von Ihnen wissen. Die Zahlen dort unten in der Ecke, kennen Sie die, Herr Felgendreher?«

»Ein Mann holt sie, sie gehört zwei Männern, die Karte, eine zweite Karte gehört zwei Männern.«

Die Befragung schien immer weniger Sinn zu machen, aber Frank wollte nicht aufgeben. Noch nicht.

»Nein, die Zahlen in der Ecke, sehen Sie sich doch die Zahlen an, die Titanic, das Schiff ist dort versunken. Kennen Sie die Geschichte?«

Leichte Veränderungen machten sich bei Felgendreher bemerkbar. Die Augen waren nicht mehr ganz so ängstlich aufgerissen, seine Hand, mit der er die Tischplatte umklammert hielt, lockerte sich ein wenig.

»Das stimmt nicht!«, rief er laut. »Die Titanic ist nicht gesunken, Kapitän Smith war ein guter Mann, sie ist angekommen in New York. Die Karte und die Zeichen, alles falsch.«

Frank wollte aufgeben, doch McCully drängte ihn weiterzumachen: »Ich glaube, er weiß etwas darüber. Fragen Sie ihn noch mal nach der Titanic und den Zahlen.«

Aber Frank kam gar nicht dazu, eine weitere Frage zu stellen. Felgendreher war in seinem Monolog gefangen:

»Ein gütiger Mann, Kapitän Smith, alles ist angekommen, die Titanic ist angekommen. Im Hafen, in New York. Alle Menschen sind da, Kapitän Smith hat sie gerettet. Mein Vater weiß es, er hat es gesagt. Alles ist angekommen, die Karte, ein großer Mann holt sie, sie ist da, im Schiff, alles ist da. Sie ist nicht gesunken. Alle gerettet. Mein Vater weiß es, das Schiff, das unsinkbar ist für ewig, alles noch da im Schiff, ein neuer Rekord, hat er gesagt, mit einem neuen Rekord in New York angekommen, alles dabei, die Karte, Einstein holt sie!«

»Einstein, Sie kannten Einstein?« Frank nutzte eine Atempause, um die Frage zu stellen.

Felgendreher ging tatsächlich darauf ein:

»Einstein, ein guter Mann, wie mein Vater, was erzählt ihr da? Untergegangen? Ha, die Titanic ist unsinkbar! Mein Vater wusste es, eingelaufen im Hafen von New York, am 16. April 1912, ein neuer Rekord, das schnellste Schiff, die Titanic, gesunken, ha, ein Witz! Ein unsinkbares Schiff sinkt nicht, das schnellste der Zeit, die Zeit läuft schneller und schneller. Einstein ist hier, er hat es gesagt, die Zeit, sie läuft rückwärts und vorwärts zugleich.« Felgendrehers Füße begleiteten rhythmisch scharrend seine ohne Unterbrechung herausgestoßenen Wortfetzen. »Einstein weiß es, aber mein Vater kennt die Titanic, gesunken ha! Von wegen, sie ist angekommen in New York, alle gerettet, alle Sachen sind da, die Karte und die Pfeile bringen den Tod.«

»Was wissen Sie über die Pfeile, Herr Felgendreher?« Professor McCully hatte sich eingeschaltet und bat Frank zu übersetzen.

»Tod und Pest und Krieg, das Ende, es ist das Ende, der große Mann will die Karte, und Hunger, ich habe Hunger! Zwei große Männer bringen eine Karte, einer holt sie.«

Plötzlich brach er ab.

Er atmete schwer, und Peter, Frank und McCully merkten, dass er völlig erschöpft war. Peter erhob sich vom Bett, und Frank sagte:

»Legen Sie sich doch hin, Herr Felgendreher, Sie zittern ja, kommen Sie, ruhen Sie sich aus, wir gehen jetzt.«

Zwar hatten sie es nicht miteinander besprochen, aber es war ihnen allen klar, dass sie den alten Mann in Ruhe lassen mussten. Sie hatten ihn lange genug belästigt, und das, was er andauernd wiederholte, würde in einer Endlosschleife weitergehen, egal wie lange sie blieben und was sie ihn noch fragten.

Franz Felgendreher ließ sich, ohne sich zu wehren, von Frank dabei helfen, sich auf das Bett zu legen.

»Zwei Männer bringen eine Karte, einer holt sie«, murmelte er jetzt nur noch leise vor sich hin.

Nachdem Franz Felgendreher ausgestreckt auf seinem Bett lag, atmeten auch seine drei Besucher tief durch und verließen mit einem letzten Blick auf den alten, erschöpften Mann das Krankenzimmer. Sie schlossen die Tür hinter sich und gingen nebeneinander mit langsamen Schritten in Richtung Ausgang.

»He, Kartenspieler, wartet!«, hörten sie eine gedämpfte Stimme.

Unvermittelt blieben sie stehen. Franz Felgendreher hatte gerufen.

»Kartenspieler, Ihr zwei Großen! Wollt Ihr einen Tausch?«

Alle drei hörten gebannt zu.

»Kartenspieler! Ein Tausch! Eine Karte gegen eine andere! Zwei große Männer, ein Tausch!«, rief Felgendreher durch die geschlossene Tür.

Sie kehrten um und öffneten wieder die Zimmertür. Felgendreher hatte sich in seinem Bett aufgesetzt und starrte sie an. Seine Stimme war laut, als ob er nicht realisierte, dass er leiser sprechen konnte, jetzt, da seine Besucher bei ihm im Zimmer standen.

»Ein Tausch, zwei große Männer geben eine Karte und ziehen eine andere, Kartenspieler?!«

Er blickte sie mit aufgerissenen Augen an, aber sein Körper blieb ruhig, das Zittern war verschwunden.

Frank machte einen vorsichtigen Schritt auf Felgendreher zu.

»Ja«, sagte er langsam, »ja, wir wollen einen Tausch. Was gibst du uns?«

»Eine Karte für eine andere«, sagte Felgendreher. Und dann:

»Zuerst du!«

»Peter, gib mir die Karte!«

»Aber Frank, wir ...«

Aber McCully stoppte ihn. »Das geht in Ordnung, wir müssen es riskieren.«

Peter zog erneut die Papprolle aus seinem Rucksack und gab die Karte an Frank weiter, der sie Felgendreher anbot. Mit einem einzigen schnellen Ruck riss Felgendreher das eingerollte Kartenblatt an sich und steckte es hinter sich unter sein Kopfkissen. Dann beugte er sich gewandt unter sein Bett und zog eine Rolle aus Pappe hervor, die den beiden Rollen von Frank und Peter sehr ähnlich war.

Er bot sie Frank an, während er mit dem anderen Arm wachsam sein Kopfkissen gegen das von Frank erhaltene Kartenblatt presste. Frank ergriff die Karte.

»Ein Tausch, Kartenspieler machen einen Tausch«, sagte Felgendreher triumphierend und ließ die Karte los. Dann legte er sich auf den Rücken und drehte den Kopf zur Seite, sodass er aus dem Fenster sah. Frank nahm die Karte an sich, rollte sie auf, warf einen Blick darauf und ließ das Papier sich wieder zurückrollen.

»Was ist?«, fragte Peter ungeduldig. »Was ist drauf?«, wollte er wissen.

»Ist in Ordnung«, sagte Frank und warf einen respektvollen Abschiedsblick auf den alten Mann auf dem Krankenbett, »der Tausch geht in Ordnung, lasst uns gehen.«

Franz Felgendreher blickte sie nicht noch einmal an und sagte auch kein Wort mehr, als sie den Raum endgültig verließen. Erst als sie den Flur entlanggingen, hörten sie ihn noch einmal rufen: »Ich habe Hunger!«

»Gibt ja gleich was«, sagte der Krankenpfleger, der gerade seinen Essenswagen an ihnen vorbeischob.

32

Frank, Peter und Kenneth McCully verließen die Psychiatrische Abteilung des Johanniter-Spitals in Bern auf dem gleichen Weg, den sie gekommen waren, und machten sich auf den Rückweg in ihre Pension. Doch jetzt legten sie den Weg ungefähr doppelt so schnell zurück. Das zügige Tempo der Besucher beim Verlassen seiner Krankenhausabteilung war auch Dr. Friedrich Dufner aufgefallen, der gerade an seinem Bürofenster gestanden hatte. Unsicher, ob der Besuch bei seinem Patienten trotz seiner wohlgewählten Vorbereitungsrede vielleicht doch nicht ganz konfliktfrei verlaufen war, begab sich Dr. Dufner persönlich zu Felgendreher, um nach dem Rechten zu sehen.

»Na, Franz, ist alles in Ordnung?«, fragte er, die Türklinke noch in der Hand, in das Zimmer hinein, ohne es zu betreten. »Hattest du einen netten Besuch?«

Franz Felgendreher saß wie beim ersten Eintreten seiner Besucher über sein Kreuzworträtsel gebeugt. Er beantwortete Dr. Dufners Frage mit dem gleichen Satz, den seine Besucher zuletzt von ihm gehört hatten:

»Ich habe Hunger.«

Beruhigt über diese Antwort, stand das Mittagessen doch kurz bevor, begab sich Dr. Dufner in sein Büro zurück. Er war zufrieden mit sich selbst, zufrieden, weil er auch ausländischen und noch dazu unangekündigten Besuchern auf unkomplizierte Weise zu einem Gespräch mit einem seiner Patienten verholfen hatte. Das war nur gut für das Renommee des Hauses, waren doch zudem dank seiner begleitenden therapeutischen Maßnahmen alle seine Patienten auf einem guten Weg.

So zufrieden war Hr. Dr. Dufner mit sich selbst, dass er sogar vergaß, Franz Felgendrehers Raum hinter sich wieder abzuschließen.

»Was ist denn nun auf der Karte drauf? Mach doch nicht so ein Geheimnis daraus«, drängte Peter auf dem Rückweg.

»Es ist genau die gleiche Karte wie unsere«, antwortete Frank, »nur die Koordinaten, die darauf angegeben sind, sind anders, und in der linken Ecke steht irgendein Spruch, den ich mir auf die Schnelle nicht merken konnte. In der Pension können wir uns das Ganze genauer und in Ruhe ansehen.«

Professor McCully hatte sich nicht weiter zu dem eigenartigen Kartentausch geäußert. Seine interessierten Bemerkungen auf dem Rückweg galten ausschließlich den Schönheiten der Berner Altstadt. Er schien sich von der angespannten Atmosphäre in der Psychiatrie erholen zu wollen. Mit seiner Nonchalance ließ er seine beiden Mitstreiter wissen, dass er sich überhaupt keine Sorgen darüber machte, dass sie durch den Tausch nicht etwas sehr viel Wertvolleres in den Händen hielten als zuvor. Zudem gab es damit ja wieder eine neue Aufgabe zu lösen, und seiner guten Stimmung war anzumerken, dass er hoffte, durch die neuen Informationen auf der Karte endlich voranzukommen.

Wie schon am Abend zuvor versammelten sie sich im Pensionsschlafzimmer von Professor McCully. Außerdem riefen sie, wie sie es ihm versprochen hatten, sogleich Michael an. Über das Telefon schilderten sie ihm, was ihnen Franz Felgendreher mit seinem schier endlosen und scheinbar zusammenhanglosen Gerede alles erzählt hatte. Oder besser: Frank versuchte es, Michael zu erzählen, musste aber bald merken, dass er an diesem Vorhaben scheiterte, wollte er nicht in die gleichen stakkatoartigen Wiederholungen wie Felgendreher verfallen.

»Man könnte auch sagen, er hat einfach wirres Zeug geredet, jedenfalls hat der Psychodoktor das so genannt«, sagte Peter.

Kenneth McCully schüttelte den Kopf. »Würde ich nicht

sagen. Dafür war es zu deutlich, und es war klar zu erkennen, wie wichtig es für Felgendreher war. Wahrscheinlich kreisen seine Gedanken schon sein halbes Leben lang um die Titanic und was ihm sein Vater darüber erzählt hat. Und um den großen Mann, der die Karte holen kommt.«

»Mit dem großen Mann kann er doch nur Einstein gemeint haben«, sagte Frank.

»Ja, höchstwahrscheinlich«, antwortete McCully.

»Was von seinem Gerede verwertbar ist, müssen wir uns noch genau überlegen. Jetzt lasst uns einen Blick auf die neue Karte werfen.«

Wie Frank es schon angekündigt hatte, handelte es sich um exakt die gleiche Karte, die sie drei Tage lang bei sich getragen hatten und die Felgendreher jetzt unter seinem Kopfkissen aufbewahrte.

Nur die Koordinaten, die rechts unten in der Ecke standen, waren andere, sie waren genauer:

44° 20` 12 N – 65° 55` 48 W

Die Koordinaten, die auf der ersten Karte die Stelle bezeichnet hatten, an der die Titanic im Atlantik versunken war, hatten gelautet:

41° 46` N – 50° 14` W

So konnten sie bereits jetzt, ohne zu wissen, worum es bei den neuen Koordinaten ging, an ihnen ablesen, dass die neue Stelle etwas weiter südlich und vor allem um einige Grade weiter im Westen lag als die Stelle des untergegangenen Luxusschiffs.

Auch die Jahreszahl 1912, das Jahr des Schiffsuntergangs, fehlte auf der neuen Karte. Frank gab die neuen Koordinaten an Michael durch, der in Hamburg sofort mit der Recherche beginnen wollte und versprach, sich so bald wie möglich zurückzumelden. Das hieß, sobald er herausgefunden hatte, auf welchen Ort sich die neuen Angaben bezogen.

Nachdem er aufgelegt hatte, trat Schweigen in dem kleinen Schlafzimmer der Pension Sonne ein. Es war inzwischen später Nachmittag geworden, und das wenige dunstige Tageslicht, das draußen von der Rathausgasse ins Zimmer fiel, wurde schwächer.

Alle drei wussten instinktiv, dass sie Michael nur mit der Recherche nach den neuen Koordinaten beauftragt hatten, um sich in Ruhe dem neuen Rätsel widmen zu können, das jetzt direkt vor ihrer Nase aufgetaucht war. Frank hatte davon schon auf dem Weg zurück zur Pension gesprochen: Irgendein Spruch stand auf der Karte, in der linken Ecke. Es waren nicht mehr als fünf Zeilen, die da standen, und die Worte waren nur schlecht lesbar, der Sinn dahingeschwunden in den langen Jahren, in denen die Karte verborgen gewesen war. Fast wie die zusammenhanglos dahergeredeten Worte von Franz Felgendreher. Erschwerend kam hinzu, dass sie die Sprache nicht kannten, in der die fünf Zeilen geschrieben waren:

> l or car   a' uafa'sach
> bf raigh ar fudh sior d ne'
> sta' dhui   e d rcha muir
> Ta   a'tha'n die der h dor   adas
> Loighe mor   ai   head soithea'ch

»Was ist das? Kennen Sie diese Sprache, Ken?«

»Ich würde sagen, es ist Gälisch, die Worte sind vollkommen unklar, einige Buchstaben sind völlig verwischt und die Zeilen verblichen. Bis auf wenige Worte habe ich leider nie gelernt, es zu verstehen oder sogar zu sprechen. Ich kann auch nicht genau erkennen, ob es sich um irisches Gälisch, schottisches Gälisch oder einen der speziellen Dialekte handelt.«

Peter sprach aus, was sie alle drei dachten und weshalb ihnen die neuen Koordinaten auf der Karte als vergleichsweise uninteressant vorkamen. Eine momentan für sie unspektakuläre Angelegenheit, deren Aufklärung ihnen Michael mit Freuden abgenommen hatte, damit sie sich dem eigentlichen, neu aufgetauchten Rätsel widmen konnten:

»Zum Glück hat uns jemand die Arbeit schon abgenommen und dieses Kauderwelsch übersetzt.«

Neben den verblichenen fünf gälischen Zeilen stand eine sehr viel deutlichere Inschrift in Druckbuchstaben, die nur aus einer wesentlich jüngeren Zeit stammen konnte und eindeutig eine Übersetzung der alten gälischen Botschaft war. Vielleicht hatte sie Franz Felgendreher ja auch selbst auf die Karte geschrieben:

zu Jolly Rogers Banner Ruhme
vergraben durch der Siedler Ahnen
behütet durch der Stürme Fluten
und der Totenruhe Ehren verborgen
liegt Pecunias stolzeste Fregatte

33

Hätten Franz Felgendrehers Besucher auf dem Rückweg in die Pension Sonne nicht denselben Weg genommen wie auf dem Hinweg, und hätten sie, wie es der Wunsch Kenneth

McCullys gewesen war, stattdessen einen längeren Ausflug an der grün dahinfließenden Aare entlang gemacht, und wären sie deshalb dann am Spitalausgang nach rechts und nicht nach links abgebogen, hätten sie das bitter bereut. Denn dann wären sie aller Voraussicht nach dem Mann in die Arme gelaufen, dem sie auf der ganzen Welt im Moment am allerwenigsten begegnen wollten und vor dem Frank seit nunmehr fünf Tagen auf der Flucht war.

Einstein betrat das Krankenhausgelände und ging über die neue Teerstraße auf das Eingangstor des Psychiatriegebäudes zu. Er fluchte leise vor sich hin. Langsam aber sicher hatte er genug von Europa. Die schlechten Verkehrsverbindungen hatten ihn gezwungen, eine Nacht in Basel zu verbringen. Es war einfach nur lächerlich. Was würden die Leute hier nur erst im Winter machen? Dabei bezweifelte er, dass die europäischen Winter mit einem kanadischen Winter zu vergleichen waren. Wahrscheinlich kannten die hier nicht einmal richtigen Schnee, sondern nur das künstliche Zeug, mit dem sie ihre Skipisten zupusteten. Er hatte viel Zeit verloren. Erst war er von Basel aus gestern Abend nicht weitergekommen, und dann hatte es auch heute Morgen keinen Anschlussflug gegeben, sodass er mit der Eisenbahn sogar schneller in Bern gewesen war, als wenn er auf den Flieger gewartet hätte. Und so etwas schimpfte sich nun Bundeshauptstadt. Und wozu brauchte ein Land, das höchstens so groß war wie ein mittelgroßer kanadischer Nationalpark, überhaupt eine Hauptstadt? Die verlorengegangene Zeit war mehr als ärgerlich, gefährdete sie doch das Gelingen des gesamten Projekts. 48 Stunden hatte Mr. Van ihm gegeben, und Gloria McGinnis hatte gesagt, Mr. Van sei sehr energisch gewesen, als er das Ultimatum gestellt hatte. Als ob er das nicht wüsste.

Gestern waren 48 Stunden noch eine halbe Ewigkeit gewesen, aber allein wegen der miserablen Schweizer Verkehrswege war davon nicht mehr viel übriggeblieben. Nicht dass er etwas dagegen hätte, wenn Mr. Van ein Team schicken würde. Was diese Superprofis betraf, die Mr. Van an der Hand hatte und die ihren Job bestimmt auch gut erledigten: Einstein war nicht so eitel oder überehrgeizig, dass er unbedingt die Karte ohne deren Hilfe zurückholen wollte. Es war bloß gefährlich. Je mehr Leute von der Karte und von der Schatzsuche wussten, desto mehr würden später auch teilen wollen.

Wenn nur eine Person ein einziges Detail zu viel erfuhr und ihre Schlüsse zog, würde das ganze Vorhaben in ernsthafte Gefahr geraten. Eigennutz und die Aussicht auf die Erfüllung eines Lebenstraums war es, was ihn vorantrieb, nicht der Ehrgeiz oder der Neid auf die so genannten Profis, die angeblich bessere Arbeit ablieferten. Natürlich hatten sie Glück gehabt, dass Gloria durch puren Zufall in Heathrow wieder auf die Spur der Karte gestoßen war. Und dass die beiden Jungs und McCully mit der Karte in die Schweiz geflogen waren, konnte nur bedeuten, dass sie zu Felgendreher wollten, um ihn nach den Koordinaten zu befragen, weil sie selbst zu dumm waren, um herauszufinden, was es damit auf sich hatte. Verdammte Idioten. Warum wollten die Kerle auch partout die Karte nicht herausrücken, wenn sie doch ohnehin nicht in der Lage waren, ihr Geheimnis zu entschlüsseln. Das Einzige, was sie zustande gebracht hatten, war, diese deutsche Polizistin abzuhängen. Aber das hatte ihn gewundert. Vom ersten Eindruck her hatte er die Frau für cleverer gehalten. Aber das sollte ihn nicht weiter kratzen. Nur dass er jetzt auch noch in die Schweiz reisen musste! Eigentlich hatte er gehofft, über den Besuch bei Malcolm McCory in Hamburg an die Karte zu gelangen und das Ganze in ein paar Stunden hinter sich zu bringen. McCory hatte die Karte doch tatsächlich in Europa aufgetrieben. So viel Schlauheit hatten sie ihm damals in Nova Scotia gar nicht zugetraut. Damals hatte er noch nicht einen auf versponnenen Wissenschaftler gemacht und mit ihnen zusammengearbeitet. Zum Glück hatte er ihnen noch rechtzeitig, bevor er abgehauen war, von diesem Felgendreher erzählt. In Bern, ausgerechnet in der Stadt von Einstein, hatte er die Karte gefunden. Einsteins Gehilfe, mit dem dieser Felgendreher irgendwie zusammenhängen musste, sollte die Karte haben. Hatte McCory jedenfalls damals behauptet. Einsteins heimlicher Gehilfe, er hatte nie von ihm gehört, aber irgendwas war wohl doch an der Geschichte dran gewesen. Jetzt musste er sich tatsächlich am Ende noch selber um diesen blöden Franz Felgendreher kümmern. Und der saß, um dem ganzen Irrsinnsspiel die Krone aufzusetzen, auch noch in der Klapsmühle. Ihm lief die Zeit davon, Felgendreher musste ihm einfach die Koordinaten sagen, und zwar schnell und um jeden Preis. Er hatte nur noch bis morgen früh Zeit, dann würde Mr. Van von Montreal aus seine Leute in Bewegung setzen.

Und dann war er aus dem Spiel. Aber dazu würde es nicht kommen. Es blieben ihm immerhin noch fast 20 Stunden. Er tastete in seiner Manteltasche nach seiner Waffe und entsicherte sie. Er hatte die Nase gestrichen voll von Europa, hier gab es noch nicht mal richtiges Eishockey. Mit viel Glück würde er sogar zum Mittwochabendspiel der Montreal Canadiens im Molson Center zurück sein.

Er erreichte das Eingangsportal des Johanniter-Spitals, bückte sich und wischte sich mit dem Handrücken ein paar Reste des frischen Teers von den Stiefeln, die haften geblieben waren. Als er sich wieder aufrichtete, fiel sein Blick auf einen Haufen aus herausgebrochenen alten schwarzen Teerstücken, die neben der frischen Teerdecke lagen. Warum ein System ändern, das sich bereits bewährt hat, dachte er und ließ einen größeren Teerbrocken in seiner anderen Manteltasche verschwinden.

»Entschuldigung, haben Sie vielleicht eine Zigarette?«

Einstein fuhr erschrocken herum. Die Fragerin musste beobachtet haben, wie er den Stein eingesteckt hatte. Vor ihm stand eine Frau um die fünfzig, die einen dünnen, gelben Anorak trug über ihrem Morgenrock, den sie mit beiden Armen an ihren Körper drückte, und ihn verwundert ansah.

»Entschuldigung, ich wollte Sie nicht erschrecken, haben Sie vielleicht eine Zigarette für mich?«

Sie hatte ihre Bitte nur zögernd wiederholt, verunsichert durch Einsteins unruhig hin und her wandernde dunkle Augen, die prüfend das Spitalgelände absuchten.

»Ja, natürlich«, sagte er mit leiser Stimme, griff in die Innentasche seines Mantels, holte eine angebrochene Zigarettenschachtel hervor und wartete, bis die Frau eine Zigarette herausgezogen hatte. Dann gab er ihr Feuer.

»Ich danke Ihnen vielmals«, sagte die Frau.

»Können Sie mir bitte sagen, wo Franz Felgendreher untergebracht ist?«, fragte Einstein.

»Ja, sicher im Erdgeschoss, immer den Flur entlang, ganz hinten links«, sagte sie und machte sich, ihren Anorak weiterhin eng an sich drückend, davon. Einstein war sich sicher, dass die Frau gesehen hatte, wie er den Teerklumpen in die Manteltasche gesteckt hatte, beruhigte sich aber damit, dass in diesem Irrenhaus tagtäglich wahrscheinlich noch viel absonderlichere Verhaltensweisen zu beobachten waren.

Ohne es zu merken, war Einstein auch von der Krankenschwester im Empfangsbereich beobachtet worden. Sie war allerdings erst aufmerksam geworden, als sie gesehen hatte, dass Frau Schneider, die sich bei fast jedem Wetter den ganzen Tag im Außengelände aufhielt, wieder einen Besucher gefunden hatte, bei dem sie eine Zigarette schnorren konnte. Nachdem die Schwester sich dadurch kurzzeitig von der Verteilung der Tablettenrationen hatte ablenken lassen, wandte sie sich wieder ihrer Beschäftigung im Hinterzimmer des Foyers zu. Dadurch bekam sie nicht mit, wie der unbekannte großgewachsene Besucher, der eben noch um eine Zigarette erleichtert worden war, das Gebäude betrat und, ohne sich bei ihr anzumelden, mit raschen Schritten den Flur hinunterging.

Als er am Ende des Ganges angelangt war, probierte er aus, ob sich die Tür auf der linken Seite öffnen ließ. Er hatte Glück: Die Tür war unverschlossen, und er bemühte sich, beim Eintreten kein Geräusch zu machen.

Franz Felgendreher lag friedlich schlummernd mit dem Gesicht zum Fenster hin gewandt auf seinem Bett. Einstein ging zum Fenster und setzte sich auf einen der winzigen Stühle, der unter seinem Mantel völlig verschwand. Dann blickte er auf den schlafenden Felgendreher, streckte sein rechtes Bein aus und trat mit voller Wucht gegen das Fußende des Bettes.

Franz Felgendreher war sofort wach. Er öffnete die Augen. Er hatte so tief geschlafen, dass er sich nicht sofort orientieren konnte. Möglicherweise war seine Verwirrtheit auch auf die beiden Tabletten zurückzuführen, die nach dem Mittagessen ihre Wirkung entfalteten. Als er Einstein erblickte, setzte er sich auf, sodass seine Beine über der Bettkante baumelten. Wie schon während des vorherigen Besuchs, begann er, nervös mit den Füßen zu scharren. Da diese aber an dem hohen Bettgestell keinen Widerstand fanden, schwangen sie in der Luft, sein Körper verkrampfte sich, und er zitterte heftig.

»Guten Tag, Herr Felgendreher, mein Name ist Einstein. Ich bin gekommen, um etwas zu holen, was mir gehört.« Auch er sprach langsames und deutliches Englisch.

Aber Felgendreher hatte ihn verstanden, das war seinen Augen anzumerken, die sich jetzt auf Einstein fokussierten. Sein Körper zitterte so stark, dass er nicht sprechen konnte, selbst wenn er gewollt hätte. Der alte Mann hatte solche Angst, dass er keinen Ton herausbrachte.

»Sie wissen doch, worum es geht, nicht wahr, Herr Felgendreher? Es ist die alte Landkarte, ich bin mir sicher, dass sie bei Ihnen ist«, sagte Einstein.

»Die Karte, der große Mann«, war alles, was Franz Felgendreher schließlich herausbrachte. Sein Blick war weiterhin starr auf Einstein gerichtet, dann presste er zwischen zusammengebissenen Zähnen wieder hervor:

»Die Karte, der große Mann, er ist gekommen.«

»Ja, er ist da, Herr Felgendreher, der große Mann ist gekommen. Hat Sie Professor Pfleiderer letzte Woche vor mir gewarnt? Oder war es sogar Ihr Vater vor langer Zeit?«, fragte Einstein und suchte, während er sprach, mit seinen Augen das Zimmer ab.

»Mein Vater, er hat es gesagt, ein großer Mann.«

»So, so, Ihr Vater hat es Ihnen erzählt, na, dann wissen Sie ja, worum es geht. Ihr Vater hat etwas gestohlen. Vor langer, langer Zeit, aus Einsteins Schreibtischschublade. Ich bin gekommen, um es zurückzuholen. Geben Sie mir die Karte. Geben Sie sie mir, für das, was Ihr Vater gestohlen hat.«

Er streckte Felgendreher fordernd die offene Handfläche

entgegen, beugte sich ein wenig vor und rollte gefährlich mit den Augen. Er hoffte, Felgendreher damit noch mehr zu erschrecken, und tatsächlich erzielte er die von ihm gewünschte Wirkung.

Felgendreher wich auf sein Bett zurück. War er schon beim Besuch von Frank, Peter und McCully die meiste Zeit über verängstigt gewesen, so war er jetzt nur noch ein Haufen Elend. Auf dem Rücken im Bett liegend hatte er die Beine an sich gezogen, um seinen heftig schlotternden Knien wenigstens ein bisschen Standfestigkeit zu geben.

»Nein, nein!«, rief er. »Das stimmt doch nicht, mein Vater hat es nicht gestohlen, er hat es sich selbst ausgedacht, Einstein und er, sie haben gearbeitet, beim Patentamt, zusammengearbeitet, mein Vater hat nichts gestohlen.«

»Unsinn«, entgegnete Einstein, der jetzt die Pappröhre entdeckt hatte, die unter dem Kopfende auf dem Fußboden lag. »Natürlich hat er es gestohlen, es gehörte Einstein, und ich hole es zurück. Wenn du mir die Karte nicht gibst, wirst du für den Diebstahl deines Vaters büßen!«

Er war aufgestanden und bückte sich neben dem Bett, um nach der Röhre zu greifen. Getrieben von Furcht und Panik, stürzte sich plötzlich der kleine alte Mann von hinten auf Einstein und schlang ihm beide Arme um die Schultern. Seine dünnen Arme reichten kaum bis zu Einsteins Brustkorb, aber er versuchte verzweifelt zu verhindern, dass Einstein die Karte an sich nahm.

»Nein, nein, mein Vater hat nichts gestohlen! Das stimmt alles nicht!«, schrie er.

»Verdammt, lass los, du Hund«, fluchte Einstein und packte Felgendreher von hinten am Hals.

Felgendreher hatte ein paar von Einsteins kurzen, schwarzen Haaren zu fassen bekommen und zog heftig an ihnen und an dem Stück Kopfhaut.

»Du bist nicht Einstein, du bist Danny Boy!«, schrie Felgendreher laut.

Einstein griff mit dem linken Arm Felgendrehers Hand, die an seinen Haaren zog, und riss die Hand mit einem scharfen Ruck weg mit der Folge, dass er einige Haare verlor. Einstein brüllte vor Schmerz.

»Verdammt, woher kennst du meinen Namen?« Er hielt weiter Felgendreher wie ein erlegtes Wild am Hals gepackt. Felgendreher schrie wieder: »Danny Boy, der große Mann, du bist es!«

Einstein brauchte die Karte, und er brauchte sie sofort: Er konnte nicht länger mit dem alten Mann ringen und kostbare Zeit verlieren. Er ließ Felgendreher los, der schlaff in die Bettkissen zurücksank und sich zusammenkrümmte. Dann griff er unter das Bett, holte die Papprolle hervor, öffnete sie und zog die Karte heraus. Mit einem kurzen Blick überzeugte er sich davon, dass es die gesuchte Karte mit den Koordinaten war. Doch er hatte nicht mit Felgendreher gerechnet, der plötzlich nach der Karte griff. Das Papier riss ein.

»Lass die Karte los, ich warne dich!«, schrie Einstein ihn an. Er fasste nach Felgendrehers Hand und konnte, indem er dessen Finger mit einem scharfen Ruck nach außen drehte, Felgendreher die Karte entreißen. Einen Fetzen Papier krampfhaft in seiner Faust festhaltend, kämpfte Felgendreher weiter tapfer um das Andenken seines Vaters. Wieder langte er nach der Karte, als Einstein mit der linken frei gewordenen Hand in seine Manteltasche fasste, den schwarzen Teerklumpen herauszog und den Stein zwei Mal mit voller Wucht auf Felgendrehers Kopf krachen ließ. Er spürte, wie sich die Verkrampfung in Felgendrehers bebendem Körper langsam löste. Sein Schreien hatte abrupt aufgehört. Er ließ Felgendrehers Körper auf das Bett zurückgleiten, rollte die Karte ein und steckte sie zurück in die Rolle. Dann lief er zur Tür und stürmte im Laufschritt den Flur der Psychiatrischen Abteilung herunter, dem breiten steinernen Eingangsportal entgegen.

34

»Können Sie mir wenigstens sagen, in welchem Hotel sie abgestiegen sind?«

Hauptkommissarin Christine Keller saß im Büro von Dr. Friedrich Dufner und konnte nicht glauben, was ihr der Leiter der Psychiatrischen Abteilung des Johanniter-Spitals da soeben erzählt hatte. Die beiden Studenten aus Hamburg, von denen sie gestern noch in London an der Nase herumgeführt worden war, waren nach Bern gereist, um Franz Felgendreher zu besuchen. Und nicht nur das, wie ihr Dr. Dufner gerade eben mitgeteilt hatte, waren sie erst vor etwa einer Stunde bei ihm gewesen. Christine Keller wusste nicht, worüber sie sich mehr ärgern sollte: darüber, dass die beiden Burschen, die sich nach Dr. Dufners Schilderung Unterstützung von einem Londoner Professor besorgt hatten, schneller gewesen waren als sie, oder über die Dreistigkeit, mit der sie auf eigene Faust unterwegs waren und dabei hartnäckig die alte Landkarte beschützten.

»Nein, ich weiß leider nicht, wo die drei Herren abgestiegen sind. Ich hatte keinerlei Anlass, mich danach zu erkundigen. Selbstverständlich wünschte ich jetzt, ich hätte es getan, nach all dem, was ich da von Ihnen erfahren habe«, antwortete Dr. Dufner, der nicht mehr die geringste Spur von Selbstzufriedenheit zeigte. Sie war schlagartig einer stetig zunehmenden Besorgnis gewichen, mit der er der Erzählung der Hamburger Polizeibeamtin zugehört hatte. Der Besucher Felgendrehers von letzter Woche war unmittelbar nach seiner Rückkehr in Hamburg ermordet worden. Mit solchen Geschichten wollte er nichts zu tun haben. Für das Renommee des Spitals war so eine Entwicklung der Dinge das Gegenteil von vorteilhaft. Natürlich hatte er das der Frau Hauptkommissarin nicht auf die Nase gebunden, sondern ihr vielmehr seine uneingeschränkte Kooperation bei ihren Ermittlungen zugesichert.

»Sie haben mir von ihren Forschungsarbeiten erzählt, irgendetwas mit Diplomarbeiten in Geologie. Der Professor, McCully hieß er, glaube ich, ist Professor für Geophysik in London. Sie wollten Franz Felgendreher eine Karte zeigen, die sie dabeihatten«, erklärte er ihr.

»Obwohl da gar nichts drauf zu sehen war, nur jede Menge Wasser«, fügte er hinzu.

»Sie haben die Karte gesehen?«, fragte Frau Keller mit gesteigertem Interesse. »Haben sie Ihnen die Karte gezeigt?«

»Ja, aber nur kurz. Ich habe kaum hingesehen, weil ich ihnen erklären wollte, wie sie sich während des Besuchs bei Franz Felgendreher verhalten sollen. Sehen Sie, es ist nicht ganz so einfach, unseren Patienten gegenüberzutreten. Immerhin handelt es sich bei ihren Krankheiten um schwere Defekte der menschlichen Psyche und ich ...«

Weiter kam er mit seinen Ausführungen über die menschliche Psyche nicht, denn kurz hintereinander hallten laute Schreie durch das Gebäude, gefolgt vom Knallen einer zuschlagenden Tür und dem Geräusch von Schritten in schneller Abfolge. Letzteres Geräusch war umso leichter zu identifizieren, als es immer lauter wurde, je weiter es sich dem Zimmer von Dr. Dufner näherte.

Christine Keller sprang auf und stand schon an der Tür, als Dr. Dufner noch dabei war, sich aus seinem Sessel zu erheben. Sie versuchte, die Tür nach außen zu öffnen, kam aber nicht weit, denn sie knallte mit doppelter Energie zurück und ihr mitten ins Gesicht. Fast wäre sie von dem gewaltigen Schlag, den der Flüchtende der aufgehenden Tür von außen versetzt hatte, zurück in Dr. Dufners Zimmer auf den Boden geworfen worden. Ihr wurde schwarz vor Augen, und dann sah sie ein helles Funkeln, das viel zu langsam wieder nachließ, als dass sie rechtzeitig auf den Flur hinausgelangen und dem Flüchtenden hätte nachsetzen können. Als sie wieder etwas sehen konnte, konnte sie nur noch die Umrisse einer hünenhaften Gestalt erkennen, die in ihrem offen flatternden Mantel so riesenhaft wirkte, dass sie die gesamte Öffnung des gewaltigen Eingangsportals auszufüllen schien.

Einstein hatte bereits das Außengelände des Spitals erreicht, als sich Frau Keller so weit gesammelt hatte, um die Verfolgung aufnehmen zu können. Der Klinikflur war so breit, dass sie sich nicht lange zwischen den Krankenpflegern, den Schwestern und Patienten Platz verschaffen musste, die aus den geöffneten Türen herausstürzten. Respektvoll wichen sie zurück und ließen die vorbeieilende Frau durch, die eine Pistole gezogen hatte und laut rufend dem flüchtenden Spitalbesucher nachsetzte.

»Halt, bleiben Sie stehen, Polizei, halten Sie den Mann auf.«

Letzteres war eine fast aussichtslose Aufforderung, denn nur wenige der Umstehenden verfügten über eine Fitness, die ihnen ermöglicht hätte, den flüchtenden Mann einzuholen oder aufzuhalten, der in bester körperlicher Verfassung zu sein schien.

Christine Keller erreichte das Eingangstor, sah Einstein etwa fünfzig Meter vor ihr laufen und schätzte, dass sein Vorsprung sich rasch vergrößern würde, selbst wenn sie versuchen würde, ihm zu folgen. Kurzentschlossen zückte sie ihre Waffe, setzte ihr linkes Knie auf den Boden, stützte sich mit den Ellenbogen auf das rechte Knie und nahm Einstein ins Visier. In dem Moment, als sie abdrückte, schickte ihr Blutkreislauf, der noch mit der Bewältigung des krachenden Schlages der Tür in ihr Gesicht beschäftigt war, ihr einen neuen Schwall sternenartiger Lichter vor die Augen, sodass sie den abgegebenen Schuss hören konnte, aber zu ihrem Leidwesen nicht mehr sehen konnte, ob sie getroffen hatte. Sie ließ die Waffe sinken, schmeckte das aus ihrer gebrochenen Nase in den Mund laufende Blut und richtete sich langsam wieder auf.

Einstein hatte mittlerweile den Ausgang des Krankenhausgeländes erreicht und setzte mit wachsender Erfolgsaussicht seine Flucht fort.

»Mein Gott, Sie bluten ja, Ihre Nase!«, rief Dr. Dufner, der jetzt erst außer Atem neben ihr im Foyer stand. Hauptkommissarin Keller machte eine abwehrende Handbewegung. Sie hatte bereits ihr Handy in der Hand und sprach mit der Berner Polizeistation, der sie eine Beschreibung des Flüchtenden gab. Die Kollegen versprachen, Beamte zum Bahnhof und zum Flughafen zu senden. Der Zusage konnte Frau Keller vertrauen. Schon am Morgen hatte sie, in weiser Voraussicht und im Gegensatz zu ihrem Vorgehen in London, ihre Kollegen vor Ort von ihrem Besuch in Kenntnis gesetzt. Dieses Mal, ein Glück, bevor sie deren Hilfe benötigte. Einerseits konnten sie Einstein somit jetzt vielleicht schneller stellen, andererseits – hätte sie aber die für diese Vorbereitungsmaßnahmen notwendige Zeit eingespart – hätte sie vielleicht sogar den Überfall verhindern können.

Diese Gedanken schossen ihr durch den Kopf, während sie Dr. Dufners Drängen nachgab, ihm in sein Büro folgte und sich auf einen Stuhl setzte. Seiner Anweisung folgend, lehnte sie den Kopf nach hinten, sodass ein Krankenpfleger eine Notversorgung ihrer Nase vornehmen konnte. Mit einer Anzahl Wattetampons versuchte er, die Blutung zu stoppen. Viel Zeit ließ sie ihm allerdings nicht dafür. Mit pochenden Kopfschmerzen und der linken Hand vor der Nase lief sie ein paar Minuten später zum Ende des Ganges. An der Menschenansammlung vor der Tür erkannte sie Felgendrehers Zimmer, während sie aus dem blau blinkenden Widerschein im Flur schloss, dass der Krankenwagen aus der unmittelbaren Nachbarschaft vor dem Eingang eingetroffen war.

Wieder machten die Umstehenden der Frau, die den Schuss abgegeben hatte, sofort Platz, und Frau Keller trat zu dem auf seinem Bett liegenden Franz Felgendreher. Im Vergleich zu ihrer eigenen Wunde war recht wenig Blut auf das Bettkissen gesickert. Sie schritt mehrmals um das Bett herum und betrachtete die zusammengesunkene tote Gestalt. Am auffälligsten waren seine Arme, die seitlich neben dem Körper lagen, und die nach oben gekehrten Handinnenflächen. Es sah aus, als hätte er kapituliert, als hätte Felgendreher es ganz zum Schluss aufgegeben, gegen das Unheil der Welt anzukämpfen. Seine Augen blickten starr und leer zum Fenster hinaus. Christine Keller trat näher an das Bettgestell heran und nahm vorsichtig den Fetzen Papier auf, den Felgendrehers Hand freigegeben hatte, als er gestorben war. Es war der Rest einer Landkarte, den sie jetzt in der Hand hielt. An der

Anordnung der Ortsnamen, die sie entziffern konnte, und an den Rändern des Papiers erkannte sie, dass sie die linke obere Ecke der Landkarte in der Hand hielt, die sie seit Tagen suchte. St. Lawrence River war der einzig vollständig lesbare größere Name auf dem Kartenrest.

»Er hat noch etwas gesagt«, meldete sich schüchtern eine Krankenschwester, die in respektvollem Abstand im Raum wartete. Frau Keller meinte, sich zu erinnern, ihr Gesicht beim Eintreten im Empfangsbereich gesehen zu haben.

»Was?«, fragte sie.

»Nicht viel«, antwortete die Krankenschwester, »er hat kaum noch geatmet, als ich ihn gefunden habe. Er hat gesagt, also, soweit ich es verstanden habe, Danny Boy, der große Mann war Danny Boy.«

35

»Jolly Roger? Die Piratenflagge?«, fragte Frank ungläubig.

»Die Flagge mit dem Totenkopf?« Auch Peter konnte nicht fassen, was da jemand als Übersetzung des alten gälischen Spruches auf die Karte geschrieben hatte.

> zu Jolly Rogers Banner Ruhme
> vergraben durch der Siedler Ahnen
> behütet durch der Stürme Fluten
> und der Totenruhe Ehren verborgen
> liegt Pecunias stolzeste Fregatte

Nur Professor McCully schien der Anblick der fünf Zeilen nicht aus der Ruhe zu bringen. In seiner freundlichen, sachlichen Art, mit der er bisher auf nahezu alle Fragen eine Erklärung gefunden hatte, sagte er: »Ich habe schon geahnt, dass die Geschichte unserer Schatzkarte wesentlich älter ist als die neunzig oder hundert Jahre, die seit dem Untergang der Titanic vergangen sind.«

»Eine Schatzkarte? Ich weiß nicht«, sagte Frank zweifelnd, »für mich klingt das genauso unwahrscheinlich wie die Suche nach der versunkenen Titanic. Aber wenn die Übersetzung tatsächlich stimmen sollte, hört es sich ganz nach einem vergrabenen Piratenschatz an. Was bedeutet denn Pecunias stolzeste Fregatte?«, fragte Frank.

»Pecunia? Oh, das ist ganz einfach, Pecunia ist das lateinische Wort für Geld, Schatz oder Vermögen«, antwortete McCully. »Wenn Sie mich jetzt aber fragen, was es mit der ›stolzesten Fregatte‹ auf sich hat, kann ich das leider auch nicht genau sagen. Entweder liegt da ein Schatz an Bord eines versunkenen Piratenschiffes irgendwo auf dem Meeresgrund verborgen, oder es ist ein Piratenschatz, der irgendwo an Land vergraben worden ist. Die ›Ahnen der Siedler‹ werden sich ja wahrscheinlich irgendwo an Land niedergelassen haben.«

»In Neuschottland«, sagte Peter.

»Zum Beispiel, denn die Koordinaten der neuen Karte, die Felgendreher uns gegeben hat, beziehen sich auf eine Stelle viel weiter westlich, offenbar auf dem Festland und nicht mehr mitten im Atlantik. Mit der Titanic hat das hier nichts mehr zu tun. Die Titanic war schließlich kein Piratenschiff, sondern ein moderner Luxusliner. Auch wenn in ihren Tresoren Schätze schlummern, die den Schätzen der Piraten in nichts nachstehen. Nach heutiger Rechnung müssen die

Wertsachen in den Postladeräumen der Titanic Millionen von Euro wert sein. Das wäre auch für Piraten eine lohnende Gelegenheit. Aber die Theorie mit der Titanic sollten wir erst einmal vergessen. Ich würde darauf wetten, dass diese Schatzkarte hier wesentlich älter ist«, sagte McCully.

»Ich rufe jetzt Michael an, der muss die neue Stelle doch längst herausgefunden haben«, sagte Frank und griff zum Telefon.

»Du könntest auch noch einmal eine lehrreiche Taxifahrt durch die Berner Altstadt machen«, sagte Peter und grinste.

Aber Frank ging nicht darauf ein. Er hatte schon Michael in Hamburg am Apparat.

»Hallo Michael, hast du schon was herausgefunden? Was ist mit den neuen Koordinaten gemeint?«

»Hi, ja, ich habe die Stelle gefunden«, antwortete er, »ich wollte nur noch nicht zurückrufen, weil Katja hier ist und noch wegen eurer Aufgabe von gestern Abend nachforscht. Sie hat schon was über farbige Pfeile herausgefunden, nur noch nichts über diese seltsamen Steinmauern. Danach sucht sie noch. Ich hole sie dir gleich mal ans Telefon. Aber zuerst verrate ich dir die Auflösung des Koordinatenrätsels.«

Eine Pause entstand, in der Michael in seinen Notizen kramte. Frank meinte zu hören, dass er im Hintergrund leise mit Katja sprach. Er stellte sich ihn vor, wie er zwischen Bergen von Papier, wild durcheinanderfliegenden alten Disketten, CD-ROMs, USB-Sticks und jeder Menge Kabel auf seinem Schreibtisch nach dem Notizzettel suchte, auf dem er die Koordinaten notiert hatte. Katja hatte sich über das Chaos immer fürchterlich aufgeregt, das Michael in seinem Wohngemeinschaftszimmer produzierte. Wieso war sie schon wieder bei ihm? Frank beschlich das gleiche unbehagliche Gefühl wie schon in den Telefonaten zuvor, als er die beiden am Telefon gemeinsam erlebt hatte. Je länger die Jagd nach dem Geheimnis der Karte dauerte, desto mehr entfernte er sich von Katja.

»Frank?«, hörte er ihre Stimme am Telefon.

»Ja, hallo Katja«, sagte Frank, »ich hab gedacht, Michael wollte mir noch die Koordinatenstelle durchgeben.«

»Ja, ich weiß«, fuhr sie fröhlich fort, »er ist grad in der Küche und sucht sie dort. Er meint, er hätte den Zettel dort liegen lassen.« Sie lachte. »Stimmt aber nicht, alles liegt hier auf seinem Schreibtisch. Ich habe mal aufgeräumt, das Durcheinander konnte ja kein Mensch mehr aushalten.«

Frank wollte etwas dazu sagen, ließ es dann aber sein, als er merkte, dass Peter vor der aufgerollten Schatzkarte und Professor McCully mit seinem mitgebrachten Handatlas auf dem Bett saßen und gebannt auf die Ortsangabe warteten.

»Also, hier steht, es ist eine Stelle in Neuschottland oder Nova Scotia, wie es geografisch richtig heißt. Eine kleine Insel, sie heißt Wavy Island und liegt in der Cruden Bay an der Bay of Fundy, auf der Kontinentseite von Neuschottland. Könnt ihr damit was anfangen?«

»Ganz bestimmt«, sagte Frank zuversichtlich und schrieb eifrig mit, wobei Peter und McCully über seine Schulter aufmerksam mitlasen, »wir wissen nur noch nicht was.«

»Oh, ich habe noch mehr«, fuhr Katja fort, nachdem sie im Hintergrund etwas zu Michael gesagt hatte. Er war wohl nach vergeblicher Suche nach seinem Zettel aus der Küche zurückgekehrt. Frank stellte sich den erstaunten Blick seines Freundes vor, als er zum ersten Mal seinen aufgeräumten Schreibtisch betrachtet hatte. Franks unbehagliches Gefühl war nicht verschwunden. Im Gegenteil.

Aber Katja sprach bereits weiter:

»Die vier Pfeile auf eurer Karte sind eindeutig als Symbole zu verstehen. Richtig interessant wird es, wenn man einen Zusammenhang mit den Farben herstellt, die du mir gesagt hast. Rot, weiß, schwarz und beige oder fahl, wie es treffender heißen müsste.«

»Fahl?«, fragte Frank und musste ein ziemlich dummes Gesicht gemacht haben, denn selbst McCully und Peter, die aufgeregt miteinander flüsterten, während sie mit den Fingern auf ihren Landkarten unterwegs waren, schauten auf.

»Ja, fahl oder bleich, Worte aus einer längst vergangenen Zeit«, sagte Katja geheimnisvoll. »Wollt ihr nun was darüber wissen, oder reicht euch die Koordinatenangabe?«, fragte sie herausfordernd.

»Ja, natürlich, wir warten gespannt auf deine Geschichte, Peter und Ken sitzen hier neben mir und hören zu, du kannst also loslegen«, sagte Frank.

»Die Offenbarung des heiligen Johannes«, begann Katja, »war eine der bekanntesten und am meisten gefürchteten Bibelstellen im Mittelalter. Die Menschen in Europa hatten zu dieser Zeit wahrscheinlich mehr zu leiden als die Menschen in irgendeinem anderen Zeitalter. Es gab Hungersnöte und alle möglichen nur denkbaren Krankheiten. Die Pest hatte ihre Hochzeit erreicht, und von irgendwelchen durchgeknallten Landesfürsten wurden sie immer wieder in irgendeinen blöden Krieg hineingezogen. In ihrem armseligen Leben klammerten sie sich natürlich an ihren Glauben und hofften auf Gottes Hilfe. Aber vor Gott stand die allmächtige katholische Kirche und verschlimmerte eher noch die Leiden der Leute.

Wegen des überall herrschenden Elends fanden die Geschichten über einen bevorstehenden Weltuntergang weite

Verbreitung und wurden für bare Münze genommen. Dazu gehört auch die Bibelstelle der Offenbarung des Apostel Johannes. Am Ende des Bibelzitats heißt es … wartet, ich lese euch jetzt mal die entscheidenden Stellen vor.« Frank hörte, wie Katja in ihren Papieren raschelte. Dann sagte sie:

»Hier ist es, passt gut auf:

›Und ich sah, und siehe ein weißes Pferd.

Und der darauf saß, hatte einen Bogen, und ihm ward gegeben eine Krone, und er zog aus sieghaft, und er siegte.

Und es ging heraus ein anderes Pferd, das war rot.

Und dem, der darauf saß, ward gegeben, den Frieden zu nehmen von der Erde und dass sie sich untereinander erwürgten, und ward ihm ein großes Schwert gegeben.

Und ich sah, und siehe, ein schwarzes Pferd.

Und der darauf saß, hatte eine Waage in der Hand.

Und ich sah und siehe, ein fahles Pferd.

Und der darauf saß, dessen Name hieß Tod, und die Hölle folgte ihm nach. Denn es ist gekommen, der große Tag seines Zorns und wer kann bestehen?‹

Na, hört Ihr noch zu, klingt gewaltig, was?« Doch Katja wartete nicht auf eine Antwort.

»Ich habe mir ein paar Bibelinterpretationen angesehen. Die sagen, die Aufgabe, die Menschen auf den Weltuntergang vorzubereiten, oblag den vier Reitern der Apokalypse. Mal abgesehen von den schrecklichen Prophezeiungen, die ich gerade vorgelesen habe, sind für euch nur die Pferde von Interesse. Auf denen sitzen die vier apokalyptischen Reiter. Wenn ihr eben gut aufgepasst habt, wisst ihr, was ich meine. Die Pferde haben vier unterschiedliche Farben, und nun ratet mal welche?«

»Ich weiß es!«, rief Peter laut im Hintergrund.

»Genau«, sagte Katja. »Rot, weiß, schwarz und fahl. Der erste Reiter, der auf dem roten Pferd, gilt als Symbol für die Pest, die alles vernichtende Seuche des Mittelalters.

Der zweite Reiter, der auf dem weißen Pferd, steht für den Krieg, der dritte Reiter auf dem schwarzen Pferd ist das Symbol für Hungersnöte, und der Reiter des vierten Pferdes, den der heilige Johannes als fahl beschreibt, ist der Todesreiter, könnt ihr mir folgen?«, fragte sie.

»Klar«, sagte Peter, »der rote Pfeil auf der Karte im Osten steht für die Pest, der weiße Pfeil im Süden für den Krieg, der schwarze Pfeil im Westen für den Hunger und der fahle Pfeil im Norden für den Tod. Ist doch nicht schwer zu verstehen, oder?«

Peter tat, als seien Pfeile und Pferde für ihn das Selbstverständlichste der Welt. Frank hatte die Symbole, die Katja aufgezählt hatte, nicht so schnell auf die Pfeile auf der Karte übertragen können wie Peter, aber Peter hatte auch während ihrer Aufzählung die Karte vor sich liegen gehabt.

»Ja, und ich habe alles mitgeschrieben. War es das?«, fragte Frank.

»Wieso? Reicht dir das etwa immer noch nicht?«, fragte Katja zurück. »Etwas noch Geheimnisvolleres als das kann es doch gar nicht mehr geben. Das müsste doch eigentlich reichen, um deinen Forschergeist wieder anzuspornen. Wie viele Abenteuer brauchst du denn noch?«

Frank hörte die kaum versteckte Kritik in ihren Worten, wusste aber wieder nicht, wie er darauf reagieren oder eingehen sollte, während Peter und Ken zuhörten.

»Nein, ich meinte bloß, hast du vielleicht auch etwas über die Steine herausgefunden? Weshalb könnten auf der Karte die Pfeile in Form von Steinmauern aufgezeichnet sein?«

»Nein, darüber habe ich nichts gefunden, da muss sich euer absonderlicher Kartenzeichner etwas ganz Besonderes ausgedacht haben. Eine Abbildung der vier Reiter auf ihren Pferden gibt es übrigens noch, einen Holzschnitt von Albrecht Dürer aus dem Jahr 1498, soll ich euch davon eine Beschreibung durchgeben?«, fragte Katja. Frank sah, wie Professor McCully eine abwehrende Handbewegung machte.

»Nein«, sagte er, »der Professor meint, dass das nicht nötig ist. Katja, es wird nicht mehr lange dauern, wir haben jetzt die richtige Karte gefunden«, sagte er dann und erzählte ihr von der gälischen Inschrift auf der Karte und der Übersetzung. Er las ihr die fünf Zeilen vor und merkte an ihrer Reaktion, dass Katja offenbar doch langsam Spaß an der Sache und an den nun in schöner Regelmäßigkeit eintreffenden Rätseln bekam, die sie ihr aufgaben. Sie versprach, zusammen mit Michael weiterzurecherchieren. Alles über untergegangene Piratenschiffe und über vergrabene Schätze von alten Siedlern wollten sie ihnen sofort übermitteln.

Frank gefiel nicht, dass sie wieder ›zusammen mit Michael‹ gesagt hatte, und nahm sich fest vor, beim nächsten Telefonat Katja darauf anzusprechen. Dann würde ihre Schatzjagd sowieso bald beendet sein, dachte er bei sich. Aber weit kam er nicht mit seinen Gedanken, denn Professor McCully war schon wieder eifrig dabei, die neuen Informationen zu verarbeiten.

»Die biblische Symbolik aus dem Mittelalter und die Prophezeiung der Apokalypse sollen in Zusammenhang stehen mit einem Piratenschatz?«, fragte er zweifelnd. »Das leuchtet mir überhaupt nicht ein. Der Holzschnitt von Dürer ist um 1500 herum entstanden, und die große Zeit der Weltuntergangsszenarien, wie sie von der katholischen Kirche zur Abschreckung der armen Seelen benutzt wurden, war das Mittelalter, wie Katja ganz richtig gesagt hat. Die große Zeit der Piraten war allerdings wesentlich später. Im 16. und 17. Jahrhundert, als die Spanier aus Übersee ihre Gold- und Silberladungen nach Europa brachten, wurden die Piraten der Karibik durch ihre Beutezüge auf spanische Schiffe berühmt. Vorher hatte es nur ein paar kleine Piraten in Europa auf Nord- und Ostsee gegeben. Aber ich sehe überhaupt keinen historischen Bezug zu der Farbsymbolik der vier apokalyptischen Reiter, wie sie in den Pfeilen auf der Karte auftauchen soll.«

»Es gibt vielleicht keinen historischen Zusammenhang, aber es gibt einen realen Zusammenhang«, sagte Peter bestimmt, »Professor Pfleiderer ist in Hamburg mit einem roten Ziegelstein erschlagen worden, dem Symbol der mittelalterlichen Pest, was auch immer die damit zu tun haben mag. Und gestern Morgen haben wir in Kens Haus einen weißen Ziegelstein gefunden, an den das Deckblatt der alten Schatzkarte befestigt war. Das Pferd des zweiten Reiters der Apokalypse war weiß, wie der Stein, der durch Ihr Fenster geflogen ist, Ken. Es ist zwar niemand getötet worden, aber …«

»Das Symbol des Krieges«, unterbrach ihn McCully, »die Farbe Weiß steht für den Krieg. Der Stein war eine Kriegserklärung, die an uns gerichtet war. Einstein hat uns tatsächlich den Krieg erklärt«, und nach einer kurzen Pause fügte er kopfschüttelnd hinzu: »Einstein als Vollstrecker der apokalyptischen Prophezeiung. Ich glaube, langsam müssen wir ein wenig vorsichtiger mit dem Namen des großen Physikers umgehen.«

Es entstand eine Pause, in der sie über die Folgen und Bedeutungen nachgrübelten, die mit der Schatzkarte in Zusammenhang standen. Die Karte wurde immer mysteriöser.

»Erinnert ihr euch an Felgendreher? Die Worte, die er sagte, als wir ihn nach den Pfeilen gefragt haben?«, sprach Frank dann als Erster den Gedanken aus, der ihnen allen zur gleichen Zeit gekommen war.

»Er hat gesagt: Tod und Pest und Krieg, es ist das Ende.«

McCully führte Franks Gedanken weiter: »Und dann hat er wiederholt, dass der große Mann die Karte holen wird, und …«

»… ganz zum Schluss sagte er, dass er Hunger hätte, das Symbol für die Hungersnot ist der schwarze Pfeil!«, sagte Frank.

Als sie betroffen schwiegen und ihnen die Bedeutung von Felgendrehers letzten Worten bewusst wurde, klopfte es an der Tür des Zimmers von Professor McCully.

36

Peter reagierte am schnellsten auf das Klopfen. Er rollte die Schatzkarte ein, die Franz Felgendreher ihnen gegeben hatte. Dann öffnete er den Kleiderschrank, warf die Karte hinein, schloss die Schranktür, zog den Schlüssel ab und steckte ihn in seine Hosentasche. Dann nahm er die zweite Papphöhre, in der sie immer noch das Kartendeckblatt aufbewahrten, das Frank mit dem Wasserkocher abgelöst hatte und das Einstein zusammen mit dem weißen Stein durch Ken McCullys Fenster geworfen hatte. Er stellte die Röhre senkrecht in eine Ecke des Raumes, sodass jeder Besucher sie sehen konnte. Frank schaltete die Deckenbeleuchtung ein, denn über ihren neuerlichen Nachforschungen war es längst Abend geworden.

»Wer ist da?«, fragte Frank durch die geschlossene Tür.

»Hier ist Hauptkommissarin Christine Keller, lassen Sie mich bitte herein«, kam eine laute weibliche Stimme von draußen.

Frank öffnete sofort. Vor ihm stand eine wütende Hauptkommissarin Keller mit unter den Arm geklemmtem Regenschirm. Auf ihrem hellen Mantel zeichneten sich feuchte Spuren ab. In Bern hatte es anscheinend wieder zu regnen begonnen. Ohne eine Einladung abzuwarten, betrat sie den Raum. Mitten im Gesicht trug sie einen leuchtend weißen Nasenschutz.

»Was haben Sie denn mit Ihrer Nase gemacht?«, fragte Peter sofort. Christine Keller hielt ihre Hände in einer abwehrenden Geste hoch, sodass einzelne Wassertropfen von ihrem Regenschirm auf die Holzdielen fielen. Der Schirm rutschte ihr aus der Armbeuge und polterte auf den Boden. Sie zog ihren Regenmantel aus, warf ihn aufs Bett und setzte sich daneben, ohne auf die Nässe zu achten, die sie um sich verteilte. Peter hob ihren Regenschirm auf und stellte ihn in der Zimmerecke neben der Kartenrolle ab. Christine Keller bemerkte die Rolle. Sie wollte etwas sagen, hielt sich aber zurück und betastete vorsichtig ihren Nasenverband.

»Diese Frage könnte ich Ihnen noch übler nehmen als alles andere, was Sie angerichtet haben. Aber ich habe mir vorgenommen, mich zu beherrschen. Es geht jetzt zunächst einmal um eine Ermittlung in zwei Mordfällen.« Sie betonte zwei Mordfälle. Keiner der drei Männer, die sich einige Minuten zuvor noch wie wagemutige Schatzjäger gefühlt hatten, wagte, etwas zu sagen.

»Bis gestern Nachmittag hätte ich gegen Sie ein Verfahren wegen Unterdrückung von Beweismitteln einleiten können,

Herr Schönbeck«, sagte sie zu Frank. Dann wandte sie sich an Peter.

»Und Ihnen danke ich vielmals für Ihre freundlichen Zeilen, Mr. Adams.« Sie versuchte trotz ihres Ärgers, ein mühevolles Lächeln zustande zu bringen. Das Einzige, was man sah, war, dass sich der weiße Verband auf ihrer Nase ausdehnte. Der Versuch misslang kläglich, und ihr waren die Schmerzen anzusehen.

»Ich weiß Ihre Bemühung um eine Entschuldigung zu würdigen, aber auch Sie haben ganz sicher einen entscheidenden Anteil daran, dass Herr Schönbeck mir gestern die Karte vorenthalten hat. Sie unterstehen zwar nicht der deutschen Justiz, Mr. Adams, aber ich kann Ihnen versichern, dass die britische Polizei den Fall sicherlich ganz genauso beurteilen wird. Und was Sie betrifft, Mr. …«

»McCully, Kenneth McCully, ich freue mich sehr, Sie kennen zu lernen, Frau Keller. Seien Sie versichert, dass ich die Umstände, die wir Ihnen gemacht haben, zutiefst bedauere«, sagte McCully in einem Versuch, die Situation so weit wie möglich zu entschärfen.

»Nun, wie bereits erwähnt, Mr. McCully, geht es hier nicht so sehr um irgendwelche unangenehmen Umstände, sondern um Ermittlungen in einem Mordfall. Heute Nachmittag hat es im Johanniter-Spital in Bern einen zweiten Mord gegeben. Und jetzt komme ich zu dem Teil, der Sie betrifft. Es kann nämlich durchaus sein, dass ich Herrn Schönbeck wegen Beihilfe zum Mord an Franz Felgendreher vorläufig festnehmen lasse.«

Sie machte eine Pause, während der sie vorsichtig auf ihren Verband schielte und sich ärgerte, dass sie wegen der Schmerzen, die sich in regelmäßigen Abständen einstellten, ihren

Worten möglicherweise nicht genug Nachdruck verliehen hatte. Aber dann sah sie den erschrockenen Gesichtsausdruck von Frank Schönbeck. Die Drohung hatte gewirkt.

»Ich könnte mir jederzeit den notwendigen Haftbefehl aus Hamburg faxen lassen«, sagte sie.

»Wir haben ihn doch nur besucht«, sagte Frank leise.

»Es geht auch nicht um Ihren Besuch, sondern um den Besucher, der unmittelbar nach Ihnen im Spital gewesen ist. Sie haben doch den Mann kennen gelernt, der sich Einstein nennt, und Sie wussten genau, wie gefährlich er ist. Wenn Sie die Absicht hatten, mit Ihrem eigenartigen Verhalten Ihrem toten Professor zu helfen, dann haben Sie genau das Gegenteil erreicht. Sie hätten mir gestern die Karte geben müssen, denn dann könnte Franz Felgendreher jetzt noch leben, und dieser Mörder wäre nicht mit der Karte auf der Flucht. So haben Sie noch ein Menschenleben auf dem Gewissen.«

»Jetzt reicht es aber! Das ist doch absurd!«, polterte McCully.

»Wenn Frank Ihnen die Karte gegeben hätte, hätte nicht Einstein die Karte, sondern die Polizei, und das hieße doch nur, dass er noch immer hinter der Karte her wäre. Und wenn er erfahren hätte, dass die Polizei die Karte hat, wäre Franz Felgendreher für ihn erst recht die einzige Möglichkeit gewesen, um noch etwas über sie zu erfahren. Einstein hätte genau wie jetzt Felgendreher seine Karte abgenommen und ihn umgebracht. Es macht überhaupt keinen Unterschied, ob Frank Ihnen die Karte gegeben hat oder nicht! Das Einzige, was er möglicherweise hätte tun können, ist, Einstein selbst seine Karte zu geben. Und wäre das in Ihrem Interesse gewesen? Wissen Sie denn, dass Einstein, bloß weil er die Karte hat, nicht noch weiteres Unheil anrichtet? Jetzt kommen Sie doch nicht hierher und richten über Frank, während ein Mörder sein Unwesen treibt, den Sie selbst nicht fassen konnten.« McCully atmete tief ein und aus, um sich zu beruhigen. Dann fügte er hinzu: »Vielleicht darf ich, um es vorsichtig zu formulieren, aus Ihrer Verletzung schließen, dass Sie Einstein beinahe gefasst hätten?« Er sah Frau Keller an, die ohne eine merkliche Regung seinen Ausbruch verfolgt hatte, und rieb sich unwillkürlich die Narbe über seinem Auge, als er wieder ihren Nasenverband betrachtete.

»Ich war in Dr. Dufners Büro. Er berichtete mir gerade über Ihren Besuch bei Franz Felgendreher, als der Mord geschah. Der Mörder hat Franz Felgendreher mit einem schwarzen Teerbrocken erschlagen. Bei der Verfolgung hat mir Ihr Herr Einstein eine Tür ins Gesicht geschlagen. Ich habe auf ihn geschossen, weiß aber leider nicht, ob ich ihn getroffen habe«, fasste sie die Geschehnisse des Nachmittags zusammen. Sie blickte auf die drei Männer und wusste noch immer nicht, wie weit sie Ihnen trauen konnte. Zumindest Peter Adams schien tief von der Schilderung ihrer Verfolgung des Mörders beeindruckt zu sein. Aber Frank Schönbeck schien sich nur langsam von ihrem Vorwurf, für einen Mord mitverantwortlich zu sein, zu erholen. Zumindest machten alle den Eindruck, als hätten sie schwer mit der Nachricht zu kämpfen, dass der Mann, den sie heute Nachmittag besucht hatten, kurz darauf ermordet worden war. Oder war da noch etwas anderes im Spiel?

»Einstein hat ihn mit einem schwarzen Teerbrocken erschlagen, sagen Sie?«, fragte Frank, dessen bleiche Gesichtsfarbe im hellen Lampenlicht deutlich zu erkennen war.

»Ja, richtig, er hat ihn mit einem Stein erschlagen. Professor Pfleiderer hat er mit einem roten Stein getötet, diesmal benutzte er einen alten Teerbrocken. Warum? Wissen Sie etwas darüber?«, fragte sie. Als keiner ihr antwortete, schlug sie mit der flachen Hand auf die Bettdecke.

»Warum frage ich überhaupt? Natürlich wissen Sie etwas darüber. Von Ihnen lasse ich mir nichts mehr vormachen.« Sie wollte gerade wieder den möglichen Haftbefehl erwähnen, überlegte es sich dann aber anders. Sie griff in die Tasche ihres Regenmantels und holte eine durchsichtige Plastiktüte hervor, in der sich der Fetzen Papier befand, den sie beim toten Franz Felgendreher gefunden hatte.

»Sehen Sie sich das an«, sagte sie und hielt den Kartenrest hoch, auf dem nur noch ein kleiner Landumriss zu erkennen war.

»Das haben wir bei Franz Felgendreher gefunden. Sie dürften das Papier gut kennen. Es ist ein Rest der Karte, die der Mörder Franz Felgendreher abgenommen hat. Nach dem, was mir Dr. Dufner erzählt hat, scheint Felgendreher die Karte nur kurze Zeit vorher von Ihnen bekommen zu haben? Leider hat er sie nicht lange behalten können. So wie es gelaufen ist, hätten Sie die Karte wirklich gleich diesem Einstein übergeben können. Aber ich sage Ihnen jetzt eines.« Sie machte wieder eine Pause, um der Wichtigkeit der folgenden Worte Ausdruck zu verleihen. Zudem hatte sie bemerkt, dass sie Atemprobleme bekam, wenn sie länger sprach.

»Das Verfahren wegen Beweismittelunterdrückung kann ich Ihnen nicht ersparen. Ich könnte mir aber noch überlegen, ob ich tatsächlich ein Verfahren wegen Beihilfe zum Mord einleite. Ich würde davon absehen, wenn Sie mir jetzt alles über diese Karte erzählen, und ich meine wirklich alles. Das beinhaltet natürlich auch Ihr Wissen über die Mordwaffen, diese Steine und alles, was Sie von Franz Felgendreher heute Nachmittag erfahren haben.«

Es war Peter, der antwortete: »Natürlich werden wir Ihnen alles erzählen. Keiner von uns wusste, dass Einstein hinter Felgendreher her war. Wir wussten, dass er die Karte haben wollte, aber solange wir die sicher in unseren Händen hatten, haben wir uns keine Sorgen gemacht. Wir hatten lediglich vor, mit der Hilfe von Ken McCully das Geheimnis der Schatzkarte zu entschlüsseln. Leider konnte Ken uns von London aus nicht so einfach helfen. Deshalb der Besuch bei Franz Felgendreher. Wir wollten nur ein paar Informationen von ihm.«

»Und, haben Sie die bekommen? Was hat er Ihnen gesagt?«, unterbrach ihn Frau Keller.

»Er hat uns einiges erzählt, aber er leidet an Schizophrenie, wie Ihnen Hr. Dr. Dufner wahrscheinlich schon erzählt hat. Es war wirklich nicht einfach zu verstehen, was er uns da mitteilen wollte. Im Grunde genommen war er total verwirrt«, antwortete Peter.

»Es ist vielleicht am besten, wenn wir uns die Karte zusammen ansehen, daran kann man es am besten erklären«, sagte Frank und konnte sich Kens und Peters Aufmerksamkeit sicher sein, als er aus der Zimmerecke die Papprolle hervorholte und nicht etwa Peter nach dem Schlüssel für den Kleiderschrank fragte.

37

»Dies ist das Deckblatt der Karte, die Einstein Felgendreher gestohlen hat und von der Sie jetzt noch die linke obere Ecke bei sich haben«, sagte Frank und erklärte Frau Keller, wie er das Deckblatt mittels Wasserdampf abgelöst hatte. Er erklärte ihr, dass sich auf der gestohlenen Karte in der rechten unteren Ecke eine Koordinatenangabe befand, zeigte ihr die farbigen Pfeile und schilderte dann ausführlich, was Katja ihnen soeben am Telefon darüber erzählt hatte.

»Sie meinen, die Pfeile haben eine mystische Bedeutung, und der Täter geht nach einer Art biblischem Plan vor?«, fragte Frau Keller. Peter erwähnte den weißen Stein, den sie unmittelbar vor ihrem Aufbruch in Ken McCullys Wäschezimmer gefunden hatten.

Frau Keller schüttelte nicht sehr heftig, aber sehr misstrauisch den Kopf.

»Das erscheint mir gelinde gesagt vollkommen irrsinnig.«

»Wir haben auch keine Erklärung dafür, und es fehlt uns vor allem jeder Zusammenhang mit dem Bibelzitat, aber die Farbe der Steine ist eindeutig und die der Pfeile auch«, sagte McCully.

»Nun, aus meiner Erfahrung haben solche Geschichten entweder einen Sektenhintergrund, oder es handelt sich um einen Racheakt«, sagte Frau Keller und vervollständigte ihre Notizen.

»Ich werde diese Theorie im Auge behalten, insbesondere unter dem Aspekt, dass ja noch ein Pfeil fehlt, was Ihnen sicher schon aufgefallen sein dürfte.« Die drei Männer sahen nicht besonders glücklich drein. Mangels einer vernünftigen Erklärung hielten sie den Mund, nur Peter sagte nach einer kurzen Pause:

»Ja, der Pfeil der nach Norden zeigt. Nach der Mythologie symbolisiert er das fahle Pferd, das Pferd des Todesreiters. Nicht gerade eine besonders erfreuliche Aussicht, wenn man bedenkt, dass ja bereits zwei Menschen gestorben sind. Was soll dann ein Todespfeil noch bewirken?«

»Ein weiteres Verbrechen werde ich mit Sicherheit nicht zulassen«, sagte Frau Keller sehr bestimmt.

»Jetzt erklären Sie mir aber doch bitte mal die Sache mit den Koordinaten. Sie wissen doch bestimmt noch, wie sie lauten. Tragen Sie die Zahlen auf dem Deckblatt an genau der Stelle ein, wo sie sich auf der gestohlenen Karte befinden.« Christine Keller reichte Frank einen Kugelschreiber, der an ihrem dicken Notizblock befestigt war. Sie spürte nicht die erneute Spannung, die sich bei Ken und Peter einstellte, als Frank die folgenden Zahlen auf das Papier schrieb:

41° 46` N – 50° 14` W

Dann fügte er noch die Jahreszahl 1912 hinzu. Die dazugehörige Theorie über die versunkene Titanic hatten sie Frau Keller bereits erzählt.

»Dann will ich Sie jetzt über das weitere Vorgehen informieren«, sagte Christine Keller. »Sie werden jetzt alle zusammen nach Hause zurückkehren. Natürlich können Sie auch hier bleiben, ich kann Ihnen schließlich keinen Aufenthaltsort vorschreiben, aber ich denke, Sie wissen, was ich damit meine. Sie werden Ihre unsinnige Schatzkartenjagd, oder wie immer Sie das auch nennen wollen, sofort einstellen. Ich werde Ihnen, Herr Schönbeck, nach meiner Rückkehr nach Hamburg eine polizeiliche Vorladung wegen des Vorwurfs der Beweismittelunterdrückung zukommen lassen. Höchstwahrscheinlich wird das noch eine Weile dauern. Der Mann, den Sie Einstein nennen, ist ein flüchtiger Verbrecher. Sein richtiger Name lautet Daniel McGuffin. Ja, Franz Felgendreher konnte noch den Namen seines Mörders mitteilen, bevor er starb. Woher er den Namen wusste, werden wir vielleicht nie erfahren, vielleicht werden wir es aber wissen, wenn der

Fall endgültig aufgeklärt ist. Die Kollegen in Hamburg haben den Vornamen, den Felgendreher vor seinem Tod genannt hat, über den Computer prüfen lassen. Es gab nur einen Dan oder Danny, auf den die Beschreibung passt und der in den letzten Tagen von Hamburg nach London und dann nach Bern geflogen ist. Daniel McGuffin ist kanadischer Staatsbürger, lebt in Montreal, ist zwei Meter zwei groß, vierzig Jahre alt, hat dunkelbraune Augen und sonst keine besonderen Kennzeichen, falls Sie ihm nochmal begegnen sollten, was ich Ihnen nicht wünschen möchte.« Nach diesen Worten holte sie tief Luft, was ihr erneut ziemliche Schmerzen bereitete.

»Kanada also«, sagte Kenneth McCully nachdenklich.

»Ja, Kanada«, sagte Frau Keller, »und das wird auch mein nächstes Ziel sein. Morgen früh um halb sieben Uhr geht mein Flugzeug von Basel nach Halifax. Daniel McGuffin wird mir nicht entkommen. Immerhin habe ich jetzt auch eine persönliche Rechnung mit ihm offen.« Sie deutete auf ihre lädierte Nase. »Und ich werde ihn mit Hilfe der kanadischen Polizei auch zu fassen kriegen. Er ist auch in Kanada längst kein Unbekannter mehr. Er wird gesucht, weil er des Mordes an einem Mitarbeiter des Ozeanographischen Instituts in Quebec verdächtigt wird«, erklärte sie ihren Zuhörern.

»Und Sie fahren jetzt am besten alle schnurstracks nach Hause«, sagte sie abschließend, suchte ihre Regensachen zusammen und verließ dann, ohne ein weiteres Wort zu verlieren, das Pensionszimmer.

38

Nachdem Christine Keller gegangen war, schloss Peter als Erstes den Kleiderschrank auf, nahm die Karte und rollte sie wieder auf dem Bett aus.

»Was tust du da?«, wollte Frank wissen.

»Ich wollte mich nur vergewissern, dass wir die richtige Karte haben«, antwortete Peter. »Langsam wird es schwierig, den Überblick zu behalten. Für einen Moment habe ich befürchtet, du wolltest ihr tatsächlich die richtige Karte geben.«

»Das habe ich tatsächlich kurz überlegt, aber ohne eure Zustimmung konnte ich das schlecht tun. Und ich konnte Frau Keller ja nicht bitten, vor der Tür zu warten, damit wir in Ruhe beraten. Vielleicht sollten wir ihr die richtige Karte auch noch geben, schließlich haben wir schon genug Ärger am Hals.«

»Aber diesmal hat sie uns ihre Adresse nicht dagelassen«, sagte Peter.

»Ach, das ist doch Unsinn, Peter. Darum geht es doch nicht. Worum es geht, ist, dass sie Strafanzeige gegen mich erstatten will. Außerdem hat sie ja gar nicht so Unrecht, wenn sie meint, ich sei für den Tod von Franz Felgendreher mitverantwortlich. Hätte ich die Karte Einstein gleich in Hamburg gegeben, wäre er jetzt vielleicht schon längst festgenommen worden, und es hätte keine Toten gegeben.«

»Wenn ich dich erinnern darf, in Hamburg hattest du die Karte gar nicht, sie war bei mir. Wenn du Einstein oder Daniel McGuffin, wie er ja wohl richtig heißt, das gesagt hättest, wäre er hinter mir her gewesen. Mich hast du damit zum Beispiel geschützt.«

Aber Frank ließ den Einwand nicht gelten.

»Und was war in Heathrow? Wenn ich mich da geschickter angestellt hätte, hätte Einstein, gut, McGuffin, gar nicht gewusst, wohin er uns folgen sollte. Überleg doch mal, wohin das Ganze noch führen soll. Hinter den Morden scheint tatsächlich irgendein völlig irrwitziges System zu stecken. Du hast es doch als Erster gemerkt, als du in London sagtest, der nächste Stein wird schwarz sein. Und was ist heute passiert? Wen wird dieser McGuffin als Nächstes töten? Wenn wir weitermachen, wird es vielleicht einer von uns sein. Denkt daran, dass noch ein Pfeil auf der Karte übrig ist, Frau Keller hat es gesagt.«

»Frank, du hast das weitere Vorgehen aber doch schon entschieden, als du Frau Keller die falsche Karte gegeben hast.« Peter hatte Recht, und Frank wusste das. Peter hatte einmal mehr das ausgesprochen, was Frank tief in seinem Inneren schon entschieden hatte, aber sich selbst gegenüber noch nicht bereit war zuzugeben. Er unternahm noch einen letzten Versuch, Peter zu widersprechen.

»Und wie soll das jetzt weitergehen? Du bist doch immer so praktisch veranlagt. Sollen wir nach Kanada fliegen, uns drei Schaufeln nehmen und ganze Landstriche nach irgendeinem ominösen Schatz umgraben, von dem wir im Grunde noch immer nicht die geringste Ahnung haben? Ich sollte mich um meine Diplomarbeit kümmern und bin so gut wie pleite. Und Professor McCully hat mit seinem Angebot, uns zu unterstützen, bestimmt nicht daran gedacht, die Suche nach dem Heiligen Gral zu finanzieren.«

»Wenn ich an dieser Stelle mal eingreifen darf?« Professor McCully lächelte freundlich. Bis auf den Moment, als zu befürchten war, dass Frank Frau Keller die richtige Schatzkarte übergeben würde, hatte er den ganzen Abend über freundliche Zuversicht ausgestrahlt.

»Frank, ich glaube, dass Peter Recht hat und Sie Ihre Entscheidung schon getroffen haben. Übrigens eine richtige Entscheidung, wie ich finde, denn es geht hier noch immer darum, den Mörder von Professor Pfleiderer zu finden. Diese Aufgabe wird von Frau Keller sicherlich bald gelöst werden. Sie macht einen sehr kompetenten und entschlossenen Eindruck. Aber nach wie vor halte ich die Polizei für vollkommen ungeeignet, die Motive aufzuklären, die hinter den Morden stecken. Wir sollten sie dabei unterstützen, und wir sind bereits auf einem guten Weg. Mit dieser Karte«, er tippte mit dem Zeigefinger auf die Karte auf dem Bett, »halten wir alle Trümpfe in der Hand. Weder die Polizei noch dieser McGuffin und seine Leute – denn er arbeitet bestimmt nicht allein – wissen, wo sie suchen sollen. Wir dagegen haben sogar eine genaue Ortsangabe.«

»Aber wie sollen wir vorgehen?« Frank sah die Argumente des Professors zwar ein, seine Bedenken waren damit aber nicht zerstreut. »Wir können die Motive nur aufklären, wenn wir ebenfalls nach Kanada fliegen. Ich sehe aber immer noch nicht, wonach wir suchen sollen.«

Professor McCullys Lächeln war bei Franks Antwort nur breiter geworden. Sein Vergnügen an der Sache war ihm deutlich an den Augenwinkeln abzulesen. Seine beiden jungen Assistenten, die ihm gegenübersaßen, machten allerdings, obwohl sie ihn um mehr als einen Kopf überragten, einen eher geknickten Eindruck. Die Ereignisse des Tages und die ungewissen Zukunftsaussichten zeigten ihre Wirkung.

»Vielleicht kann ich Ihnen die Entscheidung, die Sie getroffen haben, ja etwas schmackhafter machen. Ich schlage vor, wir sehen mal nach, ob wir hier heute Abend noch etwas zu essen bekommen.« Als er in die wenig begeisterten Gesichter von Frank und Peter sah, lachte er laut und fügte hinzu. »Und ich meine nicht nur das Essen, wenn ich von schmackhaft spreche.«

Obwohl es schon zehn Uhr abends war, hatten sie ihren Schweizer Pensionswirt überreden können, ihnen eine große Platte mit belegten Broten herzurichten. Die Brote verschwanden, während sie noch einmal die Koordinaten auf der Karte mit Michaels Ortsangabe und McCullys Handatlas verglichen. Peter wiederholte Katjas Beschreibung des Ortes, die Michael anhand der Koordinaten herausgefunden hatte.

»Die Stelle, von der Katja gesprochen hat, ist nicht schwer zu finden. Die Insel Wavy Island ist wirklich winzig. Sie liegt in einer ebenso kleinen Bucht, der Cruden Bay. Und die ist wiederum umgeben von der Bay of Fundy. Wavy Island liegt an der Westseite von Neuschottland gegenüber dem kanadischen Festland.«

»Das alles sagt mir leider gar nichts«, stellte Frank ernüchtert fest.

»Aber mir«, sagte Kenneth McCully. Er wischte sich mit dem Handrücken ein paar letzte Brotkrümel vom Mund und stellte die leere Platte auf den Fußboden. Dann räusperte er sich und sagte:

»Haben Sie denn noch nie etwas vom Schatz von Wavy Island gehört?«

39

»Der Schatz von Wavy Island?«, fragte Peter. »Ich habe mir doch gedacht, dass Sie mehr über die Koordinaten wissen, als Sie bis jetzt zugegeben haben. Sonst hätten Sie sich doch nicht die ganze Zeit über so ruhig verhalten.«

»Wie gesagt, ich traue der Polizei leider nicht zu, die historischen Fakten richtig zu deuten«, sagte McCully und lächelte wieder, »ich werde Ihnen jetzt die Geschichte des Schatzes erzählen, und ich würde mich wundern, wenn Sie danach noch einen Gedanken daran verschwenden, unser gemeinsames Projekt abzubrechen.

Wavy Island ist eine winzige Insel. Sie ist etwa zwei Quadratkilometer groß und gehört zu der kanadischen Provinz Nova Scotia. Sie liegt geschützt in einer Bucht, der Cruden Bay. Wenn die Entfernung nicht zu groß wäre, könnte man von der Insel aus auf das kanadische und amerikanische Festland hinübersehen. Von der etwa sechzig Kilometer entfernten Küstenstadt Yarmouth gibt es eine regelmäßige Fährverbindung zum Acadia National Park in den USA. Die Insel wird von der riesigen Bay of Fundy, die zwischen Neuschottland und dem Festland liegt, durch die Cruden Bay abgetrennt. Der Gezeitenstrom der Bay of Fundy ist gewaltig und schiebt mit voller Wucht seine Wassermassen in die Cruden Bay hinein. Er umspült mit seinem immensen Tidenhub das Ufer der Insel. Von der gewaltigen Brandung, die über der Insel zusammenschlägt, hat sie ihren Namen bekommen, die wellige Insel, Wavy Island eben. Von der mächtigen Gezeitenströmung der Bay of Fundy werden Sie aber sicherlich schon einmal gehört haben?«

»Ja, es ist die Bucht mit dem weltgrößten Höhenunterschied zwischen Ebbe und Flut, so zwischen zehn und fünfzehn Metern, habe ich mal gelesen. So ähnlich wie im Bristol Channel«, sagte Peter.

McCully nickte. »Genau das meine ich. An dieser Bucht liegt Wavy Island, die unscheinbare Insel, die in ihrem Inneren eines der größten ungelösten Schatzsucherrätsel der Erde verbirgt.

Die Geschichte des Schatzes von Wavy Island beginnt an einem heißen Sommertag im Juli 1795. Ein Kabeljaufischer strandete damals mit seinem Boot auf Wavy Island, weil er sich beim Einbringen des täglichen Fangs in der Zeit verschätzt hatte. Er wurde von der rückkehrenden Flut überrascht und musste den Tag auf Wavy Island verbringen, bevor er mit der umkehrenden Strömung am nächsten Tag in die Bay of Fundy einlaufen und nach Saint John zurückkehren konnte. Als sich der Fischer auf Wavy Island umsah, entdeckte er in der Mitte eines kleinen Hügels eine kreisrunde Vertiefung von drei Metern Durchmesser. Er merkte sich die Stelle und kehrte mit zwei Freunden und drei Schaufeln auf die Insel zurück. Sie fingen an zu graben, und was sie fanden, war der Beginn einer Schatzsuche, die mittlerweile fast dreihundert Jahre andauert. Die Schatzsuche hat einige Menschenleben gekostet und mehrere Millionen Dollar verschlungen, ohne dass jemand mit irgendetwas Wertvollem von dieser Insel zurückgekehrt wäre.

Bis zum heutigen Tag wird gesucht, weil das Gerücht über einen geheimnisvollen Schatz von jeder Generation zur nächsten weitergetragen wird. Und immer wieder finden sich neue Glücksritter, die bereit sind, ihr gesamtes Vermögen zu riskieren, in der vagen Hoffnung, auf einen unermesslichen Goldschatz zu stoßen.«

»Was haben diese Fischer denn gefunden?«, fragte Frank.

»Zuerst bloß ein paar Schieferplatten, in drei Meter Tiefe stießen sie dann auf eine Lage Eichenbohlen, wieder ein paar Meter tiefer erneut auf eine Lage Eichenbohlen, und das ging immer so weiter, bis das Loch zu tief wurde und die drei die Arbeiten nicht mehr bewältigen konnten. Die Geschichte sprach sich herum, Firmen wurden gegründet, schweres Gerät wurde aufgefahren, es wurden Schächte angelegt, und es wurden immer mehr Löcher gegraben. Als man noch immer nichts fand, wurden neue Löcher gegraben, und es wurden zwischen den Löchern Querverbindungen gelegt.

Im Verlauf der Grabungen wurde immer deutlicher, dass sich irgendjemand größte Mühe gegeben und höchsten Aufwand betrieben hatte, um das Schatzversteck vor unerwünschten Eindringlingen zu sichern. Die Löcher, die gegraben wurden, endeten an großen Steinplatten oder Sperren aus Eichenholz. Es waren Hindernisse, die jemand mit großer Vorausschau und in einem wohldurchdachten System angelegt hatte. Es stellte die Schatzsucher vor unlösbare Probleme.

Die Suche setzte sich so lange fort, bis ein großer Teil der Insel völlig zerlöchert war und niemand mehr wusste, welches eigentlich das ursprüngliche Loch gewesen war, an dem die drei Fischer Ende des 18. Jahrhunderts zu graben begonnen hatten. Teilweise ruhten die Grabungsarbeiten jahrzehntelang, weil den Schatzjägern das Geld ausgegangen war. Aber dann fand sich doch immer wieder jemand, der eine neue Idee hatte, wie der geheimnisvolle Schatz geborgen werden könnte. Der kanadische Staat begann, Lizenzen für die Grabungen zu vergeben, um die Suche zu steuern, aber es nützte alles nichts. Bis heute ist es niemandem gelungen, die schier unlösbaren Schwierigkeiten, die sich allen Schatzsuchern in den Weg stellten, zu bewältigen.«

»Was für Schwierigkeiten?«, fragte Frank.

»Das größte Problem ist das Meerwasser, das immer wieder in die gegrabenen Schächte läuft. In sämtlichen Löchern stieg im Laufe der Zeit der Wasserpegel bis zum Rand an. Keinem Schatzgräber blieb genügend Zeit, um die gegrabenen Löcher zu untersuchen. Das Meer hat unerbittlich alle Versuche zunichte gemacht, den Schatz zu heben. Es muss eine unentdeckte unterirdische Verbindung zur Bay of Fundy geben, und die dort herrschende Strömung lässt das Wasser mit ungeheurem Druck wieder in die Schächte und Tunnels zurückfließen. Millionen Dollar sind in die ausgeklügeltsten Pumpsysteme gesteckt worden, ohne dass der Rückfluss des Wassers gestoppt werden konnte. Niemand weiß, wie sich dieses Problem lösen lässt.«

»Niemand weiß es? Sie sprechen darüber, als wären Sie schon einmal dort gewesen«, sagte Peter.

»Ja«, sagte McCully, »ich war schon einmal da. Ich war zu Forschungszwecken am Institut für Ozeanographie in Quebec und habe mir damals auch Wavy Island angesehen. Soweit das möglich war, jedenfalls. Es gab nicht viel zu sehen, weil der Zugang zur Insel von den kanadischen Behörden stark eingeschränkt wird.

Bestimmt können Sie sich vorstellen, dass eine solche Geschichte die Neugier der Leute weckt. Seit etwa zwanzig Jahren hat sich sogar ein lebhafter Schatz-Tourismus entwickelt. Aber der Besuch ist streng reglementiert. Die Touristen werden nur in Gruppen unter Anleitung von einheimischen Führern auf die Insel gelassen. Überall stehen Schilder ›Lebensgefahr! Betreten verboten!‹, und am Ufer der Cruden Bay werden die Touristen mit einem Treasure Hunting Information Centre und lauter wilden Piratengeschichten abgespeist.«

»Gräbt denn im Moment noch jemand nach dem Schatz?«, wollte Frank wissen.

»Das ist eine gute Frage, im Moment tut sich wohl nichts, da wieder mal keiner Geld für neue Grabungen hat, doch die Lizenzen sollen seit einiger Zeit irgendeinem reichen südafrikanischen Minenbesitzer gehören«, antwortete McCully.

»Und der Schatz selbst, was weiß man darüber?«, fragte Peter.

»Oh, da wird es dann wirklich abenteuerlich«, sagte McCully und machte eine nachdenkliche Pause, bevor er weitersprach.

»So ziemlich alle Theorien, die einem zum Thema Schatzsuche einfallen, werden zur Erklärung für das Geheimnis von Wavy Island herangezogen. Suchen Sie sich etwas aus: die Goldschätze der Inkas und Azteken, die Militärkasse der französischen Garnison in Quebec, das Grabtuch von Jesus Christus, der versteckte Piratenschatz des Käpt'n Kidd oder lieber die verschwundenen Originalmanuskripte von William Shakespeare, alles zu haben.«

»Warum nicht gleich der Heilige Gral der Tempelritter?«, fragte Peter schmunzelnd.

McCully zeigte mit dem Zeigefinger auf ihn.

»Genau richtig«, sagte er, »auch diese Theorie gibt es. Die Nachfahren der Tempelritter sollen nach der Zerschlagung des Templerordens den Heiligen Gral vor dem französischen König versteckt haben. Dann haben sie ihn nach Neuschottland gebracht und auf Wavy Island versteckt.« McCully zog entschuldigend die Achseln nach oben, als ob ihm als seriösem Wissenschaftler diese Erklärungen ein wenig peinlich wären.

»Ich habe mir das wirklich nicht ausgedacht«, fügte er hinzu.

»Hm, im tiefsten Mittelalter, lange bevor Kolumbus in Amerika gelandet ist«, sagte Frank mal wieder ziemlich skeptisch. McCully sprach weiter:

»Historische Details haben Verschwörungstheoretiker noch nie besonders interessiert. All diesen wilden Spekulationen und Deutungen über den Hintergrund des geheimnisvollen Schatzes ist allerdings eines gemeinsam.«

»Sie sind kompletter Unsinn, ich wusste es«, murmelte Frank.

McCully grinste. »Nun, so drastisch würde ich es nicht ausdrücken, aber genau genommen haben Sie natürlich Recht. Es gibt keine historisch gesicherten Belege dafür, dass eine der Versionen richtig ist oder dass überhaupt ein Schatz existiert.«

»Aber was heißt schon historisch gesichert? Gerade dass man nichts Genaues darüber weiß, macht die Schatzsuche doch so spannend.« Diesmal war es Peter, der ihn unterbrach.

»Na bitte, hier haben wir doch den richtigen Pioniergeist. Sie sollten sich ein Beispiel an Peter nehmen, Frank. Wenn Sie weiter so viele Zweifel haben, muss ich mir gut überlegen, ob ich Sie weiterhin in unserem Schatzsucherteam dabeihaben will«, sagte McCully.

»Aye, aye, Sir«, sagte Frank ergeben. Eigentlich wusste er gar nicht so genau, ob es plötzlich seine Berufung sein sollte, einem Schatzsucherteam anzugehören, noch dazu einem zufällig zusammengewürfelten Team, das bisher mehr einer flüchtenden Sträflingsgruppe glich als einem Schatzsucherteam mit einem vernünftigen Plan.

Aber McCully erzählte bereits weiter und unterbrach ihn in seinen Überlegungen.

»Es gibt eine einzige Version über die Herkunft des Schatzes, die ich für einigermaßen plausibel halte.«

Er machte eine dramatische Pause und vergewisserte sich, dass ihm auch die volle Aufmerksamkeit seiner beiden Zuhörer zuteil wurde.

»Im Jahr 1715, etwa achtzig Jahre vor dem Beginn der Schatzsuche auf Wavy Island, endete in Europa der Spanische Erbfolgekrieg mit dem Tod des französischen Königs Ludwig XIV., den sie den Sonnenkönig nannten.«

»Weil er mal gesagt hat, sein Reich ist so groß, dass in ihm die Sonne niemals untergeht«, fügte Frank betont gelangweilt hinzu.

McCully nickte anerkennend. »Sehr gut, es freut mich, dass Sie bei meiner kleinen Geschichtsstunde wieder dabei sind.

Die Spanier hatten bis zum Ausbruch des Krieges Gold und Silberladungen mit ihren Schiffen aus ihren Kolonien in Süd- und Mittelamerika an den Hof des spanischen Königs transportiert. Nach dem Kriegsende wagten sie es im Sommer 1715 zum ersten Mal wieder, die Goldtransporte erneut aufzunehmen. Der spanische Hof benötigte dringend das Gold und Silber, um in Europa die Wirtschaft wieder anzukurbeln. Nach Kriegsende herrschten in ganz Europa Hungersnöte, die Hunderttausende das Leben kosteten.

Die Spanier ließen alle Schiffe, denen sie zutrauten, die Schiffspassage über den Atlantik zu überstehen, im Hafen von Havanna zusammenkommen. Wochenlang ankerten die Segelschiffe im Hafen von Havanna und verluden eine nie dagewesene Menge von Gold und Silber zur Verschiffung nach Spanien.

Die Flotte bestand aus zwölf bis zur Reling vollgepackten Schiffen, die auf der üblichen nach Norden führenden Route an der amerikanischen Ostküste entlangsegeln sollten, bevor sie dann den Weg über den Atlantik in Richtung Europa einschlagen sollten.«

»Ja, sie starteten bei Cape Hatteras in North Carolina und folgten dann der Strömung des Golfstroms nach Osten«, sagte Frank.

»Richtig, Ihr Diplomarbeitsthema, Peter hat mir davon erzählt«, sagte McCully, »allerdings hatten die Spanier ausgemachtes Pech. Ausgerechnet in dem Jahr, in dem sie mit ihren Schiffen, die vollbepackt mit Gold und Silber tief im Wasser lagen, wieder nach Spanien segeln wollten, hatte die Hurrikansaison besonders früh begonnen. Trotz der Sturmgefahr mussten sie den Transport riskieren. Die Spanier gehörten zu den Kriegsverlierern, und ihr König hatte Reparationszahlungen zu leisten. Sein Schicksal hing von diesen zwölf Schiffen ab.

Aber zurück zur Überfahrt. Die Spanier hatten ihre Kriegsschiffe zum Schutz der Flotte nach Kuba gesandt. Mit Kanonen schwer bestückt, sollten sie die wertvolle Ladung schützen, doch ein Angriff war nicht zu erwarten. Das ist übrigens auch der Grund, weshalb die Gerüchte, dass es Piraten gewesen sein sollen, die den Schatz auf Wavy Island vergraben haben, meiner Ansicht nach falsch sind. Abgesehen von dem fehlenden Know-how der Piraten, die niemals ein solch kompliziertes Tunnelversteck hätten bauen können, wäre die spanische Silberflotte bei einem Piratenangriff viel zu gut gesichert gewesen. Piratenschiffe waren meistens nur einzeln auf Kapertour, daher ist ein Angriff auf die stark bewachte spanische Silberflotte eigentlich undenkbar. Selbst der wagemutigste Pirat, wie gewaltsam er auch immer in den Liedern und Erzählungen der Küstenbewohner geschildert wurde, hätte es sich zweimal überlegt, sich mit der spanischen Silberflotte anzulegen. Die Kanonenkugeln der begleitenden Fregatten hätten ihn in Stücke gerissen, bevor er überhaupt Zeit gehabt hätte, seine Totenkopfflagge zu hissen.«

»Was passierte denn nun mit den Schiffen?«, fragte Peter ungeduldig.

»Die Flotte geriet nur ein paar Tage nach ihrer Abfahrt aus Havanna in einen Hurrikan, der nach den überlieferten Schilderungen der Seeleute mit mindestens einhundertzwanzig Stundenkilometern über sie hinweggefegt sein muss. Zu dieser Zeit befand sich die Flotte vor der Ostküste Floridas. Die Winde trieben alle Schiffe an die Küste, wo sie an den Sandbänken auf Grund liefen oder in der schweren Brandung zerschellten.«

»Und wie kam das Gold dann nach Wavy Island?«, fragte Peter wieder nach.

»Zunächst wurde das meiste Gold und Silber tatsächlich von den Spaniern selbst geborgen. Es waren zwar mehr als hundert Seeleute ums Leben gekommen, aber als die Stürme abgeflaut waren, versuchten die Spanier zuerst einmal, ihr Gold wieder einzusammeln. Der Schatz, der da vor der amerikanischen Küste lag, muss nach heutigem Maßstab einen Geldwert von mehreren Milliarden Dollar gehabt haben. Das veranlasste sogar die Gouverneure der amerikanischen Ostküstenstaaten zu der ernsthaften Überlegung, ob sie sich nicht militärisch zusammenschließen sollten, um sich das vor ihrer Küste liegende Gold und Silber unter den Nagel zu reißen. Doch darauf war der spanische König vorbereitet, sodass er die Amerikaner gar nicht erst zum Zug kommen ließ. Er entsandte von Havanna aus eine Anzahl von Bergungsschiffen, die sofort nach der Nachricht vom Untergang der Silberflotte in See stachen. Es ist überliefert, dass schätzungsweise achtzig Prozent des verlorenen Goldes und Silbers wieder aus den seichten Küstengewässern Floridas geborgen wurden. Letztendlich retteten diese 80 Prozent den spanischen König vor dem Bankrott.«

Kenneth McCully machte eine bedeutungsvolle Pause.

»Elf der zwölf Schiffe, die in Havanna losgesegelt waren, wurden vor der Ostküste Floridas wiedergefunden.«

»Elf, aber nicht zwölf.«

»Genau, und damit kommen wir endlich zum Geheimnis des Schatzes von Wavy Island«, sagte McCully.

»Ein Schiff wurde nicht gefunden. Die Santa Cartagena, mit achtzig Mann Besatzung und einer Ladung von sechzig Tonnen Silber eines der kleinsten Schiffe der Flotte, verschwand auf Nimmerwiedersehen.«

»Das Schiff wurde nie mehr gefunden? Sie sagten doch, dass die Küstengewässer Floridas sehr flach sind«, sagte Peter.

»Ja, deshalb kann man auch mit einiger Sicherheit sagen, dass es dort nicht auf dem Meeresgrund liegt. Es gab einige Schatzsucherexpeditionen, die sich später auf den Weg gemacht haben. Mit den modernsten Mitteln wurde im 20. Jahrhundert nach versunkenen Schiffen gesucht. So wurde zum Beispiel die Central America, ein Schiff, das mit zwanzig Tonnen reinen Goldes aus dem kalifornischen Goldrausch zweihundert Meilen vor der Atlantikküste vor South Carolina gesunken war, wiederentdeckt und das Gold aus dem Schiffsrumpf geborgen. Es gibt noch zahlreiche andere Beispiele über die Bergung von Goldladungen aus spanischen Frachtschiffen, die in der Karibik versunken sind und erst viel später wiedergefunden wurden. Eine Zeit lang begab sich ein ganzes Heer US-amerikanischer Schatzsucher mit Ingenieursausbildung und der Hilfe zahlungskräftiger Sponsoren auf die Suche. Sie suchten jeden Zentimeter des Meeresgrundes in der Karibik und im Golf von Mexiko nach verschwundenen Goldschätzen ab.

Die Santa Cartagena aber wurde nie gefunden.«

»Warum nicht?«, fragte Frank.

»Hauptsächlich deshalb, weil man keinerlei Anhaltspunkte hatte, wo man suchen sollte. Die Wahrscheinlichkeit, dass das Schiff den Hurrikan überstanden hatte, war äußerst gering. Andererseits war es aber auch nicht auszuschließen, und ein Großteil der Schatzsucher, die sich seither aufgemacht haben, das Rätsel von Wavy Island zu lösen, sind davon überzeugt, dass sie nach dem Silberschatz der Santa Cartagena suchen.

Die Santa Cartagena wird durch den Sturm, wenn sie nicht sehr weit von der Küste entfernt gesunken ist, in stark angeschlagenem Zustand immer weiter nach Norden gesegelt sein. Es ist kaum vorstellbar, dass der Kapitän sich allein an die Atlantiküberquerung gewagt hat. Deshalb ist es durchaus möglich, dass das Schiff auf der Suche nach Hilfe die Küste hinaufgeirrt ist und schließlich vom Ebbestrom in die Bay of Fundy hineingezogen worden ist, wo es sich in die kleine Nebenbucht der Cruden Bay gerettet hat und dort endlich gestrandet ist.

Es ist aber auch denkbar, dass das Schiff auf seiner Irrfahrt Richtung Norden tatsächlich von Piraten gekapert wurde, die die spanische Besatzung über Bord geworfen und das Schiff dann selber in der Cruden Bay auf Sand gesetzt haben.«

»Wenn das Schiff dort gestrandet ist, müssten dann nicht

Spuren davon gefunden worden sein?« Frank hatte sich McCullys Geschichte zwar mit größtem Interesse angehört, so langsam kamen ihm aber doch starke Zweifel, ob er sie nicht bloß mit uraltem Seemannsgarn unterhalten wollte.

»Nicht unbedingt. Zunächst einmal können die Trümmer des Schiffes recht gut für den Bau der Tunnelstollen und zum Abstützen der Schächte benutzt worden sein. Bedenkt auch, dass die Zwischendecks, die von den ersten Schatzsuchern in regelmäßigen Abständen beim Graben in die Tiefe gefunden worden sind, aus alten Eichenbohlen bestanden haben. Zudem sind die Küstenbewohner Neuenglands alle daran gewöhnt, ihren Lebensraum mit angeschwemmtem Strandgut auszubauen und auszubessern. Sie waren schließlich schon damals die Nachfahren von angelsächsischen Inselbewohnern, die sich jahrhundertelang vorher als Schmuggler und Strandpiraten betätigt hatten.«

Bei diesen Worten sah er Peter vielsagend an.

»Und schließlich muss man noch berücksichtigen, dass das Schiff an einem Ufer gestrandet ist, das von der stärksten Gezeitenströmung der Welt umspült wird. Selbst die schwersten Schiffsteile können von einer solch starken Strömung ohne Weiteres weggerissen und wieder auf das Meer hinausgetrieben worden sein.

Ich bin jedenfalls fest davon überzeugt, dass die Bewohner Neuschottlands selbst hinter der ganzen Geschichte stecken. Entweder haben sie der spanischen Besatzung die Silberfracht abgenommen und in den unterirdischen Tunneln von Wavy Island versteckt, oder sie haben die Piraten, die das Schiff vorher von den Spaniern erbeutet hatten, in eine Falle gelockt und ihnen den Silberschatz wieder abgenommen.

Eine Truppe dahergelaufener Piraten, die sich in der Gegend gar nicht auskannte, besaß niemals die logistische Ausbildung, ein dermaßen verzwicktes Schacht- und Tunnelsystem anzulegen, wie es während der langen Schatzsuche zum Vorschein gekommen ist.

Den Mythos um den Piratenschatz des William Kidd oder Blackbeard, die sich ausgerechnet ein winziges windumtostes Eiland in dieser unwirtlichen Gegend ausgesucht haben sollen, um dort ihren Schatz zu vergraben, haben die Bewohner Neuschottlands mit Freuden ausgenutzt, um von ihrem eigenen Anteil an der Geschichte abzulenken.«

»Gibt es denn in dieser Gegend so weit nördlich im Atlantik überhaupt Piratengeschichten?«, fragte Frank. »Ich dachte immer, Piraten hätten sich hauptsächlich in der Karibik herumgetrieben?«

»Die Sage erzählt, dass in den schwärzesten und stürmischsten Nächten eine feuerrot leuchtende Piratenfregatte mit brennenden Segeln in die Cruden Bay einläuft, um sich den auf Wavy Island versteckten Schatz zurückzuholen.«

»Wow«, entfuhr es Peter, »willkommen zur Piratentour bei Nacht.«

»Wenn die Segel heruntergebrannt sind, sieht man an den Rahen die verkohlten Leichen der Neuschottländer baumeln, die von den Piraten aus Rache für den Diebstahl des Schatzes aufgehängt wurden. Das Schiff wird immer während der Hurrikansaison im Herbst gesichtet, wenn die Ausläufer der großen Stürme über die Bucht hinwegfegen und der Gezeitenstrom in den dunklen Neumondnächten besonders stark ist.«

40

Von der nicht weit entfernten Kirche mit dem Namen St. Peter und Paul in der Berner Innenstadt hörten sie die Kirchturmglocke zwölfmal schlagen. Die Glockenschläge erinnerten das Schatzsucherteam daran, dass sie sich weit, sehr weit vom Atlantischen Ozean entfernt mitten in der Bundeshauptstadt der Schweizer befanden, die nie eine Schiffsflotte besessen hatten und über Generationen nie einem Piraten begegnet waren.

Professor Kenneth McCully setzte seine nächtliche Erzählung fort.

»Die wahrscheinlichste Version der Herkunft des Schatzes auf Wavy Island ist für mich, dass die Einwohner von Neuschottland, vor allem die reichen Bürger der Städte Halifax und Yarmouth, sich den Schatz selbst unter den Nagel gerissen haben. Sie haben das komplizierte Grubensystem errichtet, um den Silberschatz vor dem Zugriff der Provinzregierung zu verstecken, und zur Ablenkung den Piratenmythos erfunden. Dafür spricht auch die gälische Inschrift auf der Schatzkarte, von der nur noch einzelne Buchstaben lesbar sind. Über die Hälfte der Einwohner Nova Scotias stammt ursprünglich aus Schottland. Auf der Insel Cape Breton wird in einigen Dörfern sogar heute noch Gälisch gesprochen.«

»Wenn Ihre Theorie stimmt, Ken, dass die Einwohner Neuschottlands oder die Ahnen der Siedler, wie es in der Übersetzung heißt, den Schatz selbst vergraben haben, wieso weiß dann niemand von ihnen, wo er liegt? Ihren Nachfahren müssten die Siedler doch am ehesten die genaue Stelle überliefert haben«, sagte Frank.

»Die Spur des Schatzes verliert sich irgendwann im Laufe der Geschichte«, sagte McCully. »In den Wirren der Kriege um die nordamerikanischen Kolonien zwischen Frankreich und England Mitte des 18. Jahrhunderts ist der Schatz in Vergessenheit geraten. Man muss beachten, dass die gestrandete spanische Silberflotte schon 1715 nach Europa aufgebrochen ist. Das Schiff, das nach Neuschottland gelangte, muss sich in diesem oder im folgenden Jahr nach Wavy Island gerettet haben. Von 1756 bis 1763 herrschte der Siebenjährige Krieg zwischen England und Frankreich. Die Franzosen kämpften um ihre Vormachtstellung in Europa, während die Engländer mit ihrer starken Seeflotte sie in den Überseegebieten zurückschlagen konnten. Ihr wisst ja, dass die Kolonien, die auf der Karte abgebildet sind, zwischen England und Frankreich hart umkämpft waren. Die Isle de la Madeleine und Cape Breton tragen noch heute französische Namen. Montreal ist nach Paris die zweitgrößte französischsprachige Stadt der Welt, und in Quebec gibt es eine starke Separationsbewegung, die für die Loslösung von Kanada kämpft. Die Engländer konnten sich nie endgültig gegen die Franzosen durchsetzen, weil sie ab 1776 schon wieder mit einem anderen Krieg, diesmal ihrem eigenen, dem Unabhängigkeitskrieg, beschäftigt waren. In all dem Durcheinander ist es leicht nachvollziehbar, dass die Männer, die das verborgene Tunnelsystem angelegt haben, ihr Wissen darüber nicht weitergeben konnten, weil sie in den Kriegen fielen und nicht mehr zurückkehrten. Schriftliche Aufzeichnungen hat man damals sowieso nicht angefertigt, und die mündlichen Überlieferungen sind so lückenhaft, dass die Lage der Schatzkammer, oder wie man sie nennen will, im geheimnisvollen Dunkel der Erzählungen der Neuschottländer verschwand. Der abschreckende Mythos über den grausamen Piraten und sein Höllenschiff mit den brennenden Segeln tat ein Übriges, und so geriet das Ganze in Vergessenheit.

Nicht umsonst geht die Geschichte des Fischers, des ersten Schatzsuchers auf Wavy Island, der die Vertiefung im Erdboden entdeckt hat, auf das Jahr 1795 zurück. Zu dieser Zeit hatten sich die Unruhen in der Gegend abgeschwächt, und erstmals war ein länger andauernder Friede eingekehrt. Selbst wenn in neuerer Zeit Nachforschungen über die exakte Stelle des Schatzes angestellt wurden, was die Nachfahren der schottischen Siedler mit Sicherheit veranlasst haben, werden sie dabei nicht viel Erfolg gehabt haben. Und, wie ich vorhin gesagt habe, das liegt ganz einfach daran, dass ein Großteil von Wavy Island inzwischen völlig zerlöchert ist und in der frühen Zeit der Schatzsuche niemand Aufzeichnungen über die Grabungen angefertigt hat.«

Kenneth McCully rieb sich wieder nachdenklich die Narbe an seinem Auge. Er schien am Ende seiner Erzählung angelangt zu sein, doch dann setzte er noch hinzu:

»Es weiß ganz einfach niemand mehr, welches der vielen Löcher das erste war, mit dem die drei Fischer Ende des 18. Jahrhunderts zu graben begonnen haben.« Er zeigte mit dem Finger auf die Koordinaten:

44° 20` 12 N – 65° 55` 48 W.

»Außer uns.«

»Aber wer hat die Koordinaten auf der Karte eingetragen?«, wollte Frank sofort wissen. »Die Stelle ist doch viel zu genau angegeben. Es sind nicht nur die Gradzahlen und die Minuten genannt, sondern sogar die Sekunden, so genau konnte man die Stelle zu der Zeit, als der Schatz vergraben wurde, doch gar nicht bestimmen.«

»Da haben Sie natürlich vollkommen Recht. Und ich muss zugeben, ich kann es Ihnen nicht erklären. Das gehört zu den Dingen, die wir wahrscheinlich nur herausfinden werden, wenn wir selbst nach dem Schatz suchen«, sagte McCully.

Peter nickte zustimmend, als hätte der Professor nur vorgeschlagen, noch einen Nachtspaziergang entlang der Aare zu unternehmen.

»Die Koordinaten hat jemand erst in jüngerer Zeit auf die Karte geschrieben. Möglicherweise könnte uns Einstein oder vielmehr McGuffin mehr verraten. Nach allem, was uns Ken soeben erzählt hat und was wir vorhin von Frau Keller erfahren haben, kann es sich bei diesem Daniel McGuffin doch nur um einen der Nachfahren der schottischen Siedler handeln. Sie sind auf der Suche nach ihrem eigenen Schatz, weil sie vergessen haben, wo sie ihn vergraben haben. Typisch, diese Schotten!«, rief Peter lachend.

Frank und McCully, der diese Bemerkung durchaus auch persönlich hätte nehmen können, stimmten in sein Lachen ein. Frank allerdings dachte trotz aller Heiterkeit daran, dass Daniel McGuffin zwei Menschen getötet hatte, um an die Karte zu gelangen, die immer noch ausgebreitet vor ihnen auf dem Bett lag.

»Ihr beide seid ja anscheinend felsenfest davon überzeugt, dass wir nur nach Neuschottland fliegen und den Schatz ausgraben müssen. Ich habe da zwar so meine Zweifel. Aber da wir diesen McGuffin jetzt zum zweiten Mal erfolgreich in die Irre geschickt haben und weil Frau Keller leider mit unseren Angaben auch nicht viel anfangen kann, müssen wir wohl tatsächlich selbst nach dem Schatz suchen. Sonst ist es noch unsere Schuld, wenn das Geheimnis von Wavy Island niemals gelöst werden sollte.«

»Dann ist es entschieden«, sagte Peter.

»Auf nach Neuschottland«, sagte Frank.

McCully nickte lächelnd, rollte die Karte ein und schob sie in die Röhre zurück. Dann sagte er: »Ja, aber erst morgen. Nach ein paar Stunden Schlaf lässt es sich viel besser nach einem Silberschatz graben.«

41

Am anderen Morgen verließen Peter, Frank und Kenneth McCully die Schweizer Bundeshauptstadt Bern. Eine Rückfahrt nach Basel wollten sie nicht riskieren, konnten sie doch schlecht denselben Flug nach Kanada buchen wie Hauptkommissarin Christine Keller, die ihnen am Abend zuvor strikte Anweisung gegeben hatte, sofort nach Hause zurückzukehren. Stattdessen nahmen sie den Frühzug nach Zürich. Dort stiegen sie in eine Boeing 767-400 um, die um fünf vor zwölf vom Flughafen Zürich-Kloten in Richtung Halifax, Nova Scotia, abhob, mit einer am frühen Nachmittag amerikanischer Ortszeit vorgesehenen Zwischenlandung in Boston, Massachusetts.

Während ihre Maschine noch in neuntausend Meter Höhe über dem Atlantik in der Luft schwebte, und zwar grob geschätzt über der Stelle, wo im Jahr 1912 die Titanic im Meer versunken war, saßen Mr. Van und Gloria McGinnis auf der anderen Seite des Atlantiks in einem wesentlich kleineren Flugzeug und warteten.

Der Motor des kleinen Sportflugzeugs war abgestellt. Sie standen neben dem Hangar, der Privatmaschinen vorbehalten war. In der eintretenden Dämmerung hatten sie keine Beleuchtung eingeschaltet; es war in unmittelbarer Nähe des weitläufigen Rollfeldes des Dorval International Airport Montreal nicht erlaubt.

Das kleine Flugzeug war eine Piper PA-12 Super Cruiser, eine Ein-Propeller-Maschine, Baujahr 1947, und der ganze Stolz von Mr. Van. Er saß hinter dem Steuerknüppel und richtete sein Fernglas abwechselnd auf den Tower und das Flugfeld. Mr. Van hatte die kleine Piper neu aufrüsten lassen, sodass sie über einen 300-PS-Motor verfügte, der doppelt so stark war wie der Originalmotor. Sie hatte verstärkte Flügelspitzen aus Glasfiber, und auf jeder Seite waren die Tragflächen um fast einen Meter verlängert worden. Mit der Treibstoffmenge, die sie jetzt aufnehmen konnte, kam sie drei Mal so weit wie mit einer Füllung des Originaltanks. Der einzige Nachteil war, dass sie außer dem Platz für den Piloten nur über zwei enge Notsitze verfügte. Für Mr. Van und Gloria McGinnis war der Platz schon jetzt knapp, und Gloria fragte sich mit einigem Unbehagen, wie viel Platz ihnen wohl noch verbleiben würde, wenn Daniel McGuffin erst zugestiegen war.

Doch die Maschine bot in ihrer Winzigkeit auch unleugbare Vorteile. Sie war wendig, ließ sich mit einer Hand manövrieren, und ein geübter Pilot – und Mr. Van war geübt, was dieses Flugzeug anging – konnte sie ohne Schwierigkeit auf der kleinsten Insel landen.

»Können Sie ihn sehen, Mr. Van?«, fragte Gloria, die mit ihrem Fernglas den dickbauchigen Körper des Air Canada Airbus A 320-200 absuchte, der etwa vierhundert Meter entfernt auf dem Rollfeld stand. Vor den Gepäckräumen an der Unterseite der Maschine waren bereits die Gepäckkarren mit ihren Anhängern aufgestellt worden, und die Entladung begann. Die Klappen standen seit einiger Zeit offen, und die Ladeflächen der Karren waren bereits gut gefüllt. Die Maschine stand mit ihrer kreisrunden Nase zu ihnen gedreht, sodass Gloria deutlich die Piloten erkennen konnte, die im Cockpit ihr Handgepäck zusammensuchten, wie einige Minuten zuvor die 360 Passagiere, die sie über den Ozean gebracht hatten. Zwei Gangways waren vor zwanzig Minuten an die Maschine herangefahren worden, und die meisten Passagiere hatten das Flugzeug und das Rollfeld bereits verlassen. Der Rest von ihnen stand wartend vor der Maschine, um wenigstens beim nächsten Mal von den Bussen mitgenommen zu werden, die sie zum Terminal bringen sollten. Aus dem Pulk der Wartenden löste sich die sogar auf diese Entfernung leicht zu identifizierende Gestalt von Daniel McGuffin und bewegte sich einige Schritte auf das Cockpit des Airbus zu. Dort verharrte sie, um anscheinend nach ihnen Ausschau zu halten.

»Da ist er, unter dem Cockpit«, sagte Mr. Van, legte sein Fernglas zur Seite und startete den Propeller der kleinen Piper. Gloria sah, wie Daniel in ihre Richtung winkte, obwohl es fraglich war, ob er sie gesehen hatte, da Mr. Van zwar die Piper in Bewegung gesetzt hatte, doch weiterhin die Beleuchtung ausgeschaltet ließ. Da es noch nicht vollkommen dunkel war, konnte er das Flugfeld noch erahnen, und selbst bei völliger Dunkelheit wäre das Großraum-Passagierflugzeug der Air Canada ein problemlos anzusteuerndes Ziel gewesen.

»Er läuft auf uns zu«, sagte Gloria, hatte ihr Fernglas aber nicht mehr auf Daniel McGuffin, sondern auf die Gepäckleute und auf jemanden mit einer Schirmmütze und einer gelben Weste gerichtet, der anscheinend auf McGuffin aufmerksam geworden war.

»Mist, der Sicherheitsdienst hat ihn entdeckt«, informierte Gloria Mr. Van, der daraufhin die Geschwindigkeit drosselte und die Maschine in einem leichten Bogen aus der Laufrichtung von McGuffin schwenkte. Die Richtung behielt Mr. Van bei, bis sich die Piper und der sich vom Airbus entfernende McGuffin in einem spitzen Winkel auf einen imaginären Punkt zubewegten, der sich in der Nähe der Startbahn befand, die den Sportflugzeugen vorbehalten war.

»Wird er schon verfolgt?«, wollte Mr. Van wissen.

»Sieht nicht danach aus, bis jetzt spricht der Wachmann nur in sein Walkie-Talkie«, sagte Gloria. Doch dann sah sie, wie sich vor dem Hauptterminal ein Jeep des Flughafen-Sicherheitsdienstes mit rot blinkenden Lichtern in ihre Richtung in Bewegung setzte.

»Sie haben uns gesehen«, sagte Gloria. »Das wird knapp, ein Wagen kommt auf uns zu«, fügte sie aufgeregt hinzu, ohne daran zu denken, dass Mr. Van den Jeep auch mit bloßem Auge längst gesehen haben musste.

»Keine Angst. Das kriegen wir hin«, sagte Mr. Van und versuchte, die Geschwindigkeit der Piper so zu regulieren, dass sie mit der des nun für alle sichtbaren fliehenden McGuffin übereinstimmte. Der bewegte sich auf sie zu, war aber noch circa fünfzig Meter zurück. Mr. Van betätigte die Mikrofontaste seines Sprechfunkgeräts:

»Hallo Tower, erbitte Starterlaubnis für Privatflug mit zwei Passagieren, bin in Startposition auf Startbahn C 3.«

»Erlaubnis verweigert«, kam die prompte Antwort. »Bleiben Sie sofort stehen. Ich wiederhole. Keine Starterlaubnis für C 3. Bleiben Sie sofort stehen und fahren Sie zum Hangar zurück.«

»Dann eben nicht«, sagte Mr. Van, schaltete das Gerät ab

und konzentrierte sich wieder auf den auf sie zueilenden McGuffin.

»Die haben Danny erwartet. Sie sind vorbereitet. So schnell haben die noch nie auf meine Startanfrage reagiert«, sagte Mr. Van.

Im rauschenden Wind und im Knattern des Propellers verloren sich seine Worte. Gloria hatte das Glasverdeck geöffnet und klappte nun die seitliche Einstiegsluke nach innen. Lange konnte es nicht mehr dauern, bis Daniel McGuffin sie erreicht haben würde. Er war jetzt nur noch zwanzig Meter entfernt.

»Bleiben Sie sofort stehen und stoppen Sie den Motor. Hier spricht die Polizei. Halten Sie das Flugzeug an!«

Die Stimme des Megafons war trotz des Propellergeräusches deutlich zu verstehen. Mr. Van achtete kaum noch auf die Startbahn und lenkte die Piper noch weiter nach links, wo McGuffin jetzt in ihrem Blickfeld auftauchte. Er war nur noch wenige Meter entfernt, und Mr. Van brachte den ratternden Flieger auf Armlänge an ihn heran.

Eine Papprohre flog Gloria McGinnis auf den Schoß. Mr. Van korrigierte nochmals den Steuerhebel, als Daniel McGuffin sich am Chassis festklammerte und mit einem gekonnten Sprung in das Flugzeug hechtete. Er landete mit beiden Knien auf dem spärlichen Raum zwischen dem Rahmen der Einstiegsluke und dem zweiten Notsitz hinter Gloria. Ohne zu zögern, zog Mr. Van den Gashebel durch, wodurch Daniel McGuffin kopfüber nach vorne gegen den Sitz stürzte. Gloria packte ihn am Gürtel seines Mantels und zog und zerrte ihn so weit hinein, bis sie die Seitenluke endlich schließen konnte. Ohrenbetäubend knatterte jetzt der hochdrehende Propeller. Die Anweisungen des neben ihnen mit Höchstgeschwindigkeit dahinjagenden Jeeps vom Sicherheitsdienst waren längst nicht mehr zu verstehen. McGuffins Körper lag seitlich verkeilt auf dem Flugzeugboden, während die Piper den ersten Satz vom Rollfeld in die Luft machte. Noch einmal setzte sie kurz auf, dann gelang es Mr. Van mit einer kaum wahrnehmbaren, sehr langsamen Bewegung des Steuers, die entscheidenden ersten Höhenmeter zwischen sich und die Verfolger zu bringen. Nur den Bruchteil eines Augenblicks, bevor der Windsog ihr die Glaskuppel aus den Händen gerissen hätte, klappte Gloria McGinnis die Schnappverschlüsse nach unten, und die Piper PA-12 Super Cruiser hob in einer gekonnten Schleife vom Rollfeld des Dorval International Airport Montreal ab. Auch die roten Blinklichter des Jeeps, die schnell kleiner wurden, vollzogen eine Schleife. Doch sie verschwanden, als die Maschine durch die ersten heranfliegenden Wolkenfetzen flog.

»Glück gehabt, ich dachte schon, die fangen an, auf dem Rollfeld herumzuballern«, sagte McGuffin zur Begrüßung, als er es endlich geschafft hatte, sich auf den Sitz zu hangeln und den Sicherheitsgurt anzulegen.

»Hallo Danny, willkommen daheim«, sagte Mr. Van, dem das abenteuerliche Startmanöver sichtlich Spaß gemacht hatte. Die Freude daran war ihm noch an den Mundwinkeln und den glänzenden Augen anzusehen.

»Hallo, Mr. Van, danke für den schnellen Anschlussflug«, scherzte Daniel McGuffin.

»Hallo Gloria, lange nicht gesehen.«

»Glückwunsch, Danny, am Ende hast du es doch noch geschafft«, sagte Gloria.

»Aber sicher«, sagte McGuffin, »es stand schließlich so einiges auf dem Spiel. Diese deutsche Polizistin hat auf mich geschossen, aber zum Glück nicht getroffen. Ich musste viel riskieren, schließlich wollten Sie ja Ihre Spezialisten losschicken. Ich musste die Karte einfach vorher haben. Das war mir von Anfang an klar, und letztendlich«, er klopfte mit den Handknöcheln mehrmals auf die Pappröhre, »bleibt ja alles in der Familie, und die Anteile an unserem Silberschatz teilen wir immer noch durch uns drei.«

Die Piper schaukelte in einer Windböe, die Mr. Van ausglich, bevor das Flugzeug durchsacken konnte.

»Also, auf in die Heimat«, sagte er und zog den Steuerknüppel weiter zu sich heran, sodass sie wieder freie Sicht auf den schwarzblauen Himmel über den dichten Regenwolken am Horizont hatten.

»Auf nach Wavy Island«, sagte Gloria.

42

Gegen sieben Uhr am Dienstagabend kam Hauptkommissarin Christine Keller in Digby an, dem letzten Ort mit einer Polizeistation vor der Cruden Bay. Nach den Anweisungen ihres Dezernats in Hamburg sollte sie hier Captain Frederic Ross und Sergeant Bill Grimsby treffen. Die beiden untersuchten den Mord an dem Mitarbeiter des Ozeanographischen Instituts in Quebec. Vor drei Wochen hatten sie den Toten am Strand der Cruden Bay aus dem Wasser gezogen.

Christine Keller war müde. Sie fühlte sich ausgelaugt, als hätte sie alle ihre verfügbaren Energien verbraucht. Sie hatte jegliches Zeitgefühl verloren, wofür nicht allein die Zeitumstellung nach dem Langstreckenflug verantwortlich war. Sie hätte sich zwar direkt nach ihrer Ankunft in Halifax ein Zimmer nehmen können, aber auf die zweieinhalb Stunden Fahrt bis Digby kam es ihr nun auch nicht mehr an. Die letzten einhundertfünfzig Kilometer musste sie bei völliger Dunkelheit zurücklegen. Dennoch kam sie auf der vierspurigen Küstenstraße 101 mit dem silbergrauen Toyota Camry, den sie in Halifax gemietet hatte, gut voran. Sie fror in der anbrechenden Nacht, die Luft kam ihr kälter vor als in der Schweiz oder in London, aber sie wusste nicht, ob der Eindruck auf den Wind und die Nähe des Meeres oder auf ihre Müdigkeit zurückzuführen war. Sie schätzte, dass ihre innere Uhr spätestens nach dem Abflug aus London durcheinandergeraten war. Sie war nicht auf einen Weiterflug in die Schweiz eingestellt gewesen, geschweige denn auf einen Ferntrip an die kanadische Ostküste. Der Morgen, an dem ihr Frank Schönbecks Freundin eine abstruse Geschichte von einem Raubüberfall auf ihren Freund erzählt hatte, schien Wochen zurückzuliegen. Sie hatte schon Mühe, sich an den Namen zu erinnern. Katja Ahlers, nein Albers, so hatte sie geheißen. Sie hätte jeden für verrückt erklärt, der ihr erzählt hätte, dass sie fünf Tage später in der Neuen Welt, am anderen Ufer des Atlantiks, durch die Nacht fahren würde, um sich mit Kollegen eines kleinen Police Departments der Provinz Nova Scotia zu treffen, die genau wie sie den Mann jagten, den Katja Albers Einstein genannt hatte.

Letzten Freitagmorgen in Hamburg hatte sie Schönbecks Freundin insgeheim für ein bisschen verrückt gehalten. Nur die an der Heizung festgemachten Handschellen und das überzeugende Auftreten der jungen Frau hatten sie dazu veranlasst, sich überhaupt hinzusetzen und ihr Notizbuch aufzuklappen.

Christine Keller war überzeugt, dass sie mit Hilfe der kanadischen Kollegen die Morde an Professor Pfleiderer und dem bedauernswerten Franz Felgendreher würde aufklären können. Dank der letzten Worte, die Felgendreher noch herausgebracht hatte, bevor er starb, stand Daniel McGuffin kurz vor der Festnahme. Am Flughafen in Montreal erwartete ihn bereits die kanadische Bundespolizei, die ihn sofort nach der Landung der Maschine aus der Schweiz festnehmen würde. Wäre die Identitätsfeststellung über den Computer in Hamburg schneller vonstatten gegangen, wäre er sogar schon in Zürich beim Einchecken für seinen Abflug nach Kanada abgefangen worden. Aber egal: So ließ sich anhand der Passagierlisten wenigstens feststellen, dass McGuffin auf den Flug AC 3476 gebucht war, den er auch angetreten hatte. Sie spürte, wie sie bei dem Gedanken an McGuffin und dem Ärger über die verpassten Gelegenheiten seiner Festnahme in den letzten Tagen wieder wach wurde. Wenn sie zwischendurch nach ihrer gebrochenen Nase tastete, um festzustellen, ob sich ihr Zustand vielleicht schon gebessert hatte, trieb ihr der Schmerz sofort die Tränen in die Augen. Aber ganz ehrlich, sie hatte es nicht einen Moment lang bedauert, dass McGuffin nicht noch in der Schweiz hatte abgefangen werden können. Dann wäre ihr zwar diese Fernreise erspart geblieben, denn Tatorte und Tathergänge konnten ohne Weiteres auch per Telefon und Faxgerät abgeglichen werden. Die interessanteste Aufgabe hätten noch die Staatsanwälte gehabt: Sie hätten entscheiden müssen, in welchem Land McGuffin für die Morde vor Gericht zu stellen war. So wie die Lage allerdings jetzt war, blieb das wohl seinem Heimatland vorbehalten, und sie selbst konnte nichts weiter dazu tun, als den Kanadiern bei der Aufklärung zu helfen. Aber sie hoffte inständig, Daniel McGuffin noch einmal gegenübertreten zu können, um ihm Handschellen anzulegen. Und vielleicht, um zu sehen, ob sie ihn mit ihren Schießkünsten nicht doch getroffen hatte.

Die vierspurig ausgebaute Straße endete am Ortseingang von Digby. Hinter dem Ort führte nur noch eine schmale zweispurige Straße weiter nach Yarmouth und von da weiter, die gesamte Westseite der Halbinsel umrundend, zurück nach Halifax. Christine Keller passierte das Ortsschild, orientierte sich zur Stadtmitte und lenkte den Camry auf den Parkplatz vor dem einzigen Verwaltungsgebäude der Stadt: ein hellgrau gestrichener, zweistöckiger und unauffälliger Bau, der nur dem Zweck diente, den Bewohnern die unvermeidlichen Behördengänge zu erleichtern. Die Fassade war wie bei den meisten Häusern im Neuengland-Stil mit schräg überlappender Holzverschalung errichtet worden. Als die Kommissarin aus dem Wagen stieg, ging an einem der beiden Seitentrakte des Hauses eine Tür auf, und jemand rief: Kommen Sie hier herüber, wir erwarten Sie schon!

In der Eingangstür stand ein mittelgroßer Mann in einer dunkelbraunen Uniform. Sein Hemd spannte sich über einem ansehnlichen Bauch. Als sie auf ihn zuging, erkannte sie über der Hemdtasche ein Abzeichen des Yarmouth County Department. Zur Uniform passten zwar die festen schwarzen Stiefel, weniger aber die hellblonden Bartstoppeln, die sich unregelmäßig auf der unteren Gesichtshälfte des Mannes ausbreiteten. Obwohl er noch jung war, nicht älter als dreißig, waren ihm auf dem Kopf nur ein paar seitlich abstehende Büschel verblieben.

»Sie müssen Mrs. Keller aus Deutschland sein, richtig?«
Der Mann, der sie mit einem breiten Lachen und einer ge-

sunden roten Gesichtsfarbe begrüßte, wartete erst gar nicht auf ihre Antwort. »Herzlich willkommen in Nova Scotia, Frau Kollegin, kommen Sie doch herein.«

Er wollte ihr die Tür aufhalten, ergriff dann aber lieber die ihm von Christine Keller zum Gruß hingehaltene Hand.

»Guten Abend, Mr ... Ross?«

Christine Keller sah ihn fragend an.

»Nein, nein, ich bin Bill Grimsby, aber sagen Sie bitte nur Bill, wir nennen uns hier alle beim Vornamen. Ihr Englisch ist wirklich gut! Fred ist dort hinten.«

Christine Keller hatte zwar mit unkomplizierten Gepflogenheiten der amerikanischen Art gerechnet, war sich aber doch unsicher, ob sie sich an die Aussprache ihres Vornamens durch die Kanadier gewöhnen könnte.

»Christine, es freut mich, Sie zu sehen, setzen Sie sich doch bitte.«

Ihr Vorname klang aus dem Mund des Mannes, der sie jetzt angesprochen hatte, gar nicht unangenehm. Die Routine, mit der hier jeder beim Vornamen genannt wurde, verblüffte sie.

Captain Frederic Ross war etwa fünfundfünfzig Jahre alt und trug, anders als sein Untergebener, keine Uniform, sondern Jeans und eine helle Windjacke über einem roten Wollhemd. Wie Bill Grimsby hatte auch er ein gerötetes Gesicht, auch wenn er das nicht ganz so wirksam zur Geltung bringen konnte wie Grimsby, da seine dicke, rote Nase noch stärker die Blicke auf sich zog. Sie rührte eindeutig von einer Erkältung her, Christine Keller war es unangenehm aufgefallen, dass Frederic Ross sich in der kurzen Zeit ihrer Anwesenheit bereits zum zweiten Mal geschnäuzt hatte. Sein Schnupfen erinnerte sie an den eigenen lädierten Zustand. Ross war kleiner als Grimsby, etwa eins fünfundsiebzig groß, aber wesentlich schlanker und mit glattrasiertem Kinn. Er hatte kurz geschnittenes graues Haar und machte auf sie nicht den Eindruck eines Provinzsheriffs. Bis auf seine triefende Nase wirkte er für sein Alter durchtrainiert und fit.

»Haben Sie sich verletzt?«, fragte Frederic Ross, merkte aber gleich, dass er präziser werden musste, weil ihre Verletzung zu offensichtlich war.

»Ich meine, wurden Sie in einen Kampf verwickelt?«

»Nicht direkt«, antwortete Christine Keller ausweichend, entschloss sich dann aber doch, ihren Kollegen den Mord an Franz Felgendreher in allen Einzelheiten zu schildern. Dazu gehörte leider auch die Tatsache, dass der Flüchtende ihr mit einer zuschlagenden Tür die Nase gebrochen hatte. Zur Ehrenrettung konnte sie wenigstens hinzufügen, dass sie einen Schuss auf McGuffin hatte abgeben können.

Sie hatte sich an eine Art Besprechungstisch Sergeant Ross gegenübergesetzt, der sie von seinem eigenen mit Papieren und Akten übersäten Schreibtisch hierherdirigiert hatte. Sergeant Grimsby stand mit dem Rücken zum Fenster und stützte sich mit den Armen auf die schmale Fensterbank hinter sich. Neben ihm grinste ein Kürbis in verblichenem Orange und mit eingeschnitzten Löchern für Augen, Mund und Nase. Halloween war seit einer Woche vorbei. Grimsby überließ die Unterhaltung seinem Chef, doch Christine Keller merkte, dass er ab und zu auf die Uhr an der gegenüberliegenden Wand des Raumes blickte.

Als Christine Keller ihre Schilderung beendet hatte, sagte Captain Ross:

»Ich fürchte, ich habe noch ein paar schlechte Nachrichten für Sie, Christine. Der Bundespolizei in Quebec ist es leider nicht gelungen, Daniel McGuffin zu ergreifen.«

Christine Keller zeigte außer einem leichten Kopfschütteln keine Reaktion.

»Wie konnte er nur schon wieder fliehen?«, fragte sie leise. Müde betrachtete sie die Ränder der gesplitterten Tischplatte vor sich. Als keiner der beiden kanadischen Polizisten antwortete, fragte sie lauter: »Wie konnte das passieren? Er hat doch gestern in Zürich eingecheckt, und jeder wusste, dass er in Montreal landen würde. Hatten Sie nicht alle Informationen?«

»Nein, es lag bestimmt nicht an fehlender Information«, sagte Frederic Ross, »es waren alle gut vorbereitet. Der Gefangenentransporter stand bereit. Bis zu zwanzig Beamte waren im Einsatz, die ihn an der Passkontrolle erwartet haben. Aber leider ist er gar nicht bis dort gekommen.«

»Das kann doch nicht wahr sein«, sagte Christine Keller, die merkte, wie der aufsteigende Ärger und das Adrenalin ihre Erschöpfung vertrieben. Die Nachricht vom erneuten Entkommen McGuffins wirkte wie ein leichter Schock. Wie lange sollte sie noch hinter diesem Phantom herjagen?

»McGuffin hatte Hilfe«, erklärte Captain Ross, »bitte glauben Sie mir, wir sind genauso sauer darüber wie Sie. Bill und ich ...«, er nickte zu dem mit verschränkten Armen an der Fensterbank lehnenden Grimsby hinüber, »sind seit drei Wochen auf der Suche nach dem Mörder von dem armen Kerl in der Cruden Bay. Ihr Telefonanruf von gestern hat uns den entscheidenden Hinweis gegeben. Sie müssen uns glauben, Christine, wir setzen alles daran, diesen Kerl zu fassen. Die Panne in Montreal war dilettantisch.«

»Wenn Fred und ich dabei gewesen wären, wäre das nicht passiert, aber Montreal, wer will uns da schon?«, sagte Bill resigniert und stützte seine Arme wieder auf das Fensterbrett.

»Schon gut, Bill, Christine wird uns eine genaue Beschreibung von McGuffin geben und uns die Tatverläufe schildern, und dann machen wir uns morgen gleich an die Arbeit.« Er nieste, und ein weiteres Papiertaschentuch wanderte in den Abfallkorb unter dem Besprechungstisch. Dann strich er sich nochmals prüfend mit dem Handrücken über die Nase. Bill Grimsby blickte erneut zur Wanduhr. Nein, dachte Christine Keller, heute hatten sie alle drei wahrlich nicht mehr die Kraft und Energie, die Jagd aufzunehmen.

»Was für Hilfe hatte er auf dem Flughafen?«, fragte sie.

»Er ist aus dem Flugzeug von Zürich gestiegen, und es schien so, als wolle er auf dem Rollfeld mit den anderen Passagieren auf den Bus warten. Dann kam ein Sportflugzeug vom benachbarten Flugfeld angefahren. McGuffin ist hingelaufen und wurde mitgenommen. Der Sicherheitsdienst hat sogar noch rechtzeitig reagiert und einen Jeep hingeschickt. Aber sie waren nicht schnell genug, sodass das Sportflugzeug mit McGuffin auf und davon ist. So war das.«

Christine Keller seufzte.

»Auf Nimmerwiedersehen verschwunden also«, sagte sie.

»Aber nicht doch«, sagte Frederic Ross und lächelte. Es war ihm anzusehen, dass er froh war, wenigstens noch eine gute Nachricht in der Hinterhand zu haben.

»Das Sportflugzeug ist ein Oldtimer, eine Piper PA 12, davon gibt es nicht sehr viele. Sie ist in Halifax registriert und gehört Ronald van Bronckship, einem reichen Geschäftsmann aus Montreal. Er hat sein Geld mit Diamantminen in Südafrika gemacht. Vor etwa fünfzehn Jahren ist er hier aufgetaucht, hat Grundbesitz erworben und sich einen Ferienwohnsitz eingerichtet. Er ist einer von den Irren, die sich in den Kopf gesetzt haben, den Schatz von Wavy Island zu heben.«

»Den Schatz von Wavy Island?«, fragte Christine Keller. Sie dachte, sie hätte sich verhört.

Frederic Ross lachte über ihr erstauntes Gesicht, und auch Bill Grimsby hatte nicht mehr zur Uhr gesehen, sondern schon seit einer ganzen Weile gespannt auf Christines Reaktion auf die Nachricht vom Schatz gewartet.

»Bill, erzähl du ihr die Geschichte von unserem Piratenschatz, aber bitte nicht so blumig wie unsere Tourist Guides. Ich besorge uns mal Kaffee.«

43

Als Captain Frederic Ross zurückkehrte, trug er ein Tablett mit Henkel, wie es Christine Keller noch nie zuvor gesehen hatte. Es stellte sich als Plastikuntersatz heraus, der eigens für den Transport von großen Pappbechern gedacht war, in denen heißer Kaffee dampfte. Ross versorgte alle mit den gewünschten Milch- und Zuckermengen, die, ebenso wie der Kaffee, in mehr als ausreichender Menge vorhanden waren. Nebenbei hörte er zu, wie Bill Grimsby seine Kurzversion der Schatzsuchergeschichte von Wavy Island beendete.

»Ist das wahr, Captain? Der Mörder jagt einem vergrabenen Schatz hinterher oder einer Schatzkarte?«, fragte Christine Keller. Ross reichte ihr lächelnd den Kaffeebecher, der in einer Manschette aus Pappe steckte, damit sich niemand die Finger verbrannte.

»Glauben Sie etwa, mein Bill hier würde Ihnen Märchen erzählen?«, antwortete Ross. »Nein, es stimmt tatsächlich, ein paar Kilometer von hier liegt angeblich der letzte unentdeckte große Schatz der Erde und wartet auf seine Entdeckung. Soll von irgendeiner alten spanischen Fregatte stammen. Aber es gibt auch tausend andere Theorien, Bill hat es Ihnen ja erzählt.«

»Und Sie meinen allen Ernstes, dass dieser McGuffin ..., ich meine, dass die Morde in Hamburg und Bern und der Mord an dem Mann aus Quebec begangen worden sind, weil ...«, sie brach ab, weil sie nicht wusste, wie sie sich ausdrücken sollte.

»Das Motiv, richtig«, half ihr Captain Ross aus, »es ist das Motiv. Daniel McGuffin gehört zu den Leuten, die ihr Leben der Schatzsuche verschrieben haben. Es gibt davon vielleicht nicht mehr so viele wie früher, aber es gibt sie noch. Und McGuffin ist einer von ihnen, einer von den Letzten, die bereit sind zu töten, wenn es ihnen helfen kann, irgendwie an den Schatz zu gelangen. Es ist wie ein Fieber. Wie ein Goldrausch in früheren Zeiten.« Er überlegte kurz und nickte dann zu seinen eigenen Worten bekräftigend.

»Ja, so müssen Sie es sich vorstellen. Wie ein Goldrausch. Natürlich steckt die reine Geldgier dahinter. Selbst wenn man von den Summen, die in den Broschüren für die Touristen genannt werden, noch was abzieht, bleiben noch immer ein paar Millionen Dollar übrig, die so eine Silberladung heute wert sein dürfte. Das Motiv ist realistisch, das steht für mich außer Frage.«

»Und der Schatz soll tatsächlich hier auf Wavy Island vergraben sein?« Christine Keller konnte es noch immer nicht glauben.

»Ja, es ist, wie ich es Ihnen gerade erzählt habe«, sagte Grimsby, »und wenn sich die Schatzsucher gegenseitig die Köpfe einschlagen, weil sie nichts finden oder in Streit geraten, fällt das alles in unseren Zuständigkeitsbereich«, sagte er mürrisch und verschränkte die Arme über seinem Bauch.

»Dann könnte das ja vielleicht von Interesse sein, was ich Ihnen mitgebracht habe«, sagte Christine Keller hoffnungsvoll und öffnete die mitgebrachte Kartenrolle. Zusammen rollten sie das Kartenblatt mit den Koordinaten auf dem Besprechungstisch aus.

»Hab schon bessere gesehen, was meinst du, Bill?«, sagte Captain Ross. Bill Grimsby betrachtete mit schief gelegtem Kopf die Karte.

»Ich weiß nicht, Fred, ich finde, sie ist ganz gut gelungen, sie sieht jedenfalls sehr alt aus, fast antik, und damit echter als die meisten, die hier so im Umlauf sind«, sagte er, »nur stimmt der Maßstab natürlich überhaupt nicht. Wavy Island ist kaum zu erkennen. Damit kann nie im Leben jemand irgendwas finden. Wo haben Sie die her?«

»Von dem Studenten aus Hamburg, der von McGuffin überfallen worden ist. Der ist ein echter Sturkopf. Er hat die Karte tagelang zurückgehalten und ist mit zwei Freunden tatsächlich noch in die Schweiz geflogen, um selbst Detektiv zu spielen. Er hat die Koordinaten eingetragen. Können Sie mit der Angabe etwas anfangen?«, fragte sie. Frederic Ross schüttelte den Kopf.

»Nein, die können Sie vergessen. Das ist keine Stelle auf Nova Scotia. Fünfzig Grad West, das ist viel weiter östlich von hier, irgendwo draußen im Atlantik, wir liegen hier bei etwa fünfundsechzig Grad West, da hat sich jemand gewaltig versehen. Oder aber jemand wollte, dass sich jemand anderes nasse Füße holt.« Die beiden County-Polizisten grinsten. Sie waren von der Schatzkarte nicht sonderlich beeindruckt. Christine Keller wollte ihnen widersprechen, aber das hatte wenig Sinn. Die beiden waren in der Gegend aufgewachsen und kannten ihre Schatzgeschichten. Aber McGuffin jagte durch die halbe Welt hinter dieser Karte her, und jetzt sollte sie vollkommen bedeutungslos sein? Irgendetwas stimmte hier nicht. Es bestand zwar die realistische Möglichkeit, dass Frank Schönbeck und Peter Adams sie schon wieder hereingelegt hatten, aber warum sollte Frank Schönbeck eine falsche Koordinatenangabe auf die Karte schreiben, wenn er gar nicht mehr im Besitz der Originalkarte war? Wieder wusste sie nicht, wie viel sie Grimsby und Ross noch erzählen sollte. Immerhin hatte sie schon zugegeben, dass sie McGuffin in Bern hatte entwischen lassen. Sollte sie ihnen jetzt noch schildern, wie sie zwischen Hamburg, London und Bern hinter zwei Studenten hergejagt war? Angesichts der Fehler, die ihr dabei unterlaufen waren, hätten Grimsby und Ross sie endgültig für eine Amateurin gehalten. Andererseits hatten auch die Kanadier Daniel McGuffin entwischen lassen, und Ross und Grimsby waren mit der Aufklärung des Mordes in der Cruden Bay in den vergangenen drei Wochen nicht besonders weit vorangekommen. Sie nahm einen letzten Schluck aus dem Kaffeebecher und beschloss, die Gründe, weshalb sie McGuffin nicht schon in London hatte stellen können, für sich zu behalten. Im Gegenzug würde sie die erneute Flucht McGuffins vor der kanadischen Polizei nicht allzu genau hinterfragen. Sie fühlte sich so müde, dass sie kaum noch klar denken konnte. So viel war immerhin bei dieser späten Besprechung herausgekommen: Die Ausgangsposition aller an der Suche beteiligten Polizeibeamten war etwa die Gleiche.

Weder sie selbst mit ihren weißen Tamponaden im Gesicht noch der ständig schniefende Captain und sein uniformierter dickbäuchiger Kollege mit den wüsten Bartstoppeln gaben ein sonderlich professionelles Bild ab. Sie hatte gehofft, Daniel McGuffin bei seiner Flucht aus dem Berner Spital mit ihren Schießkünsten wenigstens verletzt zu haben. Aber angesichts der Leichtigkeit, mit der sich McGuffin Ross' Schilderung zufolge auf dem Montrealer Flughafen dem Zugriff der Bundespolizei entzogen hatte, konnte sie sich kaum vorstellen, dass sie ihn getroffen hatte.

Bill Grimsby trank seinen Kaffee aus und blickte demonstrativ zur Wanduhr. Christine Keller wusste, dass sie schnell zu einem Ergebnis kommen mussten. Zu einem Entschluss, in welcher Form sie die Ermittlungen fortsetzen würden. Sie wandte sich an Frederic Ross, der trotz seiner heftigen Niesattacken aufmerksamer wirkte als Sergeant Grimsby.

»Dieser Daniel McGuffin hat zwei Menschen umgebracht und dazu einen Studenten aus Hamburg massiv bedroht. Alles nur, um in den Besitz dieser Karte zu gelangen. Es kann nicht sein, dass sie vollkommen unwichtig ist. Was ist denn mit den Pfeilen? Vielleicht sollen die Pfeile auf der Karte Hinweise für die Schatzsuche geben.«

Captain Frederic Ross zuckte mit den Schultern.

»Dazu kann ich nichts sagen. Wir kennen uns mit der Geschichte der Schatzsuche zu wenig aus. Wir müssten die Historiker befragen, in Yarmouth oder in Halifax. Die Jungs aus dem Treasure Hunting Information Centre können bestimmt auch weiterhelfen. Irgendjemand wird ja die Broschüren für die Touristen geschrieben haben. Und denen können sie ja nicht nur Unsinn auftischen. Ein paar abgesicherte Fakten sind in den Broschüren bestimmt enthalten. Vielleicht steht ja auch etwas über die Pfeile drin.«

Bill Grimsbys Gähnen war ein deutliches Zeichen, dass sich die Besprechung dem Ende zuneigte.

»Das Beste wird sein, wir machen es wie sonst auch. Wahrscheinlich müssen wir nur nach Wavy Island rüber und warten, bis sie kommen«, sagte er. Christine Keller sah ihn überrascht an. »Bis wer kommt? McGuffin? Meinen Sie, er wird hier auftauchen? Er weiß doch, dass nach ihm gesucht wird. Der wird doch längst in irgendeiner kanadischen Großstadt untergetaucht sein.«

Aber Frederic Ross widersprach ihr.

»O nein, das glaube ich nicht, unterschätzen Sie die Gier dieser Leute nicht, die haben nur den Schatz im Kopf und sonst gar nichts. Es gibt unglaubliche Geschichten darüber, wie in den alten schottischen Familien die Kinder auf die Schatzsuche eingeschworen werden. Sind zwar alles Schauergeschichten, aber solange die Leute dran glauben, ist das alles nicht zu unterschätzen. Die jeweils nächste Generation wird gewarnt, niemals die Suche aufzugeben, bis der Schatz gefunden und endlich in den Familienbesitz übergegangen ist. Und dann dieser van Bronckship. Der ist der Schlimmste von allen. Er ist zwar nicht von hier, aber er ist noch gieriger als die anderen. Soweit ich weiß, besitzt er im Moment auch die Schürfrechte.«

»Es gibt sogar Schürfrechte?«

»O ja, die gibt es«, sagte Captain Ross, »irgendwann vor zwanzig, dreißig Jahren glitt den Behörden die Sache aus der Hand. Jeder Hobbyschatzsucher, der eine Schaufel tragen konnte, kam nach Nova Scotia und fing an, auf Wavy Island herumzubuddeln. Das konnte die Regierung auf Dauer natürlich nicht tolerieren. Und so wurde eine begrenzte Anzahl von Lizenzen vergeben.«

»Und dieser van Bronckship ist der einzige Schatzsucher, der jetzt noch eine Lizenz hat?«, fragte Frau Keller.

»Ich meine schon, stimmt doch, Bill, oder?«, fragte Ross und sah Sergeant Grimsby an.

»Ja, ich glaube, der Letzte, der vor vier, fünf Jahren verkauft hat, war der alte Joe McGinnis«, antwortete er.

»Ronald van Bronckship hat abgewartet, bis die hoffnungsvollen Schatzsucher genug davon hatten, im Dreck zu wühlen, und hat ihnen dann für wenig Geld die Lizenzen abgekauft«, erklärte Ross. »Nur ein paar der alten Clan-Familien wollten nicht verkaufen. Man munkelt, dass sie zwar ihre Rechte abgegeben haben, aber noch immer eine Art Erfolgsbeteiligung besteht, falls doch was gefunden wird.«

Christine Keller hatte jetzt endgültig genug Abenteuergeschichten gehört. Um alles verdauen zu können, würde sie ohnehin länger als eine durchgeschlafene Nacht brauchen.

»Wie sollen wir nun weiter vorgehen? Was schlagen Sie vor?«, fragte sie dann.

»Wie Bill schon sagte, wir überwachen die Insel. Sehen ab und zu mal nach, ob jemand auftaucht, und wenn dieser Daniel McGuffin dabei ist, nehmen wir ihn fest«, sagte Captain Ross, als sei es das Selbstverständlichste auf der Welt. »Sie können gerne morgen früh gleich mitkommen. Wenn Sie gegen neun Uhr hier sind, können wir sofort losfahren«, fügte er hinzu.

Christine Keller betrachtete nachdenklich ihre neuen kanadischen Kollegen, die ihr gerade die wohl ungewöhnlichste Fahndungsmethode dargelegt hatten, von der sie je gehört hatte. Wenn ihre schmerzende Nase sie nicht daran erinnern würde, dass das hier alles wirklich geschah, würde sie langsam beginnen, an ihrem Verstand zu zweifeln.

»Sie legen sich auf die Lauer, was? Wie eine ... Spinne?«, fragte sie.

Captain Ross zeigte tapfer sein breitestes Lächeln, obwohl er gerade wieder mit einem frischen Taschentuch beschäftigt war.

»Wavy Island verschwindet nicht. Jedenfalls nicht besonders lange.«

44

»Was meinst du, welche sollen wir nehmen?«

Frank stand unschlüssig im einzigen Warehouse in Bridgetown, Nova Scotia, einem kleinen Ort circa fünfzig Kilometer vor der Cruden Bay, und konnte sich nicht entscheiden, welche Spitzhacke sich am besten für die Bergung eines Silberschatzes eignete, der der spanischen Fregatte Santa Cartagena im 18. Jahrhundert abhanden gekommen war.

Die Auswahl war nicht besonders groß. Genau genommen gab es nur zwei Sorten, und von jeder Spitzhacke waren noch drei Stück vorhanden. Die einfache Ausführung sollte dreißig Dollar kosten, die etwas luxuriösere, zu erkennen an der Lederumwicklung am Griff, war für fünfundfünfzig Dollar zu haben. Peter ließ die drei bis oben hin mit Ausrüstungsgegenständen vollgepackten Einkaufswagen stehen, um sich mit Franks Problem zu befassen.

»Du weißt doch, was man über die Zeit des Goldrausches sagt.«

»Nein, weiß ich nicht«, sagte Frank missmutig. »Woher denn auch?« Er hätte den langen Tag nach der Landung in Halifax nun auch gut beenden können. Aber Professor McCully hatte darauf bestanden, keine Zeit zu verlieren. So hatten sie sich sofort bei der nächsten Autovermietung am Flughafen einen fast neuen Jeep Grand Cherokee gemietet, der zwar mit einem in Nordamerika üblichen Automatikgetriebe ausgerüstet war, aber zusätzlich über einen zuschaltbaren Vierradantrieb mit allen nur denkbaren Regulierungsvarianten verfügte. Nach einer fast dreistündigen Fahrt über die im Dunkeln liegende Halbinsel Nova Scotia auf der Bundesstraße 101 in Richtung Cruden Bay kamen sie in Bridgetown an. Ohne voneinander zu wissen, befanden sie sich nur noch fünfzehn Kilometer vom nächsten Ort Digby entfernt, wo Frau Keller im County-Gebäude zur gleichen Zeit mit Captain Ross und Sergeant Grimsby sprach. In Bridgetown hatten sie nur angehalten, weil sie dort ein Warehouse fanden, das noch geöffnet hatte. Der Einkauf einer kompletten Goldgräberausrüstung, wie McCully es bezeichnete, sollte der letzte Programmpunkt des Tages sein, bevor sie sich im Ort ein Motel suchen würden.

Im Gegensatz zu Frank war Peter noch immer bester Laune. Die Abenteuerlust hatte ihn gepackt. Während der Fahrt hatte er Spekulationen angestellt, wie sie am geschicktesten ihre Ausgrabung beginnen konnten, und hatte mit Professor McCully Pläne für den Ablauf des morgigen Tages geschmiedet.

McCully war begeistert auf Peters Fragen und Vorschläge eingegangen, wenn er auch hin und wieder aufmerksam zu Frank herübergesehen hatte, der die meiste Zeit schweigend mit dem Kopf an die Seitenscheibe des Jeeps gelehnt vor sich hin gedöst hatte.

»Es heißt, dass von den Goldsuchern nur die wenigsten selbst reich geworden sind. Diejenigen aber, die Hacken und Schaufeln verkauft haben, sind ohne Ausnahme alle reich geworden«, sagte Peter.

Frank sah zu dem dickbäuchigen Verkäufer hinüber, der mit einem Grinsen im Gesicht, das wie festgewachsen schien, hinter seiner Theke auf und ab schlenderte und relativ häufig zu ihnen herüberschaute. Es war jetzt fast halb elf Uhr abends, und in dem kleinen Ort, der nicht mehr als ein paar hundert Einwohner haben konnte, waren sie die letzten Kunden. Auch weitere Angestellte waren nicht zu sehen. Der Dicke hinter dem Tresen war anscheinend der Besitzer des Warehouses. Unter dem blendenden Licht der Leuchtstoffröhren stand ihm die Zufriedenheit über seine unverhoffte, späte Kundschaft ins Gesicht geschrieben. Es kam wahrscheinlich nicht sehr oft vor, dass zwei großgewachsene junge Männer mit langen blonden Haaren an einem ganz normalen Dienstagabend in seinem Laden auftauchten, ihre Auswahl auf die Anweisungen eines freundlich lächelnden Mittsechzigers hin trafen und nach und nach drei große Einkaufswagen mit Werkzeugen beluden. Der Dicke hatte es aufgrund ihres Besuches überhaupt nicht eilig, seinen Laden zu schließen.

Frank brummte etwas Unverständliches in Peters Richtung, zog die Mundwinkel nach unten, stellte die Spitzhacke mit dem lederumwickelten Griff zurück und nahm zwei der Hacken zu 30 Dollar aus dem Holzständer.

»Was ist denn bloß mit dir los?«, fragte Peter ungeduldig. »Du hast schon die ganze Hinfahrt über keinen Ton gesagt. Hast du die Lust verloren? Das Ganze fängt doch jetzt erst an, richtig Spaß zu machen.« Doch Frank war nicht in der Stimmung für Peters unverwüstlichen Optimismus.

»Ich bin hundemüde. Es ist jetzt irgendwas um vier Uhr morgens unserer Zeit. Außerdem, was machen wir, wenn Professor McCully vollkommen danebenliegt und seine Schatztheorien alle falsch sind? Wem kann ich denn in Hamburg allen Ernstes erzählen, dass ich mal eben kurz in Kanada war und zusammen mit einem englischen Professor für Geophysik einen spanischen Silberschatz ausgraben wollte. Das glaubt mir doch keiner.«

»Lass es uns einfach versuchen, Frank. Was haben wir denn zu verlieren?«, fragte Peter. Und als Frank darauf nicht antwortete, sagte er: »Na, also, gar nichts. Wir machen morgen einen Grabungsversuch, und wenn sich das Ganze als zu schwierig herausstellt, war es das, und wir fliegen wieder nach Hause. Dann kannst du zu Katja zurück und dein Studium beenden, so als sei nichts gewesen. Die paar Tage Abenteuer sind schnell vergessen. Aber ...«, Peter legte Frank freundschaftlich den Arm um die Schulter, »... jetzt stell dir mal vor, wir finden auf dieser geheimnisvollen Insel wirklich was. Muss ja kein Schatz sein, sondern irgendwas, was nach Geschichte riecht und sich wissenschaftlich verwerten lässt. Dann brauchst du deine Diplomarbeit wahrscheinlich gar nicht zu Ende zu schreiben, sondern bekommst sofort ein Forschungsstipendium. Hast du daran schon mal gedacht? Wär doch auch nicht schlecht, oder?«

Frank nickte und schob den Einkaufswagen langsam in Richtung Kasse, wo Professor McCully mit vier Paar Gummistiefeln in den Händen auf sie wartete. Er musste zugeben, dass er sich gedanklich noch gar nicht damit beschäftigt hatte, was passieren würde, wenn sie tatsächlich mit ihren Ausgrabungen Erfolg haben sollten. Wenn sie auch nur irgendetwas einigermaßen Wertvolles fanden, das mindestens aus dem 18. Jahrhundert stammte, dann war bei der sagenhaften Vorgeschichte des Wavy-Island-Schatzes Peters Überlegung mit dem Forschungsstipendium gar nicht so unwahrscheinlich.

»O. K., lasst uns ein Motel suchen, und morgen graben wir den Schatz der ›Santa Cartagena‹ aus«, sagte er. Er stieß Peter in die Seite und rollte mit den Augen. »Oder wir finden die Skelette der fünfzehn Seeräuber des Käpt'n Kidd, natürlich alle mit einem verrotteten Holzbein.«

McCully streckte ihnen die blassgrünen Gummistiefel entgegen, in jeder Hand zwei Paar.

»Welche Größe haben Sie?«, fragte er.

»Fünfzig«, sagte Frank, »Neunundvierzig«, Peter.

»Du meine Güte«, antwortete McCully leicht geschockt und ließ die Arme mit den Stiefeln sinken. »Größere als achtundvierzig gibt es hier nicht. Für den einen Tag morgen muss es halt gehen.« Er legte zwei Paar Stiefel zu den übrigen Sachen in den Einkaufswagen. Die Gerätschaften und Neuanschaffungen mussten bei Außenstehenden den Eindruck erwecken, als würden sie zu einer mittelgroßen Expedition aufbrechen: zwei stabile Schaufeln, zwei Spaten mit scharfer Einstichkante, zwei ausziehbare Aluminiumleitern, eine Schubkarre, mehrere Eimer verschiedener Größe, ein kleiner dieselbetriebener Generator, drei Pumpen mit einigen Metern an Schläuchen, Seile unterschiedlicher Länge und Dicke, ein paar Brecheisen, Taschenlampen, etliche Kanister mit Diesel, drei Arbeitsoveralls und jede Menge Kleinkram, der sich ungeordnet in dem Einkaufswagen verteilte. Beim Bezahlen hielt sich Frank so weit wie möglich im Hintergrund, weil er nicht direkt dem dicken Ladenbesitzer gegenüberstehen wollte. Ihm war die Vorstellung zuwider, dass Peter Recht hatte und der Inhaber des Warehouse als Einziger von ihrer Schatzsuche profitieren würde.

»Das macht 1734 Dollar und 20 Cents«, verkündete der Dicke hinter dem Tresen. Professor Kenneth McCully zeigte keine besondere Reaktion und holte kommentarlos seine Kreditkarte hervor.

»Kommen Sie mit dem Einladen allein zurecht?«, fragte der Dicke, ohne sie dabei direkt anzusehen.

»Ja, sicher, kein Problem«, sagte McCully und nahm seine Kreditkarte wieder in Empfang.

»Können Sie uns noch sagen, wie die Tidenvorhersage für morgen ist?«, fragte McCully.

»Für Bridgetown wird am Morgen lange vor dem Hellwerden der niedrigste Wasserstand erwartet.« McCully sah ihn etwas irritiert an.

»Und wann wird es hier hell um diese Jahreszeit?« Das Grinsen des Dicken wurde breiter.

»So zwischen sieben und halb acht«, antwortete er. Dann verschwand das Grinsen aus seinem Gesicht. Er blickte sich gründlich in seinem Geschäft um, als wüsste er nicht genau, dass außer ihnen schon seit einer Stunde niemand mehr seinen Laden betreten hatte. Er lehnte sich mit verschränkten Armen auf die Theke und sah sie mit zusammengekniffenen Augen an.

»Wenn Sie über den Damm fahren wollen, dann können Sie sich ein wenig länger Zeit lassen.«

McCully war sich unschlüssig, ob er darauf antworten sollte. Er wusste nicht, was der Dicke mit seiner Bemerkung meinte. Aus seinem Gehabe war fast darauf zu schließen, dass er für genauere Auskünfte bezahlt werden wollte. Der Ladenbesitzer deutete mit einem Kopfnicken in Richtung der vollbepackten Einkaufswagen.

»Wenn Sie vorhaben, nach dem Schatz zu graben, sind Sie ganz schön spät dran.«

Als er McCullys konsterniertes Gesicht sah, lachte er.

»Nein, verstehen Sie mich nicht falsch, noch hat niemand was gefunden. Wenn es einen Schatz gibt, dann ist er noch da. Es ist nur so, dass den ganzen Sommer über niemand hier war, und Sie sind reichlich spät dran im Jahr, finden Sie nicht auch?«

»Wir konnten nicht früher weg«, beantwortete Peter für McCully die Frage und gab sich Mühe, einen betont harmlosen Eindruck zu machen. Der Dicke blickte Peter an, der daraufhin den Mund verzog und die Zähne zusammenbiss – bei dem Dicken konnte es als Lächeln durchgehen.

»Wir hatten nicht früher Ferien.«

»Wo kommen Sie her?«

»Aus London.«

Der Dicke zeigte wieder sein breites Grinsen. Nun war alles klar. Peters Antwort hatte ihm als Bestätigung noch gefehlt. Kenneth McCully war ein spleeniger Brite und spendierte als wohlhabender Vater seinen beiden erwachsenen Söhnen ein Abenteuer für große Jungs in den letzten gemeinsamen Ferien. Das erklärte die Zurückhaltung seiner Kunden. Aber damit konnte er umgehen. Schließlich hatte er Gespräche ähnlicher Art schon öfters geführt. Er sagte:

»Wenn Sie morgen ganz früh aufstehen, dürfte der Damm frei sein. Bei Tageslicht ist schon der tiefste Stand der Ebbe erreicht, das könnte vielleicht schon zu spät sein.«

»Wann ist denn ganz früh?«, wollte McCully wissen.

»Nun, wenn Sie so gegen fünf Uhr losfahren, kommen Sie schon noch rüber, ohne sich nasse Füße zu holen. Und außerdem«, der Dicke zwinkerte ihnen zu, »ist dann noch keiner von der Wachstation am Damm.«

»Danke vielmals«, sagte McCully. Sie verließen den Laden und schoben ihre Einkaufswagen auf den Parkplatz. Sofort verlosch hinter ihnen das Licht der Neonröhren, und der Parkplatz lag in völliger Dunkelheit. Dann hörten sie, wie die Eingangstür des Warehouse verschlossen wurde.

Sie benötigten fast zwanzig Minuten, bis sie sämtliche Einkäufe im Wagen verstaut hatten. Trotz der enormen Größe des Innenraumes ihres Jeeps musste sich Frank auf die Rückbank neben die Schubkarre klemmen.

»Was hat er damit gemeint, der Damm sei frei?«, fragte Peter.

»Ja, ich hatte damit gerechnet, dass wir uns morgen ein Boot leihen und den ganzen Kram umladen müssen, um auf die Insel zu kommen«, sagte Frank.

»Ach was, nein, nein«, antwortete McCully. »So kompliziert ist das Ganze nicht«, er überlegte kurz, »das heißt, je nachdem, wie die Lage gerade ist. Wavy Island ist eine Insel, aber es gibt eine Landverbindung, einen Damm, den man mit dem Auto befahren kann, aber eben nur bei Ebbe. Davon hat der Ladenbesitzer gesprochen. Wie er sagte, wir fahren um fünf Uhr los, dann sind wir noch vor dem ersten Tageslicht auf der Insel. Es kann zwar trotzdem kompliziert werden, aber auch das hält sich in Grenzen. Wenn wir mit der Arbeit nicht rechtzeitig fertig werden, ist der Damm überflutet, und wir kommen nicht mehr zurück. Für den Fall haben wir vorgesorgt. Wir haben genügend Schlafsäcke, Decken und Vorräte dabei, sodass wir zur Not auch eine Nacht dort verbringen können. Länger wird es auf keinen Fall dauern. Es hat keinen Sinn, woanders zu suchen als genau an der auf der Karte angegebenen Stelle.«

Frank nahm diese Neuigkeiten von McCully zur Kenntnis wie ein Schlafwandler. Bevor er auf der Fahrt ins Motel endgültig einschlief, kam ihm noch die Frage in den Sinn, woher der Professor all diese Einzelheiten eigentlich so genau kannte.

Morgen würde sich alles klären.

45

»Hier ist heute schon jemand rübergefahren«, stellte Sergeant Bill Grimsby fest. Er zog seine Uniformhose an den Oberschenkeln nach oben und ging in die Knie, um die Reifenspuren im Schlamm zu begutachten. Wozu das gut sein sollte, blieb Christine Keller verborgen. Sie befanden sich an der Stelle, wo der Damm endete und Wavy Island ihren Landrover mit einem Gemisch aus Kieselbrocken und sandigem Matsch empfangen hatte. Die Reifenspuren waren mehr als deutlich zu erkennen. Sie mussten von einem Fahrzeug stammen, das mindestens so groß war wie ihr eigenes: ein Landrover Discovery, selbstverständlich mit Vierradantrieb und dem gleichen Abzeichen des Yarmouth County Department auf den Seitentüren, das sich auch auf Sergeant Grimsbys Brusttasche befand.

»Sieht aus wie die Spuren von einem 4-Wheel-Drive, so ähnlich wie unserer«, sagte Grimsby und richtete sich wieder auf. Christine Keller überlegte, ob sie eine spitze Bemerkung über Indianer oder Spurenleser fallen lassen sollte, entschied sich aber anders. Sie wollte ihre Gastgeber nicht beleidigen.

»Wenn die Reifenabdrücke hier am Ende des Dammes noch so deutlich zu sehen sind, müssen sie von heute Morgen stammen, sonst wären sie von der Flut weggespült worden, richtig?«

Nur Grimsby sah sie ein bisschen erstaunt an. Captain Ross wusste dagegen, dass man nicht auf Nova Scotia geboren sein musste, um zu dieser logischen Schlussfolgerung zu gelangen.

»Richtig«, sagte er, »sie müssen sehr früh gekommen sein, sonst hätte Bob uns vorhin angehalten oder uns schon angerufen, bevor wir aufgebrochen sind.« Bob musste der gewesen sein, der im Tourist Information Centre auf der Festlandseite grüßend die Hand gehoben hatte, als sie im Schritttempo an ihm vorbeigefahren waren.

»Ist denn in der Touristeninformation nachts niemand?«, fragte Christine Keller.

»Nein, die eignet sich nicht zum Übernachten. Sie haben das Gebäude ja gesehen«, sagte Ross. Ein in Hufeisenform angelegter Flachbau, in der grauen Farbe der Uferfelsen angestrichen, um ihn mehr gewollt als gelungen in die Umgebung einzupassen. Darin gab es ein mit dem Notwendigsten ausgestattetes Café zum Aufwärmen. Und eine kleine, direkt neben dem Damm aufgebaute, holzverschalte Bude, die Wärterstation, von der aus Bob sie gegrüßt hatte. Ein Lagerraum, jede Menge Warn- und Verbotsschilder mit ›Achtung Lebensgefahr‹ und ein Parkplatz für höchstens zwei Reisebusse oder acht bis zehn Pkws. Das war das Treasure Hunting Information Centre von Wavy Island. Keine dreidimensionalen Multimedia-Shows und keine zusätzlichen audio-visuellen Events. Kein Zweifel, in der kleinen Schatzsuchergemeinde blieb noch viel zu tun, damit sie sich als Touristenmagnet auf der Landkarte der Attraktionen festsetzen konnte. Der Schatz war entweder noch nicht berühmt genug oder die Gegend zu ungastlich, um eine ausreichende Anzahl von Touristen für einen längeren Aufenthalt zu gewinnen. Wahrscheinlich traf Letzteres zu, dachte Christine Keller, als sie den hinter ihnen liegenden vier Kilometer langen Steindamm entlangblickte. Für die Überfahrt hatten sie fast eine halbe Stunde benötigt. Der Weg bestand aus Steinen in der Größe von Gehwegplatten, die auf wellenbrechergroßes Felsgestein zementiert waren und so den Abschluss einer provisorischen Fahrbahn bildeten. Die Überquerung des Dammes ließ sich tatsächlich nur mit Reifen in Traktorgröße bewältigen, damit die Karosserie des Wagens nicht aufsetzte. Mit einem normalen Pkw war der Weg gar nicht zu befahren. Captain Ross erläuterte, dass die Konstruktion des Dammes nur auf diese Weise möglich gewesen sei, da jedes andere Baumaterial zu leicht oder zu unbeständig gewesen wäre, um der täglich zwei Mal über den Damm rauschenden Strömung standzuhalten.

Die Konstruktion bildete nebenbei ein erwünschtes Hindernis für ungebetene Gäste. Es war verboten, Wavy Island unangemeldet zu erkunden. Das Betreten der Insel war nur in Form einer so genannten historischen Führung möglich, zu der ein gemieteter Guide eine Gruppe von mindestens fünf Personen um sich versammelte und dann eine halbtägige Inselrundfahrt unternahm, das alles zu einem stolzen Preis von siebzig Dollar, aber einschließlich eines Mittagessens im Café des Treasure Hunting Centre, so hatte Captain Ross betont und erstmals gegenüber Christine Keller eine Spur Lokalpatriotismus gezeigt. Die Erzählungen ihrer beiden Kollegen bewegten sich auf der Grenze zwischen dem Bemühen, ihre Heimat in einem möglichst vorteilhaften Licht erscheinen zu lassen, und einer lässig vorgetragenen Portion Skepsis, was den Schatz und die leichtgläubigen Touristen betraf. Eine Art Seeungeheuer von Loch Ness in der Neuen Welt.

»Ein bisschen wie im alten Schottland«, sagte sie dann

auch, verzichtete aber auf eine Erklärung, obwohl sie die verständnislosen Blicke von Ross und Grimsby bemerkte.

»Die Überwachung funktioniert allerdings nicht«, sagte sie. »Wenn man am Morgen nur früh genug losfahren muss, um an den Posten vorbeizukommen, kann doch jeder auf die Insel gelangen, der will. Vorausgesetzt natürlich, er hat einen Geländewagen mit Vierradantrieb, oder etwa nicht?«

»Sie haben Recht«, sagte Captain Ross. Offenbar hatte er mit den Reifenspuren nicht gerechnet. Dann rechtfertigte er sein County.

»Aber Sie müssen auch sehen, dass zu dieser späten Jahreszeit kaum noch Touristen unterwegs sind. Es lohnt sich also nicht, jemanden die ganze Nacht über in die kleine Hütte zu setzen, damit er den Damm überwacht.«

Sergeant Grimsby stimmte ihm zu.

»Der arme Kerl würde erfrieren. Was meinen Sie, was hier in diesem Herbst schon los war? Wir hatten Stürme von bis zu neunzig Meilen Geschwindigkeit. Letzten Winter ist eins der Lagerhäuser am Dammeingang einfach weggeflogen. Diesen Sommer haben wir alles mit Drahtseilen verankert. Ist ja nicht so, dass wir nichts tun für die Gegend.« Aha, Grimsby war also der Lokalpatriot.

»Wird die Insel denn im Winter auch überwacht?«, fragte Christine Keller.

»Ja, tagsüber ist immer jemand da. Aber das Touristen-Center schließt Anfang Dezember für den Winter. Dann ist das hier der einsamste Job in der Gegend. Keiner reißt sich darum. Todlangweilig«, sagte Frederic Ross.

»Sie haben ja gesehen, eben war außer Bob kein Mensch da. Die Leute, die heute Morgen rübergefahren sind, haben die frühe Ebbe ausgenutzt. Wir haben erst jetzt den tiefsten

Stand. In einer halben Stunde beginnt das Wasser schon wieder aufzulaufen. Danach gibt das Meer den Damm erst heute Abend wieder frei«, erklärte Ross.

»Sieht so aus, als würden wir den Tag heute hier verbringen. Unsere Schatzsucher sind jedenfalls sehr früh aufgestanden«, sagte Grimsby.

Christine Keller hatte nichts dagegen einzuwenden. Seeluft sollte ja gesund sein. Sie zog die dicke Regenjacke enger, die ihr Ross gegeben hatte, um sich gegen den scharfen Wind zu schützen. Den salzigen Geruch des Ozeans hätte sie gern gerochen. Der Gedanke an ihre verletzte Nase erinnerte sie daran, dass sie nicht zum Ausspannen hier war.

»Wo haben Sie vor drei Wochen den Toten gefunden?«, fragte sie.

Ross zeigte zum Anleger hinüber, zur Spitze der Cruden Bay, wo zu dieser Zeit schon lange kein Wasser mehr stand, sodass der Schlamm zu trocknen begann. Die Hauptstraße führte am Touristen-Center vorbei über den steinernen Damm nach Wavy Island. Kurz vor der Dammauffahrt zweigte eine schmale, nur etwa zweihundert Meter lange Straße ab und führte zum Anleger hinunter. Es war nur eine Zufahrtstraße für ein paar Segler oder einen verirrten Fischer, die ihre Boote unten am Steg festmachen konnten. Von hier aus war auf dem gegenüberliegenden Festland weit und breit nichts anderes zu erkennen als dieser Steg.

»Da drüben haben wir ihn gefunden. Er kann nicht länger als zwei Stunden im Wasser gelegen haben, wenn man bedenkt, wie er ausgesehen hat, als wir ihn rausgefischt haben. Rechnen Sie dann die Strömungsrichtung mit ein, kann er nur von hier gekommen sein.« Ross zeigte den Weg, den der tote Institutsmitarbeiter durch die Meeresströmung genommen haben musste, indem er mit dem Zeigefinger einen langgezogenen Bogen beschrieb, der irgendwo nicht weit vor ihren Füßen am Ufer von Wavy Island endete.

»Könnte sein, dass er irgendwo hier vorne ins Wasser geworfen wurde«, erklärte er. »Wäre er aus der anderen Richtung vom Kontinent her angeschwemmt worden, hätte das Tage gedauert, und das Wasser wäre längst in seinen Körper eingedrungen. Dann hätte die Leiche anders ausgesehen. Aufgedunsen und fleischig, mit geplatzter Haut und von den Fischen angeknabbert.« Er sah Christine Kellers vielsagenden Blick. »So ähnlich jedenfalls.«

»Ich bin mir sicher, Wavy Island hat ihn auf dem Gewissen«, sagte er. Als ob er seine Worte unterstreichen wollte, nieste er kräftig auf den Inselboden und schnaubte anschließend in sein Taschentuch.

Sergeant Grimsby hatte offenbar lange genug im kalten Wind vor dem Auto gestanden. Er bewegte sich in Richtung Fahrertür, als könne er es nicht abwarten, mit der Inselerkundung zu beginnen. Doch Hauptkommissarin Keller und Captain Ross rührten sich nicht. Christine Keller suchte mit einem Fernglas das Inselufer ab. Captain Ross hatte es auf der Suche nach Taschentüchern aus dem Innenfutter seiner blauen Pilotenjacke hervorgezaubert.

»Nachdem wir den Leichnam entdeckt hatten, haben wir die Insel einmal komplett umrundet und das ganze Ufer nach Spuren abgesucht«, sagte Grimsby.

»Und?«, fragte Frau Keller, ohne das Glas abzusetzen.

»Nichts. Wäre aber auch ein Wunder gewesen. Die Tide steigt zwar nicht immer bis zur gleichen Höhe an, sie nimmt aber regelmäßig alles mit, was wir vielleicht hätten finden können«, sagte er.

Christine Keller entdeckte im spärlichen Uferbewuchs zwischen Riedgras und Moos zwei Vögel mit dunkelroten Schnäbeln, die ihnen wie ein merkwürdiger kantiger Haken vom Kopf abstanden. Sie nahm sich vor, auf dem Rückweg beim Informationszentrum nach einer Hinweistafel über Vogelarten Ausschau zu halten.

»Was hat er auf Wavy Island gewollt?«, fragte sie und hielt das Glas auf die beiden Vögel gerichtet. »War er auch auf Schatzsuche?«

»Das sind übrigens Papageientaucher«, erklärte Captain Ross, »so spät im Jahr sieht man sie nur noch selten.« Sie setzte das Fernglas ab. Frederic Ross lächelte sie an. Sergeant Grimsby schüttelte den Kopf, öffnete die Autotür und setzte sich auf den Fahrersitz.

»Setzen wir uns doch ins Auto«, sagte Frederic Ross, »da ist es nicht so windig.« Christine Keller steckte das Fernglas in die Regenjacke und kletterte auf die Rückbank. Captain Ross setzte sich auf den Beifahrersitz, öffnete das Handschuhfach und fand eine frische Packung Papiertaschentücher.

»Nein, der Mann aus Quebec war Biologe«, sagte er, »die sind zwar auch verdammt neugierig, aber sie interessieren sich nicht für vergrabene Schätze. Meistens entnehmen sie zwei Wochen lang Proben, und dann verschwinden sie glückselig in ihrem Labor und sind erst mal ein halbes Jahr beschäftigt. Dann kommen sie im nächsten Sommer wieder und fangen wieder von vorne an. Er war ein junger Kerl, aus Montreal, hat beim Ozeanographischen Institut in Quebec gearbeitet. Ich glaube, er hat Uferpflanzen untersucht, muss für die Leute ziemlich interessant sein, wegen des Tidenhubs. Sein Name war Patric LeClerque, fünfundzwanzig Jahre alt, aber was er genau auf Wavy Island gewollt hat, wissen wir nicht. Er hat sich nicht angemeldet, ist anscheinend auf eigene Faust losgezogen, was eigentlich nicht in Ordnung ist, denn alle Forschungsvorhaben in der Cruden Bay oder auf Wavy Island müssen vorher beim County beantragt werden. Zumindest aber sollten sich die Leute bei uns anmelden.«

»Wusste sein Institut nichts über seinen Aufenthaltsort?«

»Nein, es war Wochenende, als wir ihn gefunden haben. Samstag früh. Am Montagmorgen hätte er wieder in Montreal sein sollen.«

»Hätte es nicht auch ein Unfall sein können? Vielleicht ist er ja einfach ins Wasser gefallen und ertrunken.«

»Er ist nicht ertrunken«, sagte Ross.

»Er wurde erschlagen«, sagte Grimsby, »und wurde dann ins Wasser geworfen. Es war Mord, so viel ist klar.«

Das anschließende Schweigen dauerte fast zwanzig Sekunden.

»Wissen Sie, womit er erschlagen wurde?«, fragte Christine Keller. Sie bereute die Frage sofort. Es war zwar ausgeschlossen, dass ihre beiden Kollegen von der abstrusen Theorie wussten, die ihr die drei Hobby-Schatzsucher in Bern über die Steine und die Pfeile präsentiert hatten, aber der Gedanke, dass der Mörder nach einer mystischen Vorgabe tötete, kam ihr nicht mehr ganz so abwegig vor, nachdem sie am gestrigen Abend gehört hatte, dass ein Teil der Einheimischen hier ernsthaft an die Existenz eines Piratenschatzes glaubte. Aber sie würde sich hüten, Ross und Grimsby zu erzählen, dass der Mörder einer apokalyptischen Prophezeiung in der Reihenfolge eines biblischen Farbcodes folgte.

Grimsby und Ross fanden nichts Besonderes an der Frage. Frederic Ross schnäuzte sich gerade wieder und überließ es Grimsby zu antworten. »Keine Ahnung«, sagte der nur.

»Wir wissen nicht, womit er erschlagen worden ist«, erläuterte Frederic Ross, als er wieder sprechen konnte. »In den zwei Stunden, die er im Wasser gelegen hat, sind sämtliche Spuren, die sich nach dem Schlag möglicherweise noch an der Wunde befunden haben könnten, weggespült worden. Jeder Gegenstand, der hart genug ist, kann es gewesen sein.«

»Vielleicht wurde er auch entführt«, sagte Grimsby. »Was hätte er auch sonst auf Wavy Island treiben sollen?«, fügte er hinzu, als er Frederic Ross' unwirschen Blick sah.

»Von den Schatzsuchern?«, fragte Christine Keller.

»Wir wissen es nicht«, sagte Captain Ross, »wir können nur spekulieren. Wir sollten jetzt weiterfahren, solange das Wetter mitspielt«, sagte er. Ein paar Sonnenstrahlen, die den grauschwarzen Morast beleuchteten, den das Meer links und rechts des Damms zurückgelassen hatte, das war an diesem Morgen Christine Kellers freundlichste Wahrnehmung über das Wetter gewesen. Captain Ross deutete mit dem Daumen nach hinten durch die Heckscheibe des Landrovers.

Über die langgestreckten Hügel Nova Scotias schoben sich von Nordosten her dunkelgraue Regenwolken zur Fundy Bay heran. Und es sah nicht so aus, als würden sie in Richtung Atlantik abdrehen wollen.

46

44° 20` 12 N – 65° 55` 48 W

lauteten die Koordinaten der Stelle, an der der Schatz von Wavy Island vergraben sein sollte. Eine Ladung mit sechzig Tonnen Silber von der spanischen Fregatte Santa Cartagena, die einem Hurrikan vor der Ostküste Floridas entkommen war, Anno Domini 1715. Gestrandet, von Piraten gekapert oder von den Siedlern Nova Scotias versenkt und seitdem im Inneren der Insel verborgen und nie mehr wiedergefunden.

> zu Jolly Rogers Banner Ruhme
> vergraben durch der Siedler Ahnen
> behütet durch der Stürme Fluten
> und der Totenruhe Ehren verborgen
> liegt Pecunias stolzeste Fregatte

Die Übersetzung einer kaum zu entziffernden gälischen Urschrift auf einer Schatzkarte, die ihnen im Tausch überlassen worden war vom Sohn des seltsamen Gelehrten Georg Felgendreher, der Albert Einstein die Relativitätstheorie hatte streitig machen wollen. Und sein Sohn war wegen der Karte, die jetzt auseinandergefaltet auf Peters Schoß lag, von einem Mann ermordet worden, der den Decknamen Einstein angenommen hatte. Und der, um allem die Krone aufzusetzen, Katjas Theorie zufolge mit seinen Morden die apokalyptische Prophezeiung aus der Offenbarung des Apostel Johannes ausführte.

Und was machte Peter Adams mit den Koordinaten?

Er gab sie ganz einfach als Wegpunkt in das Satellitennavigationssystem des Jeep Grand Cherokee ein.

Manchmal übertrieb Peter seinen Sinn fürs Praktische, aber in diesem Fall, das musste Frank zugeben, gab es keine andere Möglichkeit, um mit der Suche zu beginnen.

Exakt zu der eingegebenen Stelle würde sie der Navigator des Wagens allerdings nicht führen können, dazu war das System nicht genau genug. Für diesen Zweck hatte McCully noch ein GPS-Handgerät gekauft, und Frank trug noch immer das GPS-Handy von Michael bei sich. Wenn es so weit war, wollte er darauf zurückgreifen und in Hamburg anrufen. Mit Hilfe von Michael und seinem Heimcomputer hoffte er, die Grabungsstelle auf den Meter, wenn nicht sogar auf den Zentimeter, genau orten zu können.

Eine Fahrt wie die über den Verbindungsdamm nach Wavy Island hatten zumindest Frank und Peter noch nicht erlebt. Kenneth McCully war schon einmal mit einer Besuchergruppe auf der Insel gewesen und wusste, dass nur eine behelfsmäßige Fahrbahn über den Damm führte. Rumpelnd und ruckelnd erkämpften sich die Räder den Weg, als würden sie sich selbst auf unsichtbaren Ketten voranziehen. Das schneidende Laserlicht der Vorder- und Rückstrahler des Jeeps sprang zwischen dem Schlick in der Bucht und dem grob zementierten Fels unter ihnen hin und her. Darüber hing das fahle Licht der Morgendämmerung. Im Vergleich zu der Dammüberquerung war die Fahrt über die Insel unspektakulär. Schon nach fünfzehn Minuten blinkte auf dem Navigationssystem ein Zeichen auf und zeigte das Erreichen des eingegebenen Zielpunktes an. Wege gab es keine auf Wavy Island. Die Insel bestand zum größten Teil aus Felsgeröll, das sich zu einzelnen Hügeln auftürmte, von ein paar grün bewachsenen Flecken abgesehen. Die Insel war eine Mischung aus einer Kraterlandschaft auf dem Mond und einer mit Unkraut bewachsenen Abraumhalde. Der Jeep kletterte eine höchstens zehn Meter hohe, nicht mal besonders steile Böschung hinauf, und dann befanden sie sich am Rand eines kreisförmigen Plateaus. Vor ihnen erkannten sie eine Ansammlung von noch mehr Geröll und Schutt. Erst nach dem Aussteigen sahen sie im Lichtstrahl der Autoscheinwerfer, dass sich zwischen den Geröllhügeln eine Anzahl von quadratischen Löchern befand, die eindeutig nicht natürlichen Ursprungs waren. Es handelte sich um alte Grabungslöcher und Schächte, in denen das Wasser stand. Sie hatten ihr Ziel erreicht.

Eine dichte Nebelwand zog über die Insel. In der Dunkelheit auf dem Damm der Cruden Bay war davon noch nichts zu sehen gewesen. Dick eingemummt in Fleece-Pullovern und winddichte Funktionsjacken, luden sie ihre Ausrüstung aus dem Jeep. Es dauerte nur Minuten, bis sie ins Schwitzen kamen, während sie Leitern und Werkzeuge auf dem scharfen Gestein des Plateaurandes ablegten.

Es war schon halb acht, und langsam zeigten sich im feuchten Morgendunst die ersten schwachen Konturen der näheren Umgebung. Sie ließen die Scheinwerfer eingeschaltet. Nebelschwaden tauchten unter den Strahlen hindurch und hüllten sie hartnäckig ein, als ahnte die Insel den Angriff auf ihr Geheimnis. Sie beschlossen, das Tageslicht abzuwarten. Müde vom frühen Aufbruch saßen sie bei geöffneten Wagentüren, Becher mit heißem Tee in der Hand haltend da und schwiegen.

Als der Nebel sich lichtete, wurde es hell, aber das schwache Morgenlicht zeigte ihnen nur graues Steingeröll. Eine Zeitlang hielten sich die feuchten Schleier am Muldenrand vor ihnen, und Frank spürte, wie ihm ein Gemisch aus Schweiß und kondensierter Feuchtigkeit den Nacken hinablief. Er fröstelte. Dann unterbrach er das trostlose morgendliche Schweigen.

»Verzieht sich der Nebel ganz, oder bleibt er tagsüber auf der Insel hängen?«

McCully antwortete. »Schwer zu sagen, ich war im Hochsommer hier, von Nebel habe ich da nichts bemerkt.«

»Hauptsache, wir haben bei der Rückfahrt auf dem Damm freie Fahrt. Ich habe mich vorhin schon gefragt, was wir machen sollen, wenn uns jemand entgegenkommt«, sagte Peter.

»Auf, lasst uns anfangen«, unterbrach McCully Peters Gedankengang.

Sie kletterten aus dem Jeep. Kenneth McCully schaltete sein GPS-Gerät ein und Frank sein Handy. Er wählte Michaels Telefonnummer. In Hamburg war es früh am Mittwochnachmittag.

»Michael? Wir fangen an zu suchen. Du kannst jetzt loslegen. Sag Bescheid, wenn du mich auf dem Schirm hast.«

Statt einer Antwort hörte Frank das Klicken einer Computermaus. Es klang, als betätigte Michael eine Morsetaste, so schnell flitzte er durch die Programme. Dann hörte er wieder, wie sich Michael im Hintergrund mit jemandem unterhielt. Frank hatte sich schon fast daran gewöhnt, dass es Katja war.

»Du kannst jetzt losgehen, aber bitte langsam, nicht zu schnell, und geh gleichmäßig. Das Programm läuft, und ich habe dich auf dem Schirm. Ich habe Geocentralix auch auf Katjas Notebook installiert, sie ist dir also auch auf der Spur«, sagte Michael.

Geocentralix hieß also die Software, die die Signale von Franks Handy in die Ziffernreihenfolge der GPS-Koordinaten umwandelte. Wie das Programm genau arbeitete, hatte Michael ihm zwar erklärt, aber er konnte sich kaum an die komplizierten technischen Einzelheiten erinnern. Frank starrte auf das Display von Michaels Handy und konnte nur einen unverständlichen Strichcode erkennen, ähnlich dem Warencode an der Supermarktkasse. Die Striche wanderten von links nach rechts über das Display, mal schneller, mal langsamer, je nachdem, wie schnell er sich selbst über das

Felsplateau bewegte. Zur Feststellung seiner Position benutzte Geocentralix die Zellinformation des Mobilfunks auf GSM-Basis und das satellitengestützte Global Positioning System. Um in den zentimetergenauen Auflösungsbereich der Positionierung zu gelangen, verwendete Michaels Rechner einander überlagernde Triangulationen mit einer extrem hohen Vernetzung. Innerhalb von Gebäuden funktionierte das noch nicht, weil die erforderliche Auflösung nicht erreicht werden konnte, aber im Freien gab es keine Probleme, wenn man die richtige Software besaß, und die hatte Michael natürlich.

Würde alles bald technischer Standard sein, hatte Michael ihm erklärt, aber noch handelte es sich um den Prototyp eines mobilen Ad-Hoc-Netzwerks. Die Impulse seines Handys wanderten über die Telefonleitung in Hamburg, und Geocentralix machte daraus eine verständliche Ortsangabe mit einer sekundengenauen Bestimmung von Längen- und Breitengrad. Die Positionsangabe war zentimetergenau. Und es funktionierte. Kenneth McCully war mit seinem nagelneuen GPS-Gerät bereits ein paar Schritte hinter ihm ratlos stehen geblieben und begann, aufgrund der verzerrten Angaben seines Geräts, im Kreis zu laufen. Aber mit Hilfe von Michaels Equipment waren sie sämtlichen Schatzsuchern der Vergangenheit um Lichtjahre voraus.

»44° 20` 50 N – 65° 55` 04 W, etwas mehr nach Südosten«, kommandierte Michael. Frank gehorchte und folgte dem Schein seiner Stirnlampe in die angegebene Richtung.

Seine Schritte glichen einem Balanceakt. Wie auf einem verschneiten Gletscherfeld kämpfte er sich ohne Sicherung auf den schmalen Brücken und Dämmen, die die alten Grabungslöcher voneinander abgrenzten, Schritt für Schritt voran. Neben ihm öffneten sich die Löcher, teilweise waren sie bis zum Rand mit Wasser angefüllt, teilweise schien nur der Boden tief unten mit Pfützen bedeckt zu sein. Diejenigen Schächte, bei denen man auf den Grund sehen konnte, waren fünf, sechs Meter tief, schätzte Frank. Der obere Rand, auf dem er sich vorwärtstastete, war etwa genauso lang. Es schien, als bewege er sich auf dem Grundriss einer prähistorischen Ausgrabungsstätte mit würfelartigen Ausschachtungen. Schon meinte er, aus dem Morgendunst das andere Inselufer auftauchen zu sehen. Er hatte fast den gegenüberliegenden Muldenrand erreicht, als er Michaels Stimme hörte.

»44° 20` 20 N – 65° 55` 40 W, du bist gleich da, noch drei oder vier Meter.«

Das vorletzte Loch im Innenbereich des Plateaus, nicht mehr weit entfernt von der Fundy Bay, entsprach der Koordinatenangabe auf der Schatzkarte.

»Das war's. Perfekte Arbeit, Micha.« Frank versprach, sich spätestens in zwei Stunden wiederzumelden, egal ob sie dann etwas gefunden hatten oder nicht.

Peter schleppte auf der Umrandung des Plateaus die erste Leiter heran, und Frank warf einen genaueren Blick in den Schacht. Wie nicht anders zu erwarten, stand darin das Wasser. Peter stieß zu ihm, ließ die Leiter in den Schacht gleiten und stemmte die untere Kante mit aller Kraft gegen den Schachtboden. Sie hatten Glück. Das brackige Wasser reichte nicht weiter als bis zur zweiten Trittstufe der Leiter. Die paar Liter Wasser würden ihre Pumpen in weniger als einer halben Stunde geschafft haben. Der Schacht, an dem sie fieberhaft zu arbeiten begannen, unterschied sich in nichts von den umliegenden. Für ihre Vorgänger auf der Suche nach dem Schatz von Wavy Island war dieser Schacht nur ein weiteres Loch von vielen anderen gewesen, die sie gegraben und unverrichteter Dinge zurückgelassen hatten. Doch für Peter, Frank und Kenneth McCully war es der einzige Versuch. Entweder sie hatten sofort Erfolg, oder sie würden umkehren.

Schwitzend und keuchend schleppten sie ihre Ausrüstung heran. Kenneth McCully arbeitete trotz seines Alters am eifrigsten. Während er nach Atem rang, gab er Kommandos und Anweisungen, die Peter und Frank gehorsam ausführten. Sie hatten eine schweigende Übereinkunft getroffen. Sie würden Professor Kenneth McCully, dem Experten der Schatzlegende, die Organisation überlassen und, falls es dazu kam, auch den Vortritt beim letzten Spatenstich.

Sofort nach dem Abpumpen des Wassers stießen sie auf eine dicke Holzbohle.

»Es ist wie am Anfang, als alles begonnen hat«, murmelte McCully. Der Fischer, der im Jahr 1795 auf Wavy Island strandete, war bei der ersten Grabung mit seinen Freunden auf eine Schicht aus Eichenholzbohlen gestoßen.

»Ist auch überliefert, wie sie die Bohlen weggeräumt haben?«, fragte Peter.

»Natürlich nicht«, sagte McCully unwirsch, als er, auf dem Boden des Schachtes kniend, das Holz ableuchtete, »wir müssen sie wegstemmen. Holt die Spitzhacken und die Brecheisen.«

Frank und Peter stiegen die Leiter hinauf und schleppten das restliche Werkzeug heran. Es war hell geworden, ohne dass sie es während ihrer Arbeit am Schachtboden mitbekommen hatten. Wavy Island war wahrhaftig keine landschaftliche Schönheit. Der Großteil der Insel bestand aus kahlen Steinhügeln, die nicht anders aussahen als die Grabungsstelle selbst. McCully hatte nicht übertrieben. Die Insel war durch die Grabungen völlig zerlöchert. Das verstreute Felsgestein sammelte sich auf Halden, die in unregelmäßigen Abständen bis zum Ufer die Aussicht auf den Ozean versperrten. Die Cruden Bay mit ihren kurzen Sandstränden war im Gegensatz zu Wavy Island fast schon eine Attraktion. Dort gab es wenigstens spärlichen Baumbewuchs, ein paar kleine windschiefe Kiefern, und in Richtung des Meeres ein wenig Grün, das von dem bisschen Gras und Moos auf den höher gelegenen Klippen herrührte. Wo Wavy Island im Ebbeschlick der Fundy Bay versank, schimmerte es weiß vom Salz der Marschen. Möwengeschrei klang zu ihnen herüber, dazwischen ein entferntes Motorengeräusch. Frank vermutete ein Motorboot und blickte auf. Dann sah er die dunkelbraune verlassene Schlickebene in der Bucht, die sich bis zum Horizont erstreckte. Ein Boot konnte es also nicht gewesen sein, ein weit entferntes Flugzeug dagegen schon.

Gegen zehn Uhr hatten sich Morgendunst und Nebel endgültig verzogen. Vereinzelt brach die Sonne durch die Wolken, und dort, wo sie es schaffte, malte sie helle Flecken auf den Morast. Der Nebel würde wohl nicht zurückkommen, aber mit einem schönen Sonnentag konnten sie auch nicht rechnen. Am nördlichen Himmel über dem Festland von Nova Scotia waren Regenwolken zu sehen.

Franks Skepsis war beim Anblick der gewaltigen Meeresbucht mit dem in der Ferne nur zu erahnenden nordamerikanischen Kontinent wie weggeblasen.

Es war, als hätte sich der letzte Vorhang zu einer Vorstellung geöffnet, in der sie selbst die Hauptdarsteller waren. Der überwältigende Eindruck der Landschaft und ihr simples Vorgehen, mit Schaufeln und Spaten auf Schatzsuche zu gehen, schien ein Scheitern unmöglich zu machen.

47

Der Vormittag verging schnell bei der Arbeit unter einem grauen, wolkenverhangenen Himmel. Keiner von ihnen wagte vorauszusagen, ob ihre Ausdauer und ihre Ausrüstung ausreichen würden, um den Silberschatz der Santa Cartagena auf der mit Geröll übersäten Insel aufzuspüren. Für den Abstieg in den Schacht hatten sie einzig und allein die beiden Aluminiumleitern. In voll ausgefahrenem Zustand waren sie so lang, dass sie gerade vom Schachtboden bis zum Grubenrand reichten. Sie machten sich lieber keine Gedanken darüber, wie sie in das Innere des Schachtes hinabsteigen konnten, falls sie gezwungen sein sollten, bedeutend tiefer zu graben. Die Leitern wären dann zu kurz, um wieder nach oben zu gelangen.

Mit weit ausholenden Hieben trieben sie ihre Spitzhacken in die Holzbohlen. Das Holz war nicht sonderlich morsch. Es konnte wohl kaum beim Bau eines Piratenschiffes aus dem 18. Jahrhundert verwendet worden sein. Andererseits war es auch nicht hart genug, um ihrer schwungvollen Hackerei besonderen Widerstand zu bieten. Zügig lösten sie eine Holzplanke nach der anderen. Bereits nach einer halben Stunde emsiger Arbeit stand die gesamte Holzplattform, die vorher den Schachtboden bedeckt hatte, Kantholz neben Kantholz, senkrecht an die Schachtwände gelehnt.

»Es ist alles so wie bei der ersten Grabung«, sagte Kenneth McCully und wischte sich schnaufend mit dem Handrücken den Schweiß von der Stirn. Trotz des kühlen Spätnovembertages standen sie in Unterhemd und T-Shirt herum, während sie das Ergebnis ihrer Anstrengungen betrachteten. Unter der alten Schicht war eine weitere Schicht gleichartiger Holzbohlen zum Vorschein gekommen. Frank wollte gerade darüber spekulieren, wie viele Holzschichten sie noch freilegen würden, bevor die Sonne untergehen würde, aber McCully und Peter waren schon wieder abgetaucht und rutschten auf den Knien an der Nische zwischen Holzbohlen und Schachtwänden entlang. Sie drückten ihre Nasen in jede Ecke und in jeden Erker auf der Suche nach einer Ritze, in der sie ihr Werkzeug ansetzen konnten. Kenneth McCully war nicht wiederzuerkennen. Seine gelassene und freundliche Art war einer angespannten Hochstimmung gewichen: Das Schatzfieber hatte ihn im Griff. Ungeduldig warf er mit Holzspänen und Abbruchmaterial um sich, um möglichst rasch voranzukommen.

»Hier ist was. Auf dieser Seite. Frank, Peter, sehen Sie sich das an.«

Die beiden beugten sich zu einer Stelle zwischen Schachtwand und Boden herunter, die McCully gerade inspizierte.

»Hier, da unten besteht die ganze Wand aus eng aneinandergefügten Felsen. Sehen Sie sich die anderen Wände an, da ist nur Untergrund, Erde, Stein und Sand, aber diese Seite hier besteht durchgehend aus bearbeitetem Stein.« Er versuchte, mit den Fingerspitzen in eine Spalte zwischen zwei Felsen zu bohren. Erfolglos.

»Man kommt mit den Fingern kaum dazwischen. Die Blöcke wurden luftdicht gegeneinandergesetzt«, verkündete er aufgeregt. Frank leuchtete die Schachtwände am unteren Rand aus. McCully hatte Recht. Im Unterschied zu dem Gemisch aus Geröll und festem Erdboden waren auf dieser Wandseite eng nebeneinander Steinblöcke von etwa dreißig Zentimetern Breite gesetzt worden. Wie tief sie in das Erdreich hinabreichten, war nicht festzustellen, da die Blöcke nur wenige Zentimeter über die Holzbodenschicht herausragten.

Bis sie die nächste Schicht Bohlen freigelegt hatten, dauerte es nicht einmal eine halbe Stunde. Der ganze Schacht war inzwischen so dicht mit dem aus dem Boden gestemmten Holz vollgestellt, dass sie sich kaum mehr bewegen konnten. Peter kletterte zum Grubenrand empor und mit vereinten Kräften stemmten sie einen Balken nach dem anderen nach oben. Peter schob die Hölzer wahllos mit enormem Kraftaufwand zur Seite, sodass einzelne polternd in die benachbarten Grubenlöcher fielen. Als er wieder nach unten klettern wollte, musste er sich mit den Füßen tief in die Grube hineintasten, um überhaupt die oberste Trittstufe der Aluminiumleiter zu erreichen. Auf dem nackten Unterarm spürte er die ersten Regentropfen.

»Wir müssen bald irgendwas finden, sonst bekommen wir Probleme«, sagte er. Er deutete auf das obere Ende der Leiter, das ein ganzes Stück unterhalb des Schachtrandes an der Wand lehnte. McCully ignorierte ihn und zeigte auf einen der Felsblöcke, den drittletzten in der Steinreihe, fast in der Grubenecke.

»Sehen Sie sich das mal an. Und sagen Sie mir dann, ob Ihnen das bekannt vorkommt.«

Frank und Peter knieten sich hin. Wie bei einer mittelalterlichen Burgmauer war Stein für Stein sorgfältig ausgewählt und millimetergenau in die Wand eingefügt worden. Das war eindeutig kein natürlich gewachsener Felsuntergrund. In etwa sieben Metern Tiefe waren sie auf eine von Menschenhand geschaffene Begrenzungslinie gestoßen. Doch das war es nicht, was McCully gemeint hatte. Der drittletzte Stein hatte eine extrem glatte Oberfläche, als wäre er von einem Steinmetz plan geschliffen worden. Die Oberfläche ähnelte der eines Grabsteins, und wie ein Grabstein trug er eine Inschrift:

>   l or car   a' uafa'sach
>   bf   raigh   ar fudh sior d   ne'

Mehr als diese zwei Zeilen war nicht zu erkennen. Die unteren Zeilen der Inschrift wurden durch die nächste Bodenschicht verdeckt, eine weitere Holzbohle drückte gegen den Stein und hielt ihn in der Mauer fest.

»Die gälische Inschrift«, sagte Frank.

Sie stießen fast mit den Köpfen zusammen, als sie, im dreckigen, feuchten Untergrund hockend, die Inschrift zu entziffern suchten.

»Die Inschrift auf der Schatzkarte.«

McCully nickte, als sie sich aufrichteten.

»Die Koordinaten sind richtig«, stellte er fest, »die Inschrift ist dieselbe wie die gälische Schrift auf der Schatzkarte. Die Buchstaben stimmen exakt überein. Mit ein bisschen Forschergeist kann man die Inschrift vielleicht sogar vollständig wiederherstellen. Sie ist längst nicht so stark verblichen wie auf der Karte.« Dann fügte er nachdenklich hinzu: »Ich kann mir nicht erklären, warum er es getan hat, aber Felgendreher hat uns tatsächlich die richtige Karte gegeben.«

Sie machten sich daran, die letzten Holzbohlen freizulegen und zur Seite zu stemmen. Dabei achteten sie schon lange nicht mehr auf ihre Umgebung und auch nicht mehr auf das, was über ihnen geschah. Die schweren Regentropfen, die ihnen ins Gesicht und auf die nackten Arme fielen, bemerkten sie nicht einmal. Der Lohn der Mühen der letzten Tage lag direkt vor ihnen. In wenigen Minuten legten sie die letzen

Balken in der Schachtecke vor dem Schlussstein frei. Der Zugang zu dem Silberschatz der Santa Cartagena musste sich hinter dem sorgfältig behauenen und geschliffenen Abschlussstein in der Grubenecke befinden.

Das Wasser kam jetzt in dichten Fäden herab. Sie machten sich daran, das letzte Kantholz, das gegen den Stein gekeilt war, zur Seite zu stemmen. Völlig durchnässt und mit letzter Energie trieben sie die Spitzhacken unter das Holz. Als sie die letzte Holzplanke weghebeln wollten, hörten sie hinter sich plötzlich ein lautes metallisches Rasseln.

Wie auf Kommando wandten sie sich um – und sahen fassungslos den Aluminiumleitern hinterher, die aus der Grube hinaufgezogen wurden und im finsteren Himmelsviereck über Wavy Island verschwanden.

Der Regen klatschte ihnen ins Gesicht, als sie die Umrisse von drei Gestalten erkannten, die sich vor dem Grau des Himmels abzeichneten. Sie fuhren sich mit den Händen durch die Haare und rieben sich das Wasser aus den Augen und versuchten verzweifelt, nicht zu glauben, was ihre Augen da sahen.

Am Grubenrand standen Daniel McGuffin, Gloria McGinnis und ein dritter, unbekannter Mann von großer, breiter Statur und sahen zu ihnen herab. Für einen langen Augenblick sagte niemand ein Wort. Nur der Regen war deutlich zu hören, der gegen das Metall der Leitern prasselte wie auf das Becken eines Schlagzeugs.

»Hallo, meine Freunde, wie geht es euch da unten?«

Daniel McGuffin sprach mit der Genugtuung des erfolgreichen Jägers. Selbst hier unten, im dunklen Grubenschacht, konnten sie sein Grinsen unter dem breiten Schlapphut erkennen, den er zum Schutz gegen die Nässe trug. Franks Sinne waren von der wachsenden Anspannung so gereizt, dass er meinte, die Regentropfen, die über den Rand von McGuffins Hutkrempe auf ihn herabfielen, wie scharfe Nadelstiche zu spüren und von allen anderen Tropfen unterscheiden zu können.

»Hallo, Einstein«, sagte Frank, »bist du auch endlich hier angekommen?« Wie schon vor einer Woche in Hamburg, als Einstein ihn in seiner Wohnung überfallen hatte, war er fest entschlossen, sich nicht einschüchtern zu lassen.

»Hallo, Frank, sieh an, du bist ein guter Läufer. Kannst du auch so gut springen, wie du laufen kannst? Dann dürfte die Grube eigentlich kein Problem für dich sein.« Sie hörten sein hämisches Lachen.

»Du hast dich nicht verändert, Danny. Immer noch das gleiche abstoßende Krächzen wie früher. Wie bist du darauf gekommen, dich Einstein zu nennen. Bist du mit den Jahren größenwahnsinnig geworden?«

Als hätte sie der Blitz getroffen, sahen Frank und Peter den zwischen ihnen stehenden Professor McCully an. Sie konnten sich nur verhört haben. Aber Kenneth McCully stand tatsächlich neben ihnen auf dem Grubenboden und hatte Daniel McGuffin mit Danny angesprochen. Mit zum Zerreißen gespannten Nackenmuskeln und zu einem Strich zusammengezogenen Lippen starrte er zum Grubenrand hinauf. Die Narbe auf seiner Stirn stand blutrot hervor, als sei sie kurz davor zu platzen.

Sie hätten nicht sagen können, worüber sie mehr geschockt waren. Von der Erkenntnis, dass Kenneth McCully ihre Verfolger offenbar sehr gut kannte, oder von dem hasserfüllten Ausdruck in seinen Augen, mit dem er zu McGuffin hinaufsah. Sie erkannten den Mann nicht wieder, der sie in den letzten Tagen geleitet und all ihre Fragen geduldig beantwortet hatte.

»Hallo Kenny, ich hätte nicht gedacht, dich noch mal wiederzusehen. Ich weiß, dass du meine Warnung bekommen hast, aber anscheinend nimmst du sie nicht ernst. Sonst hättest du dich nicht mit den beiden kleinen Jungs zusammengetan. Was sollte das denn werden? Sind das deine Bodyguards? Oder bist du ihr Babysitter?« Wieder ließ McGuffin sein krächzendes Lachen hören.

»Der Stein in meinem Fenster in Hampstead kam von dir, das wusste ich. Aber du hast dich in dieser Nacht nicht blicken lassen. Du hattest nicht genug Mut, um dich zu zeigen, oder? Drei Männer waren dir wohl zu viel, was? Du kannst nur wehrlose alte Männer erschlagen, wie Malcolm McCory in Hamburg oder Franz Felgendreher in Bern.«

Einer der Gesteinsbrocken, die sie an der Grube emporgehievt hatten, klatschte direkt neben McCully in die Grube. Das Wasser spritzte bis zu seiner Hüfte. Es regnete noch nicht sehr lange, aber schon in der kurzen Zeit waren auf dem Schachtboden tiefe Pfützen entstanden.

»Pass auf, was du sagst, sonst überlebst du das hier nicht, McCully. Sieh dich doch an, ein mickriger Versager ist aus dir geworden!« McGuffin brüllte wütend von oben zu ihnen herunter.

»Wer ist Malcolm McCory?«, fragte Frank verständnislos.

»Der richtige Name von Professor Pfleiderer, ich erklär alles später. Erst mal müssen wir hier rauskommen«, sagte McCully leise, sodass es von oben nicht zu hören war.

»Hört auf zu flüstern, ihr kommt da unten sowieso nicht mehr lebend raus«, rief McGuffin.

»Da wäre ich mir an deiner Stelle nicht so sicher. Was

meinst du denn, was wir hier unten gefunden haben?« Kenneth McCully begann zu pokern. Das wussten auch die drei Verfolger über ihnen. Aber es wirkte.

In die drei Silhouetten unter dem Himmelsloch kam Bewegung. Der breitschultrige Begleiter von Daniel und Gloria, der tatsächlich auf dieser abgelegenen Insel im strömenden Regen einen Anzug und Krawatte trug, fasste McGuffin am Arm. Er war es, der jetzt in die Verhandlungen eintrat.

»Hallo Ken, es freut mich ehrlich, Sie bei guter Gesundheit zu sehen. Wir haben uns ja damals nur flüchtig kennen gelernt, aber ich weiß von Ihren alten Rechten an dem Schatz, und die möchte ich achten. Sie haben noch immer einen Anspruch auf Ihren Anteil, den Ihnen niemand streitig machen wird. Überlegen Sie gut, was sie tun wollen. Noch gilt der Ehrenkodex der Clans von Nova Scotia auch für Sie. Wenn Sie mit uns kooperieren, bekommen Sie Ihren Anteil. So wie es die alten Siedler vorgesehen haben. Wenn Sie von Ihrem Teil Ihre Helfer bezahlen wollen, in Ordnung. Das geht uns nichts an, es ist ganz allein ihre Sache.«

Jetzt war es Peter, der sich auf der Suche nach einer Erklärung an McCully wandte.

»Ken, was meint er damit? Was für ein Anteil? Was haben Sie mit denen zu schaffen. Gehören Sie etwa auch zu den alten Familien? Warum haben Sie uns nichts davon erzählt? Ken, was hat das alles zu bedeuten?«

McCully machte eine abwehrende Handbewegung.

»Jetzt nicht, Peter. Ich werde Ihnen alles erklären. Sobald wir hier draußen sind. Lassen Sie mich nur machen.«

»Guten Tag, Mr. van Bronckship«, sagte er in Richtung der breiten Gestalt, die jetzt das Kommando übernommen hatte.

»Oder soll ich Sie lieber Mr. Van nennen, wie Ihre Freunde es tun? Aber wahrscheinlich haben Sie gar keine Freunde, sondern nur Geschäftspartner. Also, Mr. Van, um auf Ihr Angebot zurückzukommen. Ich kann mir nichts Schöneres vorstellen, als mit Ihnen zu verhandeln. Aber leider weiß ich im Moment noch nicht worüber.« Er zeigte mit dem Finger auf den Grubenboden.

»Wir sind sehr nahe dran am Schatz von Wavy Island. Viel näher, als Sie es jemals waren, und viel näher als irgendjemand vor uns. Wenn Sie uns nicht gestört hätten, wüssten wir jetzt vielleicht schon mehr. Es fehlt nicht mehr viel.«

Er wartete auf eine Antwort. Eine Weile hörten sie nur das metallische Trommeln des Regens auf ihren Leitern. Noch funktionierte McCullys Taktik. Ihre Gegner schwiegen, weil sie nicht wussten, was sie tun sollten.

»Seht euch das Versteck doch an«, forderte er sie auf.

Von unten beobachteten sie, wie Mr. Van mit Daniel McGuffin und Gloria McGinnis beratschlagte. McCully wurde mutiger.

»Ein Sechstel für jeden«, rief er nach oben, fasste aber gleichzeitig Frank am Arm, als wolle er ihn beruhigen.

»Das ist mehr als gerecht. Die Jungs hier haben gute Arbeit geleistet, so wie wir alle. Sie sollen den gleichen Lohn bekommen.«

»Ausgeschlossen«, sagte Ronald van Bronckship, »die beiden haben kein Recht auf den Schatz. Er gehört den Clan-Familien von Nova Scotia. Den Nachkommen von denen, die ihn vergraben haben. Die Bestimmung sieht es so vor. Das wissen Sie genau. Ihr Vater hat es Ihnen mindestens so gut erklärt wie die Väter von Daniel und Gloria. Aber Sie haben es vielleicht nicht ganz so gut verstanden. So ähnlich wie auch Malcolm McCory es nicht verstanden hat. Überlegen Sie es sich gut. Noch kann es Ihnen genauso ergehen wie Ihrem Kollegen in Hamburg. Aber das wollen wir alle nicht. Wir teilen durch uns vier.«

»Hören Sie doch mit diesem Quatsch auf. Der Schatz gehört dem, der ihn ausgräbt. Erzählen Sie mir doch nichts von einer historischen Vorsehung. Welches Recht haben Sie denn an dem Schatz? Sie haben sich doch nur in die Lizenzen eingekauft. Und die anderen haben alle freudig Ihr Geld genommen, weil keiner mehr daran geglaubt hat, dass hier jemals noch irgendwas gefunden wird.«

Kenneth McCully drehte sich um und nahm eine Spitzhacke in die Hand. Darauf hatte Mr. Van nur gewartet.

»Halt, Ken. Rühren Sie sich nicht vom Fleck. Sie kommen jetzt alle drei aus dem Loch heraus, und Daniel wird sich ansehen, was da unten ist. Sie werden uns nicht noch mal täuschen. Wenn dort nichts sein sollte, werden Sie uns die richtige Schatzkarte geben. Denken Sie nicht, dass wir nicht darauf gekommen sind. Wahrscheinlich haben Sie die richtige Karte Felgendreher abgenommen. Wie Sie das gemacht haben, bevor Danny ihn gefunden hat, weiß ich nicht. Alle Achtung. Aber Sie werden ja einen Grund haben, ausgerechnet in diesem Loch zu buddeln. Also, herauf mit Ihnen!«

Sie sahen, wie Gloria und Mr. Van jeweils eine Leiter packten und wieder in die Grube hinabließen. Dass sie keine Wahl hatten, machte ihnen Daniel McGuffin deutlich. Frank erkannte die Pistole wieder, mit der er jetzt auf sie zielte. McGuffin hatte sie auch in Hamburg benutzt, als er sich noch Einstein nannte.

48

Frank und Peter kletterten die glitschigen Leiterstufen hinauf und blickten in die Mündung von Daniel McGuffins Pistole. Er winkte sie mit der Waffe heran. Gloria McGinnis stand an seiner Seite. Sie hätten sie niemals wiedererkannt, wäre sie ihnen zufällig auf der Insel begegnet. Sie trug schwarze Regenkleidung, und ihre roten Haare steckten unter einer riesigen Kapuze, deren Rand sie weit über ihre grünen Augen gezogen hatte, von denen Peter vor noch nicht einmal einer Woche so geschwärmt hatte. Wenn er nicht so abgekämpft gewesen wäre, hätte er gelacht, als ihm der Name des Pubs einfiel, in dem sie sich am Freitagabend getroffen hatten. Das Black Pirates Inn. Aber Peter war nicht in der Laune, mit Gloria McGinnis zu flirten. Denn wie McGuffin hielt sie eine Pistole auf sie gerichtet. Anders als McGuffin umklammerte sie die Waffe allerdings mit beiden Händen und achtete darauf, dass ein paar Meter Mindestabstand zwischen ihr und Frank und Peter verblieben, um sofort auf einen möglichen Fluchtversuch reagieren zu können. Aber Frank und Peter dachten nicht an Flucht. Gloria McGinnis hielt sie beide achtsam auf Distanz, und Mr. Van, der mit der dritten Pistole auf sie zielte, war unberechenbar. Sie bewegten sich auf äußerst unsicherem Untergrund, der Boden war schlüpfrig, und das lockere Geröll bot den Füßen keinen Halt. Bei jeder überhasteten Bewegung liefen sie Gefahr, auf dem schlammigen Geröll auszurutschen und in eines der umliegenden Löcher zu stürzen. Kenneth McCully kam hinter ihnen als Letzter aus dem Schacht geklettert.

»Halt, nicht umdrehen. Bleibt schön da stehen, wo ihr seid.

Die Arme nach oben und hinter dem Kopf verschränken«, kommandierte Mr. Van. Sie gehorchten, ohne ein Wort zu sagen. Auch McCully tauchte zwischen ihnen mit hinter dem Kopf verschränkten Armen auf.

»So, und jetzt tretet alle drei zur Seite. Stellt euch nebeneinander dort drüben an der Kante auf. Und zwar ganz langsam und einer nach dem anderen.«

Sie bewegten sich zu der befohlenen Stelle. Mr. Van wollte sie so nahe wie möglich bei sich haben, und die geeignetste Stelle war die von ihm aus gesehen rechtwinklig abzweigende Grubenkante. So konnte er sie gleichzeitig im Auge behalten und zu McGuffin in den Schacht hinuntersehen. Gloria McGinnis stand neben ihm und hielt weiterhin die Pistole mit beiden Händen auf sie gerichtet. Alle warteten, was Daniel McGuffin tun würde.

McGuffin hatte inzwischen den Schachtboden erreicht. Es fiel ihm schwer, einen standsicheren Platz zu finden. Seine Stiefel versanken bis zum Knöchel in den Pfützen, und es schüttete unaufhörlich. Keine Lücke zeigte sich in der undurchdringlichen Wolkenwand über Wavy Island. Die Insel bot noch einmal alles auf, um ihr Geheimnis zu bewahren.

McGuffin machte sich an einer der Spitzhacken zu schaffen, die sie vor dem Auftauchen ihrer Gegner in Stellung gebracht hatten, um die Holzbohle von dem Abschlussstein wegzuheben. Er machte sich nicht mal die Mühe, den Stein mit der gälischen Inschrift genauer zu untersuchen, doch wussten sie auch nicht, wie lange er ihnen zusammen mit den anderen von oben schon zugehört hatte. Anscheinend wusste McGuffin längst, dass es auf den Stein ankam, den er gerade bearbeitete. Doch der Balken davor bereitete ihm einige Schwierigkeiten. Sicherlich wäre es zu zweit sehr viel einfacher gewesen, da sie mit der zweiten Spitzhacke hätten nachsetzen können und eine größere Hebelwirkung erzielt hätten. Sie hörten McGuffin am Schachtboden rackern und fluchen.

Dann gelang es ihm endlich, einen Hebel zu finden. Frank konnte im Nachhinein nicht mehr genau beschreiben, was dann passierte. Alles ging viel zu schnell, um es richtig erfassen zu können, zusätzlich versperrte ihm McGuffins breiter Rücken die Sicht. Endlich hatte sein Zerren und Ziehen mit der Spitzhacke an dem verkanteten Holz Erfolg. Der Holzbalken rückte zur Seite und gab den Abschlussstein frei.

Alles was danach passierte, ging in einem Tumult voller Geschrei, Lärm, Schmutz und vor allem jeder Menge Wasser unter. Übertönt wurde es nur von dem erschütternden Verzweiflungsschrei Daniel McGuffins, der zusammen mit dem aus der Mauer katapultierten Felsblock an die gegenüberliegende Schachtwand geschleudert wurde. Von dem tödlichen Steinschlag getroffen, wäre er wahrscheinlich mit gebrochenem Kreuz bewegungslos liegen geblieben. Aber aus dem Loch, das vorher durch den Blockierstein mit der gälischen Inschrift verstopft gewesen war, schoss das Wasser heraus wie aus einem geplatzten Straßenhydranten. Der Druck des Wasserstrahls war so ungeheuerlich, dass er allein ausgereicht hätte, McGuffin die Organe zu zerquetschen, hätte das nicht schon vorher der herausschießende Steinblock getan.

Das nahtlose Einfügen des Steines, die Präzisionsarbeit, mit der er eingesetzt worden war, hatte einen zerstörerischen Nebeneffekt, der nun seine volle Wirkung entfaltete. Zwischen dem Blockierstein und den umgebenden Steinen, in die er ohne feste Verbindung praktisch eingeschliffen worden war, gab es so gut wie keine Reibung. Wer sich die Technik dieser ausgeklügelten Falle ausgedacht hatte, würden sie wahrscheinlich nie erfahren. Einzig und allein der von außen Druck ausübende Holzbalken hatte den Abschlussstein in der Mauer gehalten. Als McGuffin den Holzbalken wegstemmte, hatte der Druck der Wassermassen, die auf der anderen Seite wie in einer Röhre aufgestaut worden waren, den Stein wie einen Sektkorken herausfliegen lassen. Wahrscheinlich konnte ein solcher Wasserdruck nur durch die ungeheure natürliche Kraft der benachbarten Strömung aus der Bay of Fundy bewirkt werden. Es musste also eine unterirdische Verbindung zur Bucht geben, durch die der gewaltige Druck der Gezeitenströmung den Stein hatte herausschießen lassen.

Zeit für solche Überlegungen sollten sie aber erst später finden. Als sie den Todesschrei von McGuffin hörten, rannten sie geschockt vom Anblick des emporkreiselnden Wasserstrudels so schnell wie möglich von der Grube weg, um sich vor den austretenden Wassermassen in Sicherheit zu bringen. Der zerquetschte Körper von Daniel McGuffin wurde nach oben getrieben und von der strudelnden Strömung hin und her geworfen. Bevor sie überhaupt realisieren konnten, was geschehen war, war der Schacht, in dem sie den ganzen Vormittag über gearbeitet hatten, bis zum Rand mit Wasser angefüllt. Und es stieg mit rasender Geschwindigkeit weiter. Wenn sie nicht auf der Stelle verschwinden würden, würde der Strudel letztendlich auch sie erreichen und mit sich reißen.

In panischer Flucht stürzten sie von der Grubenkante weg, um zur äußeren Plateauumrandung zu gelangen, die so hoch lag, dass das nachströmende Wasser sie nicht erreichen würde. Von Gloria McGinnis und Mr. Van hatten sie immerhin nichts mehr zu befürchten, da sie viel zu sehr damit beschäftigt waren, sich selbst in Sicherheit zu bringen, als dass sie sich noch um sie gekümmert hätten.

Als sie den Böschungsrand hinaufkletterten, blickten sie sich kurz um, hielten aber nicht lange inne. In Sicherheit waren sie erst, wenn sie so weit oben wie nur möglich über dem Grubenschacht standen.

Hinter ihnen zwängte sich eine breite Wasserfontäne einem achtarmigen Kraken gleich über den Schachtrand und breitete sich in Sekunden kreisförmig über das Geröllfeld aus. Auf dem hochgelegenen Muldenrand blieben sie stehen und rangen nach Luft. Nach dem Austreten aus dem Grubenschacht, in dem McGuffin erschlagen worden war, ließ der Druck des ausströmenden Wassers merklich nach. Nur aus dem Schacht selbst spritzte nach wie vor eine Wasserfontäne wie ein Springbrunnen heraus, die später in den umliegenden Gruben verschwand und sich auf dem Boden des zerlöcherten Plateaus verteilte. Schon jetzt war absehbar, dass der stetig steigende Wasserpegel das Plateau bald in einen See verwandeln würde. Ob die nachfließenden Wassermassen noch so viel Druck entwickeln konnten, dass sie bis zu ihrem Standort hinaufgelangen würden, war schwer einzuschätzen.

Erleichtert über die wiedergewonnene kurzzeitige Sicherheit standen sie schwer atmend auf der Böschung und blickten ungläubig auf den neu entstandenen See inmitten der Insel.

Die Leiche Daniel McGuffins trieb mit der Strömung in gleichmäßigen Kreisen dem gegenüberliegenden Plateaurand entgegen. Mr. Van und Gloria McGinnis hielten ihre Waffen noch in der Hand, ließen sie aber schlaff neben ihren Körpern herabhängen.

Doch dieser Zustand hielt nicht lange an.

Unvermittelt stürzte sich Mr. Van auf den neben ihm stehenden Peter, packte ihn am Arm und presste ihm die Pistole gegen die Schläfe. Peter hatte sich gerade wieder in Sicherheit gewiegt, sodass er von Mr. Vans Angriff völlig überrascht wurde.

Frank bemerkte nun den Grund für die unvermutete Attacke. Er lag in der Geste von Gloria McGinnis, die ihre Pistole fallen ließ und ihre Hände langsam nach oben hob. Die Pistole polterte neben ihr in den nassen Kies. Hinter ihr war ein Mann in dunkelbrauner Uniform und mit breitkrempigem Hut aufgetaucht, der ihr einen Gewehrlauf in den Rücken drückte. Ein schwarzer Stiefel schob Glorias Pistole zur Seite. Die Befehle, die er Gloria McGinnis zuschrie, konnten sie wegen des alles übertönenden Wasserrauschens nicht hören.

Doch Mr. Van hatte unglaublich schnell reagiert.

Neben dem uniformierten Bill Grimsby erschienen nun auch Captain Frederic Ross und Hauptkommissarin Christine Keller. Alle waren bewaffnet. Sie riefen irgendetwas Unverständliches in ihre Richtung, aber Frank und McCully waren viel zu weit entfernt, um auch nur eine Silbe verstehen zu können.

Mr. Van konnten sie dafür umso besser hören.

»Ihr zwei bleibt, wo ihr seid. Ich werde eurem Freund nichts tun«, rief er ihnen zu. »Aber ich werde mich auch nicht festnehmen lassen. Sagt das denen da drüben.« Er deutete mit dem Kopf in Richtung der drei Polizisten.

»Ich will nur zurück zum Festland. Dann lasse ich ihn laufen. Verfolgt mich nicht. Sonst lege ich ihn um.«

Mr. Van packte Peters Arm fester und hielt ihm die Pistole unter das Kinn. Sie konnten die Angst deutlich in Peters Gesicht sehen. Er würde bestimmt keinen Fluchtversuch unternehmen. Mr. Van begann, sich zusammen mit Peter im Laufschritt in die Richtung zu entfernen, von der er wusste, dass sie ihn zurück zum Verbindungsdamm führen würde.

49

Christine Keller reagierte als Erste auf die Geiselnahme und nahm die Verfolgung auf. Frederic Ross folgte ihr. Sergeant Bill Grimsby blieb zurück und sicherte die Gefangennahme von Gloria McGinnis, die er mit angelegten Handschellen zum Landrover zurückführte.

Als Christine Keller an Frank Schönbeck und Kenneth McCully vorbeistürmte, warf sie Frank nur einen kurzen Blick zu, verzichtete aber darauf, ihm oder McCully irgendwelche Anweisungen zuzurufen. Sie würden sie ohnehin nicht befolgen. Das hatten sie ihr in der vergangenen Woche ausreichend bewiesen.

Sie hörte Frederic Ross neben sich keuchen. Schon nach wenigen Metern hatte er sie eingeholt, obwohl er stark erkältet war. Vor allem kam er mit dem unebenen Gelände weit besser zurecht als die deutsche Kommissarin. Er war an die Naturwege gewöhnt. Sie dagegen musste immer wieder ihr Tempo drosseln, um nicht in eine Steinsenke zu stolpern oder auf dem nassen Gras wegzurutschen.

»Er will zum Damm«, sagte Frederic Ross zwischen zwei schweren Atemzügen, »und dann mit dem Wagen zurück. Aber das wird er nicht schaffen. Das Wasser steht schon zu hoch.«

Sie liefen zum nahen Ufer hinunter, überquerten einen kurzen Kieselstrand und erklommen eine grasbewachsene Klippe, bis nach einigen Kurven der Verbindungsdamm zur Cruden Bay in Sicht kam. Christine Keller atmete schwer, und Frederic Ross schnappte mit offenem Mund nach Luft. Gar nicht weit von ihnen entfernt sahen sie, wie Mr. Van auf einen Mercedes-Geländewagen zurannte, der direkt neben der Auffahrt zum Damm abgestellt war.

Doch damit hatten sie gerechnet. Nach ihrer ersten morgendlichen Umrundung der Insel mit dem Landrover hatten sie bei der Rückkehr zum Damm den dort abgestellten Mercedes entdeckt. Sergeant Bill Grimsby hatte sofort gewusst, wem er gehörte. Es gab auch nur diese eine Möglichkeit, denn Mr. Van und seine Begleiter waren die Einzigen, die ohne besondere Genehmigung die Insel betreten durften. Bob, der den ganzen Tag über an der Kontrollstation am Dammeingang ausharrte, wusste, dass Mr. Van der Inhaber der letzten Grabungslizenz für Wavy Island war, und hatte, ohne nachzufragen, die Überfahrt gestattet.

Sie waren noch etwa zweihundert Meter von Mr. Van und Peter entfernt, als Mr. Van sie herankommen sah. Sofort hob er die Pistole und zielte demonstrativ auf den vor ihm stolpernden Peter.

Christine Keller und Frederic Ross näherten sich jetzt langsamer, um Peter nicht zu gefährden. Sie sahen, wie Mr. Van mit der einen Hand die Waffe auf Peter gerichtet hielt und mit der anderen nach den Wagenschlüsseln suchte.

»Bleiben Sie stehen, Christine, er kommt nicht weit«, sagte Frederic Ross.

»Ich weiß, aber wir müssen ihn doch stellen, bevor er Adams gefährdet.«

Sie wusste, dass sich zwischen all den benutzten und unbenutzten Papiertaschentüchern, die Frederic Ross im Innenfutter seiner Pilotenjacke mit sich rumschleppte, vier Autoreifenventile befanden, die ursprünglich zu dem Mercedes-Geländewagen von Mr. Van gehört hatten.

Christine Keller verkürzte weiter den Abstand zwischen

sich und den beiden Flüchtenden, während Mr. Van Peter in den Wagen zerrte. Als sie den startenden Motor hörte, hatte sie sich so weit herangepirscht, dass sie sich sicher war, ihre Pistole benutzen zu können. Auch Frederic Ross tauchte neben ihr auf. Sie knieten sich ins Gras, um Mr. Van möglichst wenig Zielfläche zu bieten. Der Mercedes fuhr rumpelnd ein, zwei Meter und blieb dann im Sand vor der Dammauffahrt hängen. Der Wagen ruckelte, als Mr. Van die Schaltung des Vierradgetriebes quälte, um das Fahrzeug voranzuzwingen, doch er konnte das Auto nicht einmal durch den Sand in die Kurve hineinlenken, die zum Damm hinaufführte. Die platten Reifen stoben protestierend Sandfontänen vor sich her, aber der Wagen bewegte sich kein Stück vorwärts.

Mr. Van hatte bemerkt, dass mit dem Auto etwas nicht stimmte.

Christine Keller sah, wie er aus dem Fahrzeug kletterte und die bis zur Felge im Sand feststeckenden Räder musterte.

»Bleiben Sie stehen, und werfen Sie die Waffe weg!« Sie schrie so laut sie konnte. Der Regen ließ zwar langsam nach, dafür machte es ihr der Wind, der auf dieser Inselseite wesentlich stärker wehte als auf dem Felsplateau, umso schwerer, sich verständlich zu machen.

Mr. Van hatte anscheinend verstanden. Er blickte auf. Und er sah die auf sich gerichtete Waffe.

Er drehte sich um, um Peter, der auf dem Beifahrersitz saß, zum Aussteigen zu zwingen.

Da eröffnete Christine Keller das Feuer. Ihre Kugel schlug in die Fahrertür des Mercedes ein, und Mr. Van duckte sich. Als er sich wieder aufrichtete, winkte er mit der Waffe in das Fahrzeug hinein.

Aber offenbar gehorchte Peter nicht. Frederic Ross erfasste die Situation und schoss zwei Mal rasch hintereinander. Wieder knallten die Kugeln in das Fahrzeugblech. Mr. Van wich zuerst zurück, richtete dann aber wieder seine Waffe mit beiden Händen in einer gefährlich langen Sekunde, in der gar nichts passierte, in das Fahrzeuginnere auf Peter.

Dann traf ihn ein Schuss aus Christine Kellers Dienstwaffe in den Oberarm.

Sie sah, wie er zusammenzuckte und mit der Hand, in der er die Waffe hielt, nach seinem verletzten Oberarm griff. Ohne sich weiter um Peter zu kümmern, drehte er sich um und lief, hinter dem Heck des Mercedes Feuerschutz suchend, um das Auto herum und die kurze Böschung zum Damm hinauf.

»Was hat der vor? Ist er wahnsinnig?«

Frederic Ross sprang auf und rannte mit großen Schritten zu dem abgestellten Wagen hinunter. Christine Keller folgte dicht hinter ihm. Mr. Van erreichte, immer noch seinen angeschossenen Arm festhaltend, die holprige Fahrbahn und schickte sich an, über den Damm zu laufen, als die Polizisten den Wagen erreichten.

Im Fahrzeuginneren war niemand zu sehen. Christine Keller riss die Beifahrertür auf und blickte auf den im Fußraum kauernden Peter Adams hinunter, der sich noch immer schützend die Arme über den Kopf hielt. Sie erfasste schnell, dass er zwar unverletzt, aber total verängstigt war, konnte sich aber trotzdem ein Lächeln nicht verkneifen, als sie die Waffe sinken ließ.

»So, reicht Ihnen das jetzt an Abenteuern, Mr. Adams?«

Peter ließ die Arme sinken und stieg langsam aus dem Wagen. Noch war er zu geschockt, um etwas zu sagen. Es kam zwar selten vor, doch die letzte halbe Stunde hatte ihm die

Sprache verschlagen. Sie stiegen zum Damm hinauf und sahen, wie etwa hundert Meter vor ihnen Captain Ross mit langen Schritten hinter dem flüchtenden Mr. Van herhetzte, der offenbar wirklich vorhatte, den vier Kilometer langen Fahrdamm zu Fuß zu überqueren. Doch er hatte keine Chance. Christine Keller konnte jetzt erkennen, was Captain Ross gemeint hatte. Es war Mittag geworden, und die zurückkehrende Flut hatte längst den gesamten mittleren Teil des Fahrdamms überspült.

Sie sahen die in der Ferne kleiner werdende Gestalt von Mr. Van den Damm entlanglaufen. Sie sahen, wie er das Wasser erreichte, das den Damm überspülte. Dann, wie er sich umblickte und wie Captain Ross stehen blieb und die Waffe auf Mr. Van richtete. Der Wind brauste über die Bucht. Sie waren viel zu weit weg, um hören zu können, was Captain Ross ihm zurief, aber Mr. Van ließ sich nicht zum Umkehren bewegen. Mit langsamen, tastenden Schritten auf den unter Wasser liegenden Steinen Halt suchend, wagte er sich auf den überspülten Fahrdamm. Captain Ross lief ihm nach, erreichte aber die Stelle, an der der Damm im Meer verschwand, erst, als Mr. Van schon vierzig, fünfzig Meter vor ihm durch das immer stärker fließende Wasser watete.

Er konnte es nicht schaffen. Der vor ihm liegende Damm war mindestens noch fünfhundert Meter lang, und Mr. Van hatte noch lange nicht die tiefste Stelle erreicht. Das Wasser lief weiter auf. Ohne etwas tun zu können, sahen sie zu, wie die Strömung der Bucht Mr. Van von hinten packte und von den Beinen riss. Er stürzte in die Flut, und der Wind trug seine Schreie mit sich fort. Es dauerte nur Sekunden, und von Mr. Van war nichts mehr zu sehen.

»Das war Absicht«, waren die ersten Worte, die sie Captain

Ross sagen hörten, als er ihnen auf dem Verbindungsdamm entgegenkam. »Er wusste genau, wie stark die Strömung ist. Er wusste, dass er dabei draufgehen würde.«

Captain Ross war perplex, erteilte aber gleich Anweisungen über sein Handy. Dann wandte er sich ihnen wieder zu.

»Ich habe die Küstenwache losgeschickt. Es hat zwar fast keinen Sinn mehr, aber wir müssen es immerhin versuchen. Wer hier in die Strömung gerät, für den gibt es keine Rettung mehr. Der Sog ist viel zu stark. Er wird ertrinken, weil er sich nicht an der Oberfläche halten kann. Wir können nur noch abwarten, bis er irgendwo angespült wird.«

Captain Ross stand unter Schock, bemühte sich aber, sich nichts anmerken zu lassen. Es fiel ihm schwer, zu begreifen, dass jemand sich freiwillig der Strömung der Bay of Fundy aussetzte.

»Wenn er auf der anderen Seite des Dammes reingefallen wäre, hätte er vielleicht eine kleine Chance gehabt, aber so treibt ihn die Flut in die Fundy Bay hinaus. Das ist die größte Trichtermündung der Welt. Die Flutwelle hat einen solchen Druck, dass Sie gar nicht so schnell gucken können, wie jemand runtergezogen wird.«

Captain Ross schüttelte noch einmal ungläubig den Kopf, dann kehrten sie auf die Insel zurück. Sie würden bis zum Abend hier gefangen sein, erst dann würde ihnen die eintretende Ebbe erlauben, Wavy Island wieder zu verlassen.

50

Zu sechst saßen sie am späten Mittwochabend im Besprechungsraum der Polizeistation Digby um die letzte Verbliebene der alten Schatzsuchergeneration herum. Hin und wieder nippten sie erschöpft an ihren dampfenden Kaffeebechern. Im Wesentlichen hörten sie aber zu, wie Gloria McGinnis mit leiser Stimme die Fragen beantwortete, die Captain Ross und Christine Keller ihr stellten.

Sie hatten die Leiche von Daniel McGuffin, dem Mann, der sich Einstein genannt hatte, geborgen und, nachdem das mit der Ebbe ablaufende Wasser den Damm freigegeben hatte, nach Digby befördert. Daniel McGuffin war das letzte einer ganzen Reihe von Opfern, die der Schatz von Wavy Island in der langen Geschichte seiner Suche gefordert hatte.

»Mein Großvater hat mir einmal von so einer Falle erzählt«, begann Gloria McGinnis zögernd zu erzählen. Ihr langes rotes Haar fiel in feuchten Strähnen auf die Wolldecke herab, die sie sich um ihre Schultern geschlungen hatte. Nasse Flecken breiteten sich auf dem Stoff aus. Ihre grünen Augen glänzten von den Tränen, die sie über den Tod von Daniel McGuffin weinte. Mit Mr. Van hatte sie nie eine Freundschaft verbunden. Er war für die beiden letzten Clan-Mitglieder, die sich noch der Schatzsuche verschrieben hatten, immer nur der Fremde mit dem großen Geld geblieben. Ein Neuankömmling, der es sich als Erfüllung seines Lebenstraums in den Kopf gesetzt hatte, das Rätsel von Wavy Island zu lösen. Dagegen verband sie mit Daniel das Wissen um das Erbe und die Geschichten, die ihnen ihre Eltern über den Schatz erzählt hatten. Ein Schatz, den zu finden, sie bestimmt waren, und wenn nicht sie, dann ihre Kinder, eine Generation folgte der nächsten. Und doch war der Schatz immer auch ein böser Fluch geblieben, der sich an diesem Tag in grausamster Weise wieder erfüllt hatte.

»Ich habe nicht geglaubt, dass es stimmt. Ich hatte mal von einem Schacht gehört, in dem jemand bei der Suche von einem Stein erschlagen worden sein soll. Aber mit einer solchen Wucht! Ich hätte nie gedacht, dass uns das einmal passieren wird.« Sie stockte bei der Erinnerung an das Bild der explodierenden Wasserfontäne und dem durch den Schacht geschleuderten McGuffin.

»Ich musste an diese Geschichte denken, als ich Daniel da unten gesehen habe. Aber es gab so viele Geschichten. Wir konnten sie uns kaum alle merken, und als Kinder hielten wir sie alle für Gruselmärchen. Bis sie uns dann erzählt haben, dass wir alle reich werden können, wenn wir den Schatz finden.« Sie blickte Kenneth McCully an.

»Sie wissen selbst am besten, wie es war, Ken. Sie müssen die alten Geschichten doch auch alle kennen.« McCully schüttelte den Kopf.

»Die Geschichte mit der apokalyptischen Bedeutung der Pfeile auf der Karte kannte ich zum Beispiel noch nicht. Woher kommt diese Version?«, fragte er.

Gloria McGinnis schnaubte verächtlich.

»Wie bitte, diese Geschichte kannten Sie nicht? Sie gehört zu den ältesten Gruselmärchen, die über den Schatz von Wavy Island im Umlauf sind. Auf vielen Karten, wie auf Ihrer auch, sind diese Pfeile eingezeichnet. Sie tauchen einfach überall auf«, sie zögerte, bevor sie weitersprach.

»Aber die wahre Bedeutung der Pfeile kennen Sie? Doch, Ken, ich erinnere mich genau, dass wir früher darüber gesprochen haben.« Alle Augen richteten sich auf Professor McCully. Besonders Frank und Peter blickten ihn gespannt an.

»Ja, natürlich kenne ich die Bedeutung der Pfeile«, sagte er. »Vom 16. bis ins 18. Jahrhundert hinein war das die bevorzugte Methode der Piraten, die Lage der von ihnen vergrabenen Schätze anzugeben. Nachdem sie eine geeignete Insel gefunden hatten, vergruben sie ihre Beute an einer gut verborgenen Stelle irgendwo in der Inselmitte. Um die genaue Stelle wiederzufinden, konnten sie schlecht eine Markierung an dem Ort selbst anbringen, weil dann jeder Fremde den Schatz hätte finden können. Sie haben stattdessen an vier in einem Kreuz liegenden Stellen an den Inselufern in gleichen Abständen mit Inselgestein pfeilförmige Markierungen ausgelegt, die sie fest im Erdboden eingegraben und gut sichtbar verankert haben. Jeder, der über die Bedeutung der Kennzeichnung nicht Bescheid wusste und zufällig auf einen der Pfeile stieß, konnte damit nichts anfangen. Besonders, da alle Pfeile auf das Meer hinauszeigten. Wenn die Pfeile auf einer Karte auftauchten, dachte jeder, der das Kennzeichnungssystem nicht kannte, wie Frank zum Beispiel, dass die Pfeile die Himmelsrichtungen anzeigen würden. Stimmt aber nicht. Die Pfeile erlangen ihre eigentliche Bedeutung erst dann, wenn man die entgegengesetzten Enden und nicht die Pfeilspitzen miteinander verbindet. Man zog zwei gedachte Linien zwischen zwei sich gegenüberliegenden Pfeilen über die Insel. Die Stelle, an der die Linien sich kreuzten, war der Ort, an dem die Piraten den Schatz verborgen hatten. Eigentlich ganz einfach.«

»Richtig, diese Methode wurde auf Wavy Island auch verwendet«, sagte Gloria McGinnis und fügte hinzu, »wer auch immer damals die Pfeile ausgelegt hat. Entweder waren es die

Piraten selbst oder die alten Siedler, unsere Urahnen, die den Piraten ihre Beute abgejagt haben. Natürlich sind die Pfeile in den Jahrhunderten, die die Schatzsuche jetzt andauert, längst von den Ufern der Insel verschwunden. Sie wurden entfernt, weil niemand ihre wahre Bedeutung kannte. Nur auf den alten Karten sind sie erhalten geblieben. Dann verschwanden auch die alten Karten, und dafür tauchten neue auf. Die Karten wurden geändert, aber die Pfeile blieben erhalten.« Gloria stockte wieder und wischte sich mit einem Zipfel der Wolldecke über die Stirn.

»Aber wer hat die Geschichte mit der biblischen Bedeutung der Farben erfunden? Wieso waren die Pfeile auf einmal rot, weiß, schwarz und beige?«, fragte McCully nach.

Gloria McGinnis zuckte mit den Schultern.

»Keine Ahnung, wo das genau herkommt. Es war eine der Gruselgeschichten, die unsere Väter uns schon erzählt haben. Der Schatz würde durch die apokalyptische Prophezeiung geschützt, haben sie behauptet. Sollte ein Fremder versuchen, ihn tatsächlich auszugraben, würde sich die Prophezeiung erfüllen, und alle an der Schatzsuche Beteiligten würden sterben.«

»Dann ist die Idee mit den farbigen Steinpfeilen eine der Geschichten, die die Siedler sich ausgedacht haben? Eine Ablenkung, um neugierige Fremde abzuschrecken, und eine Art Schutz für das Familienerbe, verstehe ich das richtig?«, fragte McCully. Gloria nickte.

»Muss wohl so gewesen sein. Eine genaue Erklärung weiß ich auch nicht. Daniel hat sich jedenfalls daran erinnert. Mit uns hat er nicht abgesprochen, was er getan hat. Ich meine, die Leute mit Steinen zu erschlagen. Warum musste er nur Malcolm McCory umbringen! Er war ein alter Mann. Malcolm hat uns früher oft besucht und ...«, sie sprach nicht weiter. Die Tränen liefen ihr übers Gesicht. Sie wischte sie wieder mit der Wolldecke ab. Frederic Ross bot ihr seine Taschentücher an. Sie nahm eines und schnäuzte sich.

»Die vier Pfeile der Apokalypse«, sagte sie leise und schüttelte ungläubig den Kopf.

»Aber die Prophezeiung hat sich erfüllt«, sagte Peter, »am Schluss hat sie Daniel McGuffin gerichtet.«

Wieder dachten sie alle mit Schaudern an das Bild des im Wasser treibenden McGuffin, der von dem hellen Blockierstein erschlagen worden war. Niemand sagte etwas. Eine ganze Zeit lang hörte man nur Glorias leises Schluchzen, das Schniefen von Frederic Ross und das Knirschen der Stiefel von Bill Grimsby, der den Raum verließ, um neuen Kaffee zu besorgen.

»Und was hatte der Junge aus Quebec mit der Sache zu tun?«, fragte Frederic Ross. »Warum musste er sterben?«

Man konnte sehen, wie Gloria sich wieder zu konzentrieren versuchte, um auch diese Geschichte zu erzählen.

»Dieser Mann arbeitete am Ozeanographischen Institut in Quebec«, sagte sie zunächst zögernd, dann aber erzählte sie umso rascher den Rest, wie um sich von einer Last zu befreien.

»Und er hat etwas herausgefunden, was mit der bisherigen Geschichte der Schatzsuche gar nichts zu tun hatte, aber wodurch der Schatz hätte aufgespürt werden können, ohne dass die Clan-Familien beteiligt worden wären. Und das konnten wir nicht zulassen. Danny hat es verhindert.« Ihre Stimme war kaum noch zu hören, als sie sagte: »Danny hat auch ihn getötet.«

Sie trank einen Schluck aus dem neuen Becher, den Bill Grimsby ihr hingestellt hatte.

»Der Mann hat letztes Jahr auf Wavy Island geforscht. Wir haben ihn getroffen, und er hat ein paar Andeutungen über seine Untersuchungen gemacht. Er analysierte die Botanik an den Inselufern, und zwar nicht nur an den Ufern von Wavy Island, sondern auch auf dem Meeresboden. Und dabei hat er etwas gefunden. Einen neuen unterirdischen Schacht, der unterhalb des Meeresbodens in das Innere von Wavy Island führt. Übrigens gar nicht weit weg von dem Felsplateau, auf dem wir heute waren. Es ist ein Schacht, der praktisch in der Bay of Fundy endet. Es gab also einen neuen möglichen Zugang zur Insel vom Meeresboden aus. Das war es, was er mir und Daniel erzählt hat.«

»Das hätte er aber nicht tun dürfen«, sagte Bill Grimsby resigniert.

»Stimmt«, sagte Gloria McGinnis, »aber er wusste ja nichts über uns.« Sie wurde immer leiser.

»Sie meinen, er kannte die Schatzgeschichte nicht und wusste nicht, wie weit McGuffin gehen würde, um den Schatz vor Fremden zu schützen«, sagte Frederic Ross. Gloria McGinnis schluckte und nickte. Dann zog sie die Wolldecke enger um ihre Schultern und sprach weiter.

»Danny hat ihn getötet, damit er die Forschungsergebnisse nicht an sein Institut weitergeben konnte. Damit nicht neue Untersuchungen durch das Institut unternommen würden. Denn dann wären wir für immer aus dem Spiel gewesen. Die hätten Mittel gehabt, den Meeresboden in der Bay zu untersuchen, und vor allem hätten sie auch die Erlaubnis dazu erhalten. Dann hätten sie womöglich einen Zugang zum Schatz vom Meer aus entdeckt, und selbst Mr. Van hätte nichts dagegen tun können. Er hätte niemals eine Grabungslizenz für den Meeresboden erhalten, die wäre nur dem Institut zu Forschungszwecken erteilt worden. Sie hätten die technischen Möglichkeiten gehabt und wären uns voraus gewesen. Mr. Van hätte praktisch das ganze Institut bestechen müssen, um ihre Forschungen zu verhindern. Daniel hat verhindert, dass der Mann seine Ergebnisse meldet. Damit blieben die alten Clan-Familien weiterhin die Einzigen, die auf Wavy Island die Lizenzen hatten.« Gloria verstummte und senkte den Blick. Sie schien mit ihrer Erzählung am Ende zu sein. Dann blickte sie noch einmal auf und wandte sich an McCully.

»Wenn Sie und Malcolm uns damals nicht verlassen hätten, wäre vielleicht alles anders gekommen. Aber Daniel und Mr. Van waren einfach nicht aufzuhalten in ihrem Wahnsinn!«

»Ich weiß, Gloria«, sagte McCully zögernd, »ich will ja nicht behaupten, dass ich es habe kommen sehen, aber spätestens, als Mr. Van in die Suche eingestiegen ist, war klar, dass es nur noch um Geld ging. Malcolm und ich hatten uns immer noch einen Rest von Forschergeist bewahrt. Uns ging es nicht nur darum, möglichst schnell den Schatz zu finden, ihn zu Geld zu machen und ein Leben in Reichtum zu führen. McGuffin war anders, denn ihm ging es nur darum. Und als Mr. Van damals aus Südafrika aufgetaucht ist, hat er voll auf ihn gesetzt. Er wollte um jeden Preis den Schatz finden, den Generationen vor uns vergeblich gesucht haben. Aber für Malcolm und mich war der Preis zu hoch. Als Mr. Van ganz nach Montreal übersiedelte und begann, von dort aus die Schatzsuche systematisch zu organisieren, sind wir nach Europa gegangen. Malcolm hatte schon immer ein unstetes Leben geführt und hatte von daher viele Kontakte. Daher hat er auch problemlos in Österreich eine Stelle gefunden und ist dann am Ende in Hamburg gelandet. Und als mir dann auf meine alten Tage in London eine Professur angeboten wurde, habe ich sofort zugegriffen. Es war schon immer mein Traum, in Ruhe forschen zu können.« Er merkte, wie ihm alle aufmerksam zuhörten. »Ohne immer sofort an einem Ergebnis gemessen zu werden, das sich versilbern lässt«, setzte er hinzu.

Aber Frank war noch nicht zufrieden.

»Warum hat Professor Pfleiderer«, er stockte, »oder warum hat Malcolm McCory mir diese Karte gegeben, ich meine die erste Karte, die ich mit nach London genommen habe? Als ich ihn damals nach Kartenmaterial für meine Diplomarbeit gefragt habe.«

»Darüber habe ich lange nachgedacht, Frank. Malcolm hat in seinem Leben so einige Schatzkarten von Wavy Island in der Hand gehabt. Irgendwann muss er nach seiner Ankunft in Europa auf die Spur von Georg Felgendreher gestoßen sein. Er hat sich für dessen eigenartige Forschungen im Zusammenhang mit der Relativitätstheorie interessiert, und so ganz nebenbei hat er entdeckt, dass Felgendreher sich nicht nur ausgiebig mit der Titanic beschäftigt hat, sondern auch über Kartenmaterial von Nova Scotia und dem Gebiet hier verfügte. Deshalb ist er mehrmals in die Schweiz gereist. In der letzten Woche war er bestimmt nicht das erste Mal bei Franz Felgendreher. Malcolm wird von Franz Felgendreher auch die erste Karte bekommen haben. Ich meine diejenige, die wir dann wieder mit ihm getauscht haben. Und Felgendreher wurde durch Malcolm gewarnt. Er hat ihn vor Daniel McGuffin gewarnt. Woher soll er sonst von dem großem Mann erfahren haben, vor dem er solche Angst hatte?«

»Aber wieso hat Professor Pfleiderer mir die Karte gegeben?«, hakte Frank nochmals nach.

McCully zuckte die Achseln.

»Ohne besonderen Grund. Es war doch nichts drauf,

oder?« McCullys Lächeln kehrte zurück. »Malcolm hat sich die Karte angesehen und hat erkannt, dass nichts darauf war, was er nicht schon kannte. Dann hat er sie, ohne sie weiter zu beachten, zur Seite gelegt. So ist sie zu Ihnen gelangt. Und ich glaube, selbst wenn er von den Titanic-Koordinaten auf der Karte gewusst hätte, hätte er sie nicht weiter beachtet. Alle haben nach dem Schatz von Wavy Island gesucht und nicht nach dem berühmten Passagierschiff.«

»Und warum ist … Malcolm letzte Woche noch mal bei Felgendreher gewesen?«

»Vielleicht, um ihn zu warnen?«, sagte McCully. »Vielleicht hat er ja mitbekommen, dass McGuffin in Europa war. Ich selbst habe ja auch immer wieder mal Nachrichten aus Nova Scotia erhalten. Man hört so einiges. Und wenn man diesen Clans angehört, weiß man auch, dass sie einen das ganze Leben lang nicht aus den Augen lassen. Nicht wahr, Gloria?«

Gloria McGinnis hörte, dass sie angesprochen wurde, nickte aber nur abwesend mit dem Kopf.

»Malcolm war in der Schweiz und hat Felgendreher vor McGuffin gewarnt. Und er wollte sicherstellen, dass Felgendreher nicht doch noch irgendetwas über den Schatz von Wavy Island wusste. Doch der wusste tatsächlich noch etwas, er hatte diese Karte hier.«

McCully zeigte auf die Rolle, in der sich noch immer die Karte befand, die sie durch die halbe Welt geschleppt hatten.

»Aber Felgendreher hat Malcolm die Karte nicht gegeben.«

Er machte eine Pause, bevor er weitersprach.

»Und ich komme nicht dahinter, warum er sie ihm nicht gegeben hat. Warum er sie uns gegeben hat.«

51

Der Start des Fluges BA 7173 von Halifax nach London-Heathrow, der für den späten Donnerstagnachmittag vorgesehen war, verzögerte sich um drei Stunden, sodass die Maschine erst am Freitagmorgen um kurz nach neun Uhr in London landete. An Bord befanden sich Frank Schönbeck, Peter Adams und Hauptkommissarin Christine Keller, die alle vor Erschöpfung den gesamten Flug verschlafen hatten. Von Professor McCully hatten sie sich in Halifax freundschaftlich verabschiedet. Er hatte angekündigt, noch einige Tage auf Nova Scotia bleiben zu wollen, um alte Freunde zu besuchen. Zudem war ihm die sofortige Rückreise zu anstrengend gewesen. Letztendlich nahmen Frank und Peter es ihm nicht übel, dass er ihnen seine Vergangenheit und seine frühere Beteiligung an der Schatzsuche der Clan-Familien verschwiegen hatte. Peter nahm sowieso nie irgendetwas lange übel, und Frank grübelte zwar noch immer über das Abenteuer der letzten Woche nach, aber auch er kam am Ende zu demselben Ergebnis wie Peter. Was hätte es geändert, wenn McCully ihnen von Anfang an von seiner alten Bekanntschaft mit Daniel McGuffin und Gloria McGinnis erzählt hätte? Die Frage, die Peter ihm gestellt hatte, konnte auch Frank nicht beantworten. Wahrscheinlich hätten sie McCully dann misstraut und seine Rolle ständig in Frage gestellt. Besonders Frank hätte das getan. Da hatte Peter schon Recht.

Müde vom unbequemen Schlaf im Flugzeug und leicht betäubt von dem zweiten schnellen Zeitzonenwechsel innerhalb von nur drei Tagen schleppte Frank seinen Rucksack zur Zollabfertigung. Er setzte ihn ab, um auf Christine Keller und Peter zu warten, die noch auf dem Laufband unterwegs waren. Als er die beiden vertraulich miteinander plaudernd näher kommen sah, zögerte er mit seiner Frage, die er Christine Keller eigentlich hatte stellen wollen. Als beide neben ihm standen, fragte er dann aber doch.

»Ich glaube, wir müssen das Terminal wechseln, Christine, um für den Weiterflug nach Hamburg einzuchecken.«

Als er den Seitenblick sah, den die Hauptkommissarin Peter zuwarf, wusste er allerdings, was sie ihm antworten würde und was er vorher schon geahnt hatte.

»Nein«, sagte sie, »ich fliege noch nicht nach Hause.« Sie deutete auf ihre kaputte Nase, auf der ein frisches, ein wenig unauffälligeres, aber immer noch ziemlich dickes Pflaster prangte.

»Für die nächste Woche kann ich mich sowieso krankschreiben lassen. Ob ich es tue, weiß ich zwar noch nicht, aber erst einmal ist ohnehin Wochenende, und am letzten Wochenende habe ich nicht allzu viel von London gesehen. Ich werde mir heute Zeit nehmen und die Stadt ganz ohne Verpflichtung als Touristin besichtigen.«

Sie lächelte Peter an.

»Peter hat sich als Begleiter angeboten, um mir die Sehenswürdigkeiten zu zeigen.«

Peter kam auf Frank zu, legte ihm den Arm um die Schulter und sagte:

»Mach dir nicht so viele Gedanken über McCully. Ich bin ständig mit ihm in Kontakt und werde ihn im Auge behalten. Wenn er vorhat, ohne uns nach dem Schatz zu suchen, gebe ich dir Bescheid. Dann statten wir ihm wieder einen Besuch ab, ob er will oder nicht.« Frank nickte nur. An McCully hatte er in diesem Moment gerade überhaupt nicht gedacht.

»Was hast du jetzt vor?«, fragte Peter.

»Gute Frage«, sagte Frank. »Was soll's. Ich hole mir einen Kaffee, und dann sehe ich zu, dass ich einen Flug nach Hamburg kriege.«

»O. K., melde dich bei mir, wenn du wieder zu Hause bist«, sagte Peter. Sie verabschiedeten sich, aber als Christine und Peter schon fast an der Absperrung zur Zollabfertigung waren, drehte sich Peter noch einmal um und rief ihm zu:

»Oder wenn du es dir anders überlegst!« Er zeigte ihm den erhobenen Daumen. Frank winkte ihnen nach, bis sie durch die Passkontrolle gegangen waren.

Eine Weile stand er unschlüssig herum und betrachtete die beiden Menschenschlangen. Die eine wartete vor der Passkontrolle, die andere vor dem Ausgang, über dem das Schild »Connecting Flights« hing.

Er konnte nicht glauben, dass es erst eine Woche her war, als er von Hamburg aus aufgebrochen war, um bei Peter in London einer alten Schatzkarte nachzuspüren und mit ihm zusammen durch halb London gejagt zu werden. Er wartete, bis nur noch wenige Leute übrig waren, die vor den beiden Ausgängen warteten.

Dann nahm er seinen Rucksack und ging, anstatt zum Übergang für die Anschlussflüge nach Europa, zum Ausgang für die Einreise nach Großbritannien, durch den Christine und Peter zehn Minuten vorher verschwunden waren.

Er lehnte sich an die Gummiführung des Laufbandes, um den Vorbeieilenden Platz zu machen. Dann passierte er die Eingangshalle des Terminals und fuhr mit dem Drehkarussell am Ausgang in die frische Luft hinaus. Wieder setzte er seinen Rucksack ab. Er lehnte ihn gegen seine Beine, und betrachtete die an- und abfahrenden Taxis.

Dann fasste er einen Entschluss und drückte auf die Wahlwiederholungstaste seines Handys. Die einzige Nummer, die er während der letzten Tage gewählt hatte, erschien. Auf Nova Scotia war es schon in der Nacht zum Donnerstag gewesen, als sie Michael und Katja über das Ende des Schatzabenteuers informiert hatten.

»Michael Zylinski?«

»Hallo Micha, hier ist Frank. Ich bin gerade in London gelandet und muss mir einen Weiterflug nach Hamburg buchen.«

»Ja, gut«, sagte Michael.

»Ist Katja bei dir?«

»Ja, willst du sie sprechen?«

»Nein.«

Schweigen.

Dann sagte Frank: »Ich meinte eben, ist Katja immer noch bei dir?« Er betonte die Worte »immer noch«.

Zehn Sekunden Schweigen. Dann hielt Michael es nicht mehr aus.

»Ich habe dir doch gesagt, Katja macht sich Sorgen, weil du so lange weg bist. Du hast gesagt, ich soll sie beruhigen … und ich wollte wirklich nicht …«

»Schon gut«, unterbrach ihn Frank. »Wir können in Hamburg darüber reden. Ich glaube, ich bleibe noch das Wochenende über in London. Ich muss mir überlegen, was ich weiter machen soll. Ich melde mich bei dir, wenn ich wieder in Hamburg bin.«

»Tu das«, sagte Michael.

Das Gespräch war beendet.

Melde dich, wenn du es dir anders überlegst, hatte Peter gesagt. Er dachte an Peter und Christine. Dann dachte er an

Michael und Katja, seinen besten Freund in Hamburg und seine Freundin.

Sie würden darüber hinwegkommen.

Er stand noch immer auf dem Gehsteig und rührte sich nicht. Seit zehn Minuten machte er keine Anstalten, den Platz vor den Taxis zu verlassen, obwohl die Fahrer der neu eintreffenden Wagen ihn auf der Suche nach einem Fahrgast prüfend musterten. Aber Frank stand nur da und guckte in die Luft. Die hohen Wolkentürme gaben ein Stück blauen Himmel frei. Er schaute nach oben. Als sich eine weiße Wolkenwand vor den blauen Himmel schob, beobachtete er wieder den Strom der ständig wechselnden Taxis.

Eine Woche mit einer Schatzjagd um die halbe Welt lag hinter ihm, die im Ergebnis nichts eingebracht hatte. Jedenfalls nichts Zählbares. Sein Kontostand war immer noch bei minus fünfzehntausend Euro. Immerhin hatte Kenneth McCully sein großzügiges Versprechen gehalten und war für alle Unkosten aufgekommen. War ja auch nicht so abwegig, nachdem er ihnen die ganze Zeit über nur die halbe Wahrheit erzählt hatte. Seine Vergangenheit war voll mit dunklen Flecken, aber mit seinem Verhalten auf Wavy Island hatte er gezeigt, dass ihn nicht nur die Habgier trieb, wie Daniel Einstein McGuffin, Gloria Marie Curie McGinnis und Ronald Mr. Van van Bronckship. McCully war vor allem neugierig gewesen. Sein unermüdlicher Wissensdrang hatte ihn nicht zur Ruhe kommen lassen. Und wer wusste schon, was er noch vorhatte, denn das Ergebnis ihres Ausflugs nach Nova Scotia hatte McCully ganz und gar nicht zufriedengestellt. Wenn er auch nach dem Verhör von Gloria McGinnis nichts mehr dazu gesagt hatte, glaubte Frank nicht, dass er aufhören würde, nach dem geheimnisvollen Schatz von Wavy Island zu suchen.

Ein weiteres Taxi fuhr Frank fast über die Füße. Er tat, als bemerke er den fragend winkenden Fahrer nicht, sondern blickte über das Auto hinweg in den Himmel über London.

Wieder eine breitwandige weiße Haufenwolke und daneben ein großes Stück blauen Himmels. Frank wartete. Er wartete fünf Minuten, dann zehn Minuten. Er beobachtete weiter die Taxis. Nach weiteren fünf Minuten war die Wolkenwand vorbeigezogen, und die Sonne war wieder zu sehen.

Eines der Taxis, das jetzt auf der Suche nach Kundschaft vorbeifuhr, gehörte zum Londoner Quiz-Cabs-Service. Frank las die Nummer der Taxizentrale von der Seitentür ab, griff zu seinem Handy und wählte.

»Quiz-Cabs-Service. Was kann ich für Sie tun?«

»Ich hätte gern einen Wagen für Heathrow, Terminal 4«, sagte er, »Wagen 1 : 5, Tracy, bitte.« Er wartete gespannt auf die Antwort.

»Einen Moment, bitte.« Er hörte im Hintergrund die Geräusche der Taxizentrale. Mehrere undeutliche Stimmen, die eine verschwommen brummend, die andere mit Anweisungen, jedes einzelne Wort betonend. Dann eine deutliche Stimme:

»Hallo Tracy, wo steckst du? Nummer 1 : 5, du wirst angefordert.«

Die Antwort ließ nicht lange auf sich warten. Sogar aus der summenden Geräuschkulisse der Taxizentrale hörte Frank ihre Stimme heraus.

»Wo schon. Im Stau. Auf dem Weg nach Heathrow, das kann noch dauern, bei normalem Verkehr zwanzig Minuten.«

»Warte mal, ich frage mal, ob er so lange warten will.«

Die Stimme aus der Zentrale musste nicht fragen.

»Ich werde warten«, sagte Frank.

»Tracy? Er wartet am Terminal 4.«

»Wer fordert mich an?«, hörte er Tracys Stimme.

Diesmal wartete die Stimme aus der Zentrale gleich auf Franks Antwort.

»Frank aus Hamburg«, sagte er, »letzten Samstag, die argentinischen Fußballspieler auf Schiffsreise.« Die Stimme aus der Zentrale gab Franks Auskunft an Tracy weiter.

»Ja, natürlich erinnere ich mich. Aber, wie gesagt, es kann dauern. Er muss warten.«

»Er wird warten«, sagte die Stimme aus der Zentrale.

Es dauerte beinahe eine ganze Stunde, bis Tracys orangefarbenes Taxi mit der Aufschrift Quiz-Cabs und der Nummer 1 : 5 auf dem Vorplatz eintraf. Frank nahm sich nicht einmal die Zeit, seinen Rucksack in den Kofferraum zu legen. Er zwängte ihn vor sich in den Fußraum und kletterte auf den Beifahrersitz.

»In die City.«

»Hallo Frank, wie geht es dir? Warum stehst du am Terminal 4? Warst du weit weg?«, fragte Tracy.

»Das ist eine lange Geschichte«, antwortete Frank.

Tracy lachte, während sie in den Rückspiegel sah, um zu überprüfen, ob sie sich wieder in den Verkehr einreihen konnte. »Geschichten erzählen ist meine Aufgabe. Was möchtest du heute für eine hören?«, fragte sie, als sie losfuhr.

»Eigentlich gar keine. Aber ich habe drei Fragen, die ich dir stellen möchte.« Tracy blickte ihn schmunzelnd von der Seite an.

»Das ist gegen die Regeln. Du sollst mir drei Stichworte sagen und nicht drei Fragen stellen.« Sie blickte in den Seitenspiegel und drehte mit beiden Händen das Lenkrad herum, um die Fahrspur zu wechseln. Dann sah sie zu Frank und bemerkte seinen Blick auf ihre Hände. Sie blies ihren Kaugummi auf. Die Blase platzte, und Frank blickte hoch. Sie lachte.

»Was ist? Wie lauten die drei Fragen?«

Er sagte: »Die erste Frage lautet: Wann hast du heute Abend Schluss?«

»Oh, das ist einfach, um sechs«, sagte sie. Sie tat, als ginge es um ein Quiz. Frank fiel die nächste Frage nicht so leicht wie die erste.

»Die zweite Frage lautet: Wollen wir danach in einem Pub etwas trinken gehen?« Tracy überholte gerade, sodass die Antwort länger dauerte.

»Ja, gerne, wir können in den Pub bei mir um die Ecke gehen.« Als er nichts dazu sagte, sah sie ihn fragend an.

»Und?«, fragte sie.

»Was und?«, sagte Frank.

»Wie lautet die dritte Frage?«, sagte Tracy. »Du hast doch gesagt, du hast drei Fragen.«

»Ach so, natürlich«, sagte Frank, »was bedeutet 1 : 5?«

»Das habe ich mir schon gedacht«, sagte sie und lächelte zu ihm herüber, »eigentlich müsste ich dir jetzt doch wieder eine Geschichte erzählen. Aber ich mache es mal kurz. Schließlich will ich auch deine lange Geschichte hören.« Sie stoppte das Taxi an einer roten Ampel ab. Dann drehte sie ihre Baseball-Kappe nach hinten, sodass der Schirm im Nacken saß.

»Am 1. September 2001 verlor die deutsche Fußballnationalmannschaft im Münchener Olympiastadion mit 1 : 5 gegen die englische Mannschaft. Michael Owen hatte drei Tore geschossen. Das Spiel war der Hit in ganz England, man sprach tagelang über nichts anderes, es gibt immer noch T-Shirts und Poster davon zu kaufen. Ich habe zu Hause das Video von dem Spiel, wenn du willst, können wir es uns nach dem Pub ansehen?«

Frank wollte sagen, dass er sich eigentlich nicht für Fußball interessierte, dachte dann aber, dass das vielleicht keine so gute Idee wäre.

»Gute Idee, fahren wir.«

Epilog

Im Touristeninformationszentrum von Halifax stand ein etwa sechzig Jahre alter Mann mit einer leicht gebückten Körperhaltung und einer Narbe über der linken Augenbraue. Er schob sich eine Lesebrille auf die Nasenspitze und sah sich in einem Drehständer die Broschüren an, die die Besucher der Stadt zur Teilnahme an verschiedenen Besichtigungstouren verlocken sollten. Der Mann sah müde aus, so als hätte er in der letzten Nacht schlecht geschlafen. Er ließ lustlos den Drehständer vor- und zurücklaufen. Hochseeangeln und Waltouren schienen ihn nicht zu interessieren. Dann stoppte er plötzlich den Drehständer. Eine der Broschüren hatte seine Aufmerksamkeit erregt. Aus einem der unteren Fächer zog er ein fast ganz in Schwarz gehaltenes Papier mit geschwungener goldener Überschrift hervor: Maritime Museum of the Atlantic, las er.

Er schlug die Broschüre auf und studierte die Hinweise über Öffnungszeiten, Eintrittspreise und Führungen. Sein Zeigefinger, den er die Zeilen hinabgleiten ließ, verharrte auf der dritten Seite, wo auf eine besondere Abteilung hingewiesen wurde, die dem interessierten Besucher alles über den Bau und den Untergang des Luxuspassagierschiffes Titanic im Jahre 1912 zu zeigen versprach. Höhepunkt der Ausstellung war ein zwanzigminütiger 3-D-Film mit Informationen über die Tauchexpeditionen hinunter zum Wrack.

Ein Lächeln nistete sich in Professor McCullys Augenwinkeln ein, als er die Brille absetzte und die Broschüre in die Innentasche seines Anoraks steckte.

Das konnte ein Anfang sein. Kenneth McCully begann zu ahnen, warum Franz Felgendreher ihnen die zweite Landkarte gegeben hatte und nicht den Besuchern vor ihnen oder Malcolm McCory. McCory hatte nicht mehr die Energie und Leidenschaft gehabt, die nötig war, um nach dem verborgenen Schatz zu suchen. Er hatte nur noch in Hamburg seine Professur ausüben wollen. Aber ihnen hatte Felgendreher mitgeteilt, worum es eigentlich bei der Karte ging. Franz Felgendreher hatte es ihnen sogar wörtlich gesagt, sie hatten es in all dem wirren Gestammel nur nicht verstanden.

Alles ist angekommen, hatte er gesagt, die Karte, sie ist da, im Schiff, alles ist da.

Die Karte, die Franz Felgendreher ihnen gegeben hatte, war nicht die richtige gewesen, das hatten sie gestern schmerzhaft erfahren. Aber es gab eine Karte für den Schatz von Wavy Island. Wie Georg Felgendreher an die Schatzkarte gelangt war, wusste niemand, sicher war nur, dass er sie in seinen Besitz gebracht hatte. Und Georg Felgendreher hatte die Karte, die zum Schatz von Wavy Island führen musste, in den Tresoren der Titanic eingeschlossen, die er wie alle seine Zeitgenossen für unsinkbar hielt. Er hatte sie über den Atlantik geschickt. Über den für undenkbar gehaltenen Untergang des Schiffes, mit dem auch die Schatzkarte für immer verloren ging, war Georg Felgendreher wahnsinnig geworden.

Professor Kenneth McCullys Lächeln wurde zuversichtlicher. Vielleicht würde es für den Anfang reichen, sich einer der Tauchexpeditionen zum Schiff anzuschließen. Es musste doch möglich sein, die Tresore aus den Frachträumen der Titanic zu finden und vielleicht sogar zu bergen.

Professor McCully verließ das kleine Gebäude der Touristeninformation im Zentrum der Stadt Halifax. Er hatte beschlossen, einen Nachmittagsspaziergang zum Maritime Museum of the Atlantic zu unternehmen, um sich dort den 3-D-Film über die Tauchfahrten zum Wrack der Titanic anzusehen.

Die Figuren und die Handlung dieser Geschichte sind frei erfunden. Ähnlichkeiten mit Personen der Vergangenheit, Gegenwart oder Zukunft sind zufällig. Insoweit geschichtliche und naturwissenschaftliche Zusammenhänge falsch dargestellt werden, liegt das an der Dramaturgie, oder ist allein meine Schuld. Bei der Schilderung der Orte habe ich mich – bis auf die unten genannten Ausnahmen – bemüht, mich an die Realität zu halten.

Einen Mitarbeiter Albert Einsteins am Schweizer Patentamt namens *Georg Felgendreher* hat es nie gegeben und demzufolge auch keinen Sohn in einem Berner Spital.

Auch ein Schiff der spanischen Silberflotte mit dem Namen *Santa Cartagena* hat es nicht gegeben.

Ein *Oceanographic Institute Quebec* gibt es nicht und auch keinen *Quiz-Cabs-Service* in London, was eigentlich schade ist.

Die Insel *Wavy Island* gibt es, sie heißt aber in Wirklichkeit *Oak Island*. Dort liegt der gegenwärtig meistgesuchte unentdeckte Schatz der Erde. Oder auch nicht, wer kann das schon so genau wissen.

Die Insel *Oak Island* liegt nicht an der im Buch angegebenen Stelle, sondern an der dem Atlantik zugewandten Seite von Nova Scotia.

Auch eine *Cruden Bay* gibt es nicht auf Nova Scotia, dafür

aber in Schottland, direkt beim Schloss von Graf Dracula, aber das ist eine andere Geschichte.

Bei der Darstellung der Biografie Albert Einsteins und der Relativitätstheorie habe ich mich folgender Quellen bedient:
Jürgen Neffe, Einstein (Reinbek 2005)
Thomas Bührke, Albert Einstein (München 2004)
Paul Strathern, Einstein und die Relativitätstheorie (Frankfurt/M. 2002)
Gunda Borgeest, Mensch Einstein. Ein Genie und seine Welt (Berlin 2005)
David Bodanis, Bis Einstein kam. Die abenteuerliche Suche nach dem Geheimnis der Welt (München 2002)
Die Quellen über das Passagierschiff Titanic und seinen Untergang sind so zahlreich, dass ich nur einige stellvertretend nennen kann:
Robert D. Ballard, Lost Liners (München 2000)
John P. Eaton u. Charles A. Haas, Titanic. Triumph und Tragödie (München 1997)
Stephen Spignesi, Titanic. Das Schiff, das niemals sank (München 2000)
Die Geschichte der Schatzsuche auf Oak Island ist in folgenden Quellen nachzulesen: www.oakislandtreasure.co.uk; www.activemind.com/Mysterious/Topics/OakIsland/story.html
Robert Linnell, Der Fluch von Oak Island in: Gottfried Kirchner, Terra X. Expedition ins Unbekannte (München 1997)
Für die Geschichte des Silberschiffes Santa Cartagena fand ich Anregungen in:
Barry Clifford, Das Piratenschiff (München 2000)

Gary Kinder, Das Goldschiff (München 1999)
David Cordingly (Hrsg.), Piraten. Furcht und Schrecken der Meere (Köln 1999)
Die Idee für die Geschichte über die Boca Juniors stammt aus der Zeitschrift 11 Freunde, Heft No. 38.

Tom Egeland bei Goldmann

Der Bestseller
aus Norwegen

„Ein perfekter Krimi."
Dagbladet über „Frevel"

Mehr Informationen unter www.goldmann-verlag.de

GOLDMANN

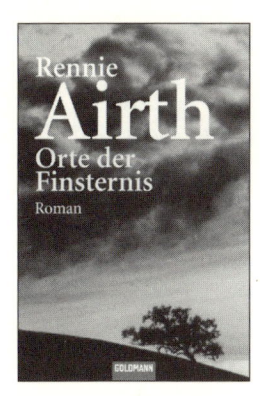

Mörderische Zeiten

Mehr Informationen unter www.goldmann-verlag.de

GOLDMANN

Mörderische Zeiten

Mehr Informationen unter www.goldmann-verlag.de

GOLDMANN

Stephen Booth bei Goldmann

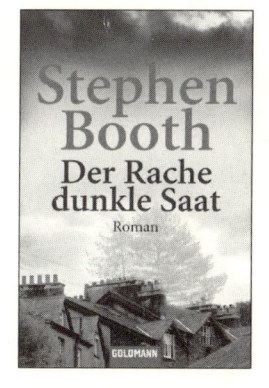

Mehr Informationen unter www.goldmann-verlag.de

GOLDMANN

GOLDMANN

*Das Gesamtverzeichnis aller lieferbaren Titel erhalten Sie
im Buchhandel oder direkt beim Verlag.
Nähere Informationen über unser Programm erhalten Sie auch im Internet unter:*
www.goldmann-verlag.de

★

Taschenbuch-Bestseller zu Taschenbuchpreisen
– Monat für Monat interessante und fesselnde Titel –

★

Literatur deutschsprachiger und internationaler Autoren

★

Unterhaltung, Kriminalromane, Thriller
und Historische Romane

★

Aktuelle Sachbücher, Ratgeber, Handbücher und
Nachschlagewerke

★

Bücher zu Politik, Gesellschaft, Naturwissenschaft und Umwelt

★

Das Neueste aus den Bereichen
Esoterik, Persönliches Wachstum und Ganzheitliches Heilen

★

Klassiker mit Anmerkungen, Anthologien und Lesebücher

★

Kalender und Popbiographien

★

Die ganze Welt des Taschenbuchs

★

Goldmann Verlag • Neumarkter Str. 28 • 81673 München

Bitte senden Sie mir das neue kostenlose Gesamtverzeichnis

Name: _____

Straße: _____

PLZ / Ort: _____